U0097167

中國語言文字研究輯刊

二五編

許學仁 主編

第15冊

《大正藏》異文大典（第八冊）

王閏吉、康健、魏啟君 主編

花木蘭文化事業有限公司

國家圖書館出版品預行編目資料

《大正藏》異文大典（第八冊）／王閏吉、康健、魏啟君 主編 -- 初版 -- 新北市：花木蘭文化事業有限公司，2023〔民112〕

目 2+218 面；21×29.7 公分

（中國語言文字研究輯刊　二五編；第 15 冊）

ISBN 978-626-344-436-2（精裝）

1.CST：大藏經 2.CST：漢語字典

802.08　　112010453

中國語言文字研究輯刊

二五編　第十五冊　ISBN：978-626-344-436-2

《大正藏》異文大典（第八冊）

編　者　王閏吉、康健、魏啟君

主　編　許學仁

總 編 輯　杜潔祥

副總編輯　楊嘉樂

編輯主任　許郁翎

編　輯　張雅淋、潘玟靜　美術編輯　陳逸婷

出　版　花木蘭文化事業有限公司

發 行 人　高小娟

聯絡地址　235 新北市中和區中安街七二號十三樓

電話：02-2923-1455 ／傳真：02-2923-1452

網　址　http://www.huamulan.tw 信箱 service@huamulans.com

印　刷　普羅文化出版廣告事業

初　版　2023 年 9 月

定　價　二五編 22 冊（精裝）新台幣 70,000 元

《大正藏》異文大典
（第八冊）

王閏吉、康健、魏啟君 主編

目次

M

麻

床：[三]1428 諸比丘。

林：[聖]476 香等如。

鹿：[甲]2168 甬經一，[三]2087 射僧伽。

磿：[甲][乙]2207 底哩此，[甲]2434 字麻。

糜：[三]1 米或食，[聖]1462 豆米粥。

麼：[甲][乙]2390 字爲二。

摩：[甲]1214 油三角，[甲]2130 睺多，[三]2154 尼羅亶，[三][宮][聖]1428 若牛屎，[三][宮]1435 衣，[三][宮]1435 衣翅夷，[三]1435 若取憍，[三]1435 文闍草，[聖][另]303 林曼殊，[聖]419 油水鏡，[聖]953 白芥子，[原]2039 王十四。

磨：[甲][乙]1822 婆訶量。

木：[三][宮]2122 皮穀紙。

榮：[三][宮]2034 茂前後。

勝：[宮]1451 類此方。

舒：[三][宮]2122 姑水側。

痳

淋：[宮]721 風之所。

蟇

蟇：[宋][宮]1462 餌之或。

馬

長：[知]384 主最豪。

車：[甲]2231 輅中并。

臣：[聖]1462 悉具謂。

祠：[元][明]99 祀等大。

等：[明]725 龍魚路。

篤：[宮]2053。

伏：[聖]99 狂逸惡。

駕：[三][宮]2060 首即創。

瑪：[甲]2087 腦車渠，[明]316 瑙珊瑚，[明]1425 瑙種種，[三]156 瑙雜厠，[三]414 瑙眞珠，[宋]、碼[明]157，[宋]、碼[元][明]157 瑙爲地，[宋][明]2122 瑙衞州，[宋][元]、碼[明]26，[宋][元]、碼[明]2122 腦鉢盛，[宋][元][宮]、碼[明]1425 瑙赤寶，[元][明]、碼[明]1522。

碼：[甲]1813 瑙百物，[明]157，[明]157 瑙爲，[三][宮]1509 瑙珊瑚，[三][宮]1522，[三][聖]475 瑙珊瑚，[三]125 瑙眞珠，[元][明]153。

罵：[三]2154 喩經首，[知]1579 勝言我。

鳥：[丁]2244 獸閻浮，[宮]721 而著火，[明]2112 之辯未，[三][聖]、牛[萬]26 齋不障，[三]682 跡此見，[元]2122 人至並。

萬：[甲][乙]2207 牡馬一。

爲：[宮]1650 被射箭，[三][宮]1462 分各五，[元][明]1486 玉女相。

烏：[宋][元][宮]、鳥[明]2121 力能飛。

象：[甲][乙][丙]2381 乘行菩，[甲]1813 寶四，[三]100 制之，[三]201 力，[三]212 口出私，[三]2153 飛行聲，[乙][丁]2244 前後圍，[乙]2397 乘行菩，[元][明]598，[原]2408 耳又。

焉：[甲]2128 釋名云，[甲]2129，[甲]2053 胡翁歡，[三][宮]2122 所有祥，[宋][宮]2102 服矣及，[元]2060 性本弊，[元]2061 宅。

羊：[乙][丙]2092 之衣於。

陰：[明]1581 藏如馬。

重：[三]212 車奔逸。

衆：[三]153 各相謂。

尊：[原]2412 嚼折一。

瑪

馬：[宮]310 瑙寶，[聖]125 瑙門以，[聖]125 瑙眞珠，[宋][聖]190 瑙及。

碼：[宋][元]2103。

碼

馬：[甲]1163 瑙金寶，[聖]190，[宋]279 碯寶池，[知]26 瑙。

瑪：[明]2131 碯此寶，[三]2103 瑙潤澤，[宋][元]2122。

罵

打：[三][宮]544 不還報。

篤：[宮]2122 言寒賤。

還：[聖]1425。

呵：[明]2076 佛罵祖。

具：[宋]624 亦不妄。

口：[三][宮]638 妄言綺。

詈：[明][宮]225 即懴悔，[三][宮]1509 辱刀杖，[三][甲][丙]2087 所告者，[三]375 汝疾出，[三]746 而與今，[三]945 同於稱，[乙][丙]2087 爲羅刹，[原]2362 天台師。

馬：[三][宮]1434 治滅擯，[三]1433 治滅擯。

默：[明]94 耶於。

言：[三]156 汝何不，[三]2122 作色四。

責：[三]156 是名利，[聖]1425 形呰稱。

置：[三][宮]1421 僧犯波。

捉：[三][宮]2040 我毀辱。

埋

藏：[三][宮]2060 之因既。

理：[甲][乙]2261 之隱處，[甲]1202 藏，[甲]1733 無岐徑，[明]2042 四升，[明]2122 于地府，[三][宮]2060 耶，[三][宮]2102 根，[三]152 者，[三]2151 每有新，[聖]125 脚地中，[宋]、哩[元][明][乙]1092 扼二鉢，[宋]26，[乙]2157 耶諦以。

薶：[宮]1804 之岸勞，[甲]1795 塵大寶，[甲]1804 藏隨爲。

霾：[宮]1804 之乃至。

棃：[三][宮]2059 之相馬。

霾

埋：[三][宮]2122 在柿樹。

買

賀：[元]374 唯有愚。

華：[三][宮]2123 小兒得。

賫：[三][宮][石]1509 此物往。

賈：[甲]2317 逵曰苟，[明]1425 如是如，[三][宮]721 天人生，[聖]1428 船并求，[宋][元][宮]607 金家見。

價：[甲][乙][丙][丁][戊]2187 直千萬，[三][宮]790 數祇曰，[三][宮]1425 淨語分，[三]125 不須轉。

具：[聖]1428 如是，[另]1428 如。

賣：[三][宮][別]397，[三][宮][聖]1435 者乃至，[三][宮]1435 亦如是，[三][宮]2042 大得宜，[三]200 求利涉，[三]1644 妾或有，[聖]200 此花爲，[聖]1425 去本不，[宋][元]125 五枚華。

貿：[宮][甲]1805 兩戒但。

市：[三][宮]2123 酪無提，[聖]211 酪無提。

四：[宮]1455 藥衣二。

圖：[三]1425 地十八。

物：[三][宮]606 來還子。

置：[三][宮]1559 牽還將，[聖]1425 七日物，[另]1442 將來。

質：[甲]1828 今盡法。

脉

眼：[聖]26 或。

脈

牀：[明]2131 知不起。

腹：[三]721 次以焰。

派：[宮][甲]1912 八萬名。

水：[三]721 腫疽瘡。

膝：[宮]721 脹一切。

詠：[宮][甲]1912 法者本。

麥

表：[甲]2266 必爲淨。

豆：[甲]951 粳。

毒：[聖][另]1451 芒或腹。

反：[甲]2266 等物能。

芥：[宮]2122 子大此。

夌：[三]885 量住心，[宋][元]1458 驅馳車。

米：[三]1069 等四者，[乙]1723 以支身。

莫：[甲][乙]2207 耕反。

漬：[三]、－[宮]1425 七過淨。

勱

勤：[宋]、曼[元][明]361 佛世時。

勸：[三][宮]263 勵驅逐。

賣

釆：[三]148 女求財。

齎：[宮]425 衆好香，[宋][明][宮]2122 衣裳繒。

賈：[三]204 便以石。

價：[三]193。

力：[聖]1723 也身。

買：[宮][聖]2042 香肆上，[甲]2128 他酒也，[甲]2128 子爾二，[三][宮][甲]901 反喝復，[三][宮][聖]1463 之難陀，[三][宮]1425 此欽婆，[三][聖]、－[宮]1425 索幾許，[三]2122 熟食爾，[聖]1425。

貿：[三]375 易所須，[元][明][宮]374 易所須。

捨：[甲]1921 之身以。

食：[三][宮]1451 咸言可。

實：[三][宮]1425 索幾，[元][明]721 財物如。

責：[三]201 之無所。

邁

逼：[三][宮]2102 崦嵫命。

柴：[三][宮]2122 董。

道：[元][明]152 沙門翼。

迺：[三]、道[宮]、遒[甲]2053 漢主法。

遂：[三]99 不復堪。

有：[聖]2157 肇融之。

遇：[宋][宮]2060，[元]152 又覩宮。

遭：[甲]2266 毀害而。

嫚

慢：[三][宮]389 皆。

顢

瞞：[甲]1997 頇說妙。

樠

横：[甲]2128 也下零。

䐽

瞞：[丙]973，[三]、滿[宮]1559 陀釋曰。

鞔

曼：[宮][另]1428，[宋][聖]、縵[元][明][宮]271 是沙門，[宋][聖]、縵[元][明]643 掌千輻。

慢：[聖]1723 形骸爲。

縵：[明]191 如眞金，[明]191 之手瀉，[三][宮]662 三十一，[三][宮]674 脩妙指，[三][宮]2122 理大人，[三][知][宮]579 網指纖，[三]187 甲如赤，[三]187 三十一，[三]187 於長夜，[三]192 順摩白，[三]205 掌内外，[元][明]310 如鴈王，[元][明]594

有幢印，[元][明]665 網遍莊，[元][明]764 相手足，[元][明]1681 網光現。

瞞

滿:[三][宮][乙][丙][丁]848 字門已。

曼：[宋]、縵[元][明]203。

謾：[甲]2006 做賊看。

鬘

鬢:[甲]、鬚[乙]、髮[丙]2394 蘂具足。

垂：[甲]2400 帶先從。

髮:[三]988 鬼食華，[乙]2390 是名爲，[乙]2391 跋折羅，[乙]2391 猶如水，[元][明]876 頂後已，[元][明]1457。

髲：[宋]1435 瓔珞以。

髣：[甲]2261 論奇事。

冠：[三][宮]1509 萎二者。

髻：[丁]2244，[宮]2053 頸珠，[明]293 帶昆瑠，[三]、鬚[宮]294 端放眞，[三][宮]1611 經中晝，[三][宮]2034 經一卷，[三]865 灌，[三]1096 印呪第，[三]2145 經或云，[三]2153，[三]2153 經，[聖]425 貢上其，[聖]2157 菩薩品，[宋]2153 經一名，[乙]2404 藏如，[元][明]658。

珞：[三][宮]702 寶。

鬘：[聖]278 幢幡雜。

曼：[甲]2266 經述記，[甲]2266 至非，[甲]2266 經至皆。

慢:[三][甲]955 流出,[三]1341，[乙][丙][丁]865。

縵：[宋][元][宮]2043 花時阿。

祇：[三]、鬚[聖]375 物不作。

始：[宋][元][宮]、時[明]1464 龍復雨。

飾：[原]1744 也。

行：[聖]397。

鬚:[宮]387 三,[宮]721 其嘴甚，[宮]278 阿僧祇,[宮]387 陀羅尼,[宮]721 持天三,[宮]721 等十大,[宮]721 龍遊戲，[宮]721 山七名，[宮]721 衣國縱，[宮]721 炙苦受，[宮]1521 佛破無，[三]、髻[宮]304 摩尼色，[三][宮]、髮[聖][另]790 長，[三][宮][聖]440 丹髻佛,[三][宮][聖]440 佛南無，[三][宮]278 布列垂，[三][宮]292 淨，[三][宮]304 摩尼師，[三][宮]387 三昧龍，[三][宮]440 佛南無，[三][宮]440 無邊眼，[三][宮]721 過如，[三][宮]721 十五，[三][宮]721 無量種，[三][宮]721 仙人次，[三][宮]1464 化龜鼈，[三]202，[三]2122 名須曼，[聖]200 尋以，[聖]278，[聖]278 充滿十，[聖]278 幢寶垂,[聖]278 及諸雜,[聖]278 一切衣,[聖]278 以阿僧,[聖]278 雲色顯，[聖]375 在頸下，[聖]376 塗身諂，[聖]1421 或著生，[聖]1425 無種須,[聖]1552 不,[宋]、[元][明]2149 經或作，[宋][宮]292，[宋][元][宮]447 佛南無，[宋]26 親犯如，[乙]2376 其華有，[元][明][宮]1547 童眞亦，[元][明]658 香潔適。

纓：[三][宮]1435 及。

座：[原]1239 印承。

蠻

藏：[甲]1891 處虎豹。

滿

法：[甲]1828 已滅故。

慢：[甲][乙]1211 跢嚩日。

湯：[宮]740。

滿

半：[三][宮]231 月人面。

備：[甲]1733 理宜發，[甲]2035 昭王子，[甲]1733 謂三世，[甲]1816 不可智，[甲]2230 智慧常，[三][宮][聖]1602 名之差，[乙]1723 脩莊嚴，[乙]2397 足尚是，[原]1796 足故云，[原]2194 弘決中。

遍：[三][宮][聖]279，[三][宮]1581 十方一，[三]278 大。

補：[明][宮]1436 故是比。

船：[三]1425 者波羅。

此：[三]266 百劫還。

道：[三][宮]1563 者由一。

得：[甲]2395 足，[甲]2901 耳聲，[三]1982 菩提捨。

德：[三][宮]281 得佛成。

定：[丙]1076 一百八。

端：[三][宮]1521。

法：[元][明]387 雨。

反：[甲]2128 經從爾。

豐：[三][宮]451 足。

佛：[甲][乙]、甲本冠註曰佛義海作滿 1799 佛地論，[甲]2250 分近事。

顧：[原]851 本。

歸：[甲]2195 得大果，[甲]2299 萬。

過：[明]1435 二十歲。

好：[甲]1782 是五十。

皓：[三][甲]955 月。

湖：[宮]2122 無高。

極：[甲]2367 聖四。

寂：[甲]2196 自，[明]261。

漸：[宮]449 次修。

皆：[三][宮]2121。

經：[三][甲]1227。

竟：[三][宮]1431 夏三月。

就：[聖]664 三菩提。

具：[元][明]658 足云何。

兩：[三]152 鉢，[乙]2296 性答但。

流：[甲]1733 嚴淨於，[三]192 於十方。

漏：[丙]1832 惠今言，[宮]1425，[和]261 足六波，[甲]、善[乙]2263 業以上，[甲]1870 道別解，[甲]2274 聲若無，[甲]1709，[甲]1736 者智，[甲]1782 果，[甲]1828，[甲]1830 故，[甲]1830 業是除，[甲]2068 睹金臺，[甲]2130 面也，[甲]2261 而爲二，[甲]2266 如首楞，[甲]2284 名雖義，[明]26 堪耐香，[明]310 是名正，[明]1648 清淨戒，[三]1546 業問曰，[三][宮]2085，[三][宮][聖]1462 魔，[三]

[宮]630 法苦習，[三][宮]1551 足跡處，[三][宮]1648 及至如，[三]1341 不知輩，[三]2145 道之津，[聖]380 足者謂，[聖]1851 更無進，[宋]26 意以若，[宋][元]1545 已次，[宋][元]1647 説名無，[乙]1796，[乙]2227 囉合掌，[元]244 滿虛空，[原]1141 五色雲，[原]1818 已盡故。

鋡：[甲]1120。

曼：[甲]、漫[乙]852 多嚩日，[甲][乙]850 多沒馱，[甲][乙]852 多嚩日，[甲][乙]2390 多沒馱，[甲]850 多，[甲]850 多沒馱，[甲]2390 多沒馱，[明][丁]1199 多母馱，[乙]852 多嚩日，[乙]922 哆沒馱，[乙]2385 多佛。

漫：[甲][乙]981 多沒馱，[甲]2006 天雪無，[明][丁]1199 多嚩日，[乙]852 多沒馱，[乙]981 多沒馱。

門：[三]156 不捨大。

懣：[三][宮]708 大苦性，[三][宮]2103 悲孰云，[三][宮]2121 短氣如。

明：[和]261，[甲]861 月輪於，[三][宮]888 皆成就，[三]1485 常住一。

陌：[原]、陌[甲]2006 路野老。

牟：[三][宮]721 月爵。

內：[甲]1851 外異欲。

溺：[三][宮]300 三界其。

蒲：[三][宮]721 閣國其，[聖]125 呼王子，[元]2122 足修集。

清：[宮]2053 以方我。

去：[三][宮]1425 者波羅。

染：[甲]2266 當來內。

忍：[宮]1810 齊如是。

瑞：[甲]2250 句言若。

善：[乙]1830 業以上。

攝：[乙]2296 前難不。

説：[三][宮]380 更無所。

肅：[三]192 清淨嘉。

他：[宮]2103 覺孟。

湍：[宋][宮]2060 五尺許。

萬：[甲][乙]2397 行故。

微：[三][宮]2059 僧業僧。

謂：[宮]2122 三鋒刃，[宋][元]1667 故於。

限：[三]99 已作衣。

油：[三]2122 千二百。

雨：[三][宮]272 天寶衣。

圓：[甲]893 云何得，[甲]1735 謂六度，[三][宮]2111 獻寶珠。

願：[甲]1065。

證：[三]220 內空外，[乙]2263 單云眞。

之：[甲]1268 三兩，[宋][明][甲]1077 七遍。

至：[三][宮][甲]901 十方法，[三][宮]1442。

諸：[三][宮]411 虛空。

莊：[明]288 一。

周：[甲]1705 虛空遍。

曼

鼻：[元][明][宮][甲]901。

方：[乙]2408 壇字。

佛：[原]1776 道末。

曷：[三]985 囉麼林。

及：[明]202 其未長，[三]643 道。

界：[乙]2408 指歸十。

兩：[三]193 當對戰。

鞔：[宋][宮]、縵[元][明]2121 掌二十。

鬘：[丙]2173。

滿：[丙]1184 多，[甲]853 多沒，[三][丙]1202 多，[三][甲]972 多，[乙]852 多沒馱，[乙]981 多沒馱。

蔓：[甲]1211 荼羅，[三][宮]1428 陀延池，[三][宮]378 陀勒花，[三][宮]443 底唎多，[三][宮]2060，[三][乙]1092 無繁反，[三]1015 陀目玻，[三]1333 多羅波，[宋][元][宮]1462 陀羅者，[宋]1161 那華油，[乙]1069，[乙]1069 拏禮嚩。

漫：[丙][丁]865 荼羅於，[丙][丁]下同 865 荼羅，[丙]973 荼羅者，[丙]2397 荼羅海，[宮]1459 荼羅，[和]293，[甲]897 荼羅主，[甲][丙]973 荼羅并，[甲][丙]2397，[甲][乙]2404 荼羅故，[甲][乙]1796 荼羅晝，[甲][乙]1211 荼羅身，[甲][乙]1796，[甲][乙]1796 荼羅義，[甲][乙]1796 荼羅中，[甲][乙]2394 荼羅方，[甲][乙]2394 荼羅位，[甲]981 多沒馱，[甲]1211 荼，[甲]2223 荼羅一，[甲]2394 荼羅，[甲]2399 荼羅正，[甲]2401 荼羅者，[明]171 坻國王，[三]、摩那[聖]200 花衣與，[三][丙]、滿[甲][乙]1211 多，[三][宮][另]1458 荼羅置，[三][宮]374 陀山草，[三][宮]2121 水未滅，[三][甲]1173 多勃陀，[三][乙]1092，[三]171 坻，[三]375 陀山，[三]1058 拏攞呪，[三]1348 多目佉，[聖]425 華，[宋][宮]402 荼隸七，[乙]852 多嚩日，[乙]897 荼羅主，[乙]981 荼羅次，[乙]1796 多勃陀，[乙]1796 荼羅主，[乙]2394 荼羅加，[乙]2394 荼羅如，[乙]2394 荼羅是，[乙]2394 荼羅壇，[乙]2394 荼羅最，[元][明]2088 天嶺滅，[元]866。

慢：[宮]2121 陀優訶，[甲]1805 也猷言，[甲]2168 德迦經，[甲]2397 荼羅經，[聖]2042 荼山作，[宋]、漫[元][明]152 坻諸王，[元][明]5 我在時。

蔄：[丙]1184 多。

縵：[三][宮]1547 掌按地，[三]643 中者自，[元][明][宮]271 其指纖，[元][明]643 掌相張，[元][明]643 掌指網，[元][明]656 掌前。

蕄：[三]1015 陀目玻。

勉：[元][明]6 時爲無。

摩：[三][宮]268 那鬘金，[三][宮]1425 那結鬘，[宋][元]、漫[明]、摩那[聖]200 花衣隨，[乙]852 多。

曩：[明]891 拏攞滿。

寧：[三][宮]1428，[三][宮]2121 小未大。

曼：[宮]371。

萬：[乙]2218 中羯。

文：[甲]1202 殊室，[三][宮]2122

陀羅花，[宋][宮][聖]223 陀羅華。

遇：[明]360 強健時，[明]360 佛在世，[明]362 佛世堅，[明]362 強健時。

願：[三][宮]2121 我年少，[三]202 我今者。

僈

慢：[甲]2266 於。

墁

慢：[聖]1859。

蔓

蒿：[宋]、菘[元][明]26 菁芥子。

羅：[甲]、夢[乙]2250 走赴如。

曼：[宮][另]下同 1435，[甲]1733 荼羅那，[甲]2400 荼羅第，[明]1425 荼羅諸，[明]1450 陀羅等，[三]1341 都四，[三][宮]639 陀羅樂，[三][宮]1428，[三][宮]1646，[三][宮]2121 陀羅華，[三]190 陀羅等，[宋]951，[元][明]190 多羅婆，[原]1212 陀羅花。

漫：[甲]952 延能生。

慢：[甲][乙]2387。

夢：[宮]2121 多耶尼。

挽：[三][宮][聖]1463 皆向淨。

萬：[聖]1425 摩竭魚。

幔

車：[宮]263 車甚高。

服：[元][明]221 飾床臥。

漫：[甲]1969 空界樓，[元][明]、縵[宮]310 七重七。

慢：[宮][另]1435 異衣作，[宮]1435 障，[宮]2122 坐殿前，[明][宮]1459 障異斯，[三][宮]1443 若持戒，[三][宮]2122 陰，[宋][宮]、曼[元][明]816 陀質，[宋][宮]1442 我願捨，[宋][宮]378 其文交，[宋][宮]2103 卷南榮，[宋][元]2125 遮障朝，[宋]220 內施珠，[宋]2053 安行。

縵：[三]、曼[宮]399 理大人，[三]1096 幕安諸，[三]1982 彌陀獨，[三][宮][聖]1421 彌覆，[三][宮][聖]1462，[三][宮]1435，[三][宮]1435 覆障如，[三][宮]1462 者疑靜，[三][宮]1462 作屋亦，[三]1982 彌陀，[聖]1462 若手捉，[宋][宮]、鬘[元][明]221 雜，[宋][元][宮]1425 若隔。

幕：[宮]632 挂樹燈，[三][宮]2121 掃灑淨。

網：[森]286 種種莊。

漫

海：[三]193 水須彌。

鬘：[甲]2400。

滿：[甲]909 漫多，[明][丁]1199 多沒馱，[明][宮]2087 無，[明][甲][乙][丙]1214 多沒馱，[三][丙]、漫多曼多[甲]1202 多嚩日，[三][宮]613 其身出，[乙]2812 宛然空。

曼：[丙]2394 荼羅四，[丙]2394 荼羅諸，[丙]2394 荼羅主，[宮]1428 囑授後，[甲][乙]2394 荼羅胎，[甲][乙]2394 荼羅行，[甲][乙]2394 荼羅正，[甲]850 荼羅彼，[甲]909 漫多，[甲]1796 多勃陀，[甲]1796 荼羅具，[甲]2223 殊一切，[甲]2399 荼羅一，[甲]2401，[甲]2401 荼羅會，[甲]2401 荼羅上，[明][丁]1199，[明][甲][乙]994 荼羅軌，[明][甲][乙]994 荼羅當，[明]670 陀轉輪，[明]848，[明]下同 848 荼羅療，[三]、彌[宮]425 花因，[三]、摩[聖]200 那見佛，[三][宮]626 陀羅華，[三][宮]1462 若熏，[三][宮]1509 提爲第，[三][宮]2121 持佛，[三][甲][乙]865 荼，[三][乙]865 荼羅爲，[三]1 陀六名，[三]1006 陀羅，[三]1339 陀香婆，[三]1341 都三三，[聖]1199 跢嚩日，[乙]914 漫多，[乙]981 荼羅周，[乙]2394 荼羅不，[乙]2394 荼羅具，[乙]2394 荼羅所。

蔓：[三]375 是，[三][宮]2111 三界難。

慢：[宮]2060 此身臭，[三][宮][聖]310 自在住，[聖]1595 爲，[宋][元]1545 故如前，[宋][元]1545 故謂生。

縵：[甲]1030 紇哩二，[三][宮]1453 條灼，[宋]202。

謾：[宮]2123 請四人，[三][宮]1451 爲言説，[三][宮]1647 語啼哭，[三]1559 説若我，[三]2060 作，[宋]2122 陀六。

滂：[甲]1733 流七讚。

慢

暴：[元][明]2122 爲奴所。

怠：[三]125 於目連。

德：[三][宮]2122 高於空。

調：[宮]、佻[聖]288 此。

愕：[聖]1549 空無根。

懷：[宮]309 彼勝我。

慧：[三][宮]1545 者究竟。

憍：[宮]309 慢四曰，[明]220 轉增我，[三][宮]1546 體性，[三]156 恣及貧，[乙]2227 此四隨。

咀：[宮]492 見善勿。

嫚：[甲]2035 不法有。

鬘：[三]865。

曼：[三][宮]2042，[三][聖]375 那跋提，[三]1331 羅鳩梨，[三]1331 陀，[三]1331 陀俱龍，[三]1331 陀羅，[三]下同 1331 多羅。

攙：[元][明]1336 提竭。

幔：[甲]2291 幢握般，[三][宮]1425 安隱住，[宋][元]2061 幢論頓，[宋][元]2103 此雕香，[乙]1796 彰。

漫：[甲]2311 人若暫，[明]1521 無明身，[三][宮][聖][知]1579，[三]192 形，[三]1341 看，[乙]1821 不發惡。

熳：[宮]310。

縵：[甲]、幔[乙]1775，[明]997 緩聲能。

謾：[甲]1936 幢終不，[甲]1735，[三][宮]381 誕二事，[元]1548 掉不繫。

門：[三][宮]585。

惱：[元][宮][聖]223。

兀：[三]203 自高深。

憶：[三][宮]421 如是自，[聖]223 人欲輕。

優：[三]2149 多耆域。

蘊：[甲][乙]1822 但。

憎：[甲]1851。

治：[甲]1736 淨。

槾

槾：[甲]2130 伽利譯，[甲]2130 耆譯曰。

縵

鞔：[宮][宮]、袜[元][明][甲]901 乳上右，[和]293 成就足，[和]293 指相如，[三][宮][甲]901 腰上，[三][宮]901，[三][宮]1453 口將細，[宋][宮]、縵縵袜袜[元][明]901 縵其頭，[宋][宮]2058 網成就，[宋][宮]901 其胯上，[宋][宮]901 馱五莎，[宋][元]901 大。

鬘：[甲]2392，[三]1096 荼羅，[原]、縉[甲]1203 蓋種種。

曼：[宮]310 網長。

幔：[三][流]365 如夜摩，[三]264 寶鈴和，[原]1212 眼引入。

漫：[宮]1425 陀油迦，[甲][乙]852 跨，[三][宮]2103 繞窓雲，[三][乙]1092 挐攞禰，[三]76，[聖]223，[聖]425，[宋][元][宮][聖]1425 掌摩捫，[宋][元][宮]1435 是僧伽，[宋][元]2125 條出家。

慢：[宮]、纒[聖]1425 衣錦，[甲]2339 六十二，[三][宮]1579 緩策勤，[聖]354 覆鵄尾，[元][明][宮][甲]901 上音遮。

繩：[三][宮][聖]1421 連但散。

幰：[甲][乙]2192 蓋譬菩。

謾

漫：[宮]1435 賊受寄，[宮]1559 取受用，[甲]、清[甲]1841 談乃至，[甲]1813 犯有輕，[甲]1913 尚乃破，[甲]2012 用心不，[三][宮][另]1442，[三][宮]1443 説於後，[三][宮]1451 稱量，[三][宮]2122 心造者，[宋][元][宮][聖]1442 作分。

沒：[甲]2006 多岐家。

邙

芒：[甲][戊][己]2092 山上有，[三][宮]2103 山立昭，[宋]2110 阜積怨。

芒

邙：[明]2122 山穴。

茫：[甲]1733 然失自。

鋩：[三][宮]2121 四足，[三]643 脚有十，[元][明][宮]374 四。

芼：[甲][乙]2207 初發音。

無：[甲]2775 恨奇跡。

芸：[宋]、[元][明]271 草，[元]2102 隙之滴。

芝：[甲]2120 貫鄭州。

忙

恒：[宋]1185 毘色訖。

芒：[三][宮]1545，[乙]2394 嚕多△。

茫：[明]1985 然大丈，[三][宮]2122 懼然求。

恾：[甲][乙]1074 義儞二，[聖]1723 於旦夕，[宋]190 不得。

麼：[明][丁]1199 儞二合。

摩：[甲][乙]2387 麼鷄者。

緑：[元][明][甲][乙][丙]1075 事亦。

壯：[甲]893 熱若伏。

尨

牻：[三][宮]、尤[聖]1460，[三][宮][聖]1429 若比丘，[三][宮]下同 1428 若比丘，[宋][元]2061 焉時荐，[元][明]26 色愛樂。

盲

等：[甲]1735 此能念。

黒：[三]192 龍歡喜。

肓：[明]2053 永絶膆。

虻：[三][宮]1425 毒虫螫。

萌：[三][宮]309 類分別。

蒙：[明]2016 惛醉纏。

瞢：[聖]223 瞽以。

生：[三]125。

妄：[甲][乙][丙][丁][戊]2187 者言，[甲]2290 最初一。

育：[宮]374 作是定，[甲][乙]、盲一作盲夾註[甲][丁]2092 父，[甲]1973 之人坐，[明]1450 父母或，[明]2087 父母於，[三][宮]2122 象母處，[宋][元][宮]2109 人云有。

旨：[乙][戊]1958 偏執雜。

著：[宮]532 者悉與。

資：[甲]1828 資故是。

氓

崩：[三][聖]125 壽命極。

民：[三][宮]2103 勝殘去。

亡：[乙]2087 俗黎庶。

茫

范：[甲]2089，[甲]2089 誐平聲。

浩：[三][宮]2108 推，[乙]2207。

荒：[宮]2040 然不知。

悦：[三]2110 忽之間。

葀：[甲]2128 博反方。

忙：[甲]1717 然棄，[宋][宮]397 然不知，[宋][宮]397 然。

泥：[宮]2108。

莊：[聖]2157 當起少。

厖

尨：[宋]2061 眉秀目。

龐：[甲]2036 鴻奉若，[甲]2036 降庭堅，[明]、痝[甲][乙]2087。

笀

毯：[乙]2408 謂如。

恾

忙：[宋][宮]、茫[元][明]1451 然偃臥。

庬

　　龐：[甲]2036 合猥附。

牻

　　尨：[宮]1466 作臥，[三][宮]1464 若。

鋩

　　芒：[三][聖]375 四足據。

莽

　　奔：[甲][乙]2397 二合娜，[甲]897 麼計部，[宋][元][宮]2122 首於高，[宋]1185 去聲拏。

　　曼：[宮]848 多。

　　忙：[甲]900 娑嚩二。

　　麼：[甲][乙]1211 莫鷄印。

　　昧：[丙][丁]1141 也，[明][丙]931 耶。

　　摩：[明]880 字門一。

　　慕：[甲][乙][丙][丁]1141。

　　石：[三][宮]1648 無諸株。

　　菴：[三]1211。

莾

　　奔：[甲]2393。

　　㭋：[明]1385 詸蹉覩。

　　芥：[乙]2087 血。

蟒

　　蝮：[宋]、蛟[元][明][宮]500 身毒重。

　　蔓：[三][宮]下同 553 之毒。

　　壯：[三][宮]2122 蛇競出。

猫

　　抽：[甲]2881 狸鷹雞。

　　狸：[明]1435 皮繡，[三][宮]1428 皮迦羅，[三]194 狐或現。

　　犛：[三][宮]721 牛失收。

　　描：[明]376 捕鼠病。

　　樹：[宮]2122 中來穿。

　　猶：[三][宮]607 貪恚癡。

毛

　　分：[三][宮]371 以一分。

　　膚：[三]185 細軟不。

　　光：[元][明]1488。

　　毫：[甲]2036 釐之分，[明]2145 氂制天，[三][宮]1521 莊嚴面，[三][宮]2123 相二舌，[三]186 項出日，[三]643 其心不，[元][明]460 相之光，[元][明]1509 肉髻丈。

　　互：[三][宮]672 等喻以。

　　釐：[三][宮]2123 失之千。

　　旄：[甲]2207 謂。

　　髦：[三][宮]669 髮作十。

　　蓍：[三][甲]1135 戸。

　　魔：[宮]397 孔說法。

　　肙：[乙][丙]873 引。

　　七：[明]1276 燒火。

　　色：[甲]1512，[聖]613 如琉璃。

　　手：[三]2122 空中轉。

　　尾：[三][宮]1428，[三][宮]1459 曲，[三]1425 駱駝毛，[元][明]735 尾爲射。

　　無：[三][宮]292 所著漏，[三]1547 數何以。

言：[原]2408 者何師。

字：[甲]2129 詩注云。

矛

茅：[三][宮]2103 見。

牟：[宮]377 矟羂，[宮]674，[宮]2034 甲兵仗，[三][宮]1521 刺須陀，[三][宮]1644 矟及叉，[三][宮]2122 鍼之貫，[三]190 楯金剛，[聖]190 長刀三，[聖]1548 十法成，[宋][聖]190。

桙：[甲]1718 盾前後。

鉾：[宮]374 善男子，[三]、牟[聖]125，[三][宮]616 掌自傷，[三][宮]1464，[三][宮]2104 盾何以，[三]1 侍護，[聖]375，[宋][元][宮]2122 持杖共。

鈩：[聖]99 槍利箭。

牙：[甲]2128 后反范。

予：[甲]1806 不應爲，[明]2131 元君使。

茆

茅：[明][甲]1988 來師云。

茅

草：[三][宮]765 裹臭爛，[三][宮]1462 和泥者，[另]1721 今正以。

莿：[三][宮]1562 灰等緑。

等：[宋][宮]、葦[元][明][石]1509 諸比丘。

弟：[甲]850 端末互，[乙]1069。

第：[甲]1069 爲環安，[甲]2244 城，[三]2110 居爲光，[宋][宮]681 中，[乙]1796 爲籍也。

芒：[聖]231 茅衣或。

茆：[宮]2122 屋見父，[甲]2230 薦其劍，[明]2076 屋從來，[明]2076 薙草宴，[三][宮]2103 茨之仄，[宋][元][乙]1092 草敷座，[乙]2092 馬從者，[元]2016 叢。

菉：[宮]607 中裸身。

茀：[甲]2128 反文字，[甲]2128 又音苗。

網：[三][宮]607 中墮刀。

葦：[三][宮]、－[石]1509 答曰一。

牙：[宋][元][宮][聖][知]、芽[明]1579 等。

芽：[明]2131 抽植法。

苑：[甲]1736 方面之。

旄

毛：[三]71 身著白。

髦

髮：[甲][丙]2087 鬣天馬，[宋][明]184 尾金輪。

鬣：[明]2059 尾皆有，[元][明]184 尾。

毛：[明]26 爪，[三][宮]456 尾足下，[三][宮]384，[三][聖]1 尾頭頸，[三][醍]26 馬王天，[元][明]26 裘。

氂：[明]1464 牛截兩，[元][明]310 牛面由。

耄：[甲]1786 注云。

髦：[三]1 鬚者或。

騣：[三][宮]397 或如人，[元][明]387 尾纖長。

氂

犛：[宮]1509，[明]2016 法可得，[明]2016 許有實，[元][明]292 又菩薩。

猫：[宋][元]94 牛筋而，[宋]212 牛護尾。

毛：[三][宮]2122 失之千。

卯

亥：[甲]2039 亥睿廟。

即：[甲]2207 駐顯揚。

印：[甲]2266 持功能。

昴

卯：[三][宮]2122 宿合會，[聖]190 宿合會。

鉚

鑛：[甲][乙]蘗本亦同 897 用穢惡。

秏

耗：[三][宮]2122 擾三名。

撓：[三]24 大水指，[三][宮]1428 令，[三][聖]375 攪，[三][乙]1092 攪乳粥。

橈：[宋]、撓[元][聖]、橈[明]375。

皃

兒：[甲]2128 今此覺，[聖]190。

完：[三][宮]618 具或身。

茂

藏：[甲]2053 質標懿。

成：[三]192。

荿：[明]190 敷榮。

茷：[聖]272 鉢頭摩。

茷：[聖]1509 盛以是。

筏：[三][甲][乙]901 囉。

花：[宮][聖]1451 鵝雁鴛。

華：[明][乙]1225 林若登。

懋：[三]2110。

美：[聖][另]1435 時有波，[元][明]174 食之香。

慕：[三][宮]2060 實嘉聲。

盛：[三][宮][甲]2053 彰八百，[宋][明][宮]276 扶踈增。

茂：[元]、荿[明]1421 其水清。

義：[三][宮][甲]2053 宣勅垂。

折：[三]125 其色甚。

旄

眊：[宮]673 鈴網莊。

冒

没：[三]982 馱。

冐：[明][宋]1235 二合引。

母：[三]982 馱。

胃：[明]1299 合金曜，[聖]2157 沙河萃。

置：[元][明]200 而不償。

耄

耋：[明]211 少時如。

老：[甲]1065 羅娑納，[甲]2128 説文，[三][宮]2104 今復發。

耘：[三]、秏[宮]278 見疾病。

帽

褐：[聖]1460 人説法。

冒：[明]、昌[和]261 覆人面。

貿：[三][宮]1421 漉水囊。

謂：[甲]2068 帽燃。

幘：[三][宮]2060 絳衣執。

貿

貝：[三][宮]2103 之一經。

貸：[宮]2121 此狗。

貨：[甲][乙]1822 易無罣，[甲]1287 得寶貝，[甲]1709，[甲]1763 易之所，[甲]1918 易沈淪，[三]1644，[三]2087 然其貨，[宋][元]220。

救：[三][宮]2122 鴿。

買：[明]125 一升，[三][宮]1425 褥如是，[三][宮]2122 之有一。

智：[宋]549 易爾。

質：[三][宮]1462 他致，[三][宮]2122 錢師子，[三][宮]2122 錢在陳，[宋][宮]2103 致使工。

楙

野：[三][宮]1425 經行時。

愗

務：[甲]1870 達名進。

貌

豹：[宮]309 亦無眞。

兒：[乙]1796 奇特有，[元][明]2106 秀擧一。

根：[宮]271 無，[宮]565 爲尊者，[三][宮][聖]2042 二以多，[三][宮]2060 形極偉，[三]186 已盡形，[元][明]387，[知]598 是。

很：[宋][元][宮]1648 語聾人。

狠：[聖]613 微妙境，[聖]1547 端正猶，[聖]1582 故二者，[聖]1582 乃至菩，[聖][另]1428 端，[聖][石]1509 以是名，[聖]425 光澤是，[聖]1421 殊特彼，[聖]1428 端政諸，[聖]1582，[聖]1582 得深法，[聖]1582 如是等，[聖]下同 376 當知是，[另]1428，[知]384 醜穢吾。

恒：[乙]2263 似實有。

見：[甲]2036 瘦頷帝。

貇：[甲]1007 其壇四。

懇：[三]2102 以免人。

狼：[聖]、狠[石]1509，[聖]、狠[石]1509 以是名，[聖]223 知是阿，[聖]291 皆現其，[另]1428 端正白，[另]1428 無數種。

類：[甲]1733，[三]152 醜黒人，[三]186 若斯吾。

猛：[聖]664 莊嚴倍。

邈：[明]2076 得更説，[明]2076，[明]2076 得吾眞，[明]2076 掠師曰，[明]2076 全眞，[明]2076 巍巍道，[三][宮]2122 之，[元][明]2108 有所同。

妙：[三]202 殊異諸，[聖]663 殊勝端。

容：[甲]2219 亦不過。

色：[三][宮]1442 憔悴准，[三]125 端。

甚：[三]201 殊特妙。

食：[宮]624。

完：[三][宮][聖]223 具終不，[元][明]2112 天第三，[元][明]2122 吾增爲。

妄：[原]、皀[乙]1744 等。

息：[另]1721 明無我，[另]1721 以表信。

相：[元][明][宮]374 各異石。

眼：[三]193 慈意視。

自：[甲]、身[甲]、首[甲]1782 故禮於。

瞀

務：[明]2102 俗士見。

懋

茂：[三][宮]2103 道優用，[三][宮]2103 思悟夙。

恕：[三]、恕[宮]2123 林之。

哲：[三][宮]2103 製剖析。

霿

霧：[三][宮]2122。

么

厶：[甲]2128 上加撇。

麼

跛：[甲]954 耶三吽，[甲]1173 二合娜。

塵：[乙]2393 麗五無。

底：[丙]1076 囉貪二，[甲]2135，[甲]2135 曩，[明]1199 哩粖里。

度：[宮]848 於，[三][甲][乙]982 麼底。

否：[甲]2006 僧云聞，[原]1987 所以有。

麻：[三][甲]1039 那多二。

鉿：[三]、摩[甲]、[乙]、麼二合細註[乙][丙]908。

忙：[原]852 娑嚩二。

昧：[丙]1132 耶印金，[甲]957 耶，[甲][乙]1132 曳吽，[甲]2236 耶經般，[明][丙]1211 耶無作，[明][丙]1211 耶印誦，[明][丁]、摩[聖]1199 耶眞言，[明][甲][乙][丙]1211 耶契如，[明][甲]1215 耶彼等，[乙]1069 耶。

摩：[丙]973 暗二合，[甲]、－[乙]1069 他攞具，[甲]、昧[乙]1069 耶印二，[甲]、磨[乙]850 讚引，[甲]894 耶亦不，[甲][丙]1211，[甲][乙]、麼引夾註[丙]1214 曩野，[甲][乙]850 達麼三，[甲][乙][丙]1211 地觀滿，[甲][乙][丙]1246 拏，[甲][乙]850 二，[甲][乙]850 囉寫，[甲][乙]852 三，[甲][乙]852 三婆嚩，[甲][乙]1069 羅，[甲][乙]1075 那耶莎，[甲][乙]1132，[甲][乙]1796 是我，[甲]850，[甲]850 華手，[甲]850 囉引，[甲]850 曳，[甲]850 曳五吽，[甲]868 羅王眞，[甲]868 麼引，[甲]904 儞三畔，[甲]921 跛嚂跛，[甲]923，[甲]

954 囉鉢囉，[甲]957 地輪金，[甲]1069 跛曩也，[甲]1069 焔娑嚩，[甲]1069 也，[甲]1112 地鉢那，[甲]1112 訶冒，[甲]1112 耶，[甲]1209，[甲]1214，[甲]1241，[甲]1246 迦，[甲]2231 句痕謂，[甲]2397 等字亦，[明][丙]931 引地二，[明][丙]954 麼，[明][丙]1211 地故便，[明][丁]1199 安空點，[明][丁]1199 耶，[明][甲]1119 一摩訶，[明][甲][乙]1254，[明][甲]1175，[明][甲]1175 地，[明][甲]1175 耶眞言，[明][甲]1215 地，[明][甲]1227，[明][甲]1227 二合俱，[明][甲]1227 攞七，[明][甲]1227 明王大，[明][聖][丁]1199 地名俱，[明][聖][丁]1199 耶攝召，[明][乙]994 塞訖哩，[明][乙]1086 尼燈遍，[明][乙]1110 麼穆佉，[明][乙]1225 仡，[明][乙]1276 那木刻，[明]293 那勃邏，[明]894 耶去身，[明]894 耶亦不，[明]894 耶眞言，[明]894 耶重作，[明]1023 醯首羅，[明]1153 羅商佉，[明]1234，[明]1243 地所謂，[明]1245 迦噎羅，[三]10982 那龍王，[三]、麼引夾註[丙]1056 地跛娜，[三]1019 字時入，[三][宮][甲][乙][丙][丁]848 四頡唎，[三][宮]397 帝二毘，[三][甲][丙]954 耶娑嚩，[三][甲][乙][丙]930 娑嚩二，[三][甲][乙][丙]1075 耶契第，[三][甲][乙]982 娑大仙，[三][甲][乙]1075 耶契第，[三][甲][乙]1125 二合曩，[三][甲]901 盧三十，[三][甲]901 焔婆伽，[三][甲]901 耶，[三][甲]989 賀引畢，[三][甲]1056，[三][甲]1085，[三][甲]1102，[三][甲]1173 囉跛陀，[三][聖][乙]953 奴沙肉，[三][乙][丙]873 引，[三][乙][丙]1076 擬儞二，[三][乙]950 囉末藍，[三][乙]982 賀引，[三][乙]1075 儞，[三][乙]1075 耶契次，[三][乙]1092 歩惹二，[三][乙]1092 二歩虁，[三][乙]1092 囉爾素，[三][乙]1092 馱覩蘖，[三][乙]1092 野摩，[三][乙]1244 拏鼻，[三]982 那車耶，[三]1005 抳阿，[三]1005 抳麼，[三]1058 嚩，[三]1069，[三]1069 也麼努，[三]1087 喻谿，[三]1105 引曩引，[三]1132 也薩怛，[聖]953 梨復令，[聖]983，[宋][元]1032 二合十，[宋][元]1038 佉鞞十，[宋][元]1057 二十八，[宋][元]1057 輸馱四，[乙][丙]1211 地周，[乙][丁]2244 鉢羅此，[乙][丁]2244 此云天，[乙]850 二合，[乙]850 婆，[乙]852 嚩無鉢，[乙]852 馱覩，[乙]901 曳悉他，[乙]914 麼訶，[乙]966 系，[乙]1037，[乙]1037 娜佉，[乙]1069 訶具囉，[乙]1214 攞，[乙]1796 多即，[乙]1796 一切法，[乙]1796 字門以，[乙]1796 字爲心，[乙]2223 地者是，[元][明][乙]1092 俱麼攞，[元]1092 振跢麼。

磨：[丙]1056 引地瑟，[丙]2164 杵四金，[宮][乙]848，[甲][乙]1796 三曼多，[甲][乙][丙]2397 法，[甲][乙][丁]2244，[甲][乙]850 誐野，[甲][乙]2393 馱睹微，[甲]850，[甲]850

馱睹二，[甲]2223 馱都以，[明]848 金剛印，[明][丙]1056 引抳謎，[明][甲][丙]1211 印智，[明][甲]951 邏去聲，[明][甲]1119 弭婆伽，[明][甲]1175 鉢囉二，[明][乙]994，[明]665 彈滯，[明]665 嗢多喇，[明]1087 二合，[三]、磨引[丙]982 野二曩，[三][丙]1211 印身佩，[三][宮][甲]876 素遮弭，[三][甲][乙]1092 婆同上，[三][甲]982 引，[三][甲]989 引喃引，[三][甲]1102 素者寐，[三][甲]1124 二合俱，[三][乙]865 達，[三][乙]908 耶吽怛，[三][乙]950 囉引惹，[三][乙]1092，[三][乙]1092 囉，[三][乙]1092 寧，[三][乙]1092 姪，[三]848 珊捺囉，[三]972 馱引怛，[三]1056 吽，[三]1087 努播羅，[三]1337 阿唎耶，[三]1341 帝二十，[宋][明][甲][乙]921 引隸儞，[宋][元]、摩[明][甲]1227 鷄於金，[宋][元]2061 性且強，[乙]850 儞嘌，[乙]850 馱覩，[乙]852 金剛印，[乙]1171 鉢囉二，[乙]1709 塞訖哩。

謨：[甲][乙]1069 室戰，[明][乙]996 塞訖哩，[明][乙]1100，[明]1234 塞訖哩，[三][乙]1100 寫去，[三]930，[三]1058 薩婆二。

嚩：[三]982 引九十。

魔：[三][宮]468 者滅。

末：[明]880 字門一。

沫：[甲]850 隣捺。

莫：[甲][乙]2390 薩婆母，[明]、謨[丙]1211 悉帝二。

那：[甲]1987 云是。

婆：[宮]848。

頗：[原]1201 二合囉。

無：[宮]848 三曼多，[宮]848 薩婆怛。

鏝：[乙]1796 字耳更。

沒

拔：[三][宮]2121 正法樹。

般：[三][宮]378 泥洹不。

被：[原]1862 染污如。

波：[甲]1969 溺娑婆，[甲]2244 囉慖彌，[三]2 囉賀摩，[三]1462 頭爲初。

勃：[甲]908 馱南，[甲]1315 馱，[乙]850 馱南暗。

浡：[三]1336 陀鉢坻。

怖：[三][宮]223 不悔不。

出：[和]261 已旭日。

從：[三][宮]637 六十二。

度：[宋][聖]210 淵。

法：[聖][另]1543 不生無。

復：[甲][乙]2219 等者即，[三]100 不現於，[聖]1509 於邪見，[原]1856 自生生。

故：[甲]2263。

後：[宮]2121 溺而，[甲][乙]1822 故婆沙，[甲][乙]1822 喜既，[宋][元][宮]1548 不展，[元][明]14 無有量。

護：[甲]1708 諸難。

悔：[聖]1509 不。

及：[三][宮]274 已俱墮。

汲：[宮]269 人根不。

決：[甲]2266 定假立。

況：[原]1776 大人相。

流：[明]184 目不見。

悶：[三]278。

滅：[三]2106 興復更。

歿：[德]1563 來生，[宮]279 非在，[宮]279 者，[宮]476 無生云，[宮]549 善賢長，[宮]2060 夢見兩，[甲][乙]1822 故威德，[甲][乙]1822 生欲，[明]100 轉輪聖，[明]186 之後無，[明]1548 死盡除，[明]2060 後絕迹，[明]2154 盡經法，[三][宮]589 之患故，[三][宮]2109 世而，[三][宮]270 不得自，[三][宮]459 此生彼，[三][宮]476 者，[三][宮]477，[三][宮]585 見彌勒，[三][宮]790 後二兄，[三][宮]下同 476 來生此，[三]17 之，[三]99 亡，[三]100，[三]100 彼佛世，[三]100 諸羅漢，[三]154 而奉謹，[三]154 即生天，[三]186 終始，[三]187 所有色，[三]190 後唯一，[三]190 爭作國，[三]209 命救王，[三]639，[聖]639 而來生，[宋]、殘[元][明][宮]639 號泣，[元][明]186 塵埃便，[元][明]228 已復生，[元][明]476 當生何。

冐：[乙]867 沒。

母：[甲][乙]1211 馱南，[甲]1211 馱冐地，[明]1257 那花優，[乙]867 沒。

暮：[三][宮]1454 爲食二，[另]1442。

泥：[宮]1646 觀如印。

皮：[甲]2266 心常起。

如：[原]1898 沒趙後。

入：[三][宮]2123 水時華，[三]152 華還合。

殺：[三][宮]640 五者非。

設：[宮]2122 愛欲海，[甲]2089，[甲]2266 彼法法，[明]2041 之士用，[三][宮]342 復還生，[三]1424 根機任，[三]2088 羅園也，[聖]99 於中志，[聖]1544 生無色，[聖]1552 無記故，[宋][明][宮]2122 於屎，[宋]186 使不聞，[元][明]、諸[宮]585 海意覺，[元][明]1579 種種義。

沈：[明]1443 乃至未，[三][宮]721 已更浮。

説：[甲]2266 或復有，[甲]2339 故且如。

死：[三][聖]、苦[宮]271 是故十，[三]118 墮地獄，[三]186 神逝。

投：[宮]585 於終始，[甲]1782 出家人，[甲]2017 海底求，[明]220 深生恐，[明]1562 在冷煖，[三]1，[三]196 大海，[宋][元][宮][聖]1428 在海中，[宋]2121 我擲身，[元][明][宮]2121 大海王，[元][明]310 死網常。

謂：[甲][乙]1822 生色界。

無：[明]2076 文字祖。

勿：[明]2076 道心外，[明]2076 可拋。

伇：[甲]2266 已去何。

役：[甲]2223 今此金。

涌：[甲]1709 南沒中。

怨：[三][宮]606 有所貪。

殞：[三][宮]1507 無以恨。

終：[三][宮]1451 作如是，[三]2106 於京寺。

没

彼：[三][宮]1648 無異相。

波：[甲]1178 婬鬼界，[三][乙]1092 反。

勃：[三][甲]972 馱喃。

昌：[三][乙][丙]1076 引地止。

處：[三][宮]721 乃至惡。

發：[三][宮]397 彼世界。

腹：[聖]1723 於河兩。

決：[三]1616 不離法。

嚕：[元][明][乙]1092。

滅：[知]741 盡輒生。

歿：[宮]816 當復生，[宮]816 而，[三][宮]817 與現在。

母：[甲]1000 馱跛。

涅：[甲][乙][丙]1056 哩二合。

設：[甲]1069 囉二合，[甲]1733 命盡時，[三][宮]2029 愚癡。

深：[乙]1816 其中我。

殊：[宋]、矣[元][明]2145 無復靈。

投：[甲]974 水去念，[三]2152 身敬事。

物：[甲][乙]1821 有心，[三]2145 故爲婦。

謝：[另]1721 而堅滿。

役：[乙]1833 心爲業。

玫

改：[原]2196 號譬十。

玖：[宋][元][宮]1462 難陀代。

蚊：[元]35。

枚

遍：[原]1098 滿七日。

放：[宮]332 射佛弟。

故：[宮]2121 得還語。

救：[甲]2339 釋會通。

牧：[久]1452 每日移，[三]1336 藍那舍，[聖]1425 便隨伴，[宋][宮]2123 射佛弟，[宋][元][宮]1425 小錢買，[宋][元]1227 加持七，[宋]991 合二十，[宋]2121 恒伽報，[宋]2122 形甚壯，[宋]2122 曰平生。

攝：[甲]2068 藏置在。

文：[聖]211 買得持。

張：[甲]2160。

杖：[宋]、丈[元][明]2060 底廂及。

者：[三][宮]2042 施佛生。

枝：[明]152 王后庶，[明]152 著上，[明]657 蓮華而，[明]2123 食器一，[三][宮]2060，[三]193，[三]1334 各呪，[宋][宮][聖]1425 飛梯材，[宋][元][甲]、杖[明]951 雜色瑠，[宋][元]2061 詣闕奏，[元][明]、－[甲]1038 燈盞飲，[元][明]2122 如殘燭，[元]901 總細切。

栂

高：[原]933 尾山以。

拇：[三]402 指觸地。

眉

脣：[三]643 眼睫眼。

盾：[三][宮]2103 鼻上磨。

肩：[和]293 放廣大，[甲]949 心額二，[甲]2128 辨反鄭，[三][宮]1442 長鼻高，[三][宮]2059 湧泉直，[三][乙]1092 上二手，[三]1 而，[乙]1796，[原]904 仰定慧。

睫：[三][宮]2103 觀。

毛：[三]、柔[宮]2122 眼耳鼻。

貌：[三]154 若如畫。

名：[甲]1736 希羅王。

尼：[三]1336 囉移阿。

手：[三][宮]2103 自達無。

相：[聖]643 形如月。

智：[甲]1736 間有金。

莓

梅：[三][宮]2103。

瑂

玫：[三][宮]847 瑰珊瑚。

梅

悔：[甲]1805 殘二十。

郿

郡：[三]2060 也七歲。

嵋

眉：[三][宮]2103 教帝嚳，[三][宮]2122 西南高。

媒

嫁：[甲]2787。

楣

楯：[三]2122 七重羅。

煤

塰：[聖]1435 合煎見。

蘪

蘼：[甲]2128 蕪香草。

每

常：[三][宮]2122 誦法華。

當：[明]2076 舉前話，[三][聖]211 計無常。

毒：[甲]1921 害破寂。

凡：[甲]1816 欲修行。

夫：[乙]1909 至懺悔。

恒：[三][宮]263 專精欽，[三][宮]2122 常保惜，[三][宮]2122 常不饒，[三][宮]2122 常供養，[三][宮]2122 常領衆，[三][宮]2122 常值，[三][宮]2122 處暗冥，[三][宮]2122 有金象。

忽：[明]200 於一日。

悔：[宋][元][宮]2060 作蛇論。

即：[三]200。

既：[宋]、無[元]2061 厭樊籠。

梅：[明]1000 怛。

母：[明]2102 尋告，[三][宮]2122 罵詈此，[三]2063 經敷說，[宋]、無[宮]2060 念二輪，[宋][宮]224 所說餘。

年：[甲]1709 四月内，[三][宮]2085 年一出。

日：[三][宮]1458 日之中。

特：[三][宮]2053 肆含。

妄：[宋][元]2145 加讒搆。

無：[丙]954 計於字，[甲]2339 三也已，[明][乙]1225 招誦後，[三][宮]263 謂之曰，[三][宮]2060 至累約，[三]193 以普慈，[三]1331 事懷餘，[聖]200，[元][明]2122 以非法。

毎

尾：[宋][明]1170。

美

叢：[甲]1723 上者名。

度：[三][宮]2060 而性樂。

夫：[甲]2039 人金氏。

羹：[宮][聖][另]1428 飲食即，[明]1432 粥飲食，[三][宮]2121 味兼畜，[三]68 飯耶而，[聖]1460 食是比，[聖][另]1458 其鉢白，[另]1428，[乙]2227 膗之中，[元][明][聖]639 食爲獲。

華：[宮]627 香天子。

毀：[三]2103 容變俗。

嗟：[三]2063 時江。

露：[三][宮]721 恣意曼。

靡：[元][明][宮]812 之。

鳥：[三][宮][石]1509 肉以。

羌：[三]2145 子侯得。

善：[宮]721 妙音聲，[明]997 色菩薩，[明]1450 味，[明]2123 語言問，[三][宮][聖]639 合百種，[三][宮]814 妙亦無，[三][宮]1579 語先言，[三][宮]2121 哉如好，[三]310 說微妙，[元][明][聖]120 說二，[元][明]790 辭心行。

甚：[三][宮]746。

受：[原]1775 記者何。

歎：[三]1332 十名梵，[三]2145 其法廣。

味：[三][福][膚]375，[三][宮]2104 廉士所。

喜：[三][宮]2042。

羨：[元][明][宮]425 樂不著。

羨：[甲]2087 謂，[三][宮]2059 美焉，[三][宮]2103 化倫眇，[三][宮]2103 脩竹靈，[元][明]2059 之，[元]638 四輩洽。

香：[乙]1141 宮殿樓。

笑：[三][宮]、咲[聖]271 皆歡喜，[三][宮]721 如赤珠。

矣：[甲]2339 義苑疏，[三][宮]2102 斯乃古。

異：[甲]2335 同體。

義：[宮]263 德我當，[甲][丁]2187 也莫自，[甲][乙]2186 名，[甲]1007 味莊嚴，[甲]1775 也不必，[甲]2187 卽不可，[三][宮]2053 名，[聖]1509 彼國不，[聖]1509 汝以是，[聖]1509 食雜毒，[元][明]1507 其德語，[原]1744 名攝物，[原]2271 不尋疏。

飲：[三]202 歸國於。

著：[宋]、膳[元][明]、饍[聖]125 味身。

沫

沫：[三][宮]1435 河邊佛。

妹

婦：[聖]1442 鄔陀。

妹：[甲][乙]850 怛。

女：[三][宮]2059 利養甚。

姝：[宮]2049 爲婦可，[宮]2123 何緣故，[甲]2128 反鄭注，[明]184 諸姊，[明][甲][乙]1260 麗身白，[三]1442 妙勇健，[三]1579 之所守，[宋]201，[宋]818，[元]451 妻子眷。

殊：[甲]1828 大生大，[乙]2309 妙觀謂。

未：[宋][宮]2103。

衣：[三][宮]1428 還我衣。

姉：[三]2122 曰兒小。

姊：[三][宮]1428 欲寄止，[三][宮]1443 豈天未。

昧

暗：[原]1858 者矣。

邊：[聖]1509 普。

藏：[宋][宮]、昧藏[元][明]624 淨。

空：[三][宮]613。

林：[宋]1547。

麼：[甲][乙]1211 耶契，[甲][乙]1211 耶如故，[甲]1120 裔，[明]243 耶金剛，[明]243 耶究竟，[宋][元]1102 耶頂上。

妹：[三][宮][甲][乙][丙][丁]848。

眛：[明]1559 眼人不。

明：[宮]403 定粗擧，[甲]1778 不思議，[甲]1796 耶明等，[三]125 自，[乙]2391 一遍次。

摩：[丙]862 耶薩怛，[丙]973 地品我，[丙]1056 耶印如，[甲]2400 耶寶契，[甲][乙]1072 耶印如，[甲][乙]2223 耶從自，[甲][乙]867 耶，[甲][乙]2223 耶從，[甲][乙]2223 耶所生，[甲][乙]2391 耶門猶，[甲][乙]2397 耶或云，[甲][乙]2408 耶戒次，[甲]871 耶加持，[甲]908 耶契誦，[甲]922 耶戒發，[甲]973 耶身，[甲]981 耶所謂，[甲]2157 耶經般，[甲]2223 耶者謂，[甲]2223 耶之由，[甲]2391 耶印一，[甲]2394 耶戒，[甲]2394 耶有印，[明][甲]1175 耶印誦，[三]873 耶引，[聖]224 越用人，[聖]2157 耶經般，[乙]1796 地，[乙]2228 耶眞言，[乙]2397 耶變此，[原]973 耶會我。

磨：[元]、－[明]618 一切悉。

染：[甲]1863 乎。

勝：[三][宮]1562，[聖]2157 死敢以，[乙]2263 劣尚，[知]1579。

時：[宮]1592 境界順，[宮]618 地，[甲]1724 功德方，[甲][乙]1822 劣故由，[甲]1512 故所見，[甲]1721 答須識，[甲]1724，[甲]1736 是動非，[甲]2792 求懺悔，[明]1462 法未竟，[明]2154 經占察，[三][宮]1549 中間心，[三][宮]1551 三自地，[聖]279 無有邊，[聖][另]1543 學等，[聖]1421 而説偈，[宋]、[明]1128 違我，[宋]

[宮][聖]425 正定是，[宋][宮]1432 正受得，[乙]2194，[乙]2263 樂行故，[乙]2397 例如娑，[元][明]2149，[元][明]2154，[元]425 定時佛，[元]675 境界廣。

殊：[甲]、昧故結生[乙]2254 故中有，[宋][元][宮]2104 之義也。

脱：[三][宮]1552 門捨學。

未：[宮]2034 道安云，[明]2123 審的之。

味：[宮]1911 不亂入，[宮][甲]1912 取次第，[宮]263 具饍，[宮]414，[宮]2060 靜，[甲]1723，[甲]1719 無此事，[甲]1733 定著淨，[甲]1735 門四念，[甲]1786 二邊心，[甲]1848 眞如之，[甲]2036 於擇，[甲]2130，[甲]2135 娜也，[甲]2266 略，[明]1549 或作是，[三][宮]387 三昧一，[聖]272 依彼三，[宋][宮]848 怛，[元][明]244，[原]2130。

縣：[甲][乙]2070 七歲並。

眼：[甲][乙]1796 也其地。

耶：[元]1543 盡不失。

映：[乙]1796 身作肉。

之：[宮]2103 則乘分。

智：[甲]2035 一切智。

珠：[甲]854。

袂

籛：[三]201 瞋忿。

訣：[元][明][宮]2060 登石頭。

袟：[甲]、抉[甲]1782 以潛儀。

袜

秣：[明]2145 陵縣平，[三][宮]2102 陵縣民。

髟

魅：[宋][宮]322 其善。

寐

床：[宮]292 何謂爲。

昧：[明]2103 永在巖。

眠：[三]192 死至孰。

銘：[明]1032 婆嚩七。

寢：[和]293 我於。

寤：[甲]1973 及寤曰，[甲]1886，[明]2145 遮迦羅，[三][宮]263 而起，[三][宮]285 所夢怪，[三][宮]285 言談默，[三][宮]1549 五睡，[三][宮]2121 不以時，[三][宮]2122，[三]2145 闔同異，[宋][宮]309 無應不，[宋][宮]585 如斯普，[宋][元][宮]、悟[明]309 無數方，[知]266 而不專。

隱：[宋]193 覺寐滅。

媚

妃：[三]895 女自來。

肩：[石][宮]1509 長眼直。

眉：[甲]1733 噉人精。

魅：[三][宮]495 相毀壞，[三]1331。

魅

惡：[三]1331 鬼神所。

皃：[三]2121 前後狡。

鬼：[福]279 蠱毒悉，[宮]901 虎豹師，[甲]2244 十二，[三][宮]2122 魍魎無，[三]1331 互來作，[三]1331 入人腹。

魁：[甲]2068 答曰吾，[聖]1723 人蠑蚖。

魎：[三][宮]2121 斃鬼雷。

媚：[甲]1335 蠱，[甲]2882 人，[三][宮]383 所著呪，[三][宮]2122 而讀此，[三]1394 妄作人，[三]2153 經一卷，[宋][明]451 蠱道呪。

魔：[甲]952 障業於。

門

阿：[甲]2192 難解難，[明]1458 苾芻某，[明]1546 果攝。

闇：[宋][元]1562 故便於。

八：[原]2339 識自體。

本：[三][宮]1521 常應遠。

閉：[甲][乙]2391 目定印，[明][甲]1175 心戶印，[三][甲]1039 二，[三]1301 那非頭。

變：[原]2264 爲次第。

藏：[三]384 常現在。

長：[甲]2035 無如念。

城：[三][宮]2040 外即著，[三][宮]2104 供養。

處：[聖]99。

川：[乙]2173。

地：[乙]1821 相生此，[乙]1821 相生就。

諦：[乙]2296 所以然。

闍：[宮]807 者。

讀：[甲]2039 藏經夜。

法：[三][宮]2112 宗祖道，[乙]2434 作依。

房：[三][宮]2060 自。

佛：[三][宮]2122 此是禮。

腹：[甲]2257 行。

閤：[宮]2103。

閣：[甲]2035 爲觀落，[三][宮][聖]1462 屋應擧，[乙]2194 也或云。

故：[乙]2249 身。

關：[三][宮]656 諸佛禁，[三][宮]2103 揚化歷。

觀：[甲]1924 也是故，[甲]2230 入三三。

海：[和]293 又，[和]293 轉佛清。

河：[三][宮]285 伴侶難。

戶：[三]202 看之見。

家：[三][宮]1421 見便當。

嫁：[明]2122 女在。

間：[甲]2400 二十天，[甲]2412 故云勝，[明][和][內]1665 炳現阿，[明]579 修幾善，[三]1545 復應顯，[三][宮]883 一切所，[三][宮]2103 之中益，[三][宮]2104 之中益，[三]292 皆令入，[三]2060 之中，[三]2110 以自償，[聖]1428，[宋][元][宮]2043 王答諸，[宋][元][宮]2109 之中益，[乙]2391 次於山，[乙]1110 半年所，[中]223 相。

箭：[宮]2066 之前褰。

教：[三]291 佛智慧。

徑：[三]212 也。

句：[宮][甲]1884 以法簡，[甲]

1733 以同，[甲]1734 合爲一。

聚：[明]1428 聚會法。

開：[丙]1132 莊嚴世，[丁]1141 等如是，[甲]974 莊嚴世，[甲]1820 之慈濟，[甲]1969 處記取，[甲]2035 三教破，[明][乙]1174 戸稱吽，[明]2122 並，[乙]2192 如此一，[元]446 光明佛，[元][明]310 從先業。

闔：[甲]1027 如是各。

理：[甲]2312 空理。

力：[三][宮]285 衆祐諸。

立：[宋][元]2059 徒數百。

論：[三]2145 增一阿，[原]2271 前擧勝。

羅：[三][宮]1425 婆羅門。

閭：[三]2103 之禮無。

沒：[三]99 還。

彌：[聖]1440 請。

面：[三][宮]2053。

名：[甲]1735 以顯無。

明：[宮]278 趣無上，[宮]2034 經，[宮]2122 令入坑，[甲][乙]2391 只以普，[甲]850，[甲]1735 化餘門，[甲]1735 增盛攝，[甲]1781 慰喩今，[甲]1851 有，[甲]2298 甚深或，[甲]2337 一向趣，[明]1646 見色又，[三][宮]633，[聖]1733 門感現，[宋]190 徒爾時，[乙]1736 下出，[乙]2244 人曰，[乙]2263 中言火，[元]220，[原]1695 無罪福，[原]1744 斷。

難：[甲]1828 一切門。

品：[甲]2287 釋云極。

闕：[甲]2036 師已上，[三][宮]2060 如閉目。

仍：[甲]2195 以。

如：[宋]97 是故汝。

師：[甲]2075 經云貪，[原]、[甲]1744。

食：[聖][另]790。

説：[甲][乙]2263 云云依。

四：[甲]1918 門亦作，[乙]2376。

同：[甲]1805 上次引，[甲][乙]2288 故隨應，[甲][乙]2309，[甲]2195 也但多，[甲]2400 四波羅，[原]1818 具七善。

達：[聖]425 淨空種。

謂：[甲]2036 挽河車。

文：[宮]1884 者通智，[甲]1805 中本説，[甲]1912 也譬結，[甲]1927 已廣引，[甲]2323 第三，[甲]2879 佛在世，[乙]1736 證成第。

聞：[宮]228 受持讀，[宮]383 已報香，[宮]536 佛適向，[甲]1721 也并見，[甲]2255 分別部，[甲]2300 因緣智，[甲][乙]1929 室逝宮，[甲][乙]1929 心樂三，[甲][乙]2309 部攝其，[甲]923 無量陀，[甲]1721 者問舊，[甲]1733 可知五，[甲]2039 之，[甲]2255 亦名遍，[甲]2362 者擧現，[明]1536 若婆羅，[三]1331 天毘沙，[三][宮][甲][乙]848，[三][宮][聖][知]1579 慧積集，[三][宮]227 見是智，[三][宮]397 樂説無，[三][宮]2060 學，[三][宮]2122 外，[三]68 我語，[聖]1763 可説爲，[聖]125 出家學，[聖]1464 陀羅系，[宋][宮]2121 言竟不，[宋][元]

1548，[宋]125 不安守，[乙]848 出隨類，[乙]850 天，[元][明]721 説有，[原]881 天金色，[原]2196 此是不，[知]1579 從。

問：[宮]1509 觀即是，[宮]1649 説有十，[宮]2122 徒十人，[甲]、間[乙]1751 明昧異，[甲]1717 下料，[甲][乙]1821 一問，[甲][乙]2397 而，[甲]1733 内通二，[甲]1733 一一皆，[甲]1735 善友第，[甲]1793 起發次，[甲]1816 各別若，[甲]1828 前，[甲]1921 亦名三，[甲]2006 句石門，[甲]2087 者詰難，[甲]2290 外立廣，[甲]2299 今何以，[甲]2434 也其文，[明]619 禪定福，[明]1546 故諸所，[明]1566 應知苦，[明]2076 拈，[明]2076 汝作麼，[三]1550 今，[三][宮]1521 分別業，[三][宮]1546 中未，[三][宮][知]1579 記事如，[三][宮]286 不可盡，[三][宮]588 爲説脱，[三][宮]1425 三自，[三][宮]1505 云以是，[三][宮]1545 不可，[三][宮]1550 云，[三][宮]1552 修多，[三][宮]1580 雖有八，[三][宮]1648 此謂聖，[三][宮]2103，[三][宮]2111 歟經云，[三][宮]2121 品經，[三][宮]2123 燒香翹，[三]291，[三]1506 若覺德，[三]1532，[三]2145 桓敬道，[三]2151 律事，[聖][甲]1733 也初二，[聖]99 不專繫，[聖]1579 由其事，[聖]1763，[聖]1763 僧宗曰，[聖]1763 也寶亮，[聖]2157 經婆羅，[聖]2157 人智積，[宋][明][宮]1509 故義得，[宋][元][宮]、客[明]2121 時佛乞，[乙]1816 天親云，[乙]2261 二義，[乙]2309 依何觀，[元][明]1646 向等中，[原]1776 以爲起，[原]1818 今欲，[原]2216 客同記，[知]1734 一辨分。

物：[甲]1828 是破僧。

賢：[甲]2214 法，[甲]2410 示現。

限：[元][明]425 是曰精。

相：[甲]2339 以是麁，[甲]2284 決擇分，[原]1695 法行行。

向：[原]2339 即用新。

心：[甲][乙]1929 境二乘，[甲][乙]2288 雖異三，[甲]2217 此仙亦，[甲]2217 之文矣，[甲]2287 入人乘，[甲]2313 故三，[甲]2801 四明調，[乙]2263 歟但以。

行：[甲]1782，[甲]1863 故聲聞，[甲]2167，[甲]2192 三智惠，[甲]2219 人第三，[甲]2371 口傳云，[甲]2371 通達一，[明]1000 儀軌奉，[三][宮]1548 此是始，[聖]410，[聖]1733 一釋名，[聖]1763 之體必，[另]1721 二總明，[宋]423 一，[乙]2396 菩薩也，[乙]2263 立涅槃，[乙]2309，[乙]2393 學大悲，[原][甲]1851 中同體，[原]1724 離。

性：[三][流]360 一切空，[三][宮]1552 顛倒非。

閤：[甲]936。

眼：[三]375。

也：[甲][乙]1822 論十，[乙]2296 如是一。

以：[原]2254 分別中。

引：[甲]2266 但依二。

用：[甲][乙]1225 後眞言。

由：[三][宮]2060 六道長。

又：[甲]、文[乙]2194 名義皆。

獄：[三][宮]1562 中排極。

曰：[明]278 慧能入。

則：[甲]2255 從一門。

者：[甲]1735，[甲]1881 一同時。

之：[乙]2390 右方其。

智：[三][宮]2042 者聞之。

中：[甲]1866 有二先，[甲]2215 成所作，[乙]1736 有三初。

種：[乙]1821 分別十。

諸：[丁]866 而。

竹：[甲]2130 園老婆。

捫

捘：[元][明]1 淚而言，[元][明]187 淚而言，[元][明]310 淚而白。

門：[明]1048 佐上哆。

摹：[三][宮]、－[聖]1421 摸或欲。

扠：[宮]、収[另]1442 摸於彼，[元][明]1341 淚，[元][明]2053 淚而說。

揚：[三]1336 之若水。

悶

闇：[甲]1893 或起誹。

悶：[甲]1736 失所付。

感：[三][宮]2122 絶自投。

沒：[聖]663 氣力惙。

門：[甲]850 拏曳，[甲]2266 二觸，[明]1032 者十八，[原]2409 上左十。

迷：[三][宮]2122。

鬧：[三][宮][聖][另]1458 亂或不。

聞：[甲]2255 天四臂。

問：[甲]2223 四，[甲]1816 絶此五，[甲]2266，[甲]2266 無禪樂，[甲]2870 凡夫比，[三][宮]1509 而說法，[三][乙]1075 善惡皆，[宋]2042 絶躄。

閑：[宮]1571 等諸位。

閾：[甲]1834 絶而死。

䉷

朧：[乙]1796 字門淨。

瞞：[乙]1796 字加持。

懣

滿：[宮]2060 不復多，[三][宮]553 短氣如，[宋][宮]2103 願敬勗，[宋][元][宮]2122 而死。

虻

蟲：[三]197 之苦身。

蚋：[三]158 惡蛇鳥。

蜹：[聖]354 如是等。

蟻：[三]190 細小毒。

冢

家：[三][宮]2121 神然。

塚：[明]2076。

萌

盲：[元][明]125 然熾正，[元][明]222 修。

氓：[明][宮]2053 寔法門。

明：[元]2103 大雲降。

前：[三][宮]2104 察姦宄。

生：[博]262 類，[三]200 類其數，[聖]278，[聖]278 苦行無，[知]598 故遊世。

旨：[宋][元]、言[明]2110 道德創。

蒙

白：[三][宮]2041 毫出水。

參：[明]2076。

承：[三][宮][甲]2053 恩寵，[三][宮][甲]2053 荷醫療。

叢：[聖]1670 樹間其。

慼：[宮]1425 是虛誑。

家：[甲]2339 斟酌成，[明]2150 解樸決，[三]2106 未知經，[聖]279 益，[聖]1509 時雨故，[元]1007 益消其。

教：[甲]2323。

勞：[聖][另]285 惟宿本。

幪：[元]2122 之以被。

濛：[三][宮]2103 泉，[三]2149 謝尚人，[宋][宮]2103 泉疏通，[宋][元]1227 出項以。

懞：[元][明][宮]310 鈍忘。

曚：[明]221 冥入，[聖]211 愚極，[聖]278 思惟是，[宋][元]747。

朦：[甲]1717 説秖是，[三]、矇[宮]2122 論聖不，[三][宮]739，[三][宮]2122 四等慈，[三][宮]2122 愚蔽，[三]196 佛言善，[三]361 不解宿，[聖]475 入諸婬，[宋]、曚[聖]99 汝何知，[宋][宮]、[元][明]721 有愚有，[宋][宮]328 冥佛以，[宋][宮]1509 薄福我，[宋]842 昧在會。

矇：[三][宮]1562 隱滅經，[三][宮]613 無，[三][宮]2102 惑弟子，[三][宮]2122 無智，[宋][宮]2102 非直謹，[宋][元][宮]2102 且服且。

夢：[宋][宮]2103 曉發迦。

能：[三][宮]1435 得脱中。

遂：[宮]2060 訓誨不。

荅：[聖]200。

菀：[甲]2135 也。

聞：[丙]2396 此法。

咸：[三][宮]2034 潤而世。

象：[原]1744 教輒爾。

像：[三][宮]2060 至。

義：[甲]1179 利皆得。

翳：[甲]2128 也言癡。

衆：[聖]2157 祐增信。

尊：[三][宮][甲]895 許得入。

盟

單：[三]152 爾隆孝。

盥：[甲]1007 其。

悶：[三]197 死墮地。

明：[三][宮][聖][另]1442 言賭金。

朋：[聖]1442 言我爲。

甍

薨：[宋][宮]2122 一把亂，[乙]2092 亦是名。

瞢

䒐：[三]198 瞢莫睡。

盲：[甲]2128 也周禮。

悶：[宮]2123 多燋渴。

懵：[三]，[三][宮]1548 名惱何。

普：[甲]1249 羅陀哩。

然：[三][宮]318 唯願。

濛

蒙：[甲]2128 水水中，[三][宮]2060 泉而慧，[三][宮]2103 邑虛廓，[宋][元]2061 慘遠近。

懞

蒙：[三][宮]1451 聽者時，[聖]341 文殊。

曚

蒙：[三]、曚流布本作矇 360 昧而自，[三]、曚流布本作矇 360 冥抵突，[三]、朦[宮]2053，[三]214 盲冥者，[元][明]、朦[宮]630 埃濁者，[元][明]266 無愷悌，[元][明]630 故曰廣。

朦：[宮]2034 論一卷，[宮]2111 竭鄙誠，[明]2122 俗雖復，[三][宮]397 故是慧，[三][宮]459 冥，[三][宮]606 難學亦，[三][宮]769 冥使入，[三][宮]2122，[三][宮]2122 不識緣，[三][宮]2122 然如眩，[三][聖]210 令入道，[三]158 昧三昧，[三]197 未識道，[三]210 故陳其，[三]2149 論。

矇：[明]2103 蔽不見，[明]2122 昧之信，[三]、朦[宮]2108 於是，[三][宮]2060 叟也後，[三][宮]2121 戇不與，[三][宮]2122 賢劫始，[三]158 昧佛土，[三]2110，[宋]、蒙[元][明]2145 於此諷，[宋]、朦[元][明]2103，[宋][宮]、蒙[元][明]309，[宋][宮]、蒙[元][明]683 福報無。

朦

懽：[元][明]671 鈍人不。

蒙：[甲][乙]1929 宗通教，[三][宮]223 昧三昧，[三][宮]2121 乞爲弟，[三]2145 惑則以，[元][明]384 我今愚。

懞：[三]1532 故以諸。

朦：[宋][宮]、蒙[元][明]330 毒盛觀。

曚：[三][宮]2121 盲王白，[宋][宮]、蒙[元][明]790。

矇

昧：[甲]2293 不信少。

蒙：[三][宮]2048 不知，[三]2145 不可以，[三]2145 示以橋，[三]2145 之倫猶，[元][明]、曚[宮]2102 於是乎，[元][明]2110，[元][明]2102 必施，[元][明]2102 出障坐，[元][明]2102 見，[元][明]2102 於一咳。

曚：[三][宮]2102 蔽豈敢，[宋][宮]、朦[元]2059 論晚移。

朦：[甲]1778 迹，[明]2103 名法以，[明]2145 昧未祛，[三]150 爲綜爲，[三]2145，[三]2154 俗雖道，[三]2154 俗雖復，[宋][宮]、蒙[元][明]322 惑不覩，[宋][元][宮]1562 爲多，[宋][元][宮]2059 俗雖復。

勐

猛：[三][宮]2104 法師不。

勔：[三]、[宮]2122 撰。

猛

丁：[宮]2040 兇壯多。

獨：[三]193 鋭堅強。

果：[三]185 後得佛。

黒：[三][宮]2122 風大雪。

狂：[三][宮]238 衆生順。

猫：[甲]1239 鬼病使。

孟：[甲]1782 浪無心，[明]2122 浪若是，[三][宮]2122。

怒：[明][乙]1225 相。

稍：[乙]1239 威即起。

盛：[三][宮]2122 火深坑，[聖]643 雨如是。

施：[三][宮]410 離諸陰。

樹：[乙]2397。

疑：[乙]1724 乎斯三。

益：[明]234 集至。

猶：[甲][乙][丙]1866 勵立空，[三]203 如王或，[三]1486 火燒鐵。

懵

朦：[宋][元][宮]、蒙[明]721 鈍醜。

蠓

幪：[甲]2266 袋耳〇。

孟

盖：[聖]2157 顗承風。

猛：[甲]2017 浪之説，[甲]2261 浪。

杇：[聖]1 食不受。

益：[宋]2145 福張蓮，[元][明][宮]2060 陽公。

溢：[元]、猛[宮]2112 浪案道。

夢

楚：[甲]2036 語不識。

等：[宮]1595 相光影。

焚：[元][明]329 燒不捨。

蔓：[甲][乙]894 拏里伽，[甲]2266 各十數。

蒙：[三]2122 放恕會，[元][明]152 食所處。

寱：[三][宮]351 無我有，[宋][元]184 中見須。

梦：[甲]2038 居禪師。

眠：[三][宮]1428 中語欲。

蔑：[三]1331 懼頭摩，[元][明]2122。

墓：[宋]2102 曾參有。

涉：[宋]1092 恒吉善。

事：[元]671 見依止。

説：[三]125 者時有。

要：[元]2122 見桓帝。

迷

逼：[三][宮]1545 悶又契。

彩：[三]2103 意得已。

瞋：[甲]1961。

蚩：[知]567 妄癡騃。

愁：[三]664 悶失志。

達：[明]1536 惑皆名。

大：[三][宮]2122 亂即便。

逮：[宋]、－[宮]721 等説彼。

道：[甲]2317 理。

迭：[三][宮]1562 能善了，[宋]2088 山已上。

斷：[宮]2123 絶良久。

吠：[三]982 努鼻努，[三]982 四十二。

還：[甲]2305 皆。

患：[三]193。

恚：[三]20 婬怒癡。

或：[甲]2195 執經唯。

惑：[甲][乙]2263 者依彼，[三][聖]190 我心意。

謎：[元][明]397 芒閉反。

彌：[甲]1040 盧頂毘，[三][宮]1674 盧海七，[三]25 留山。

弭：[乙]917 迷。

冥：[三][甲][乙]1125。

銘：[甲]1000 誐誐那。

惱：[三]125 亂諸比。

爾：[元][中]440 留佛南。

逆：[甲]2015 故對前，[三][宮]2103 而祛疾。

破：[原][甲]1825 三欲引。

生：[宮]2066 津之重，[甲]2313 種子重。

失：[三][宮]721 於善業，[三][宮]1425 意顛倒。

是：[宋][元][宮]2103 津得其。

迹：[宮]1703 已所證，[宮]1804 今諸有，[宮]2102 也是，[甲]1804 三與出，[甲][乙]1822 一面，[甲]1717 下明三，[甲]1805 答前判，[甲]1805 故曲疏，[甲]1805 也，[甲]1863 聖旨，[甲]2250 於岐路，[明]2085 悶躄地，[明]2122，[三][宮]2040 留，[三][宮]2060 同好聚，[三][宮]2122 稱，[三]37 於所向，[宋][宮]2122 迭香魏，[宋][宮]2123，[宋][元][宮]2104 妄李榮，[宋][元]2103 七也，[乙]2263 彼必生，[元]606 墮，[元]2110 大聖之。

速：[甲][乙]1822 悟理，[明]192 發狂亂，[三][宮]1442 轉於生，[宋]759 寡聞衆。

逃：[元][明]397 亂出大。

途：[甲]1896 以七略。

退：[宋][元]220 失無上。

違：[三][宮]495 所在常，[聖]1723 無正理。

迮：[三]1331 頭破。

悟：[甲]1735 中前明。

悉：[宮]425 起人想，[宮]341 亂，[宮]398，[宮]2121 忘供養，[宮]2123 惑用爲，[三][宮][別]397 莎波呵，[三][宮]397 達涕十，[三][甲]1009 體二合，[聖]310 惑虛妄，[聖]225 亂心無，[聖]292 惑自謂。

疑：[明]310。

庯：[三][宮]2102 見能曉。

遠：[三]156。

造：[三][宮]638 不了本。

志：[宋][宮]585 愚癡無。

智：[元]1566。

謎

繼：[明][宮]451 具謎，[宋]、謎十七細註[三]982 娑嚩二，[宋]982 怒引，[乙]2391 禰吽。

迷：[甲]895 惑以西。

譴：[乙]914 謎曳。

三：[宋]、謎三[元][明][乙]1200 蘇彥引。

穈

糜：[三][甲][乙]2087 黍宿麥。

黍：[三]374。

糜

度：[聖]983 酪飯。

漿：[三][聖]211 粥而諸。

麻：[三][宮]1462 豆瞿羅，[乙]2087 麥蒲。

縻：[明]2104 費極繁，[三][宮]2103，[三][宮]2104。

糜：[甲]1765 妙味或，[甲][乙]1796 更無所，[明]212 膏油塗，[明]2058 欲上何，[三][宮]1545 必當得，[三][宮]810 鹿蛟，[三][宮]1552，[三]374 都無乳，[三]374 受已轉，[三]375 受，[三]984 梨伽尸，[宋]、糜[明]、靡[宮]2122，[宋]375 無復乳，[宋]953 及酥。

靡：[甲]1921 更無所，[明]2110 食已身，[三]361 盡化去。

鬻：[三][元][明]200 周憧惶。

摩：[甲]2128 音美爲，[聖]983 酪。

磨：[聖]514 碎人有。

粥：[甲]893 和蘇而。

縻

麼：[明]11191 迦尊者。

糜：[甲]2196 受四王，[三][宮]2102 費，[三][宮]2103 爛者無，[三][宮]2103 碎於大，[宋][元][宮]2103 費金寶，[宋][元]2155，[元][明]2103 費公私。

繫：[三]99 若鑱若。

養：[聖]99。

糜

塵：[明]2076 中主師。

糜：[宮]2040 至太，[三][宮]397 七阿丘，[三][宮]481 散悉盡，[三][宮]1435 穬麥莠，[三][宮]1442 鹿熱，[三][宮]2122 座因施，[三]23 爛消滅，[三]1097 及油麻，[宋][元]、－[乙]1069 言二手，[明][乙]1086 言曰，[三][甲]1313 言及四，[乙]1069 言曰。

祇：[甲]2035 名傳顯。

榓

密：[宋]、樒[元][明]、蜜[宮]263 香男子。

蜜：[三][宮]1452 餘甘子，[三][宮]1458 餘甘子，[宋]、樒[元][明]384 盡內金，[宋][宮]、櫁[元][明]309，[宋][宮][聖]、櫁[元][明]425 美香展，[宋][元][宮][聖]、密[明]425 澡。

榕：[三]、蜜[宮]263 香青木。

樒：[三]、榕[甲]951 木柏木。

蜜

般：[宋][元]、班[明]125。

波：[明]1599，[宋][元]220 多方便。

藏：[甲]2395 寶鑰十。

察：[甲][乙]1709 晋云法，[甲]2068 晋言法。

害：[三]220 多不求。

漢：[宋]1509 秦言。

客：[甲]2130 比丘食，[知]1441 佉陀尼。

空：[石]1509 乃至般。

輪：[甲][乙]2396。

羅：[三]1332 不烏吒，[另]1509。

茂：[聖]397 坻。

密：[丙]862 門，[丙]1056 菩薩蓮，[丙]1056 菩薩印，[丙]1199 護摩，[丁][戊]2187 有背佛，[宮]279 心無疲，[宮]310 清淨精，[宮]263 觀察斯，[宮]272，[宮]272 第，[宮]279 家故大，[宮]279 若有，[宮]384 塗瓮裏，[宮]659 云何具，[宮]681 貪愛若，[宮]839 等一切，[宮]1488 皆以悲，[宮]1488 品第十，[宮]1509 當視其，[宮]1548，[宮]1659，[宮]2008 多尊者，[宮]2025 戒師，[宮]2122，[宮]下同 1509 釋提桓，[甲]853 等，[甲]1698 生若解，[甲]1721，[甲]1750 經今説，[甲]1830 經如攝，[甲]2128 從初一，[甲]2128 反字林，[甲]2266 部説三，[甲][丙]、[乙]973 菩薩四，[甲][丙][丁]1145 平等性，[甲][丙]954 哩二合，[甲][乙][丙]1211 哩二，[甲][乙]981 哩妬納，[甲][乙]1306 油等擲，[甲][乙]1821 部由正，[甲][乙]1822 衆非爲，[甲][乙]下同 2185 行七地，[甲]853 菩薩戒，[甲]904 哩帝吽，[甲]923 時得一，[甲]923 一切諸，[甲]951 跡主又，[甲]971 栗多鞞，[甲]973 和，[甲]1065，[甲]1246 及菓子，[甲]1268 食一疊，[甲]1709 多得無，[甲]1709 多解，[甲]1709 多經，[甲]1709 多説者，[甲]1709 多亦通，[甲]1709 多中生，[甲]1709 多住平，[甲]1717 與之令，[甲]1722 化聲聞，[甲]1728 不受三，[甲]1728 爲女從，[甲]1728 亦是八，[甲]1735 等然教，[甲]1735 者至第，[甲]1751，[甲]1751 所，[甲]1763 也，[甲]1763 者到無，[甲]1772，[甲]1782 讃曰上，[甲]1789 之，[甲]1821 林山部，[甲]1821 意者答，[甲]1821 作是言，[甲]1848 意在剋，[甲]1921 四邊不，[甲]1921 湯舌則，[甲]1924 或爲，[甲]2017 乃至菩，[甲]2128 列車皆，[甲]2128 牝反廣，[甲]2266 是故況，[甲]2266 一切波，[甲]下同 1178 都若蜜，[甲]下同 1709 多照見，[甲]下同 1728 得無生，[甲]下同 1820 既得，[明]885，[明]1006 一切地，[明]1546 説曰亦，[明]2154 經三十，[明][甲][乙][丙]1277 哩二合，[明][甲]901 多一切，[明][甲]1075 開如蓮，[明][甲]

1177 哩二合，[明][乙]1092 多福蘊，[明]100 頭星會，[明]376 端坐樹，[明]619 多，[明]984 底底里，[明]1023 悉皆圓，[明]1106 哆引，[明]1388 都引嚩，[明]1400 隸引六，[明]1414 哩二合，[明]1451 說斯語，[明]1459 等，[明]1459 諸糖，[明]1546 說曰此，[明]1546 說曰若，[明]1546 說曰以，[明]1562 一，[明]1604 攝施戒，[明]1631 乳等將，[明]1636 諦底隸，[明]2131 帝翻獨，[明]2131 奢兜此，[明]2145 偈一卷，[明]2145 栗栴一，[明]2145 菩薩第，[明]2145 三法度，[明]2154 多羅譯，[明]2154 經一卷，[三]2149 所集論，[三][宮][聖]2034 出，[三][宮][乙]895 唎囉枳，[三][宮]271 處是如，[三][宮]310 里二合，[三][宮]397 迹執金，[三][宮]400 哩三合，[三][宮]402 多羅譯，[三][宮]620 多等大，[三][宮]1507 多羅吾，[三][宮]1559 多，[三][宮]1573 提，[三][宮]1647 廣說言，[三][宮]2040 肩婆羅，[三][宮]2121 悲花，[三][宮]下同 2043 多羅得，[三][甲][乙][丙]1211 哩二合，[三][甲][乙][丙]1211 言右旋，[三][甲][乙]1125 金，[三][甲]1195 嚴等，[三]4 今我作，[三]99 離提來，[三]100 提大會，[三]100 頭星會，[三]362 蔡羅薩，[三]1343 陀羅尼，[三]2149 多譯，[三]2149 多於勝，[三]2149 護每之，[三]2154 多譯第，[聖][另]1733 清淨故，[聖]410 不任食，[聖]953，[聖]953 千數應，[聖]1509 欲熟時，[聖]1582 致致昆，[聖]1721 問何故，[聖]1788 多圓滿，[聖]1788 故二云，[宋][宮]402 多羅譯，[宋][元][宮]1559 多羅說，[宋][元][宮]1507 遣信白，[宋][元][乙]866 灑鹽佛，[宋][元]866 薩普吒，[宋][元]988 神呪，[宋][元]1056 成就資，[宋][元]1227 和之加，[宋]402 多羅譯，[宋]988 神呪，[宋]1092 護摩萬，[宋]1092 作歡喜，[宋]1096 滿足增，[乙]1821 十地具，[乙]1821 作，[乙][丙]1199 攞嚩果，[乙][丙]1211 哩二，[乙][丙]1211 哩二合，[乙]852 菩薩戒，[乙]877 蜜多，[乙]897 香石南，[乙]912 油柴等，[乙]930 嘌二合，[乙]1204 爲親隨，[乙]1211 無始時，[乙]1821 多羅舊，[乙]1821 意明知，[乙]1821 意說非，[乙]1822 多究竟，[乙]2227 香石南，[乙]下同 1715 光，[乙]下同 872 菩薩焉，[元][明][宮][甲]901 哩二合，[元][明]1547 說曰如，[元]25，[元]1465 不依正，[元]2122 爲師晋，[原]1212 心印第，[原]1310 野二合，[原]1780 正觀論，[原]下同 2431 教云云。

蜜：[明]228 爲守護。

㮰：[三]186 栴檀香。

檀：[元][明]116 及栴檀，[元][明]263 香，[元]2122 香異物。

毘：[丙]1202 瑟咤。

容：[三]201 多營般。

塞：[宮]397 多羅次，[明][丙]、娑[甲][乙] 1214 ，[明][甲][乙][丙]

1214 頗二合。

夷：[甲][乙]2381 有云經。

圓：[甲]2003 香林遠。

榓

密：[聖]1721 者形似。

樒：[三][乙]1092 木柏木。

榕：[甲]1733 樹在嶺。

樒

蜜：[博][敦]262 并餘材，[聖]158 多摩羅，[聖]158 香風有，[聖]下同 310 衆花順，[宋][元]、密[宮]2103 緘匱玉。

宛：[三][宮]2122。

眠

閉：[宮]2122。

瞋：[宮]1542 云。

眈：[乙]1822。

服：[元]1579 隨煩惱。

蓋：[三]1340 無諸亂。

根：[三][宮]1451 意樂稱，[元][明]99。

股：[甲][乙]2390。

昏：[甲]2317 不取於，[三][宮]1421 臥長者，[三][宮]1648 睡成就，[三]186 而臥菩。

惛：[甲]1733，[明]99 睡臥。

開：[聖]200 眼我自。

寐：[明]1549 及覺者，[三]202 今方始。

懵：[三]2103 於生死。

綿：[三][宮]2103 藹藹車，[三][乙]1100 寢食不。

泯：[宋][宮]、瞑[元][明]749 目口誦，[宋][元][宮]、瞑[明]749 目受者。

明：[宮]2122 乃以如，[甲][乙]2778 故非實，[原]、[甲]1744 有經本。

瞑：[明]2122 目須臾，[知]418 心開解。

取：[宮]221。

沈：[甲]1830 障止引。

睡：[宮]1552 俱即增，[甲]2010，[明]100 寤，[明]1529 是無慚，[三][宮]1509 無夢時，[三][宮][甲]2053 天欲，[三][宮][聖][另]675 滅定二，[三][宮]1425 時，[三][宮]1550 雖，[三]26 臥夜則，[三]100 我，[聖]211 三者憍，[另]1458 若定若，[另]1428 有五過。

順：[宮]1558 心不相。

唾：[和]293 夢吉祥。

臥：[三][宮][聖]294 夢此城，[三][宮]616 十，[三][宮]1425 越比，[三][宮]1428 不世尊，[三][宮]1459 時不照，[三][宮]1648 駛隨，[三][宮]2122，[三][知]418 不聚會，[聖]1 宜可精。

息：[三]202 臥地。

行：[三][宮]1425 或非眠。

眼：[宮]1545 名心略，[宮][聖]285 蓋所縛，[宮][聖]354 睡，[宮]1550 心是能，[甲]、睡眠[乙]2263 等力令，[甲]、眠[甲]1782 是眼食，[甲]

1830，[甲][乙]1821 非劣故，[甲]1709 生死覺，[甲]1735 一切智，[甲]1830 是不相，[甲]2266 上二，[明]1525 及，[明]1545 隨，[明]1545 中慢無，[明]1458 臥事不，[明]1542 隨增唯，[明]2145，[三]1558 斷遍知，[三][宮][聖]1563 等及體，[三][宮]1425 睡以冷，[三][宮]1547 覺，[三][宮]1648 色，[三][宮]2045 喜瞋所，[三]1509 目不視，[聖]1452 根性差，[聖]1548 覺語默，[另]1721 稱爲短，[宋][元][宮]1451 息苾芻，[宋][元]1057 即有夢，[宋][元]1234，[宋][元]1336 中驚怖，[宋][元]1441 未覺如，[元][明]443 如來南，[元]338 亦復，[元]1500 作覺想，[元]1579 又此捨。

賊：[三][宮]1421 時今是。

醉：[甲]2337 人酒消。

綿

帛：[三][宮]2040 而以棺。

錦：[丙]2120 綵縑紬，[聖]2157 纘其文。

綸：[宮]2053。

彌：[三][宮]534 交錯樹。

綿：[元]2150 帛如客。

線：[甲][乙]2394 向曼荼。

縣：[甲]、懸[乙]2087 邈山川。

懸：[甲]2087 歷三歲，[乙][丁]2244 邈山川。

繒：[三][宮]456 叢林。

枕：[宮][聖]310 足所履。

轉：[明]159 不休息。

緜

因：[宋][元][宮]、困[明]2122。

免

哀：[宮]2074 切。

既：[乙]2296 非答二。

絶：[三]192 衆苦度。

覺：[甲]1705 何者。

虋：[甲]2128 反廣雅。

浼：[甲]2035 我一生。

勉：[宮][知]1522 諸患難，[宮]270 此死難，[宮]520 此苦佛，[宮]530 過去未，[宮]583 濟終無，[宮]606 濟無底，[宋][宮]616 其父大，[宮]720 邪見倒，[宮]738 出，[宮]1425 苦，[宮]1509 離此死，[甲]1075 離若被，[甲]1512 生滅是，[甲]1718 患中論，[甲]1728 不同王，[甲]1775 多矣非，[甲]1775 惡賊復，[甲]1775 於我也，[甲]1781 諸漏何，[甲]1782 故，[甲]1969 信常流，[甲]2044 衆苦與，[甲]2339，[明]2110 儒生曰，[三]279 濟如是，[三][宮]1425 即脱上，[三][宮]1522 戒行相，[三][宮][聖]292 出欲心，[三][宮][聖]1434，[三][宮][聖]1434 力莫不，[三][宮][石]1509 出復次，[三][宮]263 救吾子，[三][宮]278 濟苦，[三][宮]403 此餘人，[三][宮]425，[三][宮]1425 濟爾時，[三][宮]1478 十三者，[三][宮]1521 出四爲，[三][宮]1546 欲，[三][宮]2058 衰損瞻，[三][宮]2060 哉，[三][宮]2108 之哉如，[三]152 奴使慰，[三]185 出，[三]

192 逼親嫌，[三]212 比丘莫，[三]360 出世間，[三]606 火難父，[三]2110 而身命，[三]2145 思彙征，[聖]125 此患罪，[聖]1440 罪也若，[聖]1579 脱他論，[聖]1721 難歡，[聖][另]1721，[聖][另]1721 難歡喜，[聖][石]1509 其生老，[聖]99 於驅馳，[聖]125 此患苦，[聖]125 宿罪是，[聖]272 其罪還，[聖]272 脱是故，[聖]663，[聖]664 無常敗，[聖]1421 然此心，[聖]1421 斯患復，[聖]1421 斯災乎，[聖]1421 所居官，[聖]1421 者若吾，[聖]1440 禍難共，[聖]1509，[聖]1522 人身若，[聖]1546 惡道故，[聖]1721 火，[聖]1721 難而有，[聖]1723 難喻分，[另]410 斯惡耶，[另][石]1509 者甚可，[另]281 度諸厄，[另]1428 出於婢，[另]1428 於婢今，[另]1721，[另]1721 地獄持，[另]1721 難歡喜，[另]1721 難譬但，[另]1721 也所燒，[石]1509 三惡道，[石]1509 三者如，[石]1509 也是時，[石]1509 者，[石]1509 者是中，[石]1509 諸患難，[石]1668，[石]下同 1509 處譬如，[東][宮]721 望主望，[宋]189 遂復許，[宋][宮]278 恐怖者，[宋][宮][聖]、脱[元][明]425 周旋生，[宋][宮][石]1509 老病死，[宋][宮][石]1509 置陀舍，[宋][宮][石]1509 衆生於，[宋][宮]397 出何以，[宋][宮]397 大業小，[宋][宮]403 除衆難，[宋][宮]456 生死苦，[宋][宮]653 三，[宋][宮]653 者，[宋][宮]656 甚爲難，[宋][宮]721 以求救，[宋][宮]1494 苦得離，[宋][宮]1509 出聲聞，[宋][宮]1509 生老病，[宋][宮]2122 其形苦，[宋][明][宮][知]266 去聖軌，[宋][明][宮]2122 其身矣，[宋][聖]1421 罪厄今，[宋][元]、挽[明][宮]606 濟反更，[宋][元][宮]606 斯，[宋][元][聖]1421，[宋]156 阿鼻，[宋]374，[宋]653 衰患無，[宋]754 惡果報，[宋]754 是故我，[宋]1043 苦，[宋]1582 三惡道，[乙]1723 險道後，[元]2016 於毀譽，[元][明]2121 夫幼，[知]266 一切想，[知]266 衆生惡，[知]598 此患當。

滅：[三][宮]613 愛種子。

娩：[甲][乙]2296 競涉誰。

兎：[三]729。

脱：[三][宮]2121 時化沙。

晚：[宋][宮]、俛[元][明]2103 首僧尼。

危：[宮]2103 豈得苟，[三][宮][聖][另]342 害，[三]99 險地得，[三]2123 難今復。

邑：[甲]2036。

逸：[甲]2035，[三][宮]1442 若不去，[另]1442 躬耕妻，[另]1442 巡百。

遠：[宮]2109 害澄傳，[聖]1579 離。

執：[宋]2122 苦耳又。

眄

眵：[宋]、哆[元][明]下同、[宮]624 波，[宋][宮]下同、哆[元][明]下同 624 妲眄妲，[元][明]624 陀那尼。

顧：[三][宮]630 天尊默。

盲：[明]1563 名曰無。

眠：[宋][宮]、瞑[元][明]378 眩尋覽。

面：[宮]2123 巧媚薄。

明：[聖]1509。

瞑：[三][宮]378 眩頓覽。

盼：[明]310 行步。

眄：[明][聖]397 觀諸大，[明]22，[明]99 如是比，[明]201，[明]285 法界諮，[明]1450 諸臣啓，[明]2149 望前古，[三][宮]354，[元][明]190 目不斜，[元][明]278 擧。

吁：[宋][聖]、盱[元][明]361 強制見。

眼：[聖]1733 視故二。

瞻：[三]22 不失儀。

俛

免：[三][宮]2122 坐拭目。

泥：[三][宮][甲]2053 首非所。

宛：[宮]2060 頸聽法。

挽：[三][宮]2058 之不能。

勉

得：[宋]1509 自。

剋：[原]1696 也。

梁：[甲][乙][丁]2092 濠上之。

免：[博]262 出諸衆，[博]262 濟諸子，[甲]1828 死及不，[甲]1813 殺二，[甲]1920 出，[甲]2787 世呵是，[明][宮]2034 恒乃歎，[明]269 欲根，[明]585 濟無所，[明]2053 專，[三][宮]378 濟一切，[三][宮][聖]1421 斯患即，[三][宮]263 脱衆生，[三][宮]266 濟情欲，[三][宮]266 濟使無，[三][宮]309 濟其痛，[三][宮]374 復有二，[三][宮]397 離如是，[三][宮]414 衆苦，[三][宮]1478 二，[三][宮]1579 調伏安，[三][宮]2060 例如此，[三][宮]2103 禍窮而，[三]192 彼煢煢，[三]267 濟億衆，[三]375 復有二，[聖]334 諸人教，[聖]606 故説是，[聖]1723 馳走而，[宋][宮]、[聖]223 出復，[宋][宮]2103 尋大乘，[宋][元][宮]1521 令度生，[宋]627 濟勞穢，[宋]2060，[元][明]381 越斯難，[元][明]384 濟何不，[元][明]2122 可得，[原]1818，[原]1818 於三退，[知]418 行成。

色：[宮]2029 力求度。

兎：[石]1509 濟譬如。

挽：[宮]2040 求離生，[宋][宮]、挽[元][明]2121 身又無。

逸：[三]193 則制令。

免：[宮]618 勤方便，[三][宮]638 諸恐懼。

挽

免：[知]741 身從死。

勉：[宋]156 身生一。

娩：[宋][元][宮]2121 身所生。

娩

免：[三][宮]2122 身又無，[三]

118 躯兒亦。

俛：[三][宮]2103 順時逡。

冕

晃：[甲]2036 樂有咸。

勉：[宮][聖]1421 潔清淨。

寃：[聖]2157 忠以。

怨：[甲]1912 親以城。

沔

湎：[甲]2128 反説文。

河：[三][宮]2060 陽仙城。

緬：[聖]190 未有醒，[宋][元][宮]2122 若得如。

愐

湎：[三]374 飲。

緬：[三]2145 習以成。

瞑：[三]374。

伸：[甲]、伷[乙]2207。

婳

湎：[三]、愐[宮]263 音伎，[三]190 嬉戲未。

緬

敬：[三][宮]2122 尋聖教。

面：[三][宮]2040 與光合。

細：[元][明]2108。

緒：[三][宮][甲]2053 者應斯。

面

百：[甲]1821 皺名老。

背：[甲]2035 雪山伽。

邊：[三][宮]1435 應。

表：[甲]2289 以顯略。

當：[原]、當[甲]2006 門齒缺。

而：[丙]2134 誰，[宮]721 已先燒，[宮]338 瞻明鏡，[宮]656 禮佛足，[宮]724 説偈言，[宮]1425，[宮]1453，[甲][乙]1822 生由二，[甲]1736 門放種，[甲]1828 別有門，[甲]1912 無光澤，[甲]2073 參而性，[甲]2128 者以授，[甲]2400 轉用之，[明][乙]1092 極瞋怒，[明]318 爲，[明]937 現其前，[明]1211 慈，[明]1347 於佛前，[明]1464 坐時尊，[明]1669 者所有，[明]2154 燃餓鬼，[三]310 生佛前，[三]890 有五色，[三][宮]594 感三目，[三][宮]263 觀安住，[三][宮]513，[三][宮]1546 共世尊，[三][宮]2102 委盡而，[三][宮]2122 如，[三]99 相問訊，[三]156 自炳説，[三]196，[三]2121 有蚊虻，[聖]178 願説何，[聖]1199 於西眞，[聖]1723 大蒼黒，[宋][元][宮]、飾[明]1435 不得走，[宋]125 上擧身，[宋]1425 作禮頭，[元][明]26 從世尊，[元][明]760 斷坐行。

兒：[明]171 來還此，[明]2122 還此兒。

髮：[三]188 不理屎。

復：[三][宮]1644 向南走。

高：[三][宮]263。

回：[宋]2060 縛京室，[乙]2231 向本尊。

迴：[三][宮]1470 來還。

口：[甲][乙][丙]2089 天竺。

兩：[宋][宮]2060 卷雖。

露：[原]、露[甲]2006 堂堂滯。

目：[明]316 禮，[三]190 各任本。

南：[宮]721 名，[甲]1080 畫地天，[明]2121 枝若許，[中]440 佛南無。

品：[原]2408 無明。

首：[三]1533 龍王又。

四：[宮]901，[甲]2250 月，[三]1331 百由旬。

頭：[三][宮][西]665 邊復以。

圖：[乙]、西[乙]2157 二紙。

西：[宮]443 峰光如，[宮]2060 而上遙，[甲][丁]1141 門三方，[甲][乙]901 北面亦，[甲]1007 向東方，[明]2122，[三]1336 讀誦一，[三]2063 野，[宋][元]424 門出八，[宋][元]1101 畫阿迦，[乙]1069 安本尊，[乙]2087。

向：[宮]1451 觀察情，[甲][乙]2397 外，[甲]893 置之香，[甲]952 上第一，[甲]2128 銀牛口，[甲]2250 蹲踞而，[甲]2250 月二像，[明]657 立，[明]939 東行至，[三][宮]1443 奔逃世，[三][宮][聖]1428，[三][乙]1092 南白闕，[原]2409 東云云。

血：[丁]2244 和墨書，[甲]2196 然立世，[乙]2408 也人。

旬：[原]1744 此云惡。

也：[三][宮]729 醜惡色。

圓：[三][宮]443 燈如來。

置：[甲]893。

座：[三][宮]2104 交論二。

麪

餅：[三][宮]2122 日日如。

麵：[宮]2121 麥，[甲][乙][丙]1184 更取，[甲]1089 所求隨，[甲]1718 難食須，[乙]897 而作及。

麪：[明][甲]1988 多師或，[明][甲]1988 多又云。

麵

麹：[宋][元][宮]、麯[明]1463 和合。

麯：[甲]、麵麥麥麩[乙]2092 麥不立。

苗

果：[三]152 稼掃土。

黄：[丙]2120 晉卿。

殻：[三][宮]2102 之實故。

茅：[三][宮]1469 爲廬内。

由：[甲]1736 加行無。

園：[聖]99。

指：[甲]2036 李爲姓。

作：[甲]2882 或捉群。

描

綵：[甲]2290 身互謂。

苗：[乙]2394 繪圖云。

總：[甲]1828 防護六。

杪

抄：[三][甲]1227 進火中，[宋]2112 言。

眇：[三][宮]2122 翳景而。

少：[明]、妙[甲]1119 逼加持。

眇

渺：[甲]1735 然履空，[明]2102 幽明不，[三]2102 漫孰覩，[三][宮]2060 漫，[三][宮]2102，[三]2122 然若，[乙]2296 漭悅，[元][明]2145。

妙：[宮]2074。

渺

眇：[甲]1871 漫略開，[三][宮]2122 無像懸，[三][宮]2122 詠重玄，[宋][元][宮]2103 然滄海。

藐

根：[宮]761 而說法。

貌：[明]、－[宮]1526，[宋][元]397 三菩提。

妙：[明]843 三菩提。

若：[宋][元]1559 三佛陀。

邪：[知]418 三菩提。

耶：[三][宮]222 三菩阿，[三][宮]337，[三][宮]588 三菩，[三][宮]624 三，[三][宮]624 三菩提，[三][宮]下同 624 三菩提，[知]418 三菩提。

邈

貌：[宋]、[聖]、賤[元][明]199。

貌：[明]2016 出一切。

退：[聖]2157 不自陳。

雅：[三]2145 以貽學。

遠：[三][宮]2059 非凡。

妙

便：[三]1033 即又加。

別：[甲][乙]1822 智是初。

抄：[三]2154 經。

鈔：[甲]2219 芬陀利。

成：[三]158 無上士。

持：[甲][乙]867 大紅蓮，[三]1545 伽他。

此：[甲][乙]1816 色佛語，[原]2196 境先學。

達：[三]2063 理因心。

大：[甲][乙]1736 乎道有，[明]、大[甲][乙]1086 法輪此。

惡：[甲][乙]1821 行正，[甲]1828 行名謗。

法：[明]158 音謂波，[三][宮]477。

妨：[甲]1786 修耶若。

分：[聖]1451 花遍莊。

姟：[三][宮]263 意所至。

紺：[三][宮]1442 容得聖。

工：[三][宮][甲]2053 取納。

故：[甲]1724 智見智，[甲]2339 空不異。

果：[明]220 藥樹。

好：[燉]262 好種種，[宮]309 六度無，[宮]2034，[宮]2103 氣，[甲][乙]2223 也，[甲]897 新淨，[甲]1723 行，[甲]1733 用攝生，[甲]2266 觀亦能，[甲]2400 光四本，[明][聖]663，[明]354 色，[明]1546 若遠若，[明]2087 藥遞相，[三]186 熏遍布，[三]

[宮]456 極大茂，[三][宮]693 珍寶所，[三][宮]721 如是來，[三][宮]754 臥，[三][宮]827 威神巍，[三][宮]1425 色天寶，[三][宮]1458 階道是，[三][宮]1579 色惡色，[三][宮]1646 謂能念，[三][宮]2103 而獨拔，[三][宮]2121，[三][宮]2122 首是菩，[三][宮]2123 之處若，[三][乙]1092 皆，[三]26 湯藥餔，[三]168 潔無有，[三]187 塗香塗，[三]193 無比時，[三]193 無有比，[三]194 色及不，[三]1537 田宅臥，[三]1982 響十方，[聖][另]1548 聲非衆，[聖][另]1548 聲非，[聖]643 法音作，[聖]1602 慧究竟，[另]1548 聲非衆，[石]1509 道去，[宋]1339 戒上首，[元][明][宮][聖]354 有種種，[元][明]2122 共前。

妹：[三][宮]1547 聖弟子。

秘：[甲]2006 藏詮註。

密：[明][丙]1211 理趣教，[明][甲][乙]1225 儀軌當，[明]1087 言三業，[三]1087 門。

眄：[三]186 悦者即。

眇：[三][宮]596 王天上，[宋]1013。

渺：[宋]1013 法是經。

廟：[甲]2036 選高行。

名：[三][宮]1442 衣諸瓔，[聖]423，[聖]440 佛，[原]1882 德叩示。

明：[甲]1763 佛住果，[原]、明[甲]2006 無盡句。

默：[明]997 修道。

女：[甲]1781 人求大。

巧：[宋][明]374 是故得。

且：[三][宮]、具[聖]586 好以爲。

仁：[三]2121 乃爾。

如：[宮]285 華宣布，[宮]761 法集世，[甲]1512 法者釋，[甲]1830 法花等，[甲][乙]1724 故證但，[甲][乙]2397 果佛，[甲][乙]2778 喜之國，[甲]1112 無礙智，[甲]1200 伽他加，[甲]1512 雖有不，[甲]1816，[甲]2230 前已説，[甲]2261 從麁至，[甲]2266 乃，[甲]2266 善法中，[甲]2299，[甲]2300 物之名，[明]316 樂和合，[三][宮]1530 智究竟，[三][宮]277，[三][宮]669 青珠七，[三][宮]693 師子像，[三]158 佛土以，[三]1442 津孕寶，[聖]354 聲以，[聖]1562 香或觸，[聖][甲]1733，[聖]278 華以爲，[聖]310 功德有，[聖]1509 化天，[宋][宮]402 法印，[元][明]221 化品第，[元][明]1187 頂功德，[元]1474 解空無，[元]1579。

沙：[甲]2036 界延洪，[甲]989 彌龍王，[甲]2035 末帝朝，[甲]2266 善靜慮，[甲]2266 陀羅尼，[甲]2397 聲四生，[明]653 法毀壞，[明]2102 法所沾，[三][宮]1579 門樂爲，[三][宮]2103 門重闡，[三]196 然得病，[三]1336 舊山中，[三]2059 簡二衆，[聖]272，[聖]953 見能現，[聖]953 事及諸，[聖]1421 法遣還，[聖]1549，[宋][元]1537 法具明，[宋]354 門寬大，[元][明]440 佛南無。

善：[明]415 哉諸佛。

少：[宮]1648 答若人，[甲]1924 不同前，[明]1119 逼加持，[三]194 形體最，[三][宮]1563 多衣等，[三][宮]1482 勝相如。

涉：[三][宮][聖]310 行當見。

生：[和]293 色像皆。

勝：[宮]374 若有能，[甲]1909 佛南無，[甲]2223 益，[甲]2263 樂是皆，[明][宮]665 香水灑，[聖]200 世所希。

始：[明]2112 理沈研。

世：[宮]2121 善身長。

姝：[三][宮]2121 好。

四：[三][宮]338 法者菩。

碎：[宮]1451 蓮華。

特：[三][宮]433 曠無厭，[三]125 玉女中，[聖]200，[聖]200 世所希，[聖]200 有白淨。

天：[原]1098 宮殿。

土：[宮]1530 而見穢。

微：[甲]1736 勝德之，[甲]2271 窮至理，[三][宮]285 難了普，[三]26 五根，[聖]294 方便深。

味：[元][明]1545。

細：[甲]1799，[甲]1961 相此何。

言：[明]379 軟美言。

姚：[聖]2157 顯。

衣：[三]397 適意供。

以：[甲]1934 法更弘，[三][甲][乙]1022 香花與。

意：[元][明]6 宜。

音：[甲][乙]913 樂。

遠：[三]1 説黒白。

正：[三]2103 法以。

之：[三]、－[甲]972 願願，[聖]375 音從何。

知：[宮]1646 故厭離。

智：[三]1343 音菩薩。

廟

朝：[甲]2036 旨主慶。

厝：[乙]1723 字廟。

殿：[三]2154 廷逍遙。

佛：[三][宮]392 寺旌表。

廣：[宮]2060 猶陳五，[甲]1804 作無義，[甲]1783 敬，[三][宮]2104 略碎蕩，[聖]278，[聖]1441 中物支。

届：[三]2149 室。

曆：[三]2145 慮時竺。

妙：[三][宮]2103 略也固。

寺：[三][宮]2121 以栴檀。

堂：[另]1458 處若外。

棠：[宋][宮]、根[元][明]2122 心生隨。

廂：[甲]2193 右廟，[宋][元]2122 獄火燒，[知]2082 獄火光。

養：[三][宮]263 如是過。

宅：[三]2059。

繆

謬：[三]2145 以俟君。

咩

彌：[三]988。

銘：[三]、洋[丙][丁]865 婆，[三]865 捺。

啐：[宮]397 二十三。

羊：[三]985 羯麗，[三][宮]664 彌摩呵，[三]985 羯囉，[元][明][宮][甲]901 鳩魯輕。

搣

滅：[宮]724 毛，[三]5 椎心悲，[三]145 髮宛轉，[三]154 其毛羽，[宋][聖]100 掣頓揉，[宋][元][宮]、明註曰南藏作滅 2122 頭髮斷，[宋][元][宮]1425 毛以木，[宋][元][宮]1464 大喚世。

滅

彼：[甲][乙]2385 未來種，[三][宮]1545 至第二。

波：[三]2122 遷閔家。

殘：[三]192。

藏：[宮]618，[甲]1816 初中三，[甲]1863 苦道此，[三][宮][知]266 志厥慧，[元][明][宮]624 不斷三，[元][明]193，[原]、藏[甲]1782 返爲顯。

懺：[聖]664 若有衆。

成：[宮]1595 故功能，[宮]414 無生微，[宮]671 法以見，[宮]2121 之時有，[甲]2196 道次曰，[甲]2339 益三一，[明]99 不起法，[明]1563 滅，[三][宮]426，[三][宮]285 具地無，[三][宮]481 道行之，[三][宮]1558 無，[聖]222 終，[聖]225，[宋]220 故舍利，[宋][元]1539 道所斷。

城：[丙]2120 執律捨，[宋]、味[元][明]125 爾時世，[乙]1709 壁是故。

誠：[甲]2266 懇發喜，[元][明]44 憂愁不，[元][明]1537 此是涅。

熾：[原]1818 二妄心。

出：[聖]397 現在之。

除：[甲]967 一切菩，[甲]1733 闇，[甲]1961 豈，[明]1383 若能終，[三][宮]451 於三寶，[三][宮]644 諸天身，[三]985，[三]1082 一切厄，[聖]663 一切無。

處：[宮]325 相覺力。

存：[原]、明[甲]1863 一以此。

道：[甲]1821 見，[甲]2266，[三][宮][聖]1579 所斷煩。

定：[甲]1911 即。

斷：[宮]1551 斷者決，[甲][乙]1822 根故七，[三][宮]1646 陰身以。

而：[元][明]614 入涅槃。

法：[甲]1828 一是過，[三][宮]1562 位中前，[三][宮]310 何故現，[三][宮]1546 故説三。

覆：[三]203 諸梟然。

感：[甲][乙]1822，[甲][乙]1822 麁業轉，[甲][乙]1822 豈不唐，[甲]1828 生彼即，[甲]1828 者如下，[甲]1833 生爲煩，[甲]2266 何故復，[三][宮]443 脚迹如，[聖]1733 得清淨，[乙][丙]1833 眼等轉，[乙]1709 響應喻，[乙]2249 故非異，[乙]2249 無想異，[原]1722 難期知。

觀：[三][宮]、親[聖]292 志積慧。

光：[甲]1778 忍十地。

果：[三][宮][聖]397 界皆悉。

過：[三][宮]1551。

壞：[另]1721 是。

穢：[宮]585 常離諸，[三]1545 道亦然。

或：[明]220 一切鬪，[乙]1816 可斷若。

惑：[甲]1733，[甲]1733 諍二自，[甲]2255 得須陀，[另]285 十方。

及：[甲]1925 生死苦。

集：[三][宮]1539 所斷邪。

寂：[宮]1594 本寂自，[甲]1735 二乘於，[甲]1782 也。

緘：[甲][乙]2087，[三]2087。

減：[丙]2381 猶如隨，[丁]1831 分別，[宮]227 失須菩，[宮]310 生死煩，[宮][聖]1544 法離法，[宮][聖]1579 盡見此，[宮][乙][丙][戊]、感[甲]1958，[宮]310 微塵遊，[宮]676 盡可得，[宮]702 或有衆，[宮]1435，[宮]1545 行趣有，[宮]1611 諦無漏，[宮]2040 一劫諸，[甲]1715 魔一，[甲]1778 折一乘，[甲]1813 結重故，[甲]1833 五一性，[甲][乙]1816 謗第，[甲][乙]2259 彼不增，[甲]1273 又像二，[甲]1709 將末壽，[甲]1709 一行相，[甲]1709 止增五，[甲]1781 一劫而，[甲]1782，[甲]1789，[甲]1795 一理齊，[甲]1816 可斷眞，[甲]1828，[甲]1828 別，[甲]1828 一生二，[甲]1828 者還滅，[甲]1863 七得無，[甲]1863 七生永，[甲]2035 三劫三，[甲]2195 七，[甲]2219 法，[甲]2249 答八謂，[甲]2250 世界成，[甲]2250 言我若，[甲]2261 一，[甲]2266，[甲]2266 常聚不，[甲]2266 漸消一，[甲]2299 如普賢，[甲]2305 由淨生，[甲]2396 覺道，[別]397 覺行，[明]100 人民死，[明]220 一切相，[明]846 生無量，[明][宮]1551 因如軟，[明]156，[明]220 故應學，[明]663 於行惡，[明]997 無世界，[明]1340 也摩那，[明]1450 地味，[明]1562 如，[明]1636 亦不散，[三]99 壞其心，[三]202 復以衣，[三]1982 五燒發，[三][宮]1545 散壞此，[三][宮]1605 離無色，[三][宮]1606 離無色，[三][宮][德]1563 器世間，[三][宮][聖]397 生死，[三][宮][聖][另]1459 言便招，[三][宮][聖][石]1509 不垢不，[三][宮][聖]231 猶如大，[三][宮][聖]383 一劫況，[三][宮][聖]1562 至足，[三][宮][石]1509 展轉生，[三][宮]267，[三][宮]397 盡菩薩，[三][宮]627 如，[三][宮]721 無，[三][宮]1421 不久又，[三][宮]1425 是名汚，[三][宮]1451 無，[三][宮]1488 故不增，[三][宮]1546，[三][宮]1546 復次若，[三][宮]1547 壞破有，[三][宮]1549 五人不，[三][宮]1551 一欲二，[三][宮]1552 而不增，[三][宮]1558 至足等，[三][宮]1562 而無隨，[三][宮]1563 愚闇後，[三][宮]1581 是善解，[三][宮]1593 離無色，[三][宮]1646 若因自，[三][宮]1647，[三][宮]2041 在於登，[三][宮]2060，[三][宮]2122 王，[三][宮]2122 於脚等，[三][宮]2123 便旋即，

[三][甲]、咸[乙]2087 使之然，[三][聖]99，[三][聖]99 不知籌，[三][聖]99 如來正，[三][聖]99 所以者，[三][聖]125 惡法遂，[三]99，[三]99 華果不，[三]99 汝是童，[三]99 隨於，[三]100，[三]125 我法莫，[三]125 無形勝，[三]193 盛，[三]196 四者乞，[三]203 無可逃，[三]210，[三]220 於諸佛，[三]425 是曰布，[三]618 觀生滅，[三]673 楞伽王，[三]1466 以淨縫，[三]1545 故言不，[三]1581 是善入，[三]1672，[三]2088 五百年，[三]2145 其繁長，[聖][石]1509 是爲無，[聖]125 者難限，[聖]223 學乃至，[聖]446 慧，[聖]668，[聖]1579 而修習，[另]717 不復，[宋]、中[宮]636 盡諸惡，[宋]1545 故名爲，[宋][元]1647 福惡行，[宋][元][宮]702 舍利弗，[宋][元]246 無明，[宋][元]1548 憂，[宋]643 衆罪障，[宋]2059，[乙][丁]2244 一劫經，[乙]1709 不勝不，[乙]2249，[乙]2263 下品無，[乙]2263 義耶爰，[元][明][宮]327 於白淨，[元][明][宮]374 是故復，[元][明][宮]397 句是不，[元][明]760 九劫菩，[元][明]1571 變異微，[元]221 薩云若，[原]2248 少行施，[原][甲]2325 三二生，[原]1744 意生身，[原]2196，[原]2196 於四，[原]2339 第二類，[原]2339 而不可，[知]1579 怨害，[知]1579 因緣三。

解：[甲][乙]1909 諸怨。

戒：[甲][乙]1822 墮落立，[甲]1728 皆於中，[甲]1805 悔殘五，[三][宮]637 諸化亦，[宋]730 之阿羅。

盡：[三][宮]1550 是非想，[三][宮][聖]231 無有，[三][宮][聖]1509 道亦如，[三][宮][聖]1509 相若，[三][宮]1421 道已辦，[三][宮]1506 者無相，[三]193 癡原生，[聖]1788 者正捨，[聖]663 滅無餘，[石]1509 道，[乙]2263 不實如。

靜：[三][宮]、得[聖]1579 清淨復，[三][宮]671 法是故，[三][宮]838 法證悟，[聖]1788 寂，[另]310。

灸：[三][宮][知]741 天地皆。

舉：[甲]2259。

空：[宮]273 時是法，[甲]2196 時一劫。

來：[三][宮]1545。

離：[宮]848 繫屬他，[甲]1820 終不可，[三][宮]1646 燈亦應，[聖]1549 下分結。

流：[甲]1870 護所滅。

論：[甲]1805 名重吉。

沒：[宮]2122，[宮][宮]425 盡衣，[三][宮]277 何者是，[元][明][宮]425 盡皆由。

戚：[甲]2128 亦。

搣：[明]2122 毛，[三][宮]620 枝毀根，[三][宮]2123，[元][明]、搣[宮]816 唾言持。

泯：[甲]1924 相入實，[甲]2339 心生問。

明：[甲]1863 一法。

難：[乙]2878。

抛：[原]、拋[甲]2006 向瞎驢。

破：[宮]1593，[三]375 壞故是。

然：[甲]1722 孰開孰，[三][宮]285 無量震，[三][宮]672，[三][宮]2122 不動感，[三][宮]2122 不動是，[三]99。

染：[明]1595 即有淨。

如：[明]1435 是名無，[元]1566 後如來。

入：[甲]1783 之旨。

洒：[三][宮][甲]901 壇處作。

散：[明][甲]964 不能爲，[三]985，[三]1331 不。

色：[三]682 離色無。

善：[三][宮][聖]1509 念出入，[原]、咸[甲]1782 護他意。

燒：[石]1509 燒一家。

深：[原]1744 隱而未。

生：[甲]1828 生差別，[三][宮]479 復不滅，[聖]223 故世尊，[元][明]273 性若心。

盛：[甲]、滅[乙]2259 香味二，[三][宮]443 者如來。

失：[三]1564 故復次。

時：[三][宮]721 唯可單。

識：[甲]、滅[甲]1851 爲不作，[甲][乙]2259 相應四，[甲]2266 定無性，[甲]2266 方始開，[甲]2266 領納前，[甲]2266 同時即，[甲]2299 文已上，[甲]2339 故變易，[三][宮]623 無身無，[三][宮]1542 有對想，[三][宮]1646 故知不，[三]1646 法不去，[聖]1788 變然有，[元][明]385 斯出。

使：[甲][乙]1909 人身常。

拭：[乙]2408。

死：[敦][燉]262，[甲]2036 而神不，[三][宮][聖][另]1509 相涅槃，[聖]310 有處，[乙]2391 隨應現。

損：[宮]2121 阿難又，[甲][乙]1821 過若中。

外：[甲]2255 故云何。

亡：[甲]1733 名離垢。

威：[甲]975 除，[甲]1782 堅牢之，[甲]2250 於肉團，[明]1153 德，[明]2034 經，[三][宮]224 神入禪，[三][聖]1 名稱，[聖]381 度則爲，[聖]425 燒，[聖]639 度四者，[聖]1462 境界與，[原]1772 光恍曜。

微：[宮]262 度來如。

我：[聖][另]1543，[宋]99，[元][明]649 瞋障斷。

咸：[甲]2266 離無，[另]1509 一切法，[元][明]26 作，[原]1782 應作證。

性：[甲]1736 無變易。

夷：[三][宮]638。

已：[甲]2266 後生六。

以：[乙]2309。

異：[甲]2249 道，[甲]2263〇此不，[乙]2261。

義：[宮]266，[明]1810 諍者是，[三][宮]657。

緑：[三]1525 法非法。

悦：[宮]890。

樂：[聖][另]1548 涅槃乃。

哉：[甲]1709 立染淨。

臧：[三]2145 焉修焉，[宋][宮]、藏[元][聖]350 是爲羅。

增：[甲]1922 如日不，[三][宮]1546 往詣佛。

者：[明]475 則我病。

之：[原]2292 相若無。

織：[三][聖]375 不。

終：[三]375 沒如何。

種：[甲]2339 身心惱。

作：[三][聖]223 如是須。

成：[甲]2323 道來四。

蔑

塵：[三]606 須臾之。

慌：[宮]309 如。

凌：[三][宮]1562 於他故。

慢：[三][宮]2121 心今雖。

夢：[宮]322 是非時，[宋][宮]2060 由來，[宋][元]729 不承用。

彌：[元][明][宮]310 戾車如。

篾：[宮]2080 以起後，[三][宮]1545 戾車中，[宋]、[明]2087 佛法不，[宋][宮]770 衆人計，[宋][宮]2123 人興起，[宋][元][宮]1545 尊者自，[宋][元][宮]2123 不，[宋][元][宮]2123 當知憍。

莫：[三]2145 知爲苦。

篾

蔑：[甲]2128 眠結反，[三]1562 勝，[三][宮]1542 故云何，[三][宮]1542 過慢者，[三][宮]1545 車中性，[三][宮]1545 戾車人，[三]220 戾車中，[三]2122 一切籠，[元][明]387 云何邪。

侮：[三][甲]1332 爲子不。

簣：[甲][丙]、[丙]1753 即踰之。

懱

怽：[甲]2128 音亡別。

闑

闌：[聖]1437 及闑。

藝：[聖]1462 住者若。

閾：[三][宮]、藝[聖][另]下同1435 及闑處。

蟄：[聖]1462 以外五。

蠛

蠓：[三][宮]534 翅欲障。

民

臣：[甲]2036 縞素奉，[三][宮]2122 同歡當。

艮：[乙]2391 那羅延。

昏：[三]309 萌不可。

氓：[三]、珉[宮]2103 俗是以，[三][宮][甲][乙]2087 俗殷盛，[三][宮]2060 品彼國，[三][宮]2060 庶爲無，[三][宮]2104 俗是以，[三]2087 庶，[三]2145 宜弘方，[元][明]2123。

泯：[明]2103 靈府神。

名：[宮]657 一，[明]1435 大居士。

命：[三][聖]178 長壽二。

尼：[宋]1362 達哩窒。

人：[甲]2207 賜田，[明][甲]997 貧窮貿，[三][宮][聖]1509 來，[三][宮]544 中口，[三][宮]1435 應付囑，[三][宮]2040 壽則過，[三][宮]2103 禮教，[三][宮]2122 備皆修，[聖]211，[聖]227 不能降，[宋][宮]2123 衆疾可，[元][明]1435 等心無。

仁：[聖]2157 徳歸厚。

氏：[宮]2122 部於所，[甲]2039 以吴越，[甲]2266 前得無，[明]2110 姓樂名，[三][宮]2103 之兵，[三]2088 太祖道，[三]2103 先兮蚩，[宋][宮]1509 須夜，[宋][元][宮]2104，[乙]2393 散儞係。

庶：[三][宮]2122 一者教。

天：[三][宮][聖][石]1509 不能得，[三][宮][聖]223 不能得，[元][明][宮][聖]223 不能得。

物：[三]2121 蠕動之。

已：[聖]2157 廢業七。

因：[三]2110 剋滿常。

曰：[三]125 快哉善。

展：[三]23。

衆：[宮]683 得輕安。

足：[三][宮]2121 富華。

旻

昊：[三][宮]2103 天不，[三][宮]2122 襄陽人，[宋][元][宮]2111 信廣醯。

是：[聖]2157 二月十。

天：[宋][宮]2122。

吴：[宮]2034 出見二，[宋][宮]2122 蒼。

岷

岻：[宮]2122 山通。

汶：[宮]2059 蜀道洽。

怋

恨：[乙]2227 我今以。

婚

婦：[甲][乙]1822 證問菩。

珉

泯：[三][宮]660 陀羅山。

切：[宋]、[元]2122 聞而戲。

琅：[甲]2129 字爲唐。

罠

閺：[三]5 隨道而。

揞

口：[甲]2183 述。

皿

盂：[三][宮]397 器如剥。

四：[甲]1736 往送。

血：[明]2131 蟲爲蠱，[宋][元]1092 盛食以。

泯

辯：[甲][乙]1733 二相盡。

帝：[三]1343 阿摩羅，[三]1343 扇多。

諦：[甲]2006 阻隔關。

多：[三]1343 目呿波。

浪：[元][明]2103。

岷：[甲]2128 説文從，[三][宮]2102 庶故比。

滅：[甲]1733。

民：[宋]2110 棄鴻漢。

暋：[宋]、睧[元]2061 然而合。

泥：[三]987 伊提履。

限：[甲]1072 二合那。

泯：[三]1343 阿三婆，[三]1343 迦久，[三]1343 僧都沙，[三]1343 莎婆竭，[宋][明]1343 尼羅蛇，[宋][明]1343 阿襜，[宋][明]1343 阿難多，[宋][明]1343 闍，[宋][元]1343 阿摩羅。

泜：[宮]2122 然如，[甲]997 抳十七，[元][明]1336 泥十八。

紙：[聖]、民[聖]1733 非生不。

敃

愍：[甲]2128 聲也敃。

敏

敦：[明]99 密。

繁：[乙][丙]2092 學博通。

改：[三][聖]211。

海：[三][宮][聖]2034 達賢智。

憨：[三][宮]2060 衆所先。

教：[三][宮][聖]292。

敬：[明]322 之意不。

每：[宮]2059 口從恒，[甲]1111 菩薩係。

密：[聖][另]790。

愍：[宮]635 志悦樂，[甲]1918 於行慈，[明]2110 帝篤意，[三][宮][聖][另]285 達爲衆，[三][宮]263 慧如諸，[三][宮]847 易，[三][宮]2102，[三][聖]210 達善言，[三]191 利濟有，[三]193 善心調，[聖][另]285，[聖]425 不敢重，[宋][元][宮]2102 法師戎，[宋]186 疾得上，[元][明]461 教，[元][明]2151 帝建興。

憋：[甲]2837 此二見，[三][宮]1505 是身念。

明：[甲]1736 博達人。

支：[三]2149 度及竺。

閔

愍：[三][聖]224 傷慈哀。

黽

龜：[乙][丁]2092 共穴人。

蛙：[三][宮]2102 所達。

愍

哀：[三][宮]263 法，[三][宮]276 一切廣，[三]361 之悉令。

悲：[宮]279 恒有信，[甲]2261 來即爲，[明]1686 心，[三][宮]318 普護於，[三][宮]512 心如，[三][宮]544 敷演世，[三]185 念人生，[三]374 有大方，[宋][明][宮]1451 心遂得，[宋][明]156 心者應。

慈：[三][宮]398 是爲慧，[三][宮]2121 聽入大，[聖]1582。

惡：[聖]425 愛。

發：[甲]1731 之。

改：[甲]2084 心至明，[三][宮]263 發慧，[三][宮]2103 俗一朝，[聖]361 動八方。

股：[宋]、殷[元][明][宮]310 重求佛。

救：[三]203 濟我厄。

聚：[聖]379 諸衆生。

憐：[三]202 我者當。

憐：[三]、憐[宮]1425 莫使苦。

免：[甲]1912 我三毒。

敏：[宮]425 智是，[甲]1280，[甲]1700 次應發，[三]2153 度録魏，[三][宮]1530 者慧成，[三]6 能言何，[聖]211 好學正，[宋]、愍[元][明]125 念一切，[宋][宮]273 不可思，[元][明][宮]481 慧行不，[元][明]2110 德以爲。

愍：[丙]1056 觀察護，[丙]1184 心，[丙]1184 一切苦，[甲]2400 心來去，[甲][乙]1211 念諸有，[甲][乙]1214 令我無，[甲]1735 一切有，[甲]2053 西遊煢，[三]190 彼，[三][宮]2060 彼含育，[三][宮][甲]2053，[三]164 念其鴿，[聖][甲]953 世間天，[聖][甲]953 一切有，[聖][甲]953 諸有情，[宋][宮]1537 世間諸，[宋][宮]1537 説眞勝，[宋][元]1185，[宋][元]1532 心爲彼，[宋][元][宮]310 世間利，[宋][元][宮]1537 無依，[宋][元][宮]1579 食吐活，[宋][元][宮]1602，[宋][元][甲]1033 念苦，[宋][元]1101 念微笑，[宋][元]1227 其立壇，[宋][元]2061 之乃端，[宋][元]2122 心，[乙]1069 汝能以。

憫：[宮]262 而怪之，[宮]下同 262，[宮]下同 262 衆故行，[甲]1789 解脱三，[甲]1795 物迷之，[明]1598 諸有情，[明]2121 手摩其，[三]246 自觀已，[三]375 世間大，[三][宮]2109 傷殺之，[三][宮]2121 念不樂，[三]375，[三]375 必見垂，[三]375 常當往，[三]375 常與如，[三]375 除斷我，[三]375 慈得如，[三]375 慈念諸，[三]375 好施，[三]375 苦衆，[三]375 菩薩爾，[三]375 如來法，[三]375 世間爲，[三]375 受我等，[三]375 心譬如，[三]375 一切衆，[三]375 一切諸，[三]375 之愁毒，[三]375 衆生從，[三]375 衆生皆，[三]375 衆生善，[三]375 住壽一，[三]下同 375 行大黒，[三]下同 375 一切衆，[三]下同 375 者名爲，[三]下同 375 之，[宋][元]、憫[明]375 念，[宋][元]375 世間爲，[宋]374 常當往，[元][明]375 心怨親。

念：[三][宮]2122 衆生。

懃：[甲]1733 苦情愍。

攝：[甲]2219 受此偈。

恕：[明][宮]2121 之至心。

説：[宋][宮]、憫[明]278。

慰：[宮]314 心彼發，[聖]419 念三世。

繫：[乙]1724 念安樂。

遐：[元][明]192 念方。

心：[三][宮]309 無有害，[三][宮]1488 見他偸，[三]186 一切欲。

殷：[甲][乙]2185。

慇：[聖][甲]1733 重之極，[聖]1733 至深心，[原]1776 厚曰，[原]1776 至五維，[原]1776，[原]1776 至名曰。

願：[原]、願[甲][乙]1796 三。

忞：[甲]1710 給僕隸。

閩

闕：[甲]2130 譯曰麁。

閧：[甲]2035 之候官。

愍

敏：[甲][乙]1866 法師立，[甲]2837 此輩長，[三][宮]2122 生知學，[三]210 學攝身，[三]2145 度三經。

愍：[甲]1784 行人未，[甲]1847 念，[甲][乙]1799 不覺流，[甲][乙]1799 開示衆，[甲][乙]1799 淪溺今，[甲][乙]2393 弟心及，[甲]971 利益云，[甲]1799 我愚教，[甲]1804 故善生，[甲]2015 之出現，[甲]2052 然垂泣，[明]316，[明][乙]994 種種方，[明]316 納受彼，[明]316 我發是，[明]316 樂多損，[明]1545 告言諦，[三]187 生利益，[三]187 我故受，[三]1340，[三]1340 故爲説，[三][宮]1545 意樂所，[三][宮]263，[三][宮]557 念知我，[三][宮]1443 故，[三][宮]1545 諸有，[三][宮]1545 作如是，[三][宮]1566 何以故，[三][宮]2053 將向寺，[三][宮]2053 其局狹，[三][宮]2123 念賜其，[三][宮]2123 其愚癡，[三][宮]下同 1536 語或嗔，[三][聖]125 此太子，[三]167 無量其，[三]187 一切如，[三]187 諸世間，[三]212 一切弘，[三]220 彼故不，[三]1104 於我及，[三]1340 愛語謙，[三]1340 世間取，[三]1340 我及餘，[三]1340 心爲人，[三]1340 衆生示，[三]1340 諸衆生，[三]1402 爲欲利，[三]1566 我今以，[三]2154 帝建興，[乙]1796，[元][明]333 念饒益。

憫：[甲]1931 己愍。

憫

閔：[宮]226 其眼徹。

愍：[宮]1912 彼今苦，[宮]1912 傷，[甲]1924 念衆生，[三][宮]、閔[甲]2053 降以良，[三][宮][聖]224 念，[三][宮]2121 莫以頭，[三][宮]2121 其罪重，[三]955 心。

潤：[甲]2395 三有六。

名

百：[明]2153 五部僧。

本：[三]2154 有訶字。

必：[甲]2270 於彼生，[甲]1841 非量，[甲]2204 眞言門，[聖]1509 不受修，[另]1721 孚獸所，[宋]1562 色，[原]2271 爲因不。

便：[明]1598 救濟其。

遍：[甲]921 名歌詠。

別：[甲]2281 法能有，[原]、各[甲]2434 體云云。

卜：[甲]1766 唯隣是。

不：[甲][乙]1822 見也，[甲][乙]2249 遍任持，[甲]1816 損減又，[甲]2323 達爾前，[甲]2339 爲斷已，[甲]2400 迴，[明]340 修行菩，[明]374，[乙]1821 得此乃，[乙]1822 如，[乙]1822 爲德理，[原]、若[乙]2297 謗三寶，[原]2306 爲常離，[原]2339 爾故爲。

稱：[甲][乙][丙]2163 疏，[甲][乙]1821，[甲][乙]2263 所遮只，[甲]1733 圓以是，[甲]1744 爲廣鉤，[甲]1864 覺答念，[三][宮][聖]383 號汝癡，[乙]1723 三各。

城：[甲]1733 普門此。

持：[三][聖]375 戒以不。

初：[三][聖]397 發無縛。

除：[原]1744 除糞今。

此：[聖]1451 此無福。

答：[甲]2339。

大：[三][宮]397 功德多。

道：[甲]2261 欲人及。

得：[宮]1810 受戒，[甲]1887 自利六，[三]1545 順流，[三]1595 無分別，[聖]1788 有餘變，[元][明]375 安樂如。

都：[聖]375。

多：[宮]374 常譬如，[宮]721 知識實，[宮]1592 以十地，[宮]1810，[宮]2123 聲不好，[甲][乙]1822 雖，[甲]1705 少分化，[甲]1782 者欲界，[甲]1851 爲斷婬，[甲]2087 而不字，[甲]2087 流先達，[甲]2266 釋或四，[甲]2266 正行，[明]2 輸部輸，[明]352 聞迦葉，[明]1648 世間福，[明]2123 曰難陀，[明]1435 聞多知，[明]1462 爲後善，[明]1465 婆修羅，[明]1562 慧解脱，[明]1562 相施設，[三][宮]1545 有對色，[三][宮][聖]816，[三][宮]379 娑，[三][宮]721，[三][宮]765 惡慧樂，[三][宮]1546 勝無過，[三][宮]1563 福，[三][宮]1610 句味等，[三][宮]2122 閉戻，[三][宮]2123 聞爲人，[三][乙][丙][丁]865 業金剛，[三]99 梨師達，[三]192 聞所受，[三]1505 染著雜，[三]1644 聞，[三]2154 同，[聖]1563 有，[聖]200 聞遍十，[聖]1421 須達多，[聖]1509 魔事答，[聖]1548 無行般，[另]1721 爲，[石]1509 佛多陀，[宋][宮]1509 聞普遍，[宋][元][宮]1463 五夜相，[宋][元]721，[宋][元]1562 色縁識，[宋]736 憍豪自，[宋]1546 頂法彼，[乙]1723 寶，[乙]1821，[乙]1909 天佛南，[乙]2157 少異，[乙]2157 是別，[乙]2782 種相心，[元]1257 於輪輞，[元][明]1517 平等於，[元][明]100 爲正，[元][明]424 爲祭是，[元][明]607 聞無有，[元][明]1545 世俗聖，[元]99 爲聖戒，[元]1430 譬及利，[原]1851 字方成，[知]384 在餓鬼。

惡：[三][宮]1435 聲流布。

爾：[甲][乙]1822 意成天。

二：[宋]、－[宮]1509 力散諸，[宋]、是[元][明]、－[宮]1509 無畏集。

法：[明]682 是爲遍，[原]1851 有無二，[原]2263 句中現。

芳：[三]2103 莫不定。

分：[甲]2119 教以垂，[三]1562 諸靈妙，[三]1558 無別屬。

佛：[三]2150 治。

各：[宮][甲]1912 將諸比，[宮][甲]2008 自性中，[宮][石]1509 相若色，[宮]610 之諦，[甲]1736 三和合，[甲]1762 論單複，[甲]1828 自有二，[甲]2193 依自願，[甲]2266 據一義，[甲]2274 別故云，[甲][乙]1821 自相等，[甲][乙]2254 已入智，[甲][乙]1900 九從則，[甲][乙]2297 生，[甲][乙]2328 異經部，[甲]893 爲置瓶，[甲]1736，[甲]1736 具四義，[甲]1736 三善寶，[甲]1744 觀四，[甲]1775 有以造，[甲]1782 有四一，[甲]1805 二禪觀，[甲]1805 通彼此，[甲]1816，[甲]1816 安立非，[甲]1816 上自此，[甲]1816 説能斷，[甲]1816 説悉非，[甲]1816 爲一偈，[甲]1821 能爲依，[甲]1822 別種子，[甲]1828 別制立，[甲]1828 別種子，[甲]1828 二十劫，[甲]1828 七道有，[甲]1828 學此據，[甲]1828 依多勝，[甲]1851 別名相，[甲]1912 四故也，[甲]2036 一十二，[甲]2068 書一行，[甲]2128 之也蒼，[甲]2218 有八識，[甲]2246 各有其，[甲]2250 別已上，[甲]2254 自種姓，[甲]2261 別故名，[甲]2261 別約順，[甲]2261 等是假，[甲]2261 爲我法，[甲]2261 至總立，[甲]2261 作動於，[甲]2266，[甲]2266 別大乘，[甲]2266 別迷所，[甲]2266 得聖道，[甲]2266 爲雜相，[甲]2274 附己體，[甲]2274 據言陳，[甲]2299 見見道，[甲]2299 爲覺二，[甲]2305 爲一種，[甲]2337，[甲]2337 三現在，[甲]2339 修令出，[甲]2339 造論本，[甲]2370 有其過，[甲]2393，[甲]2402，[甲]2434 分證聖，[三][宮][聖]1425 自稱爲，[三][宮]401 爲指示，[三][宮]425 言，[三][宮]814 見福田，[三][宮]1545 共立蓋，[三][宮]1562 各了別，[三][宮]1563 各了別，[三][宮]1563 緣現觀，[三][宮]1641 自住果，[三][宮]1646 不同處，[三][宮]1647 爲諸陰，[三][聖]99 爲勝非，[三]212 在道檢，[三]1558 時解脱，[三]1563 皆相似，[三]2122 開愆號，[聖]1465 菩薩問，[聖]1509 有爲法，[聖]1512 學經屬，[聖]1733 悉自在，[宋]、－[石]1509 各各別，[宋][元]603 遍譬喻，[宋]1562，[乙]866 啓請一，[乙]1821，[乙]1821 據義不，[乙]1821 離貪心，[乙]2192 五種修，[乙]2261，[乙]2297 有，[元][明]1579 圓滿於，[元][明]2016 無合云，[元][明]2122，[元]653 摩訶，[元]1562 身無句，[原]1829 解釋彼，[原]2208 據一義，[原]2339 釋互顯，[原]1816 起彼故，[原]1821 異類定，[原]1829 定由所，[原]1851 是十八，[原]1851 因法土，[原]1863 同舍利，[原]1869 別廢興，[原]2196 讃，[原]2221 約顯乘，[原]2247 自依止，[原]2339 隨宜不，[原]2339 索其中，[原]2339 一露地，[知]384 悉歸。

根：[元][明][宮]614 增長得。

共：[乙]2254 標。

谷：[明]2131 曠野其，[三][宮]721 也七者。

故：[甲]、－[乙]2250 故總說，[甲][乙]2309，[甲]1708 順道定，[甲]1828，[甲]2249 文正義，[甲]2305，[明]374 菩薩修，[三][宮]397 如來隨，[三][宮]1632，[三]1532 如來無，[三]1582 受樂以，[聖]1488 菩薩不，[乙]2261，[元][明][聖]397 如來於，[元][明]375 菩薩心，[原]1744。

觀：[三][宮]1537 法念。

果：[甲]2262 文。

号：[三][宮]425 字。

號：[甲][乙]1929 也四釋，[甲][乙]2207 孤山，[甲]864 噉食金，[甲]864 福聚金，[甲]1823 或從果，[甲]2190 寶光功，[甲]2217 從初食，[甲]2266 示，[甲]2425 法華約，[三][宮]379 者如是，[三][宮]810 曰師子，[三][宮]425 所在吉，[三][宮]434 遊生死，[三]157，[三]157 爲，[三]202 曰，[三]202 字云何，[聖]200 曰，[宋][元][宮][聖]、號[明]222，[戊][己]2089 并持律，[乙]957 金剛拳，[乙]1201 賀野羯，[原]、[甲]1744 如迦葉，[原]2190 又此菩。

合：[甲][乙]1821 爲時故。

何：[聖]1509 有覺有，[乙]2261 界。

華：[甲]1969 衣所。

喚：[甲]2312 性相爲。

及：[甲][乙]2263 種種答。

皆：[甲]1839 不定，[三]2031 爲本宗。

解：[原]1764 無行般。

經：[三][宮]2034 弘始八，[三]2154 既無本，[乙]1736 題十總。

靜：[三][宮]403 而專守。

九：[甲]2196 而獨稱。

咎：[甲]2299 故至。

居：[甲]1733 有四種，[甲]2323。

巨：[三]2145 愛不得。

句：[乙]2250 身有三。

具：[甲]1733 前二遠，[三]238 足身大，[宋][元][宮]2122 如是。

據：[甲]2191 三自本。

卷：[宮]2034 賢。

絶：[乙]1978 散華供。

苦：[甲]、名[甲]1782 無脱二，[甲]1830 爲二取。

老：[甲]2039 又智度。

立：[宮]2031 爲苦無，[甲]1786 別名名，[甲]1816 五，[甲]2195 殘稱○。

門：[明]1669。

迷：[甲]1828 滅若別。

妙：[宮]272 稱如我。

明：[宮][甲]1912 四弘者，[宮][甲]1884 色等諸，[宮]481 根失，[宮]1523 菩薩速，[宮]1912 背捨一，[宮]2078 無相心，[甲]1736 爲，[甲][乙]1821 爲惡加，[甲][乙]1822 生法有，[甲][乙]2254 佛，[甲]1717 本乃名，[甲]1722 平，[甲]1724 述異名，[甲]

1727 普二諦，[甲]1728 盡故言，[甲]1730 五空二，[甲]1735，[甲]1735 解正能，[甲]1735 如來雖，[甲]1735 順同行，[甲]1735 通諸會，[甲]1735 未熱，[甲]1735 無量，[甲]1736 禮佛，[甲]1736 無常徳，[甲]1736 修超也，[甲]1736 轉八倶，[甲]1736 自然而，[甲]1786 體今明，[甲]1795 帝釋，[甲]1828 法觀上，[甲]1828 縁別法，[甲]1912 漸次與，[甲]2008 托疾毘，[甲]2214 王等無，[甲]2266 知，[甲]2270 似能破，[甲]2273 立意，[甲]2273 於五五，[甲]2299 義云云，[明]220 相法爲，[明]1536，[明]1669 無有所，[明][甲]1177 行苦逼，[明]100 爲一法，[明]382 王如來，[明]479 處處有，[明]657 極高安，[明]1545，[明]2145 理其見，[明]2154 熒火明，[明]下同 1636 除渇愛，[三][宮]1530 平等性，[三][宮]2034 耶舍本，[三][宮]2059 辰猶還，[三][甲]1123 如後稱，[三]2122 十使迷，[三]2151 罽賓國，[宋]187 普門名，[乙]1736 華藏中，[乙]1785 善集施，[乙]1909 佛南無，[乙]1909 讃佛南，[乙]2263 門，[乙]2317 淺深，[元][明]1104 自在母，[元][明]2032 見眞諦，[原]、明[甲]2006 八識倶，[原]1744 通別門，[原][甲]1825 大此是，[原]1858 滅度在。

冥：[甲]1735 入無邊。

銘：[甲][乙][丙]931 二合三，[甲]2266 色等爲，[原]1898 人皆聞。

命：[宮][聖]350 亦無意，[甲]2261 中初辨，[明]1450 曰梵。

謬：[甲]1735，[原]、謬[聖]1818 三乘爲。

某：[宮]1435。

母：[甲]2400 印明云。

目：[甲][乙]2309，[甲]1929 之爲諦，[甲]2250，[甲]2266 簡異藏，[聖]1721 如地持，[乙]2192 第三入，[乙]2296 强名中，[原]1851 隨彼授。

能：[聖]1579。

品：[明]2103，[原]、亦[甲]1863 因若云。

其：[明]1450 童女乳。

切：[甲][丙][丁]866 如來光。

權：[甲]1717 實相對。

人：[宮]743 人多，[聖]99 摩竭陀，[元][明]236。

仍：[宮]2121 他爲子。

如：[明]1563 可積集，[宋]2045 譬不朽。

入：[甲]2266 心名見，[三][宮]1509 大海。

若：[宮]224 字者不，[宮]279 莊嚴藏，[宮]1421 不定法，[宮]1546 住聖種，[宮]1548 一二分，[甲]973 增益，[甲]1512 微塵爲，[甲]1709 滅生居，[甲]1782 身語儀，[甲]1816，[甲]1816 發行乘，[甲]1828 但相分，[甲]1828 異，[甲]1863 許眞如，[甲]1873，[甲]1918 内外身，[甲]2217 衆生，[甲]2255 提子云，[甲]2266 無漏智，[甲]2297 言一，[甲]2299 爲住，[甲]2323 起能縁，[甲]2339 退分者，[甲]

2339 無明住，[明]2016 未轉依，[三]721 少壯，[三][宮]1646 善不善，[三][宮][聖]586，[三][宮]721，[三][宮]732 好人得，[三][宮]1546 作爲名，[三][宮]1548 二禪何，[三][宮]1646 謂從心，[三]1559 等於境，[三]1564 不顛倒，[三]1582，[聖]2157 如是科，[聖]224，[聖]272 不共法，[另]1435 男，[宋][元][宮]1563 沙門果，[宋][元][聖]1462 者不獨，[元][明]1579 已習行，[元][明]1582 菩薩摩，[元][明]1809 罪種懺，[元]220 無記心，[原]1764 當好乳，[原]1851 對大，[原]2306 倒見修。

色：[甲]1763 用明俗，[甲]2266，[明]1669 毛生有，[三][宮]1546 見復次，[三]682 相雖可，[三]1525 緣意入，[三]1592，[聖]1562 色觸受，[石]1509 色壞相，[元][宮]1584 共伴分。

善：[甲]1782 爲性非，[甲]2305 不善因。

上：[三]2149 金光首。

生：[甲]1710，[甲]1710 愛別離，[甲]1816 爲斷隨，[甲]2305 章中説，[三]2154。

聲：[元][明]415 語言皆。

石：[宮]310 爲月清，[宮]1425，[宮]2025 渠天祿，[宮]2112，[甲]1909 相佛南，[甲]2087 出自海，[甲]2128 鹽其香，[甲]2128 也，[明]1299 金作等，[三][宮][聖]1462 眼，[三][宮][聖]425，[三][宮][聖]1462 眼藥，[三][宮]286 性經書，[三][宮]741 山山山，[三][宮]1521 山丘陵，[三][宮]2060 便利有，[三][宮]2102 難持爲，[三][宮]2122 立土踊，[聖]1509 爲開道，[聖]1788 實或相。

是：[甲][乙]1822 過去二，[甲]1921 中道義，[甲]1924 爲止行，[甲]1961 中道義，[甲]2075 吾弟子，[三][宮]1425 受若不，[三][宮]1646 爲三昧，[乙]1736 中道義，[原]2396 教法云。

釋：[甲]1828 果名緣。

受：[宮]310。

熟：[甲]1723 希，[甲]2266 今謂。

説：[甲]1821 無間有，[甲]2250 爲，[甲]2396 一佛，[三]、若[宮]1462 婆羅門，[三][宮][聖]1509 中道若，[三]1582 之爲支。

巳：[宮]425 曰擇明。

誦：[宮]2122。

雖：[甲]1829 同。

隨：[宋][元]1604 隨法偈。

所：[原]2339 智障爲。

土：[甲]2299 等通爲。

妄：[甲][乙]2263 分別。

爲：[宮]374，[宮]374 名世云，[宮]374 實諦如，[宮]1581 持菩薩，[甲]1733 起智者，[甲]1828 名名二，[甲][乙]867 寶光虚，[甲][乙]1822，[甲][乙]1822 梵，[甲][乙]1822 自業智，[甲][乙]1866 習種，[甲]1708 斑足二，[甲]1718，[甲]1718 戲著愛，[甲]1733 一日一，[甲]1782 初學根，[甲]1816 寂靜心，[甲]1816 有，[甲]

1823 輕柔耎，[甲]1828 字可改，[甲]1863 斷所知，[甲]1863 因，[甲]1911 不隱沒，[甲]1913 當説依，[甲]2195 方，[甲]2250 即，[甲]2263，[甲]2263 本質唯，[甲]2263 因云云，[甲]2266，[甲]2266 二意，[甲]2266 伏所知，[甲]2266 根根既，[甲]2266 所依止，[甲]2266 緣生即，[甲]2273 量果若，[甲]2313 實五者，[甲]2323 大自他，[甲]2396 阿梨，[明]203 堅實大，[明]397 色六處，[明]1191 三髻能，[明]1629 言即是，[三]311 謟住於，[三]660 聞故又，[三]1509 無始空，[三][宮]、故[聖]1428 非法非，[三][宮]278 菩薩摩，[三][宮][聖]278 菩薩摩，[三][宮][聖]223 世間尸，[三][宮][聖]376 持戒若，[三][宮]223 阿惟，[三][宮]223 空解脱，[三][宮]223 菩薩摩，[三][宮]223 菩薩行，[三][宮]223 無相三，[三][宮]278 菩薩摩，[三][宮]653 破戒比，[三][宮]1421 梵壇法，[三][宮]1425 戒羸彼，[三][宮]1488 下法施，[三][宮]1509 菩薩摩，[三][宮]1509 人中上，[三][宮]1522 愛水所，[三][宮]1646，[三]1 南方，[三]99 修根佛，[三]643 劍林地，[三]1485 僧寶轉，[三]1527 煩惱所，[聖]278 菩薩摩，[聖]1421 婆沙，[聖]1425 塗藥殺，[聖]1595 住此即，[石]1509，[石]1509 多學問，[石]1509 爲佛一，[乙]1796 增益法，[乙]2261 勝，[乙]2263 能藏爲，[乙]2263 因緣轉，[乙]2296 俗三無，[乙]2396 説三摩，[元][明][石]1509 行寶藏，[元][明]278 菩薩摩，[元][明]310 蘇摩乃，[元][明]361 本續，[元][明]1509 近法未，[原]、[甲]1722 妙法妙，[原][甲]1851 體於所，[原]1764 外苦無，[原]1936 佛此則。

謂：[甲][乙]850 如來心，[明]1579 雜染界，[三][宮][聖]627 爲學學，[三][宮]1548 貪纒何，[乙]2263 無表身。

文：[甲]1921，[甲]1828 如，[聖]397 字作者。

無：[甲][乙]2387 也，[甲]2339 量心四。

夕：[三]2110 觀者或。

相：[甲][乙]1821 亦緣心，[甲]2006 鉤入索，[甲]2266 等亦爾，[乙]2249。

香：[明]310 等一切。

想：[甲]、相[乙]2261，[乙]1821 轉非彼。

向：[原]1776 前性。

心：[宮]1536 爲令，[甲]1823，[甲]2075 緣相。

行：[元]1494 爲淨諸。

姓：[聖]1428 種種家。

言：[甲][乙]1822 記別有，[甲][乙]2250 無以多，[甲][乙]2261 敬禮以，[甲]1718 舍夷舍，[甲]1736 智身以，[甲]1789 滅相謂，[甲]1796 成立，[甲]1821 意業故，[甲]1828 亦即入，[甲]1929 地者一，[甲]2837 一行三，[三][宮]1598 無少，[三][宮]374 無間大，[三][宮]374 虛妄非，[三][宮]1546

初轉法，[三][宮]1551 家家人，[三][宮]1646 得滅盡，[三]184 厭神適，[三]1532 顛倒爲，[三]2145 謬者定，[石]1509 破諸法，[宋][元][宮]1509 如火善，[乙]1723 清淨一，[乙]1821 不，[原]、[甲]1744 空智故，[原]1764 無上來，[原]2216 有所斷。

也：[三]1652 身色身。

一：[甲][乙]1822 多字生，[甲]2362 闡底迦。

衣：[明]1432 稱屬我。

依：[甲]1828 地由。

已：[甲]952。

以：[三]375 爲樂有，[乙]1723 爲三藏，[元][明]6 霹靂聲。

亦：[宮]1911 爲上定，[甲][乙]2250 明心不，[甲]1736 黑白俱，[甲]1736 無異相，[甲]1816 智，[甲]1823 取，[甲]2259 爲業道，[甲]2339 佛乘法，[甲]2879 不輕善，[乙]2263 菩薩初。

義：[原]、名甚深名甚深義甚深[原]2362 甚深是。

因：[甲]、目[乙]2250 何義目，[甲]、目[乙]2250 一體西。

應：[甲]2266 別，[甲]2266 道理由。

有：[甲][乙]2261 亦不，[甲]2266 俱有依，[明]1571 謂於一，[三][宮]1458 妄語由，[三][宮]1509 菩薩佛，[聖]440 炬燈王。

右：[甲]850，[甲]1120 爲慢，[甲]2128 匡過而，[甲]2266 因，[三][甲]1123 爲慢，[三]1244 指頭相。

於：[元]、于[明]721 廣池遊。

欲：[元][明]1565 爲有法。

願：[甲][乙]2362 無相空。

曰：[甲]1912 流水是，[甲][乙]2397 金剛手，[甲]1698 化若有，[甲]1775 同事也，[甲]2196 難動菩，[明]、多[宮]2034 滅度無，[明]1015，[明]1332 閉此五，[明]1450 黑兒無，[明]2121 住，[三]201 遍充滿，[三][宮]403 普受色，[三][宮]425 建立一，[三][宮]453 慈氏弟，[三][宮]585 淨歎其，[三][宮]744 爲佛獨，[三][宮]1486 提婆跋，[三][宮]1552，[三][宮]2121 面光二，[三]1 最勝堂，[三]158 日藏明，[三]212 爲梵志，[三]2063 法緣小，[三]2125 支伐羅，[聖]318 離音，[宋][聖]475，[乙]1736 中間而，[知]266 爲如來。

云：[丙]2397 阿，[甲][乙][丙]2397 灌日亦，[甲][乙]1822 大，[甲][乙]2228 君荼此，[甲][乙]2263 相違因，[甲]1698 靈廟尊，[甲]1735 祕密藏，[甲]1736 不退異，[甲]1736 擇滅疏，[甲]1816 爲轉依，[甲]1925 三禪樂，[甲]2157 阿難問，[甲]2157 成就大，[甲]2157 大金色，[甲]2157 灌臘經，[甲]2157 金剛，[甲]2157 金剛鬘，[甲]2157 十千日，[甲]2157 文殊師，[甲]2176 虛空藏，[甲]2196 檀那財，[甲]2266 阿笈摩，[甲]2792 法正，[明]2153 須摩提，[明]2154 百七十，[明]2034 阿難迦，[明]2040 波羅

那，[明]2131 阿輸波，[明]2131 樂人爲，[明]2153 羅，[明]2153 菩薩地，[明]2154 大品般，[明]2154 童迦葉，[明]2154 無思議，[明]2154 虛空藏，[三]2154 現在佛，[三][丙]1211 金剛童，[三][宮]2034 不思議，[三][宮]2034 菩薩本，[三][宮]2034 有反復，[三][宮]2040 堅弓王，[三][宮]2040 遮羅王，[三]2145 無所希，[三]2145 轉女身，[三]2149 斷十二，[三]2149 法滅盡，[三]2149 思益梵，[三]2153 除辟賊，[三]2153 等御諸，[三]2153 度諸佛，[三]2153 佛，[三]2153 給孤，[三]2153 力士，[三]2153 彌勒下，[三]2153 菩薩十，[三]2153 睒本起，[三]2153 優多，[三]2153 呪虫齒，[三]2154 阿難問，[三]2154 薄拘羅，[三]2154 弊魔試，[三]2154 發菩提，[三]2154 弗沙迦，[三]2154 佛昇忉，[三]2154 迦葉責，[三]2154 淨行品，[三]2154 勸進經，[三]2154 四童子，[聖]2157 嚴誡宿，[宋][元]2155 比丘師，[乙][丙]2810 等持謂，[乙]2192 五百弟，[乙]2396 四種曼，[乙]2397 共，[乙]2397 普賢云，[元][明]2154 迦葉責。

在：[甲][乙]2185 八地以。

則：[三][宮][聖]1436 諸佛教，[三][宮]1509 財，[聖]586 不空食。

召：[宮]1912 體之，[宮]2122 大摩剎，[宮]2122 西域爲，[甲][乙]1709 表，[甲]893 火天已，[甲]895 以心淨，[甲]2035 曇遷法，[甲]2036 見從容，[甲]2400 集心一，[三][宮]、名菩薩來印名來[甲][乙]901 菩薩來，[三][宮]805 醫省視，[三][宮]1545 名爲合，[三][宮]2060 明非一，[三][宮]2060 命，[三][宮]2122 反謂語，[三]220 性不可，[三]2103 質仲氏，[三]2145，[聖]1763 須跋故，[元][明]2026 彼增十，[原]1212 請三寶。

詔：[聖]1721 羅漢爲。

者：[甲]1821 爲地獄，[甲][乙]1822 論若，[甲][乙]1822 初靜慮，[甲]1512 受持眞，[甲]1733 爲解脱，[甲]1816 無，[甲]1839 此下論，[甲]2207 有雌雄，[甲]2250 爲家家，[甲]2274 爲立順，[明]1550 若使心，[明]1644 受樂是，[明]2040 拘羅婆，[明]2154，[三][宮]771 於同學，[三][宮]1432 盡同尼，[三][宮]1521 空無相，[三][宮]1599 即是身，[三]1，[三]206 獼猴三，[宋][宮]477 今所未，[宋][元]、－[宮][甲]895 悉生敬，[宋][元]1341 教説誦，[乙]2261 得一來，[元][明][另]1509 如，[元]1537 受緣愛，[原]2408 魯捺羅，[原]2408 也御書。

眞：[三][宮]657 發菩提。

之：[甲]2217 謂商人。

知：[甲][乙]1822 爲流轉，[三]2149 論釋僧。

侄：[甲]1924 自知也。

指：[甲]2400 云二中。

至：[明]1579 成就究，[三]220 如來應。

明

暫發因。

合：[甲]1715 爲論衆。

和：[宮]2108 元年凡。

後：[甲][乙]2254。

胡：[三][宮]2122 神故也，[聖]2157 匠至如，[宋]2122 有陰陽。

肌：[三]2060 如在自。

即：[宮]2121。

記：[原]2266 定俱生。

間：[三][宮]477 智唯然，[三][宮]813 慧爲凡，[三]950 毘鈕眞，[聖]100 燈羅睺。

結：[甲]1705 能化如。

解：[宮]279 脱雖行，[聖]310 脱。

今：[甲]2255 爲明菩，[三]202 日食唯。

經：[原]2199 三。

淨：[明]945 心目以，[三][宮]657 隨順於，[三][宮]425 業是曰，[三][宮]425 志樂法，[三]375 眼之人。

究：[三]2154 練世間。

舉：[甲]1698 無得爲，[甲]2219 一法。

具：[甲]2266 義後。

俱：[三][宮]2102 出窈。

開：[宮][聖]310 了，[甲][乙]2397 心處心，[甲]1735 攝生本，[甲]1918 成無明，[甲]2006 東西南，[甲]2239，[原]1744 二序義。

朗：[宮]397 月增長，[宮]2121 今頗更，[三][宮]1549 不善年，[三][宮]2045，[三][宮]2104 文雄機，[三][宮]2122 稠禪師，[三][宮]2122 注，[三][宮]2123，[三][聖]190，[三][聖]190 端正盛，[聖]2157 常，[元][明][乙]1092 聲固外，[元][明]2016 若。

立：[甲]2801 難行，[甲]2801 三學二，[甲]2801 聖住二，[甲]2801 因三顯，[乙]1736。

利：[明][甲]997 無妄念。

麗：[三]2110 嚴皓令。

漏：[甲][乙]2263 云云。

爐：[甲]1067 嚴身如。

卵：[甲]2255 生亦意，[乙]2296 虛弊功。

論：[宮]2122 醫方工，[甲]1512 菩薩於。

略：[甲]2277 設顯意，[另]1721 授上根。

滿：[原][甲]1878 心謂頓，[原]2412 之大日。

美：[乙]2092 景騁望。

昧：[宮]276 六通道。

門：[宮]223 以，[宮]309 法門無，[宮]657 三昧從，[甲]1736，[甲]853，[甲]1736，[甲]1736 一觀九，[甲]1744 即成四，[甲]2266 論五似，[甲]2266 説故唯，[明]2016 本是佛，[明]810 求如是，[明]1597 顯，[明]1669 何義爲，[三][宮]425 神，[三][宮]477，[宋][宮]、明門[元][明]278 專求一，[宋][元]1579 是諸煩，[宋]2102 二法師，[乙]2223 四大護，[元]14 聲是爲，[元]202 鏡者非，[原]、[甲]1744 所以知，[原]2395 人法寶。

萌：[三][宮]598 者，[三]194 類衆多。

盟：[三]2122 要必屈。

猛：[甲]2290 菩薩心。

密：[明]1225 曰。

眠：[甲][乙]1822 若是，[三][宮]1523 者乃至，[三][聖]190 仁最勝，[聖]1462 見是佛。

妙：[甲]1512 眞如法，[甲]1763 也心中。

敏：[聖]2157 剋意。

名：[丙]2397 義以自，[宮][甲]1912 同者則，[宮][聖][石]1509，[宮]657，[宮]848 等，[宮]2008 四智菩，[甲]1736 能發識，[甲]1736 總是不，[甲]1828 喜樂俱，[甲]1828 現難行，[甲]1912 有所斷，[甲][乙]1821 異由此，[甲][乙]1822 二果別，[甲][乙]1866 法界宗，[甲][乙]1866 體等並，[甲]1727 性相二，[甲]1735 多類非，[甲]1735 令得無，[甲]1735 菩提證，[甲]1735 體，[甲]1735 依證起，[甲]1735 智用離，[甲]1735 智用無，[甲]1736，[甲]1736 得輪名，[甲]1736 而以一，[甲]1736 法輪，[甲]1736 能變今，[甲]1736 三昧樂，[甲]1736 是等覺，[甲]1736 無故行，[甲]1736 緑會不，[甲]1736 中道亦，[甲]1744 隱顯於，[甲]1763 相言語，[甲]1799 四天四，[甲]1821 知皆有，[甲]1828 慧根力，[甲]1828 前不證，[甲]1851 破壞五，[甲]1929，[甲]2195 得小果，[甲]2250，[甲]2299 中，[甲]2301 小重聽，[甲]2309 之，[甲]2339 義是實，[甲]2434 之者，[甲]2782 有爲爲，[明]1545 觸答染，[明]1545 故慧得，[明]125 行成爲，[明]225 矣佛言，[明]312 行足善，[明]402 滅行滅，[明]479 者眞如，[明]613 行足善，[明]725 多智慧，[明]885 銷除一，[明]1096，[明]1225，[明]1225 獻，[明]1428 有智我，[明]1525 何義偈，[明]1532 何義於，[明]1545 淨勝前，[明]1563 現可得，[明]1648 二禪四，[明]2040 雅有文，[明]2103，[明]2122 色等爲，[明]2131 七聚開，[明]2131 衰不，[明]2154，[明]2154 羅剎經，[三][宮]1562 過此無，[三]1525 何義以，[三]1532，[乙]1816 彌勒親，[乙]1821 次第，[乙]1821 勝劣，[乙]2157 義稍乖，[元][明]310 慧者不，[元][明]658 唯有佛，[元][明]2059 罽賓人，[原]1744 滅惑修，[原]2339 異。

冥：[三][宮]1646 從冥入，[三][宮]2122，[三]98 思想賢，[三]194 之時便，[元][明]2122 録，[元][明]2122 録曰陳。

鳴：[三][宮]443 德如來。

命：[甲][乙]1821，[甲][乙]1822 舊云樹，[乙]2393 印令其。

昧：[甲]2214 如何答。

目：[宮][知]414 如善，[宮]754 將無目。

内：[甲]2339 外相對，[甲][乙]、閉[乙]2390 反盧，[甲]1733 因圓究。

能：[甲]1512 證菩薩，[甲]1736

練即是。

鳥：[三][宮]263 刺蕀。

寧：[三][宮]2122。

判：[乙]2263 入法界。

朋：[甲]1816 五讚，[宮]1549 黨意所，[宮]2102 寓目莫，[甲][乙]2250 經部故，[甲][乙]2263 經部前，[甲][乙]2263 無上依，[甲]1733 者謂於，[甲]1828 大屬皆，[明]2122 儔，[三]17 好猶熾，[三][宮][聖]397 乾闥婆，[三][宮][聖]1539 怨害論，[三][宮]721 故相破，[三][宮]1558 虛妄計，[三][宮]1565 相對，[三][宮]2060 禪師受，[三][宮]2060 佛而侮，[三][宮]2060 善，[三]1069 去霓，[宋][元]1562 無漏緣，[乙]2249 經部宗，[乙][丙]1823 故言傳，[乙]1736 法性何，[乙]2263，[元]2104 從旦至。

品：[三][宮]403 所見諸。

平：[明]2034 帝永平，[明]2122 二。

七：[甲]1733 勝進行。

期：[甲][乙]1866 差別以，[甲]923 即誦佛，[原]1979 引導無。

氣：[三]2145 俊遠雖。

清：[三]、眼[聖]643 淨眼根，[三]1485 徹妙覺。

瞿：[三]984 修瞿羅。

取：[三][宮]2122 知今案。

闕：[甲]2273 後二相。

然：[甲]2263 先付限，[聖]1763。

仍：[甲]2195。

色：[甲]1884 耶。

勝：[元][明]440 佛南無。

聖：[甲]2087，[元][明][聖]211。

師：[三]192。

時：[甲]2196，[甲]2323 眼識忽，[甲]1736 有因緣，[甲]1816 知有取，[甲]2217 其大歸，[甲]2219 者等文，[明]1428 日當去，[三][宮]285 求最導，[三][宮]702 若彼比，[三][聖]643 父王所，[聖]1 察吉凶，[聖][另]285，[宋][宮]2060 嗣曆詔，[乙]2396 名初。

室：[元]945 月身心。

釋：[甲][乙]1822 第三，[甲][乙]1822 無心無，[甲]1717 二十五，[甲]1717 智斷不，[甲]2273 四不，[甲]2339。

水：[和]293 鏡現其。

説：[丙]2397 八識，[甲][乙]2404 諸會印，[甲]1722 二十千，[甲]1783，[甲]2219 如來品，[三][宮]1458 羯恥耶，[聖]1818 覺體，[乙]2263 賴耶功，[原]、[甲]1744 前五章，[原]1764 不定十，[原]1818 法華故。

朔：[三][宮]2034 元一云，[三][宮]2122 之別聖。

所：[宋]1562 説愛能。

天：[三]26 想成就。

田：[宮]1452 書其字。

聽：[三]193 志敏達。

通：[明]293 徹了達。

王：[明][乙]1225，[三][宮]440 佛南無。

爲：[甲][乙]1929 無明所，[甲]

[乙]2263 三無，[甲]2195 一乘是。

位：[甲][乙]914，[乙]2263 所。

謂：[甲]1784 非靜無。

聞：[宮]2122 胡跪胡，[宮]2123，[甲]2434 應，[明]1545 者能離。

問：[甲][乙]1822 也諸我，[三]2149 七佛王，[元]1579 盛能感。

無：[宮]1998 月，[甲]2006 月村，[宋][元]1564 愛等諸。

舞：[原]1184 儀。

顯：[甲]1733 所不知，[甲]2269 至過失，[甲][乙]2263 能持義，[甲]1733 修行無，[甲]1929 四教位，[甲]2299 了大乘，[聖][甲]1733 餘二前，[聖]1723 色身無。

相：[宮]2103，[甲][乙]1305 出金剛，[甲]904 徹體無，[甲]1065，[甲]1733 大，[甲]1780 者般若，[甲]2261 故名，[甲]2266 爲三二，[甲]2337 不，[三]25 相接出，[三][宮]、相[知]384 法，[三][宮]384 無佛法，[三][宮]414 倍明顯，[三][宮]414 更明顯，[三][宮]1548 照曜，[三][甲]955 皆散雨，[三]187 亦如是，[三]1345 陀羅尼，[聖]1547 二光現，[另]410 三昧逮，[乙]2223 金剛誦，[乙]2261 而説若，[原]2248 召佛子，[原]1776 是邪實，[原]2248 從爲體。

曉：[三][宮]633 了世間。

邪：[宮]743 者。

心：[宮]2078 鏡亦非。

行：[宮]640 其人轉，[甲]2266。

性：[甲]2371 速發以。

興：[三][宮]425 顯流布。

修：[甲]1709 衆數也，[甲]2195 云示，[原]1776 行事起，[原]1776 異前品。

言：[另]1721 者道門。

炎：[三][聖]157 殊於日，[宋]、焰[元]446。

眼：[高]1668 故如本，[宮]1428 智遠塵，[宮]1571 即違自，[宮]397 勇猛故，[宮]425 煒煒威，[宮]440 佛南無，[宮]598 故諸法，[宮]848 八遍方，[宮]1509 了是事，[宮]1536 發無智，[宮]1548 緣思，[甲]1733 又燃燈，[甲]893 視物皆，[甲]1039 淨，[甲]1512 此五眼，[甲]1911 識來，[甲]1921 如阿那，[甲]2119 丹誠動，[甲]2390 次，[甲]2397 見故諸，[明][宮]721 天王一，[明]997 決癡膜，[明]2131 直，[三]1341 名亦知，[三][宮]1566 及以作，[三][宮][聖]625 故無有，[三][宮][聖]1509 了了故，[三][宮][知]414 尊世間，[三][宮]227，[三][宮]286 離大導，[三][宮]349 及摩尼，[三][宮]397 菩薩，[三][宮]398 所不覩，[三][宮]440 丹眼佛，[三][宮]443，[三][宮]443 如來南，[三][宮]443 勝如來，[三][宮]445 如來東，[三][宮]721 不動聽，[三][宮]1484 王品已，[三][宮]1562 近色主，[三][宮]1641 用既見，[三][宮]1648 通達如，[三][宮]2060 清，[三][宮]2102 之照三，[三][宮]2121 火暫歇，[三][宮]2123 數數生，[三][聖]26，

[三]125，[三]158 亦復五，[三]187 佛，[三]194 有苦時，[三]277 法水願，[三]985 藥山王，[三]1582 不同故，[三]1591，[三]2154 法經一，[聖]1579 了義能，[聖][石]1509 失智慧，[聖]272 照了法，[聖]446，[聖]1509 乃至老，[聖]1509 中，[聖]1537 發無智，[聖]1543 更樂此，[聖]1563 易了知，[石]1509 是事和，[宋][宮]440 佛南無，[宋][宮]625 得法，[宋][宮]681 現，[宋][元][宮]1558，[宋]26 者爲我，[元][明]622 於是聖，[元][明][敦][流]365 見見此，[元][明][宮][石]1509 今，[元][明][宮]374 皆悉得，[元][明]158 如來，[元]627 則不，[原]1764 智，[原]1201 印用。

陽：[原]2410 師等所。

曜：[三][乙]1092 而自莊。

耀：[三]193 益盛明。

耶：[甲]1736 答意可，[乙]2309 答俱有。

亦：[三][宮]403 不可盡。

因：[甲]1736 後故大，[乙]2263 之中，[乙]2309 之因。

引：[甲]2305 解節經。

印：[甲]950 能制難，[三][宮]244 由是三。

映：[乙]2218 則無。

用：[宮]425 解之是，[甲][乙]1929 前四教，[甲]2269 前過後，[甲]2269 依他性，[明]1648 處此謂，[三][宮]1513 從因生，[三][宮]2034 律經，[三]244 或置本，[乙]1287 次塗香，[乙]2408，[元]883 持誦一，[原]2196 事隋云。

有：[宮]2074 如目覩，[甲]1778 體所，[甲]1816 退還修，[甲]2075，[甲]2195 今，[甲]2263 顯現現，[明]99 照有幾，[三][宮]1562 託迷苦，[乙]1816 智眼昔，[原]1201 術何所，[原]1744 六義一，[原]1780 三。

於：[乙]2812 俗諦第。

元：[三]2059 二年微。

圓：[甲]2006 翠巖宗，[甲]2183 測重出。

緣：[聖]、明[聖]1818 佛知有。

遠：[三]2110 精誠壯。

願：[原]1744 攝受護。

約：[甲]1929 數的取，[甲]1929 無垢三。

月：[明]657 輪，[三][宮]310 普曜三，[三]292 遊，[原]2408 性所。

云：[甲]2017 譬如晝，[聖]1818 五。

隕：[宋][元]2053。

則：[甲]1512 理中絶，[甲]1799 露斯則，[甲]2337 教興意，[三][宮]1641 強弱感，[聖]1763 果現與，[聖]1763 輕重前，[聖]2157 者歟原，[石]1509 了了如。

照：[甲]871 廣大功，[甲]1736 現陰不，[甲]1921 映徹表，[甲]2259 然，[三][宮]454 曜晝夜，[三][宮][另]1451 盡虛空，[三]190 明盛不，[三]192 必除世，[三]212 若復日，[三]1340 法門，[聖]639 其光。

者：[甲]2255 若有不，[三][宮]702 彼善，[原]2339 衆苦休。

正：[甲]1733 顯有二。

證：[甲]2218 防非。

知：[甲]1781，[甲]1828 如是分，[乙]1736 鋀石蓋，[原]1744 迷覆性。

枳：[三]1106 努。

智：[甲]1736 疏言禮，[三][宮][聖]1509 是名人，[聖]1585 與九同。

衆：[甲][乙]2381。

呪：[明]293 能滅一，[明]921 故一切，[三][宮][甲]901 罪垢。

助：[甲]2128 含識也，[甲]2434 成密教，[三][宮]2102 照何緣。

莊：[宮][甲]2053 之崇法。

准：[甲]2339 獨覺。

足：[甲]2748 故言皆。

尊：[三][宮]2026 涅槃地。

昨：[甲]1722 小教。

茗

迷：[甲][乙]931 二合。

若：[甲]1124 婆嚩八。

洺

洛：[甲]2095 州刺史，[明]2060 州少小，[宋][明]2060 州早歲，[元]2122 州。

治：[宋][宮]2060 州昭。

冥

暗：[三][宮][聖]383。

側：[甲][乙]1929 諸其掌。

瞋：[甲]1700 眞理方，[甲]1921 無智者，[元][明]658 者應先。

癡：[三][宮]544 無有慈，[聖]211 不曉達。

旦：[三][宮]2029 暮寢不。

發：[乙]1736。

宮：[三][宮]2102 疏。

寡：[三][宮]2102 德弟子，[三]2145 觸理從。

寰：[三]2102 中之玄。

寂：[原]1721 漠難覩。

界：[甲]2266 世第一。

驚：[三][宮]606。

具：[宮]1912 諸度況。

寬：[三][宮]288 大其如，[聖]、宜[宮]425。

昧：[三][宮][另]281 如燭火。

迷：[三][甲]972 二。

泯：[甲]1786。

明：[甲]2017 源種現，[甲]1736，[明]285 以阿惟，[明]589 恩愛不，[三][宮]1646 從明入，[三][宮]2122 録曰安，[宋][宮]2122 記，[宋][明][宮]2122 録，[宋][明][甲]967 報諸佛。

溟：[三]1568 馳白牛，[三]2145 瀾潛灑，[宋][元]、暝[明]1167，[元][明]2145 馳白牛。

瞑：[三][宮]270 既遇良，[三][宮]1431，[三][宮]2121 或覆日，[三][宮]2122 如此者，[三]1，[宋][明][宮]、瞑[元]270 悉除燈，[元]、瞑[明]2123 無有法，[元][明]2060 達曉諸。

瞑：[丙]2777 俱照澄，[博]262，[博]262 入於，[宮]383 失於智，[宮]384 得至無，[宮]731 無日月，[甲][乙]1822，[甲]1778 目束體，[三]203 得覩正，[三][宮][聖]1509 一切煩，[三][宮]309 未，[三][宮]687 等行鳥，[三][宮]1464 譬，[三][宮]1464 中不，[三][宮]2121 去家不，[三][宮]2122 去道不，[三][宮]2123 愚癡之，[三]2059 道，[三]2060 目而坐，[聖]643 救濟苦，[宋][宮]223，[宋][元][宮]、瞑[明]2040 自我爲，[元]、瞑[明]2053，[元][明]658 一切結。

寘：[乙]2215 初從於。

默：[原]1858 照理無。

難：[聖]1509 佛告釋。

其：[甲]2250 四地獄，[三]606 入冥以。

寔：[宮]398，[乙]2296 形名超。

實：[甲][乙]1822，[甲]1816 至理證，[三]2045 則辯機，[三]2053 隣幾豈。

衰：[元][明]76 所。

宿：[三][宮]2122 不。

賓：[元][明]157 三昧以。

宣：[聖]1670 當云何，[原]1776 明弘通。

炎：[三][宮]2102 塗弭。

演：[三][宮]813 盡無所。

燕：[明]2108 適越背。

宜：[宮]461 無有迹，[甲]2219 應或雖，[甲]2299 緣智俱，[明]212 報如油，[三][聖]190 速授彼，[三]198 快樂因，[三]198 於是事，[三]1301 爲女伏，[聖]1763 消息其，[宋]263 柔軟美，[宋]2145 此理有，[乙]2218 也△當，[乙]2089 契朕，[元][明]1562 感天仙，[元]2122 報記。

疑：[三][宮]285。

幽：[原]1858 室奏玄。

魚：[甲]2214 飲一渧，[乙]2390 羅睺阿。

眞：[甲]2339 一不，[三]2106 寂山半，[宋][宮]2122，[元][明]2122 詳記，[元]2016 諦離諸。

實：[三][宮]1428 次名，[宋]2087。

溟

濱：[甲]2239 海受諸，[甲]2296。

冥：[甲]2129 有魚曰，[甲]2255 伏怪有，[石][高]1668 之性是。

杳：[甲]2036 溟漠漠。

嫇

嫈：[宋]187。

瞑

盲：[元][明]200。

眠：[明][宮]下同 603 蓋爲。

冥：[明][甲]1101 無不照，[三][丙]1211 速得悉，[三][宮]1425 食爲世，[三][宮]1559 釋曰滅，[三]1161 衆生問，[宋][宮]、瞑[明]2121 乃，[元][明][宮]614。

瞑：[丙][丁]866 伽三，[三][宮]

2060 入佛堂，[三]190 衆生長，[三]414 無智慧，[宋][元][甲][丙]866 伽雲也，[宋][元]156 菩薩無，[宋][元]190 顯示道，[宋][元]866。

鳴

叫：[三][宮]2122 逾甚血。

馬：[乙]1069 聲。

明：[宮]2102 不可。

鳴：[甲]2053，[三][宮]2053。

鳥：[甲]1744 呼，[甲]2290 也文記，[宋]1340 叫如是，[乙]2261 作。

手：[三]、名[宮]1562。

唯：[甲]1007 二。

烏：[三][甲]1007 波囉大，[三]1377 哩馱二。

嗚：[甲]1065 娜羅輸，[甲]2129 沙山也，[明]1459 螺擊鼗，[明][宮]2122 咽不食，[明]2121 王便擧，[三][宮]397 盧，[三][宮]2121，[元][明][宮][聖]397 闍牟尼。

象：[三][宮]440 吼聲。

銘

録：[明]2145 支道林，[三][宮]2049 若相違，[乙]2157 云貧女。

寐：[明][甲][乙]1174 婆。

彌：[明][甲]1175 三薩嚩。

名：[聖]、詔[另]1721 佛。

諮：[甲]1715 凡聖致。

錍：[原]2410。

鉆：[丙]2120。

詔：[三][宮]2122 者以香。

瞑

闇：[三]310 冥。

暗：[三]187 四十者。

瞋：[宮]2122 有頃漸，[明]603 爲却精，[三]198 冥悉已，[宋]1694 也，[元][明]2122 目，[元]414。

眠：[三][宮]1435 眼，[三]98。

湎：[甲][乙]981 眩。

冥：[博]262 無導師，[博]262 無所見，[宮][聖]790 啼哭而，[甲]2777 也澤無，[明]190 不慈悲，[明]400 六種震，[三][宮]736 不虚不，[三][宮][聖]324 者，[三][宮]269 四色合，[三][宮]444 凡夫等，[三][宮]645 如是之，[三][宮]657 故，[三][宮]721 處，[三][宮]1421 夜乞食，[三][宮]1462 時便處，[三]190 衆生悉，[三]631 目縱體，[宋][明][宮]、其[元]1559 食曉時，[乙]1723 無所見。

暝：[明][甲]876，[明]1170 目作觀，[三][宮]463，[三]42 夜於城，[三]99 無有引，[三]190 黒闇中，[三]2154 入佛堂。

瞑：[三][宮]413。

瞬：[三][宮]2102 息盡。

螟

鷄：[三][宮]2122 之鳥蚊。

冥：[三][宮][聖]425 蟲一一。

酩

賴：[和]261 未鑽搖。

命

報：[三][宮]2045 原羅漢，[乙]1909 盡復入。

本：[三][宮]398 貪恪緣。

並：[甲]1828 緣。

不：[宮]1808 終者便。

草：[另]1428 自稱言。

大：[三]197 斷。

等：[明]1468 兜率陀。

帝：[三][宮]1509 失好而。

爾：[三][宮]1579 不可殺。

分：[三]2125 隨朝露。

奉：[聖]292。

共：[三][宮]2122 命。

害：[聖][另]790 如人健。

合：[甲]1033，[明]397 群根相，[宋]1562 未斷故。

會：[明]2103 嘉祥金。

活：[三][宮][另]1543 等方便。

見：[另]1428 是爲四。

今：[敦]450 難亦不，[甲]、答[乙]2186，[甲][乙]2309 從上量，[甲]1287 盡時聽，[甲]1709 濁劫濁，[甲]1781 次辨流，[甲]1851 根亦非，[甲]2270 沈生天，[甲]2300 初即爲，[三]、會[宮]285 墮在一，[三]16 速如電，[三][宮][聖]626 譬若無，[三][宮]385 現在，[三][宮]1549，[三][宮]2041 時運名，[三][宮]2122 忽然終，[三]194 盡當捨，[三]1096 何所，[聖]2157，[另]1721 初說之，[乙]1821 乃至離，[元][明][宮]354 不，[元]170 盡多有，[原]1780 詳此義，[知]384 不久存。

金：[宋]2103 有近止。

竟：[三][宮]414 常無生。

冷：[三]125 識已離。

離：[甲]2266 意云既。

量：[明]293 圓滿所，[三][宮]2122。

臨：[三][宮]2123 終之日，[三]1331 終之日。

令：[宮]603 盡持戒，[甲]、[乙]1816 不散故，[甲][乙]2081 征戰遂，[甲][乙][丁]2244 得火，[甲][乙]1709 彼等皆，[甲][乙]1816，[甲][乙]2207 東宮切，[甲][乙]2391 身堅固，[甲]1512 衆生於，[甲]1709 斑足取，[甲]1709 諦聽，[甲]1709 受持，[甲]1709 心散亂，[甲]1717 其問訊，[甲]1775 同志詣，[甲]2036 鄭玄等，[甲]2082 開門於，[甲]2120 遍巡淨，[甲]2120 使宣，[甲]2195 其子卽，[甲]2217 者所説，[甲]2777 肇曰淨，[三][宮]721 住，[三][宮]2041 車匿，[三][宮][聖]1442，[三][宮][石]1509 須菩，[三][宮]263 入海謂，[三][宮]278 行宮殿，[三][宮]310 名不堅，[三][宮]376 諸群臣，[三][宮]721 施沙門，[三][宮]1421 群臣共，[三][宮]1443 商旅勿，[三][宮]1464 王復再，[三][宮]1495 坐即，[三][宮]1521 其自說，[三][宮]1547 此他陰，[三][宮]1559 住及棄，[三][宮]2045 毀聖王，[三][宮]2060 及梁代，[三][宮]2102 酒限三，[三][宮]2102 其體不，[三][乙]1092 諸鬼神，[三]1 如來不，[三]46 守行棄，

[三]143 口無逸，[三]152 孫興德，[三]158 成菩提，[三]190 入舍内，[三]193 勅傍臣，[三]201 得智慧，[三]970 懺悔即，[三]1092 伏一切，[三]1096 即作，[三]2154 什踐而，[聖]189 二者，[聖]200 使坐合，[聖]278，[宋][元]653 不淨説，[元][明][聖]26 衆默然，[元][明][乙]1092 受法者，[元][明]49 此初二，[元][明]2122 左右宰，[原]1788 衆生見，[原]1890 怖向忘，[原]1796 行之以，[原]1818 初即便，[原]2196 知應身，[知]266 棄衆塵，[知]1579 爲障礙。

論：[甲]1863 念慧行，[甲]2261 猶存。

面：[甲]1912 各自供。

民：[三]1336 不得妄。

名：[甲]、爲[乙]2092 擒姦酒，[乙]1821 命根名。

明：[甲]1763，[宋][明]、朋[元]2125 兩曜。

念：[宮]231 將盡見，[宮]635 佛如如，[宮]2059，[宮]2122 惡法，[甲]1089 大護身，[三]159 清淨六，[三][宮]1488 修，[三][宮][聖]1562 住非見，[三][宮][知]266，[三][宮]325 以爲命，[三][宮]397 福德，[三][宮]721 念念不，[三][宮]721 思惟既，[三][宮]798 慈活放，[三][宮]1520，[三][宮]1579 正定以，[三][宮]2121 諂曲作，[三][聖]1 戀著恩，[三][聖]157 不應生，[三]210 常熾然，[三]362 所生或，[三]1395 慧衆所，[三]1426 心，[三]2103 之功外，[聖]1509 自淨者，[元][明][宮][聖][另]342 曾更，[元][明]361 所生或，[元]228 何況能，[原]2230 作福等。

朋：[三][宮]1656 論云何。

請：[三]375。

身：[聖]1548 是名因，[宋][元][宮]、明註曰南藏作身 2122 良眞，[知]786 得生第。

施：[明]310 想於不。

食：[宮]721 令其不，[明]2122 得命是，[聖]200 終生曠，[聖]1451 二名大。

世：[三]1582 智云何。

壽：[甲]2412 之法隨，[甲]1736 云何可，[三][宮][聖]223，[三]26 短若人，[三]152 説年説，[三]196 首戴尊。

死：[宮]493 絶執心，[三][宮]768 欲絶時，[三]186。

宿：[聖]425 及他人。

天：[三]125 千歲所。

爲：[宮]2078 之曰如。

我：[宮]263 詢深要。

相：[宋][元][宮]447 佛南無，[乙]1909 佛南無。

依：[丙]1141 非持誦，[甲]1220 一切佛，[三][宮]2042 大名稱，[三]26 佛法衆，[三]1331 無上道，[乙]1909 如是十。

因：[三]125 著他方。

餘：[甲]1799 者夫尊。

欲：[三]159 劫數無。

喻：[聖]514 如。

緣：[甲]2323 假立無。

云：[乙]2207 教令。

障：[三][宮]1545 三事俱。

者：[三][宮]397，[三]375 養育知，[宋][元][宮]1428 下至蟻，[元][明]658 無，[元][明]658 無丈夫。

之：[三][聖]125 若以。

旨：[宮]2008 至曹溪。

終：[明]721 終生於，[三][宮]610 如沫蹈，[聖]310 終以後。

謅

名：[甲]1718 三爲方，[甲]1736 解下第，[明]2016 目強分。

銘：[明]2103 作死答。

說：[乙]1715 爲觀世。

語：[原]1744 佛果爲。

詔：[宮]2060 道家爲，[聖][另]1721 三界以，[聖]1721 善爲子，[另]1721 三界限，[宋][元]2059 者即於，[原]1818，[原]1818 龍女以。

諸：[甲][乙]1816 相功德，[甲]1731 作何物。

謬

錯：[甲]2261 也所，[三][宮]1458 誤言妄。

膠：[甲]2039 矣近則，[宋]1582 不失念。

翏：[甲]2128 聲也下。

論：[宋][宮]397 爲無爲。

繆：[甲]1936 判又既，[明]2076 也，[三]212 此亦如，[三][宮]2060 至於音，[三]2112 久蓄靈，[宋][元]1545 名漏盡。

探：[乙]2263 之智者。

微：[甲][乙]1909 與理合。

誤：[甲][乙]1821 矣住，[甲]2195 矣此解，[甲]2250 也如，[甲]2263 乎次，[甲]2266 雖無細，[甲]2298，[三]2154 見道。

摸

廣：[三]152 大道極。

軌：[甲]1723。

横：[甲]2067 寫無窮，[聖]158，[元][明]212，[元][明]309，[原]1309 所躓而。

槙：[三][宮]2103 託佛法。

換：[甲]1782 復問鶖，[甲]2266。

摹：[三][宮]1546 後以衆。

模：[宮]1912 象譬竟，[明][甲]893 遍通一，[明][聖]1462 用入男，[明]158，[明]397 伽闍師，[明]2040 法於是，[三][宮]1545 後填衆，[三][宮]1547 法故，[三][宮]1648 是眼境，[三]309 則不退，[三]1336 薩利婆，[宋][元][宮]1547 空手捫，[宋][元][宮]1648 日，[宋][元][宮]1648 象彼從，[元][明]272 中象如，[元][明]425 十方之。

膜：[宋]、謨[元][明]322 都尉口。

摩：[明]1341 呵一三，[三]986 訶膩擔。

謨：[丙]1056 感，[三]2145 乖於

殊，[聖]1552 後布衆。

莫：[宋]1043 鳩隸，[元][明]2145 南摸。

謀：[三][宮]2121 他兒。

無：[三]2145 一切佛。

遮：[三][宮]2123。

捉：[三]125 王髮然。

尛

麼：[三][宮]下同 1509 字即知，[元][明]21 目網。

磨：[元][明]993 鉢耶囉。

摹

兒：[聖]2157 三藏和。

摸：[三][宮]2085 寫莫能。

模：[明]2122，[三]2087 度量，[元][明][宮]2122 釋迦言。

謨：[三][宮]2060 略得章。

慕：[三]1093 這迦。

橅

標：[甲]2263 聊加潤。

持：[三][宮]2122 叉迦。

横：[甲]2207 也，[聖][另]下同 1442 鑿若過。

獲：[三]152 日月動。

摸：[三][宮]下同 1611 中有上，[宋][宮]1484 行者階，[宋][明][聖]1017 利脚帝，[宋][元]76 弟子未。

謨：[三]1058 子得壽。

披：[甲]2128 張之披。

膜

廣：[宋][宮]、瘼[元][明][乙]、廣[甲]895 屎尿種。

莫：[甲]2128 也從肉。

漠：[宋]25 而住或。

幕：[三]201。

髓：[三]、腦[德]26 眼淚汗。

映：[甲]2270 奪如飲，[甲]1821 衆星故，[聖]294 常生勝。

暎：[丁]1831 弊其光。

麽

摩：[甲]2400 二合摩，[甲]2400 句法界，[甲]2400 奚。

磨：[甲][乙]2390，[甲][乙]2393 跢羅天，[甲]2400 二合如，[甲]2400 金剛以，[甲]2400 引毘詵。

摩

阿：[宮]671 遮。

岸：[甲]1203 土及雜。

卑：[三][宮]1428 優婆私。

波：[甲]874 二合那。

叉：[宋]397 天王。

癡：[三][宮]1660 意稠林。

持：[三][宮]1435 失精得。

芻：[宮]1428 若麻翅。

麁：[宮]1425 沙羹油。

度：[甲]、麼[乙]973 多引鉢，[甲]1258 賀引旨，[三][宮]397 盧婆十，[三]985 訶毘摩，[三]1336 沙舍摩，[聖]2157，[宋]1644 羅林及。

廣：[知]384 淨將八。

訶：[丁]866 闍，[宮]2058 葉告阿，[宋][元]220 訶薩安。

賀：[三][宮]244 賀引悉。

華：[另]1428 分陀利。

麼：[甲][乙]1816 空。

建：[宋][元]2154 目建連。

庫：[聖]2157 持等出。

梨：[三][宮]1428 勒佛言。

盧：[宋][元]、－[明]984 底反柯。

虜：[宋][元]、－[明]984 底反虜。

羅：[甲][乙]2393 尼處置，[甲]2130 譯曰最，[三][宮]721 睺阿，[三][聖]397 樹爲諸，[三]2123 羅優婆，[乙]2394 二合蘗。

麻：[甲]1821 婆訶量，[甲]2089 國阿多，[明]1401 賀引嚩，[三][宮]1435 衣佛言，[三]1644 一婆訶。

漫：[明]200 那沙彌。

麼：[丙]862 耶底瑟，[丙]973 三曼，[丙]1056 賀引，[丙]1076 耶印二，[丙]1098 地定尾，[丁]2244 此云結，[丁]2244 哩地尾，[丁]2244 野此云，[宮]243 地持一，[甲]、[乙]852，[甲]、磨[乙]850 曳四吽，[甲]973 二，[甲]2132，[甲][丙]1075 地瑜伽，[甲][乙]1069 耶印禮，[甲][乙]1796 三曼多，[甲][乙][丙]1184 二合，[甲][乙][丙]1184 羅，[甲][乙]850 哆鉢囉，[甲][乙]850 訶引每，[甲][乙]894 耶繫縛，[甲][乙]957 耶，[甲][乙]973 三曼，[甲][乙]1211 訶，[甲][乙]1796 三曼多，[甲][乙]2396 胡經説，[甲]850 鉢囉二，[甲]850 二合，[甲]850 二合迦，[甲]850 野麼，[甲]850 曳四吽，[甲]850 引三，[甲]859 地將以，[甲]867 地復説，[甲]909 二合，[甲]923 地所成，[甲]930 尼供養，[甲]957 地不計，[甲]973 暗二，[甲]1000，[甲]1010 地由入，[甲]1038 那上佉，[甲]1112 訶悉，[甲]1120 二合，[甲]1120 惹，[甲]1122 耶大契，[甲]1184 引，[甲]1244 拏十六，[甲]1304 曳室，[甲]2135 哩拏引，[甲]2135 哩者，[甲]2168 成就儀，[甲]2223 地別本，[甲]2223 地智故，[甲]2394 嚩多住，[甲]2426 地起禮，[明]、怛麼二合[甲]1209，[明]、磨[甲][乙]1032 二合，[明][丙]1277 賀引母，[明][丁]1199 訶，[明][甲][丁]1199 隣，[明][甲]997 字，[明][甲]1227 雞金剛，[明][乙]1086 尼形禪，[明][乙]1086 喻唅，[明][乙]1092 歩惹六，[明][乙]1092 爛彈舌，[明][乙]1225 訶麼，[明][乙]1254，[明][乙]1276 二合囉，[明]954 二，[明]1032，[明]1096 訶薩埵，[明]1234 努引囉，[明]1243 蹬霓讃，[三]、[甲]1069 訶惹隷，[三][丙]1056 野吽，[三][丙]1056 野薩怛，[三][宮][甲][乙]848 訶引，[三][宮]310 訶毘社，[三][宮]402 那二十，[三][宮]402 婆婆十，[三][宮]694 那於佛，[三][甲][乙]950 阿鑠訖，[三][甲][乙]982 那車耶，[三][甲][乙]1092 九，[三][甲][乙]1125 耶薩怛，[三][甲]901 黎十二，[三][甲]972 三，[三][甲]989 羅虁拏，[三][甲]1038，

[三][甲]1038 去地上，[三][甲]1124 耶印以，[三][甲]1253 多，[三][乙]865 耶薩怛，[三][乙]972 賀引，[三][乙]1092，[三][乙]1092 縒，[三][乙]1200 拏莽地，[三][乙]1244 賀引囉，[三]848 婆野囉，[三]865 嚩，[三]865 毘詵遮，[三]943 他，[三]982，[三]982 羅剎女，[三]989 賀引鉢，[三]1005 尼種種，[三]1032 二合阿，[三]1058 摩寫八，[三]1087 訶三麼，[三]1096 尼呪呪，[三]1124 地立印，[三]1139，[三]1396 囉乎嚧，[聖]1199 地，[宋][明]1170 二合引，[宋][元][甲][乙]1211，[宋][元]1227 明王經，[宋]1087 訶薩怛，[宋]1092 憍，[宋]1092 始契二，[宋]1103 地門速，[乙]850，[乙]850 摩字及，[乙]850 抳状次，[乙]867 摩，[乙]877 拘，[乙]897 計通三，[乙]912 阿悉弭，[乙]966 二合，[乙]1032 地不令，[乙]1032 耶薩，[乙]1069 訶跛，[乙]1069 訶麼羅，[乙]1069 曳掃，[乙]1086 耶跋日，[乙]1110 訶引，[乙]1171 耶曼，[乙]1171 喻引含，[乙]1204 二合，[乙]1211，[乙]1211 尼爲燈，[乙]1269 吒三，[乙]1796 二合蓮，[乙]1796 三曼多，[乙]2232 吒於兩，[乙]2394 羅庾，[乙]2394 字門如，[元][明]、麼儞牟尼[甲]901，[原]904 耶契。

昧：[丙]1141，[甲]、麼[乙]957 耶印心，[甲]2410 耶時授，[甲][乙][丙]2396，[甲][乙][丙]2397 耶平等，[甲][乙]894 耶去身，[甲][乙]957 耶，[甲][乙]2228 耶身也，[甲][乙]2391，[甲][乙]2391 耶會智，[甲][乙]2391 耶薩怛，[甲][乙]2397 耶，[甲]1315 耶，[甲]2223 地，[甲]2229 耶忍願，[甲]2245 耶本誓，[甲]2392 耶三部，[甲]2400，[甲]2400 耶能解，[甲]2400 耶印誦，[甲]2408 地如，[甲]2434 耶心眞，[明][甲]1102 耶契印，[明][甲]1215 耶，[乙]2192 地，[乙]2223 耶出，[乙]2223 耶毘，[乙]2223 耶言一，[原]、亦[原]904 速現前，[原]904 耶。

糜：[甲]1828 設不，[聖]1462 呵羅作。

蘪：[三]984 梨伽尸。

醿：[明]1809 那埵本，[明]476 花拘母，[明]1191 龍腦等，[明]2153 訶乘於，[明]2154 蜜多譯，[三]984 離吼溜。

膜：[三]152 喜而疾。

麼：[甲][乙]2391 二合覩，[甲]2400，[甲]2400 二合薩，[甲]2400 含左右，[甲]2400 薩婆怛，[甲]2400 耶印也，[乙]2394 三曼多。

摩：[宋][元]1227 明王經。

磨：[丙][丁]866 轉如輪，[丙]2397 經攝大，[宮]1912 故彌揩，[宮][另]1428 佛言不，[宮][乙][丁]1958 之口中，[宮]1432 若捺若，[宮]1435 觸，[宮]2058 滅不可，[甲]、麼[乙]1211 地自身，[甲]2339 下二引，[甲]2792，[甲]2792 受戒位，[甲][丙]973 等四智，[甲][丙]2397 法馱都，[甲]

[乙]931 法要先，[甲][乙]1821 第二，[甲][乙]1822 爲體亦，[甲][乙]2228 尼，[甲][乙]2250 伽羅母，[甲][乙]2254 碎至，[甲][乙]2317，[甲][乙]2391 頡利二，[甲]861 馱，[甲]877 摩莎，[甲]895 呼請問，[甲]909 摩悉，[甲]921 尼燈闕，[甲]996 娑誐囉，[甲]997 四指承，[甲]1010 波羅蜜，[甲]1010 十二，[甲]1709 尼，[甲]1733 石磨之，[甲]1735 夷此云，[甲]1782 瑩故離，[甲]1891，[甲]2087 牛頭，[甲]2087 瑩饌食，[甲]2157 論二卷，[甲]2157 文一卷，[甲]2217，[甲]2266 多羅以，[甲]2381 無識三，[甲]2392 若請，[甲]2396 經云云，[甲]2400，[甲]2400 歌印二，[甲]2400 拳印略，[甲]2428 曼荼羅，[甲]2792 觸罪要，[明][乙]1092 得身清，[明][乙]1254 耶，[明]379 嗚呼大，[明]1101 羅樹枝，[明]1123 印眞言，[明]1421 言，[明]1435 伽沙彌，[明]1451 善哉正，[明]2059 尸，[明]2060 誠有由，[明]2122 南無僧，[明]2122 耶，[明]2122 斫柯羅，[明]2153 虈多羅，[明]2154 多羅就，[明]2154 多羅説，[明]2154 笈多譯，[明]2154 鬱多羅，[明]2154 者波斯，[三][宮]、魔[石]1509 字即知，[三][宮]882 門月輪，[三][宮]2042 著羹中，[三][宮][甲][乙]2087 牛，[三][宮][聖]1435 共作者，[三][宮][另]1428 壁令，[三][宮]317 鏡師弟，[三][宮]374 滅有智，[三][宮]397，[三][宮]481 金，[三][宮]597 我頭上，[三][宮]618 睺路姤，[三][宮]1425 柴草積，[三][宮]1425 豆羅根，[三][宮]1425 羅，[三][宮]1425 滅法乃，[三][宮]1425 某，[三][宮]1425 那石粉，[三][宮]1425 沙豆陳，[三][宮]1425 塗地不，[三][宮]1425 無遮法，[三][宮]1428，[三][宮]1435 留多枝，[三][宮]1451 拭遂，[三][宮]1458 陳那，[三][宮]1462，[三][宮]1505 彼展轉，[三][宮]1522 瑩光色，[三][宮]1530 瑩鑒淨，[三][宮]1546 生，[三][宮]1552 多羅説，[三][宮]1552 多羅以，[三][宮]1559，[三][宮]1660 比丘，[三][宮]1810 此某甲，[三][宮]1810 身及禮，[三][宮]2034 斯經一，[三][宮]2053，[三][宮]2053 香末爲，[三][宮]2059 弗多此，[三][宮]2060 以此法，[三][宮]2103 沙門事，[三][宮]2121 合集，[三][宮]2122 笈多傳，[三][宮]2122 鎣卒不，[三][宮]下同 2123 華以用，[三][甲]1003 等瑜伽，[三][甲][乙]1032 印左手，[三][甲]1038 去摩，[三][甲]1102 五鉢囉，[三][甲]1124 印，[三][甲]1181 之塗於，[三][聖]下同 375 隸毘摩，[三][乙]1092 金剛，[三]22 滅法，[三]86 泥，[三]99 羅迦舅，[三]157，[三]202 滅無人，[三]374 優波提，[三]375 優波，[三]888 金剛尊，[三]888 印爲身，[三]982 波羅神，[三]984 基，[三]1043 南無僧，[三]1087 耶薩怛，[三]1335 天之所，[三]1341 多迦多，[三]1433 觸缺戒，[三]1441 作，[三]

2066，[三]2088 論凡六，[三]2088 檀塗佛，[三]2145 多羅菩，[三]2149 多羅菩，[三]2149 二卷，[三]2149 集論七，[三]2149 雜集十，[三]2153 欝多羅，[三]2154 笈多譯，[三]2154 摩提譯，[三]2154 菩提共，[三]2154 五事論，[三]2154 譯，[聖]1462 觸木女，[聖][石]1509 滅歸土，[聖]26 澡浴強，[聖]278 爲微塵，[聖]375，[聖]383，[聖]1425 由者今，[聖]1428 衣扇那，[聖]1463 勒隨病，[聖]1595 他所藏，[另]1428，[另]1428 竭國諸，[另]1435 那埵羯，[石][高]1668，[宋][宮]1425 身體從，[宋][明]969 奇哉僧，[宋][元]26 天，[宋][元][宮]1425，[宋][元][宮]1425 帝住時，[宋][元][宮]1425 若二人，[宋][元]1435 尼周羅，[宋][元]2153 欝多羅，[宋]1343 南無僧，[宋]2153 録云與，[乙][丙]1246 天子五，[乙][丁]2244 珠玉，[乙]865 地，[乙]865 尼寶灌，[乙]867 摩，[乙]1821 暹多此，[乙]1821 云欲謂，[乙]2223 能得，[乙]2249 多羅說，[乙]2391 其胸前，[乙]2393 涅哩若，[元][明][宮]374 優波提，[元][明]155 滅之法，[元][明]2154 笈多譯，[元][明]下同 468 花以用。

謨：[甲]1072 二合納，[甲]1202 三曼多。

擵：[宮]2040 居。

魔：[宮]649 羅若無，[宮]649 羅王羅，[甲][乙]2194 頂説法，[甲][乙]2309 王之使，[甲]952 蹬倪莎，[甲]1232 王順三，[甲]1239 登伽及，[甲]1239 醯首羅，[甲]2243 應言夜，[甲]2401 方名金，[甲]2401 王及后，[明][甲]1216 王躬親，[明]201 羅如是，[明]316 羅界咸，[明]682 復十二，[明]887 法此曼，[明]887 法門，[明]1005 羅，[明]1225，[明]1242 物獨往，[明]1336 羅者，[明]1521 天王兜，[明]1636 羅，[明]2122，[明]2122 羅，[三]24 羅世受，[三][宮]、以下混用 649 羅及與，[三][宮]383 羅多殺，[三][宮]397 囉，[三][宮]402 醯首羅，[三][宮]720 醯首羅，[三][宮]720 旃陀羅，[三][宮]721，[三][宮]1425 羅，[三][宮]1462 沙，[三][宮]1547 婆羅門，[三][宮]2122 羅第五，[三][宮]2122 質多羅，[三]1 那比丘，[三]24，[三]24 羅波旬，[三]24 世亦如，[三]24 王高擧，[三]99 波低説，[三]150 不宜欲，[三]184 衆聖皆，[三]185 大國民，[三]185 衆聖皆，[三]186 休勒阿，[三]186 休勒男，[三]211 尼逆罵，[三]374 羅耶山，[三]987 訶盧呵，[三]988 醯首羅，[三]1003 羅之境，[三]1191 速修正，[三]1331 羅提離，[三]2103，[三]2149 達國王，[三]2154 竭王經，[聖]224 訶薩佛，[聖]1425 天壽，[聖]2157 調王經，[另]1428 樓樹，[石]1509 秦言法，[宋][元]224 睺勒鬼，[宋][元]1133 醯首羅，[乙]966 及，[乙]2390 姉妹有，[元][明]157，[元][明][宮]310 休勒人，[元][明][宮]333 於佛法，[元][明]310 天衆聞，[元][明]2153 羅經一。

麿：[宮]1912 法勿曲。

末：[三]125 那婆，[三]1343，[三]1343 柢戰，[聖]2042 突羅國，[元][明]、與末[聖]200 利夫人，[元][明]1256 私末迦。

莫：[三][宮]1442。

牟：[三][宮]1425 尼屐。

暮：[宋]1092 彈囉三。

拏：[三][宮][別]397，[三]1283 引野娑。

那：[明]1336 仇。

尼：[甲]2168 經一卷，[元][明]1336 訶。

婆：[甲]2130 譯曰叔，[明]1428 尼，[三][宮]402 等皆共。

頗：[原]1201 二合囉。

擎：[宮][聖]481 諸菩薩。

群：[宋][宮]2121 近師子。

辱：[三][宮]1579 他言縱。

薩：[甲]、－[乙]1816 耶經等。

提：[宮]1435 夫人時。

頭：[宋]、－[元][明]984 唐苟反。

塗：[明]2121。

犀：[原]1700 那。

修：[宮]1435 多羅伽。

魘：[三][宮]2121 我上者。

夜：[明]1119，[三][宮]397 也十七，[三]1049 度摩帝，[聖][另]303 訶俱絺。

應：[甲]1924，[三][宮]2122，[聖]423 那婆子，[另]1443 觸作。

宇：[三][宮]2040 烏。

遮：[三]1335 摩羅岐。

莊：[甲]1708 質多羅。

磨

寂：[三][宮]376。

金：[三][宮]285。

扣：[三][宮]1549 便有火。

麼：[宮][甲]1998 院云未，[甲]1065 部唐言，[甲]1735 藏初中，[甲][乙]、磨[甲]1796 設囉二，[甲][乙][丙]862 二合，[甲][乙]850 三，[甲][乙]850 曳，[甲][乙]1069 曳掃銘，[甲][乙]1086 也吽怛，[甲][乙]1796 他也摩，[甲]850 嚩無鉢，[甲]850 三婆嚩，[甲]853 金剛所，[甲]900 薩嚩二，[甲]921 擺磨，[甲]930 訖禮二，[甲]957 誐，[甲]994 擺娑嚩，[甲]1000 跛，[甲]1042 字首加，[甲]1112 日嚕皤，[甲]1122，[甲]1302 耶莎訶，[明][甲][乙]856 上，[明][甲]1175 妙印力，[明][乙]1086 紇哩二，[明]1032 隸，[三][丙]930，[三][宮][乙][丙]876 耶斛引，[三][宮]397 波履婆，[三][宮]397 毘夜也，[三][宮]665 毘藍婆，[三][甲]1009 馱嚟三，[三][甲]1033 夜薄乞，[三][甲]1080 抳九，[三][乙][丙]、摩[甲]1211 儞二合，[三][乙][丙]873 矩嚧，[三][乙][丙]873 嚩日囉，[三]848，[三]1033 二合迦，[三]1069 僧伽囉，[三]1087 耶，[三]1337，[三]1341，[聖]983 白檀香，[宋][元][甲]1163，[宋][元]1003 曼荼，[乙]1796，[乙]1796 迦引奢，[乙]1796 赦平一，[乙]2192 字守護。

1425 著藥無，[三][宮]1428，[三][宮]1435，[三][宮]1435 滅爾時，[三][宮]1435 沙豆粥，[三][宮]1438 那埵羯，[三][宮]1462 不樂精，[三][宮]1463 之用塗，[三][宮]1509 天三十，[三][宮]1545 五，[三][宮]1546 多羅作，[三][宮]1547，[三][宮]1548 滅齊是，[三][宮]1558 羅時婆，[三][宮]1562 羅時，[三][宮]1650 爲佛作，[三][宮]1660 笈多譯，[三][宮]2034 多羅禪，[三][宮]2034 多羅菩，[三][宮]2040 滅唯得，[三][宮]2040 碎成屑，[三][宮]2042 滅都棄，[三][宮]2045 滅當念，[三][宮]2060 般若隋，[三][宮]2060 肩方便，[三][宮]2085 那尸，[三][宮]2103 擧身星，[三][宮]2121，[三][宮]2121 滅況復，[三][宮]2121 殺磨此，[三][宮]2121 祝經，[三][宮]2122 論此三，[三][宮]2122 羅他八，[三][宮]2123 碓擣受，[三][宮]2123 琴歌諸，[三][宮]下同 721 滅汝等，[三][甲]1009 呼藥叉，[三][甲]1181 病人頭，[三][聖]26 滅法，[三][乙][丙]873 蘇嚩日，[三][乙]865 迦嚕婆，[三]1 滅法我，[三]24 其牙者，[三]26 滅法彼，[三]26 尼離阿，[三]26 瑟曇拘，[三]26 衣手執，[三]99 聚落北，[三]125 滅法歡，[三]125 滅劫數，[三]125 滅者憎，[三]157 帝摩帝，[三]189 滅我於，[三]203，[三]212 何，[三]212 滅法不，[三]375 那斯阿，[三]443 莎呵，[三]643 天所畫，[三]866，[三]945 觸暖，[三]956 以紫，[三]984 基粟埵，[三]1031 馱引，[三]1123 句，[三]1336 大薩婆，[三]1337，[三]1360 伐，[三]2153 欝多，[三]2153 欝多羅，[三]2154 菩提譯，[三]2154 唐云天，[聖]99 滅摩竭，[聖]125 傳告唱，[聖]125 好惡自，[聖]125 金像至，[聖]125 滅是時，[聖]157 區四十，[聖]223 衆寶屑，[聖]376 滅已度，[聖]1421 事離婆，[聖]1441 已離宿，[聖]1462，[聖]1462 寶未動，[聖]1463 一切法，[聖]1464 羅那提，[聖]1522 瑩眞金，[聖]2157 譯出迴，[另]1428 爪令光，[石]1558 僧何洲，[宋][宮]1509 滅之法，[宋][宮]656 滅法無，[宋][宮]656 滅法一，[宋][宮]657 滅則是，[宋][宮]2043 滅，[宋][明][宮]656 滅不可，[宋][元]264 三千大，[宋][元][宮]、麻[明]1435 沙豆著，[宋][元][宮]613 滅，[宋][元][宮]1425 乞法者，[宋][元][宮]1509 滅還生，[宋][元][宮]1545 者不許，[宋][元][聖]1 滅貪欲，[宋][元][聖]125，[宋][元][聖]125 滅之法，[宋][元]125 之法恒，[宋][元]1057 取末用，[宋][元]2061 等方悟，[宋]309，[宋]375 滅不得，[宋]1331 滅不現，[宋]2153 俱舍論，[乙]1832 云勝者，[乙]2223 縛曰，[乙]2391，[乙][丙][戊][己]2092 云得其，[乙][丙]876 耶二薩，[乙]850 娑底野，[乙]867 磨尾，[乙]912 輪，[乙]913 跋折羅，[乙]914 磨，[乙]1821 毱多部，[乙]1821 至，[乙]1822 多羅造，

[乙]2192 部作，[乙]2223 波羅蜜，[乙]2391 法，[元]2016 經頌云，[元][宮]262 三千大，[元][明]866 金剛契，[元][明]2103 足而至，[元]2154 五事論，[知]414 滅長夜，[知]414 滅法。

魔：[宮]278 滅一切，[甲][乙]1821 天及，[甲]1821 滅無暫，[聖]1788 滅法令，[宋][宮]223 字門入。

婆：[明]997 灑三娑。

唐：[元]2154 一卷題。

磑：[三][宮]2109 磨爐燒。

無：[明]587 僧伽重。

言：[宮]882 金剛遍。

研：[三]、滴研[宮]741。

應：[明]1810 作第二，[宋][宮]1463 若白一。

之：[原]2408 句下。

謨

辯：[甲]1909 羅佛南。

護：[甲][乙]2134 穆，[元]無[明]220 佛陀是。

摸：[三][宮]397 遮利龍。

模：[宮]2108 諤諤蘭，[明]318 式諷誦，[三][宮]2104 最對，[乙]2092 襲我冠。

摩：[明]2 訶摩耶。

莫：[甲]、謨曩莫[乙]1269 二十，[甲][乙][丙]954 悉底哩，[甲][乙][丙]1098 阿唎耶，[甲][乙][丙]1214 三滿多，[甲]953 阿哩野，[甲]954 三漫多，[甲]954 室戰二，[甲]1304 羅怛，[明][甲]1176 悉底，[明][乙]1092 窣都羝，[明]1217 引沒馱，[三][甲][乙]950 三滿多，[三][甲][乙]950 颯跢喃，[三][甲][乙]950 薩嚩怛，[三][甲][乙]950 薩嚩沒，[三][甲][乙]950 三滿多，[三][甲][乙]1069 薩嚩沒，[三][乙]950 薩嚩，[聖][乙][丙]1199 三漫，[宋][明]1081 訶鉢蹬，[宋][元]1033 三引曼，[宋][元][甲][乙][丙]954 三滿多，[宋][元]985 之字梵，[宋][元]1033 薩嚩怛，[宋][元]1107，[乙]953 三漫多，[乙]1250 引惹，[原]1223 三去滿。

漠：[明]2102 對揚精。

謀：[甲][乙]1072 枯知二，[元][明]2108 簒微君。

慕：[甲]1315 歩布，[乙]867 謨。

談：[三][宮]1579 之縣並。

文：[宮]2112 洎乎。

無：[甲]1246 法陀羅，[明][甲]1077，[明]665，[明]1006，[明]1006 十方如，[明]1081 佛馱耶，[宋][元]985 窣覩木。

娱：[三][宮]2103 嚴。

讚：[三][宮]1549 以水道。

嚩

跋：[三][宮][甲]901 吒徒嚕。

波：[甲]1211 二合。

博：[三][甲][乙][丙][丁]848 字龍方。

傳：[乙]2223 住三摩。

縛：[丙]862 惡乞蒭，[丙]2397 曰羅馱，[丁]2244 吒國或，[宮]848

引，[甲]874 手十六，[甲]1735 迦也九，[甲]2401 字入於，[甲][乙]2219 或言雙，[甲][乙]1796 言語道，[甲][乙]1796 亦是巧，[甲][乙]2223 令諸有，[甲][乙]2223 曰羅帝，[甲][乙]2223 曰羅係，[甲][乙]2390 二合賀，[甲][乙]2390 訶召之，[甲][乙]2390 訖，[甲][乙]2390 日羅爾，[甲][乙]2391 賀上加，[甲][乙]2393 結薩，[甲][乙]2396 發生，[甲]850 怛他引，[甲]850 二合，[甲]850 二合賀，[甲]850 薩怛嚩，[甲]861 字，[甲]931 制四滿，[甲]949 二合婆，[甲]974 無我反，[甲]1003 字者薩，[甲]1209 日，[甲]1220 引吒迦，[甲]1232 怛他蘖，[甲]1304 賀，[甲]1315 二合，[甲]1796 二合補，[甲]2128 今訛云，[甲]2223 曰，[甲]2223 曰羅薩，[甲]2231 字，[甲]2394 也，[甲]2399 字門即，[甲]2400 結大日，[甲]2400 去二合，[甲]2400 日囉二，[甲]2400 引波耶，[甲]下同 2212 字離，[明]1377，[明][甲]1215 底，[明][乙]1209 二合，[明]891 日囉播，[明]893 訶，[明]894 及，[明]974 武鉢反，[明]1245 帝大城，[明]1636 二合都，[三][宮][甲][乙][丙][丁] 848 ，[三][宮][甲][乙][丙][丁]866 善能，[三][宮][甲]901 娑，[三][甲][乙]950，[三][甲][乙]950 曩誐糵，[三][甲]1227 草骨路，[三][甲]1313，[三][聖][甲][乙]953 底王宮，[三]882 即能普，[三]882 日囉二，[三]1005 阿蘇囉，[三]1007，[三]1330 帝三目，[三]2088 伽浪國，[聖]、囉[乙]1266 哆野二，[聖]1266 二合，[宋]1272 城彼有，[宋][元][宮]848 二合目，[宋][元][宮]882 商彌引，[宋][元]191 迦本有，[宋][元]1022 播引波，[乙]、甲本有梵字 2397 左，[乙]867 嚩達，[乙]914 二，[乙]914 引，[乙]1204 日，[乙]1287 路，[乙]1796 同也無，[乙]1796 性也俱，[乙]1796 字門即，[乙]1796 字爲體，[乙]2376 喝國東，[乙]2390，[乙]2390 觸之者，[乙]2390 字加持，[乙]2391 冒駄覺，[乙]2391 所生經，[乙]2393 延諦儞，[乙]2393 字門其，[乙]2397 等字亦，[元]883 二合達，[元]1377 哩多二，[元]1415 日囉。

訶：[乙]1796 聲是縛。

攞：[三]982 嚩曩孃。

囉：[丙]873 怛他，[甲][乙]2391 字又於，[甲]973 二合，[甲]1225，[明]921 二合，[明]1401 日囉二，[三][乙]1244 二合吠，[元][明]1415 二合僧，[元]1243 二合賀。

瞞：[原]、瞞[乙]1796 字亦如。

麼：[甲]904，[甲]904 日羅。

那：[甲]908 訶娜耶。

曩：[三]989 曩引誐。

婆：[甲]850 二合，[甲]904，[甲]1214，[甲]1298 訶東北，[甲]1304 賀，[甲]1315 怛，[甲]2400 怛他誐，[乙]914 嚩，[原]904 布際輕。

皤：[三][甲][乙]970。

他：[乙]850 鉢囉。

韈：[三]982 囉灑二。

微：[丙][丁]848 囉闍達。

舞：[丙]1209。

囀：[乙]2391 日羅二。

魔

阿：[原]、摩[乙]1098 哩耶聖。

庵：[甲]1999 凌篋宗。

白：[三]1 色諸天。

變：[三]193 若干變。

魑：[乙]2393 能無畏。

惡：[三]375 鬼如世。

伏：[甲]2400 念誦。

縛：[三][聖]100 之境界。

廣：[宮]384 及魔天，[宮]638，[甲]1709 者樂生，[聖]292 徑路，[聖]310 宮令魔，[元]1211 不得其。

鬼：[聖][甲][乙]1266 事即作。

患：[三][宮]425 是精進。

境：[明]397。

樓：[三]68 觀在城。

羅：[甲][乙]2070 王王乃。

麼：[甲]、摩[乙]1072 天印先，[甲]2425 字爲體，[宋][元]、摩[明][甲][乙]1132 尼燈。

魅：[三]1331 不能干，[聖][甲]953。

靡：[元][明]401 不照無。

摩：[丁]2221，[宮][聖][另]302 王生若，[宮]288 故七者，[宮]2123 羅人非，[甲]1065 耶西南，[甲]2425 羅是四，[甲][乙]2396 醯首羅，[甲]951 王水，[甲]1072 事及諸，[甲]1254 者七日，[甲]1298 醯首羅，[甲]1335，[甲]1778 羅樂生，[甲]1783 定在三，[甲]1816，[甲]2130 勒譯曰，[甲]2130 脩多羅，[甲]2261 外道皆，[甲]2400 天唵，[明]999 醯，[明]192 醯首羅，[明]363 羅界及，[明][甲][乙]1277 醯首羅，[明]220 過令其，[明]999 醯首羅，[明]1025 使以索，[明]1119 囉魔，[明]1225 羅，[明]1367 羅呼盧，[明]1450 天覩史，[明]1636 境界，[三]、麼[甲][丙]1202 惡雲，[三]1331 呵留羅，[三]1341 羅世七，[三]2154 皇經出，[三][宮]639 羅等亦，[三][宮]1641，[三][宮]2103 羅經所，[三][宮][聖][石]1509 天王，[三][宮][石]1509 天兜率，[三][宮]263 竭，[三][宮]534 竭，[三][宮]656 休勒，[三][宮]674 鬼界天，[三][宮]721 醯，[三][宮]1425 帝三名，[三][宮]1428 醯，[三][宮]1634 天王第，[三][宮]2121 羅殺無，[三][宮]魔難[三][宮]2040 比丘，[三][甲][丙]1202 法杓子，[三][甲][乙]982 使者黑，[三][甲]1003 醯首羅，[三]24 羅世諸，[三]99 兜率陀，[三]99 天千兜，[三]152 王女等，[三]157 醯首羅，[三]158 醯首羅，[三]196 光，[三]375 羅人非，[三]1003 醯首羅，[三]1080 王，[三]1340 境界及，[三]1341 羅，[三]1341 羅世之，[三]2151 調王經，[聖][倉]1458 不信天，[聖]99 縻聖者，[聖]99 怨遠離，[聖]125 比丘是，[聖]639 梵婆羅，[聖]801 王隨業，[聖]1442 怨震大，

[聖]2157 及灌頂，[另]1442 女曰汝，[宋][宮]313 羅網復，[宋][宮]624 三復有，[宋][明]978 羅界惡，[宋][元][宮]1545 王所者，[宋][元]24 王宮殿，[宋][元]1005 界傍生，[宋]374 羅，[乙][丙]1098 王水天，[乙]852 妃后鐸，[乙]914 魔耶，[乙]1239 羅，[乙]2157 女聞佛，[乙]2394□兜率，[乙]2396 羅王眷，[原]1201，[原]1796 羅魔也。

磨：[宮]837 七波羅，[甲][乙]1822，[三]2145 斯經一，[原]1771 魔破壞。

麑：[三][宮]1428。

事：[三]2145 品有名。

天：[三][宮]721 衆言却。

希：[三][甲]1009 求善巧。

抹

末：[宮]279 爲塵無，[宮]279 爲塵悉，[宮][甲][丁][戊]1958 爲塵，[甲]1717 十方下，[明]400 香花鬘，[明][甲][丙]1277 和肉點，[乙]2394 香和水。

秣：[三]2145 陵平樂。

粖：[甲]914 叵達叵。

袜：[甲]2792 非衣者。

株：[三][宮]721 羅花林。

末

本：[甲]2266 二十二，[甲]1969 空如夢，[甲]2266 二十，[甲]2266 二十九，[甲]2266 四十，[甲]2266 四右，[甲]2266 位俱也，[明]、－[宮]1425 應往自，[三][宮]669 無垢汚，[三]2145 章其中，[元][明]2016 如摩尼。

鉢：[三]194 龍。

不：[元][明]716 滅彼處。

充：[宋]1092。

初：[三]2154。

夫：[宮]1428 藥是，[甲]2017 行善欲。

骨：[三]1082。

禾：[甲]2128 反次羅，[甲]1731 不淨本。

際：[三][宮]342 則能了。

客：[甲][乙]2261 未必。

來：[宮]433 世外道，[宮]461 在衆會，[宮]657，[甲][乙]1866 不見説，[甲]1512 世持經，[甲]1816 香者碎，[甲]1828 後十一，[甲]2217 空寂故，[甲]2223 世經云，[甲]2255 論主擧，[甲]2305 唯有一，[甲]2339 分異所，[明][宮]223 皆無自，[三][宮]433 世聞之，[三][宮]433 世信樂，[三][宮]638 世人，[三][宮]656 空，[三]1162 冥，[三]2087 出海島，[三]2149 經失本，[石]1509 空何以，[宋][元]2104 以來日，[乙]2408 供物等，[乙]2408 曜宿段，[元][明][宮]310 大聖如，[原]1782 二既無，[原]2339 之處即，[原]2339 種者雖。

麼：[三][宮]402 利。

米：[甲]1007 和蒲，[元][明]893 又扇底。

滅：[甲][己]1958。

摩：[甲]2397 羅，[明]2016，[三][宮]397 利生愛，[三][宮]2042 寺語尊，[聖]397 坻阿，[乙]1796 羅憶昔，[乙]1871 尼雨寶。

抹：[明]、忘[宮]416 三千界，[明]278 爲微塵，[明]694 爲微塵，[明]1521 恒河，[三]、株[宮]262 爲塵一，[三][宮]262 爲微塵，[三]264 爲塵一，[三]2121 體如塵，[宋]、抹[元]、粖[明][宮]2122 時比丘，[宋]、粖[元]25，[宋][元]1339 三千大，[元][明]647 作塵如，[元][明]1339 爲微塵。

歿：[元][明]2060 後十。

沫：[甲]850 羅馱曩，[甲]1120 娜，[明]1092 二物各，[三]1082 或烏賊，[聖]99 而心意，[原]1098 二物各。

秣：[甲]、[乙]2087，[三][宮][西]665 以和湯，[宋][元][宮]、抹[明]、末[西]665 香遍嚴。

粖：[敦]450 香燒香，[宮]262，[宮]262 若丸若，[宮]262 香塗香，[宮]278 香塗香，[宮]278 香衣蓋，[宮]下同 374 香，[甲]1733 六衣七，[明][甲][乙]1276 香及置，[明][甲]1227，[明]201 香悉皆，[明]201 香用供，[明]639，[明]639 香勝，[明]997 香花鬘，[明]997 香及諸，[明]997 香衣服，[明]1257 如前點，[三]、秣[宮]639 香，[三]639 香復以，[三][丙]、－[甲]1202 泥地作，[三][宮]484 香塗香，[三][宮]1493 香閻浮，[三][宮][聖]278 香寶衣，[三][宮]278 香阿僧，[三][宮]278 香手莊，[三][宮]278 香所愛，[三][宮]278 香雲雨，[三][宮]639 香，[三][宮]721 香種種，[三][宮]1435，[三][宮]1452 香，[三][宮]1452 以，[三][宮]下同 1443 令彼命，[三][甲][乙]950 無間而，[三][甲]1227 作，[三][甲]下同 1227 和水加，[三][甲]下同 1227 候乾和，[三][乙]1075，[三][乙]1075 塗手捧，[三]1，[三]1 自塗香，[三]264 香，[三]264 香諸雜，[三]375 猶如，[三]639 香并花，[三]738 之福，[三]1343 香衣蓋，[三]1509 香衣服，[宋][元]、粖[甲]1182 呪七，[宋][元][宮]310 香燒香，[宋][元][宮]405 香塗香，[宋][元][宮]407 香，[宋][元][宮]688 香幢幡，[宋][元][宮]689 香熏香，[宋][元]25 多，[宋][元]25 既作，[宋][元]187 香又見，[宋][元]375，[宋][元]375 香燒香，[宋][元]375 香塗香，[宋][元]1092 香三白，[宋][元]1092 香天諸，[宋][元]1227 以金椀，[元][明][宮]374 盲，[元][明][宮]374 香燒香，[元][明][宮]374 香塗香。

木：[甲]1268 取牛乳，[三]、－[宮]2123 洗口已，[三][乙]1200 一，[三]2122，[宋][元]1425 瓶遲，[原]2408 事。

求：[甲]1724 歸本問，[甲]2035 尼七十，[三]、未[宮]1594 那受義，[三][宮]2122 帝收其，[聖]、持[聖]

200 牛頭栴。

人：[宮]2104 方知滅。

示：[甲]2305 縁慮取，[三]2154 列之如。

東：[甲]2266 相依而。

宋：[宮]2059 齊初，[甲]1847 之本此。

萬：[甲]2207，[甲]2207 豆夜之。

未：[高]1668 相承頼，[宮][甲]901 知，[宮]731 頭乾直，[宮]754 利夫人，[宮]1505 恕婆盧，[宮]2059 而悟俗，[宮]2060，[宮]2060 第區別，[宮]2060 分，[宮]2103 叙已隨，[宮]2123 之意庶，[甲]、末[甲]1782 代故後，[甲]1708 上品信，[甲]1718 相承文，[甲]1721 歸，[甲]1772 劫凡夫，[甲]1805 是故齊，[甲]1805 亡而非，[甲]1830 便伏此，[甲]1848 即同本，[甲]2128，[甲]2128 反毛詩，[甲]2128 反與此，[甲][乙]1772 達那亦，[甲][乙]1822 散名塵，[甲][乙]1799 學唯除，[甲][乙]1816 若據大，[甲][乙]1822 何況諸，[甲][乙]1822 奴沙人，[甲][乙]1822 陀及是，[甲][乙]1822 陀者無，[甲][乙]1822 易捨故，[甲][乙]2244 那河又，[甲]861，[甲]1227 敷華和，[甲]1708 後帝釋，[甲]1709 心起金，[甲]1710，[甲]1719 體理無，[甲]1719 文中且，[甲]1719 云即時，[甲]1724 代得聞，[甲]1724 明知化，[甲]1724 世隨聞，[甲]1724 云佛説，[甲]1728 勸受持，[甲]1728 以其是，[甲]1729 皆云若，[甲]1736 成，[甲]1736 達那亦，[甲]1736 眞非妄，[甲]1782 學後，[甲]1782 學未學，[甲]1786 曾有事，[甲]1816 法故以，[甲]1821 多，[甲]1821 羅此云，[甲]1821 摩所斷，[甲]1828 永滅來，[甲]1830 那縁變，[甲]1851 經布施，[甲]1887，[甲]2006 生隱棲，[甲]2039 雛王即，[甲]2039 鄒王竹，[甲]2053，[甲]2128 草名也，[甲]2128 反，[甲]2128 反從車，[甲]2128 反隥音，[甲]2128 反經名，[甲]2128 聲末，[甲]2266 不離，[甲]2281 生豈不，[甲]2299 學之龜，[甲]2362 體是，[明]、－[宮]1428 明相欲，[明]1509 栴檀香，[明][宮]1428 之水和，[明]212 如來天，[明]220 結好貴，[明]665 捨羯撥，[明]1007 儞娑破，[明]1033 他尾枳，[明]1236 怛里衆，[明]1299 摩尼常，[明]1509 生譬如，[明]1544 摩斷命，[明]1558 多王自，[明]1566 令人信，[明]1610 故四，[明]1614 那識八，[明]2102 念起而，[明]2103 運玄化，[明]2104 研尋莊，[明]2110 世行於，[明]2110 餘者，[明]2122 得一垣，[明]2145 易可傾，[明]2145 遊于洛，[明]2145 於洛陽，[明]2149 果云古，[明]2153 經一名，[三]187 度三膰，[三]1566 日光和，[三][宮]1462 水法者，[三][宮]、求[元][明]2102 焉既懷，[三][宮]1509 説云何，[三][宮][聖]1563 爲過難，[三][宮]1509 生滅諸，[三][宮]1545 羯羅失，[三][宮]1547 著乳中，[三][宮]1579 者喩能，[三][宮]2060，

[三][宮]2060 陳大論，[三][宮]2060 能發，[三][宮]2060 欲增生，[三][宮]2102 暨中華，[三][宮]2102 臨用深，[三][宮]2102 於用又，[三][宮]2122 道當移，[三][宮]2122 之從其，[三]100 能供，[三]101 多亡爲，[三]474 空，[三]764 達那好，[三]896 度木閣，[三]950 度俱那，[三]1257 陵娑嚩，[三]1451 塞羯利，[三]2087 伽始羅，[三]2110，[三]2145 紹不然，[三]2145 始，[三]2149 詳何帝，[聖][甲]1763 功德藏，[聖][另]1453 若有求，[聖]340 底七睒，[聖]397，[聖]397 檀那次，[聖]1266 唎達尼，[聖]1452 日遂過，[聖]1465，[聖]1509 後人生，[聖]2157 經七卷，[另]1428 佉羅瞿，[另]1453，[石]1509 後身所，[宋][宮]2122 拏達謎，[宋][明]1105 羅那引，[宋][明]1462，[宋][元]、者[宮]2102 説者也，[宋][元]、朱[宮]1547 那此四，[宋][元][宮]、示[明]322 下要生，[宋][元][宮]285 益愍衆，[宋][元][宮]1462 闡提邊，[宋][元][宮]1547 著乳中，[宋][元][宮]2122 耳不宄，[宋][元][宮]2122 至一家，[宋][元]896 隣儞悉，[宋][元]999 引阿囉，[宋][元]1252 曾有皆，[宋][元]1301 今現分，[宋][元]1684 酤引致，[宋][元]1808 食名爲，[宋][元]2103 異一倚，[宋][元]2104，[宋][元]2106 至洛陽，[宋][元]2111，[宋][元]2122 見一處，[宋][元]2122 雖還俗，[宋][元]2137 有三種，[宋][元]2145 蓋率其，[宋][元]2149 入關在，[宋]100 是故如，[宋]202 加晋，[宋]310 所因心，[宋]545，[宋]999 引窣覩，[宋]1015 離無垢，[宋]1596，[宋]2043 而自端，[宋]2122 年，[宋]2137 德離本，[宋]2145 由也已，[宋]2149 節改，[乙]2128，[乙][丙]1098 牛乳石，[乙]1179 和水，[乙]1796 那是，[乙]1796 陀秦言，[乙]1796 云略説，[乙]1816 示現煩，[乙]1876 行無，[乙]2087 羅之衆，[乙]2120 香奉持，[乙]2394 建荼瞿，[乙]2408 産之問，[乙]2408 見説處，[元]、沫[聖]1462 多，[元]、木[聖]1451 後報言，[元]12 世中若，[元][宮]397 伽婆吒，[元][宮]1545 如是等，[元][明]2016 得法空，[元][明][宮]721 槃陀樹，[元][明][宮]1545 塞，[元][明][宮]2102 如入淵，[元][明]109，[元][明]1243 底，[元][明]2016，[元][明]2060，[元][明]2122 復求酒，[元][聖]1462 闡提，[元]901 以蜜，[元]1452 隨其大，[元]2016 又理妙，[元]2087 杜迦果，[元]2110，[元]2122 號七，[元]2122 有長安，[元]2145 雖思不，[元]2145 有何難，[原]、朱[甲]1239 沙和苦，[原]1744 故不列，[知]418，[知]1579 尼等聚。

味：[宮]2040 羅王樓，[甲][乙]1822 皆是此，[明]261 香願與，[三][宮]425 母，[三]1336 勒差究，[三]2145 泥洹之，[聖]1451 天妙音，[元]186 無一。

謂：[甲]1828 無過失。

我：[三][宮]2043 身及拘。

物：[元][明]639 遍散於。

香：[宋]、秣香[元][明]、末香[聖]278 諸天香，[原]1098 泥塗壇。

邪：[甲]1828 見中五。

葉：[甲][乙]1929 若能專。

矣：[宮]1649 亦無中，[三]2059 無復靈。

芋：[丙]2134。

元：[三]425 無有本。

之：[三][宮]231 世。

中：[宋]410 劫速得。

終：[乙]2249 未見變，[乙]2263 彼論結。

朱：[甲]2053 嗢祇羅，[明][宮]730 利，[三][宮]456 利，[三][宮]2059 方沙門，[三]1341 波陀低，[聖]397 羅阿修。

歿

殘：[宮]2060 後絶蹤，[宮]2103 政移隋。

段：[宋]1545 多聞天。

沒：[宮]279 菩，[明]598 淨威神，[明]630 皆由化，[明]2122 來生此，[三]220 已，[三]2154 後眞遂，[三][宮]374 若使一，[三][宮]598 命救恐，[三][聖]1579 天魔者，[三]2122 後遵用，[三]2154 獨顧單。

没：[甲][乙]1821 此二或，[三][宮]2103 之後南。

天：[宋]1562 初受生。

物：[三][聖][宮]528 故逝。

殞：[三][宮]1442 後宜好。

終：[三][宮][聖][另]1459 亡日，[三][宮]704 之後，[三][宮]1442 後，[三][宮]1545，[三][宮]1545 時亦復，[三][宮]2034 亡仍勅，[元][明]1545 生初靜。

肙

昌：[甲]1709 地薩，[甲]2001，[甲]2053 榮慚悳，[三][宮]2060 於天漢。

𦌾：[宋][明]、[宮]672 狸王。

胃：[宮]2108 涇渭未。

肯：[三][宮]2122 涉艱危。

有：[宮]2108 塵御覽。

致：[三]、置[宮]2121 死遠來。

沫

法：[宮]721 輪金，[甲]、沬[甲]1782 下，[甲][乙][丙]1201 義知世。

沬：[甲]2128 下滿鉢，[甲]2128 也説文，[宋]2153 所漂經。

魔：[聖]397 提。

末：[明]269 流終已，[三][宮]1464 江，[三][乙]1092，[乙]957 香，[元][明]2103 劫易危，[元][明]2121。

沐：[宮]848 囉嚩，[甲]2035 成魔羅。

泡：[元][明]106 有何堅。

漆：[乙]1238 羅呿屈。

深：[明]331。

味：[甲]1028 出，[元][明]99 盡唾。

洙：[明]2103 本難摩，[宋]730 自憂身。

陌

伯：[甲]2129 反字統，[三]1394 井。

頂：[三]2149 撰觀法。

惜：[明]316 皆晃耀。

昧

摩：[乙]2393 耶偈根。

莫

不：[宮]1428 爲僧所，[宮]2008 離自性，[甲]2036 能，[明]1450 令，[明]2076 歸鄉師，[三][甲]901 能盡，[三]125 妄語如，[三]156 憂貧窮，[三]1096 敢來此，[三]1332 放逸，[三]2154 知所終，[聖]、莫不[另]1543 退，[聖]200 墮，[聖]1421 數數來。

草：[甲]2792 覆護，[三]1441 中道病，[另]1435 多著第，[宋][元]1441 令餘人，[元]1452 廢他洗，[原]2167 碑一卷。

等：[聖]1421 作是語。

共：[聖]125 相是非。

廣：[三]193 殺害衆。

菓：[元]643 起疑意。

漠：[三]2103 潜，[聖]1 唯道是。

何：[三]192 由出。

黄：[三]1004 如秋時。

皆：[三]2110 從專心。

寬：[甲]1851 通説爲。

莽：[乙][丙]1201 蘇悉。

麼：[甲][乙]1072 三曼跢，[甲][乙]1211，[三][乙][丙]1076 悉底哩。

眠：[甲]2207 見反玉。

膜：[三][宮]720 眼童子。

摩：[甲]、麼[丙]973 二字若，[明]1451 訶羅不。

謨：[甲][乙]1306 三，[甲]853 歸命曩，[甲]1069，[明]、[甲][乙]996 囉怛那，[明]1409 入阿哩，[明][乙]1110 阿唎耶，[明][乙]1110 阿引，[明]259 舍吉野，[明]261 娑，[明]954 三滿多，[明]994 此云歸，[明]1033，[明]1147 僧伽引，[明]1199 薩嚩怛，[明]1199 三，[明]1257 娑嚩二，[明]1276 三滿多，[明]1370 薩哩嚩，[明]1636 悉底哩，[三]1058 阿弭陀，[乙]953 室戰二，[乙]1287 薩嚩。

嗼：[三][宮][甲][乙][丙][丁]848。

漠：[宮]598 猶如月。

寞：[宮]318 所在顛，[甲]2006 郊坰遠，[原]1308 日生者。

慕：[甲]1315 薩，[明][聖][甲][丁]、－[乙][丙]1199 伽引鉢，[元][明][聖]99 當用智。

暮：[甲]1969 夜叩之，[三][宮][聖]271 剎利種，[三][甲]951 唎達。

難：[甲]1733 測八妙。

貧：[三]205 無以上。

其：[宮]1911 生怖礙，[明]2123 兩種在。

綦：[乙]1796 可此字。

豈：[三][宮]600。

若：[宮]1425 是，[明]1435 牽安徐，[明]2103 非大布，[三]303 生鐵若，[三][宮][聖]224 疾，[元][明]633 能見實。

善：[甲][乙]1822 辨其相。

亡：[甲]2227 悲反鹿。

望：[甲]1924 前後相。

未：[三][宮]2060 之決一，[乙]2092 能責之。

無：[宮]1507 不由之，[甲]1735 滯權説，[甲]2879 不歸伏，[三][宮]2121 令太子，[三][宮]741 過伊蘭，[三][宮]1488，[三]161 爲汝，[三]375 先善友，[聖]211 過驚，[原]1840 別名同。

勿：[三][宮]650，[三][宮]2042 忘之趣，[三][宮]2121 傷此愛，[三][聖]643 忘失爲，[三]99 退還前，[聖]613 作禮但。

賢：[三]2121 王所。

英：[甲]2128 落也從，[甲]1816，[甲]1816 染作。

永：[元][明]2043 捨不淨。

於：[三]1339 問無利。

眞：[甲]1089 樂聲聞，[聖]425 不發，[聖]1266 瞋明日，[石]1509 拘羅山。

知：[甲]、莫知[乙]1239 談説呪。

眛

胝：[三]7 子阿耆。

秣

稜：[明]2145 陵鹿野。

林：[甲][丙]、秣[乙]2087 城內城，[元][明]、秣[甲]2087 羅矩吒，[元]2154。

袜：[宋]2146 陵鹿野。

粖：[乙]913 香法甘。

殊：[丙]2087 陀。

袜：[宋][元][宮]2122 陵縣都，[宋][元][甲]1039 馱木餘。

秼：[甲]2087 剌耶山，[明]2103 駟薄暮，[宋][元][宮]2122 羅國屬。

粖

末：[甲]1742，[甲][乙]1211 香花鬘，[甲]1000 香時，[明]312 香等及，[明]665 香燒香，[明]321 香種種，[明]363 香一切，[明]1005 香花鬘，[三]1005 香供養，[三][宮]721 如沙有，[三][宮]1442 栴檀香，[三][宮]2122 香及諸，[三][宮]下同 1442 及在二，[三][聖]158 香彼白，[三]26 見已自，[三]1006 香供養，[三]下同 1691 用乳汁，[聖]158 散寶藏。

未：[甲]893 大。

嗼

謨：[明]1191 三滿哆。

漠

漢：[高]1668 呼健那，[甲]2128 地郡名，[甲]2196 種人民，[三]985 怒妙巧。

謨：[明][乙]1254 率都秖。

莫：[甲]1781 無言無，[明]310 止心所，[三]2145。

寞：[三][宮]1509，[三][宮]2103 失音，[三][宮]2122 然無聲，[三][宮]2123 之内遺，[元][明][宮]276 守，[元][明]309 之地所。

塗：[三]192 熱。

寞

莫：[甲]1763 絶於視，[明]1421 無聲諸，[明]1421 無爲智，[聖]222 爲行般，[聖]285，[聖]285 更習緣，[宋]309。

漠：[宮]598 諸法靜，[宮]309 而觀棄，[宮]374 多有泉，[宮]598 慧淨無，[宮]598 如是不，[明]347 玄微無，[三][宮][聖]515 方所當，[三][宮]397 非眞實，[三][宮]2102 難明故，[三][宮]2102 其理難，[三][宮]2102 無爲而，[三][宮]2103 乃欲散，[三][宮]2103 孀孩無，[三]2103 恬惔取，[聖][另]285 無所樂，[聖]170，[聖]199，[聖]222 其自然，[聖]222 無著無，[聖]222 則爲行，[聖]285，[聖]285 迴旋終，[聖]318，[聖]375 多有，[聖]385 觀不淨，[聖]627 降伏諸，[聖]627 其正士，[聖]627 哉諸法，[聖]下同 476 無，[宋][宮][聖][另]342 歸於消，[宋][宮]263 樂等，[宋][宮]403，[宋][宮]810，[宋][宮]2102 法海難，[宋][甲]1332 精誠不，[宋][聖][宮]234 行以，[宋][元][宮]2102 假，[宋][元]2061 如此乎，[宋]23，[宋]309 都無形，[宋]309 無爲行，[宋]541 徒復相。

靺

靺：[三]950 多名香。

韈：[宋][明]、韤[明]6 車輿寶。

韤：[三][宮]1421 不比丘，[三][宮]1428 聽作，[乙]972 多也三。

瞙

膜：[甲]2128 而無見，[甲]2250 小輔韻。

映：[甲]2196 發還修。

默

點：[甲]953 忿怒其。

然：[甲]950。

墨

黒：[甲]1999 染成恰，[甲]2128 鄧反杜，[甲]1717 次正詮，[甲]2130 也法句，[三][宮]1435 畫二者，[三][宮]1463 伽香塗，[三][宮]2103 灰以問，[三][宮]2122 子，[三]2149 灰以問，[宋]2122 子，[原][乙]1724 法，[原]2425 戒或持。

量：[三]220 如極微，[三]2121 度覓處。

默：[甲]2299 辨諸邪，[聖]1428 作彼受，[石]1509 書寫此。

黔：[三]2060 百氏取。

釋：[元][明]2060 通弘眞。

錟：[三]26 如是七。

默

唱：[聖]1421 然故是，[乙]2381 然嘆曰。

黜：[三]2145 異遂博。

點：[甲]2217 然誰不，[甲]2730 畫之謬，[甲][乙]2194，[甲]1782 然而住，[甲]2290 然〇白，[甲]2401 斯要不，[明][甲][乙]1202 然念一，[三][甲]1202 燒於，[乙]1132 誦一遍，[乙]2131 記推當，[乙]2218 意善友，[乙]2263 以相，[原]2262 遂電。

過：[明]2076 浮生。

黒：[甲]1828 說大說。

嘿：[三]1 聽其惡。

寂：[甲][乙]2194 缺。

哩：[石]1509 佛是樂，[乙]912 以安。

理：[宮]2111 識師利。

每：[三]1339 自思惟。

冐：[元][明]2123 突聽法。

黔：[三][宮]2060 識故文。

然：[明]1174 誦一遍，[三][宮]1442，[三][宮]1443 而住至，[三][宮]2060 而。

體：[宋]、言[元][明][宮]1546 爾時諸。

馱：[甲][乙][丙]2394。

胃：[三]2042 突聽法。

黠：[宮]588 無所語，[三][宮]425 啼哭不。

驀

陌：[明]894。

牟

季：[三]682 盧。

滿：[三][宮]721 月瞿陀。

矛：[甲]2218 楯十緣，[明]1582，[明]鉾[聖]1 弓矢戰，[三][宮]1459 矟弓射，[三][宮]2060 盾何以，[三]1340 戟矟杵，[三]2103，[乙]895 槊苦者，[乙]1822 楯但，[元][明]1 劍弓矢，[元][明]212 鎧鉀揚，[元][明]332 羅縠，[元][明]1071 矟等傷，[元][明]2053 擊其盾，[元][明]2121 鋑第一。

摩：[明]192 頭華敷，[明]201 尼尊我，[三]672 尼唱說。

侔：[三]1336 帝，[三]2145。

鉾：[明][宮]657 戟種，[三][宮]657，[三][聖]311 刺生大。

年：[宋][元][宮]、末[明]1428 提侈婆。

手：[三][宮]1451 鑹鑱身。

文：[三][宮]1509 尼佛於，[三][宮]2121 尼佛迦，[三][聖]643 尼世尊，[三]643 尼結加，[聖][石]1509，[聖]223，[聖]1509 尼菩薩，[石]1509 尼佛六，[石]1509 尼欲說，[宋][元][宮][石]1509 尼佛若，[宋]1427 尼佛如。

無：[甲]1145 一阿迦。

物：[三][宮]374 頭。

侔

伴：[宮]2108 帝王化。

眸

時：[甲]2299 而作器。

鉾

鋒：[三][宮]1442 矢既交。

矛：[三]、牟[聖]100 戟欲爲，[三][宮]325 矟等，[三][宮]720 劍槊更，[三][宮]272 戟斫射，[三][宮]1672 其體，[三]26 戟爲内，[三]184 菩薩慈，[三]197 鋑第一，[三]375 槊，[三]375 槊一切，[三]375 終不敢，[元][明]1 弓矢刀。

牟：[宮]374，[宋][聖]、矛[元][明]190 戟等從，[宋][聖]、鍪[元][明]190 周匝四，[宋]矛[元][明]1 槊弓矢。

鍪：[原]904 契。

鉀：[乙]2408 杵等皆。

予：[聖]397 刀杖刀。

謀

辨：[明]22 王不造。

諶：[聖]2157 筆。

論：[宮]2108 皇上御。

媒：[三][宮]1462 鹿如此。

謨：[宮]2103，[甲]2039 敢不尊，[甲]2128 樣也鄭，[明][乙]1110 囉多娜，[明][乙]1110 沒陀。

誣：[三][宮]2122 他經一，[乙]1822 謗好人。

譖：[三][宮]2122 輔收之。

鍪

牟：[三][宮]664 鉀手持。

某

本：[三][宮]2122 國王女。

彼：[宮][另]1435 處分衣，[三]22 聚落。

臣：[宮]2025 僧某謹。

共：[元]221 卿從某。

其：[宮]483 持是功，[宮]483 皆爲其，[宮]1425 村當乞，[宮]1451 坊，[宮]1453 處，[宮]2025 拜覆，[甲]、其[乙]2391 尊三昧，[甲][丙]973 時有如，[甲][乙]1269 人所須，[甲][乙]1821 時作善，[甲][乙]2391 尊種子，[甲][乙]2394 甲故烏，[甲]923，[甲]1821 方邑中，[甲]1828 罪佛因，[甲]1912 身生，[甲]2053 行宮王，[甲]2053 罪累淹，[甲]2223 經等是，[甲]2270 人可撿，[甲]2299 懺悔清，[甲]2381 弟子得，[甲]2408 也廣博，[明]、禁[聖]26，[明]1458 家，[明]2121 甲男子，[明][宮]274 所講故，[明]896 舍亦復，[明]1450 園林，[三][宮]310 城中憐，[三][宮]1421 已辭謝，[三][宮]1462 時共去，[三][宮]1545，[三][宮][聖]222 開士，[三][宮][聖]1421 所問言，[三][宮][聖]1462 處猶，[三][宮][另]1458 學處即，[三][宮][另]1451 物與某，[三][宮]483，[三][宮]593 國天子，[三][宮]721 國凶衰，[三][宮]810 若不照，[三][宮]1421 白衣今，[三][宮]1442 處有一，[三][宮]1442 園須有，[三][宮]1443 處先有，[三][宮]1453 處村坊，[三][宮]1462 處而問，[三]

[宮]1506 事某名，[三][宮]1506 是我怨，[三][宮]1559 恩少由，[三][宮]1593 年樹檀，[三][宮]1602 所言，[三][宮]2122 白故無，[三][宮]2122 造像修，[三][聖]190 撮某，[三][聖]1421 處好鬪，[三]5 第五百，[三]21 人當如，[三]22 聚落當，[三]190 處若干，[三]202 時失在，[三]225 方剎如，[三]384 劫中教，[三]418 日得佛，[三]721 女人心，[三]986 怨惡，[三]1327 牙及牙，[三]1331 身辟除，[三]1555 種芽眼，[三]1646 老死若，[三]1810，[三]2034 國城今，[森]286 世界中，[聖]1421 篇罪應，[聖][另]1435，[聖][另]1435 樹下井，[聖][另]1451 大臣彼，[聖][另]1459 處安居，[聖][石]1509 國菩薩，[聖]223 汝父，[聖]376 經，[聖]1425 比丘者，[聖]1425 家子主，[聖]1435 如是展，[聖]1442 聚落有，[聖]1443 園林天，[聖]1458 甲福施，[聖]1458 相乃至，[聖]1509 方某，[聖]1646，[聖]2157 城今，[聖]2157 今奉慈，[另]1451 樹下，[宋][明][宮]606 國大長，[宋][元][宮][聖]1425 家，[宋][元]1439 羯磨又，[宋]1 處生名，[宋]21 當如是，[宋]21 人當如，[宋]1443 官人女，[宋]1579，[乙]1796 病中非，[乙]2394 尊位，[元][明]193 方域，[元][明]1443 日來得，[元]1425 處，[元]1492，[原]1819 造是故，[知][甲]2082 形狀見，[知]1587 處。

善：[三][宮]721 道退來。

甚：[宮]263 處不失，[元]、其[宮]895 字體不。

是：[宋][宮]657 佛相以。

厶：[甲]2006 字。

姓：[元][明][聖]190 婇女。

業：[明]721 天某天。

一：[元][明]656 劫中壽。

只：[三]2103 爾。

主：[甲][乙]1796 也也助。

嘸

無：[甲][乙]1098 鉢娜囉。

母

此：[三][宮]2122 鬼食法。

地：[宋][元]2121 子被拘。

夫：[三][甲]1227 打額姉。

父：[明]2123 脇而住，[明]2131 二害，[三][宮][聖]1425 無，[三][宮]1579，[三][宮]2122 右膝女，[聖]1579 無。

婦：[明]2122 聞之愁，[三][宮]571 聞之愁。

海：[乙]2778 種姓中。

舉：[三]159 心一念。

老：[三][宮]2102 不異。

姥：[甲]2006 分明說。

沒：[明][丁]1199 引南誐。

没：[明][甲]1175 馱尾。

每：[三][宮]2121 所至輒，[聖]1723 念子，[聖]2157 欲見之。

牡：[三][宮]2121 開一房，[元][明]212 開一。

拇：[明][甲][乙]994 指屈右，[明][甲][乙]994 指押無，[明][乙]994 指向身，[明][乙]1254 指急把，[明][乙]1276 指相縈，[明]1119 指背真，[三]1005 指觸地，[三][丙]下同、－[甲]1202 指捻無，[三][宮]374，[三][宮]374 指，[三][宮]374 指或言，[三][宮]402 指間當，[三][甲]1085，[三][甲]1124 指，[三][甲]1227 指七遍，[三][甲]下同 1229 指捻頭，[三][乙]1076，[三][乙]1145，[三][乙]下同 1092 指各屈，[三]375 指舉此，[三]1331 指中赤，[聖]1464 指，[宋][元]1092 指並申，[宋][元]1092 指右，[乙]2393，[元]1092 指頭各，[元][明][乙]1145 指，[元][明]1007 指節外。

目：[乙]1069 答。

慕：[乙]867 母瑟。

紐：[甲]1805 串耳上。

奴：[宮]2122 生愛若。

女：[宮]279，[宮]1466 人惡口，[甲]2244 名刀劍，[三][宮]374 人多有，[三][宮]1425 人申手，[三]144 人聚舍，[三]154 賣麻油，[三]186 人，[三]1441 人語比，[原]2162 歡喜母，[原]2216 于時明。

汝：[明]1450 莫惡說，[三][聖]1 今自殺。

乳：[宋]374 牛愛念。

生：[宋][元][宮]221 人。

世：[甲]1782 間真導，[三][宮]828 猶如寶，[乙]973 尊部心。

王：[三]186 聞之悲。

爲：[三]375 持菩薩。

毋：[宮]2025 母令恩，[宮]2025 縱威暴，[宮]2025 得呵禁，[宮]2025 揚外醜，[甲]2128 侯反考，[明]896 或。

無：[宮]2008 滯。

性：[宋][宮]223 成就生。

眼：[乙]2228 大金剛。

也：[甲]2130 第六卷。

由：[宮]、田[聖]2060 形骸之。

于：[宮]2040 胎趣於。

在：[三]2063 益州嘗。

重：[元][明]1451 殷重心。

舟：[甲]2250 念子歷。

子：[三][宮]2122 又有女，[原]、子[甲]1722 之道父。

牡

將：[原]1239。

母：[三][宮]1464。

牝：[三]、壯[宮]1549 者便知，[宋]、壯[元]2061 而疎其，[宋]721 和合不，[元]721 皆各相。

胝：[甲]1268 六。

壯：[三][宮]2122 馬一匹，[宋][元][宮]2122。

拇

栂：[宋][元]2061 懸。

拇：[元]2061 指口誦。

母：[明]1116 指量又，[三][宮][聖]1462 指自然，[三][宮]1464 指上至，[三][宮]2123 指當生，[三]1341

指觸彼，[宋][明][甲]971 指。

牡：[三]212 沙門。

畝

敏：[甲]2135 曩。

殺：[甲]2135 拏。

畆

地：[甲]2035 辰時也。

畞

母：[明]1032 怛波二，[三]982 娑三十。

所：[宮]2059 房閣池。

夜：[甲]972 捺嚇二。

木

本：[丙]2381，[丁]2092，[宮][甲]1805 論兩段，[宮]847 作耶爲，[宮]1581 發是心，[甲]2128 西聲或，[甲][乙]2194 即指柱，[甲]1731 非金身，[甲]1736 山山，[甲]1781 來常清，[甲]1802 名而，[甲]1912 初成傳，[甲]2035 者沈諸，[甲]2081 有乳菓，[甲]2128 節聲也，[甲]2129 名也多，[甲]2173 經藏記，[甲]2266，[明]1211 等充滿，[明]1525，[宋][元]2123 因體興，[宋]1421 佛言有，[乙]1821 訖底唐，[乙]2408 是金，[乙]2408 云爲，[乙]2408 如鈞，[乙]2408 篇可見，[元]1610 生火爲，[原]2339。

不：[甲]1731 非是，[甲]2266 長也者，[甲]2362 分別菩，[明]1509 人雖有，[三][宮]1463，[宋][宮]2103 丹青自，[宋]2122。

才：[甲]2128 皆堪爲。

材：[三][宮]1425 持詣木，[三][宮]2121。

草：[三]264 並茂。

大：[宮]224 有柱有，[甲]2129 瓜果因，[甲]2339 衍下第，[三][宮]1552 火二如，[宋]、水[宮]1545 多人連，[乙]2157 槵子經，[元]1425 與掃地。

等：[甲]1802 名也上，[甲]2299 也故，[三][宮]657 依止生。

圐：[三][宮]2103 無。

禾：[元][明]2154 譬經一。

華：[三]、－[甲]1333。

火：[三][宮]1559 糠火復，[三][聖]375 而生於，[三]397 如霜露，[聖]2157 光經，[元][明]1070 其人取。

芥：[甲]2129 蜂郭注。

界：[宮]397 果子願。

金：[甲]1731 亦。

來：[甲][乙]1822 無思覺。

林：[明]606 叢樹坵，[元]2122 縛作大。

米：[三][宮]1546 酒後欲。

末：[宮]2025 並是十，[甲]1268 和少許，[明]1451 香等，[明]2154 道賢獻，[三]、未[甲]1227 敷華，[三][宮][聖][石]1509 陀秦言，[元][明]375 花，[元][明][宮]374 花敷與，[元]2087 雜種。

母：[甲]1202 佉六濕。

慕：[元][明]2034 末立。

牛：[三][宮]1442 相象相。

石：[丙]2092 爲陛階。

樹：[甲][丁]2092 被庭京，[聖]375 初生時。

水：[宮]901 於水研，[宮]1646 雖密猶，[宮]2060 樹菩，[宮]2121，[甲]1007 如，[甲]1731 金者爲，[甲]1736 豈無陰，[甲]2039 道而行，[甲]2128 敫聲，[甲]2128 名也非，[甲]2128 下㪯恭，[甲]2129 乾死也，[甲]2129 設諫諍，[甲]2129 作標經，[甲]2244 或，[明]310 復持乳，[明]721 中以風，[明]956 并依前，[明]1033 四指截，[明]1093 叉一，[明]1435 皮染黒，[明]1571 等雖無，[明]1646 中有淨，[明]2151 燒，[明]2154 譬喻經，[三][宮]2121 橋梁，[三][宮]2122 火燒得，[三][聖][宮]376 謂爲，[三]672 善不善，[三]682 隨水以，[三]950，[三]1301 天姓財，[三]2059，[三]2122 深茂聞，[聖]953 十二指，[宋][元][宮]1428 床上彼，[宋][元]2061 食其怪，[乙]1822 助即目，[乙]2157 船後至，[乙]2263 無思覺，[元][明]639，[元][明]682 與於流，[元][明]1442 拒告言，[元][明]2154 船後至，[元]1462 問曰，[元]1579 即便生，[元]2016 中火性。

扌：[甲]2128 也。

瓦：[三][宮]1425 器賣作。

未：[明]2102 敢以，[聖]1421 叉佛及，[聖]1427 蘭若不，[宋]100 叉善能。

下：[甲]2128 繩牛以。

香：[甲]1821。

小：[三][宮]1455 床足應。

行：[甲]1775 然後得。

休：[甲]2036 扃戸刻。

衣：[宮]1644 及諸雜。

語：[三][甲][乙]950 默。

之：[元]606 轉大花。

中：[三][宮]2123 已自腐，[三]1056 燒安悉。

目

白：[宮]619 觀此像，[三][宮][聖]2060 有名我，[三][宮]2043 端嚴爲。

百：[元][明]2153 法經一。

部：[宮]890 二合珂。

臣：[宮]2103 中本無。

旦：[三]2122 收游。

毒：[甲]1792 生存。

而：[三][宮]288 亦普然。

耳：[三][宮]2102 崇阜夏，[三]154 面無理，[三]724 復青頭，[聖]425。

反：[宋][元]1341 眼謂小。

號：[原]1898 也下至。

見：[三][宮]2109 前可驗。

具：[元][明][聖]225。

孔：[宋][明]、孔顙[元]1339 瞎世尊。

口：[乙]1796 契。

困：[宮]2121 冥神識。

盲：[元][明]721 冥救令。

貌：[三][宮]692。

眉：[三]190 雅。

面：[明]1272 頂戴頭。

名：[甲][乙]2219 火。

某：[宮]659 眞隣山。

拇：[三]202 刀斧之。

木：[丙]2218 叉三，[三][宮]2059 想此則。

苜：[明]2122 蓿淮南。

慕：[甲]1202 伽戰拏。

穆：[乙]2391 而一度。

內：[三]2145 有譬喻。

貌：[三][宮]701 端正塵。

念：[明][宮]279 中見一。

且：[甲]1928 十妙中。

仍：[三][宮]2103 擊道樹。

日：[丁]2244 大日經，[宮]263 前辦斯，[宮]273 倒說法，[宮]309 見菩薩，[宮]397 鳩槃茶，[宮]2122 前說言，[甲][乙][丁]2244 精故天，[甲][乙][宮]1799 紫磨必，[甲]1124 前所居，[甲]1239 眞隣王，[甲]1709 能照，[甲]1733 視一由，[甲]1735 今統收，[甲]1851 爲縛漂，[甲]2128 從犬下，[甲]2250 非，[明]375 淚多四，[明]237 仍，[明]1468 犍連即，[明]2125 即生，[明]2131 識遷，[明]2145 録或有，[明]2145 焉夫萬，[明]2145 因緣經，[三][宮]288 現十無，[三]152 之毛將，[三]190 而彼象，[三]2058 久，[三]2103 陽精，[三]2110 覽萬機，[三]2145 以之生，[聖]1462 揵連一，[聖]2157 連經等，[聖]2157 五百五，[宋][宮]2034 角之左，[宋][元][宮]、因[明]1548，[宋][元]732 不妄視，[宋][元]2103 既非憑，[宋]409，[宋]2042 揵連摩，[宋]2088 眞龍池，[宋]2122 前瞻之，[宋]2122 琰兄弟，[元][明]2016 所臨，[元][明]2125 驗交益，[元]2034 連同至，[元]2122 翻九色。

如：[三]1582 牛。

色：[三][聖]26。

身：[宋]201 如青蓮。

生：[三][宮][聖]423 盲彼諸。

收：[三]1616 於未此。

頌：[三]2059。

俗：[甲]2128 爲走繞。

同：[甲]1709 慧以那，[甲]2217 等流法，[三]1595 一切法，[乙]2391 形篋樹。

頭：[聖]1428 直。

無：[甲][乙]2261 故復言。

息：[三]193 衆寶積。

顯：[甲]1828 法。

相：[甲]1821，[乙]2408 等理。

星：[元][明]425 如來所。

胸：[三]192 面或兩。

眼：[宮]632 用索佛，[甲]1718 即捨命，[三]、因[宮]2121 耳不知，[三]374 以煩惱，[三][宮]263 所覺普，[三][宮]606 發腦而，[三][宮]720 光如掣，[三][宮]724 黄赤，[三][宮]2034 莫覩其，[三][宮]2042 尊者答，

[三][宮]2085 青以脚，[三][宮]2121 即得開，[三]196 復眴後，[三]201 而，[三]375 遂著黒，[聖]99 增長智，[聖]200，[聖]200 須。

已：[甲]2266 及如涅。

因：[丁]1831 故尋通，[丁]1831 内有非，[甲]、目[甲]1851 故曰比，[甲]、自[乙]2250 者次下，[甲]1737 而無覩，[甲]1852 此山有，[甲][乙][丙]1866 所設爲，[甲][乙][丁]2092 入神定，[甲][乙]1821 何義若，[甲][乙]1822 果以論，[甲][乙]1822 能，[甲][乙]1822 我體第，[甲][乙]2261 故復言，[甲][乙]2309 善逝之，[甲]953 平等住，[甲]1724 或，[甲]1733 周察故，[甲]1816 十地證，[甲]1821 此王長，[甲]1823 此王長，[甲]1828 義者諸，[甲]1830 諸法非，[甲]1832，[甲]1833 智而得，[甲]1861 之，[甲]1863，[甲]1863 許生空，[甲]1887 故若約，[甲]1921 此爲逆，[甲]2036 哂之無，[甲]2053 而送，[甲]2120 緇流隨，[甲]2195 意心思，[甲]2250，[甲]2250 助成，[甲]2261 者樞要，[甲]2266 及如涅，[甲]2266 之爲地，[甲]2296 强號正，[甲]2434 之爲，[明]630 前之所，[明]1558 煖觸餘，[明]1562 何義今，[三]、自[宮]1562 何義但，[三]、自[另]1548，[三][宮]292 不斷一，[三][宮]1562 貪非爲，[三][宮][甲]2053 善，[三][宮][甲]2053 謂，[三][宮][另]285 見菩薩，[三][宮]1509 佛上好，[三][宮]1562 隨眠不，[三][宮]2034 即撰録，[三][宮]2121 見一男，[三][宮]2122 沙羅僧，[三][乙]1092 陀羅金，[三]1 具足於，[三]192，[三]481 覩色現，[三]1336 陀羅，[三]1562 彼之相，[三]1562 何義經，[三]1562 慧行相，[三]1563 何義喜，[三]1616 於如如，[三]1650 覩他受，[聖]1851 名爲言，[聖]1851 一切皆，[另]1721 者佛有，[宋]1562 何法即，[宋][明]1558，[宋][明]1562 此目，[宋][元]1562 諸法所，[宋]732 色止耳，[宋]1341 多，[宋]1562 契經等，[宋]1562 取境故，[宋]1562 一切貪，[乙]1723 是藥即，[乙]1744 之爲，[乙]2296，[乙]2425 自體各，[元][明]2122，[原]2339 因，[原]1851 名作業。

茵：[三]、因[宮]2121 交絡及。

用：[甲]、自[乙]2227 列。

郁：[三]1335 去那。

曰：[宮]657 上衆佛，[宮]1805 行十二，[宮]2122 覩，[宮]2122 莫，[甲]、自[甲]1816 文分爲，[甲]1717 多伽優，[甲]2202 常繩墨，[甲]2296 外道此，[三][宮]1562 何等謂，[三][宮]2060 神人不，[三]2110 君所行，[三]2125 善哉經，[聖]375 多伽，[聖]1788 父母生，[聖]2157 則能而，[石][高]1668 多伽，[宋][元]220 榮，[元]2016 前現證，[元][明]、自[宮]2123 結三名，[元][明]2154 久虧其，[原]1851 向説同，[原]1851 因成如。

約：[三]2063 自製數。

月：[宮]1998 生，[甲]2128，

[甲]2128 炎聲下，[三][宮]672 無有人，[三][宮]2042 自然崩，[三][乙]1092 金剛菩，[三]682 而有翳，[聖]425 分明善，[聖]2157 佛本生。

則：[乙]1736 法性宗。

者：[宮]635 等如。

之：[三][聖]375 以藥力。

知：[明]1636 人違害。

指：[三]、自[聖]125 示語大。

智：[三][宮]721 之人妄。

築：[宮][聖]、[石]1509 多迦有。

自：[宮]721 常惛醉，[宮]886 珂春二，[宮][甲]1805 求也學，[宮][甲]1805 恃仍引，[宮][甲]2053 一辭違，[宮]263 覩本末，[宮]292，[宮]617 觀察如，[宮]635 所見不，[宮]848 不暫，[宮]882 利牙大，[宮]901 多印第，[宮]901 前見佛，[宮]1462 色度量，[宮]1509 覩佛身，[宮]1558，[宮]1579 或有化，[宮]2060 屬稱揚，[宮]2122 揵，[宮]2122 坎陷如，[和]293 夫人是，[己]1958 前是故，[甲]1735 導餘根，[甲]1828 來矣聊，[甲]2035 敦煌向，[甲][乙]1821 所覺六，[甲][乙]2227 列香名，[甲]1268 佉寫哆，[甲]1709 常處幻，[甲]1709 第八三，[甲]1709 能求人，[甲]1728 此明有，[甲]1736，[甲]1736 親種表，[甲]1761 見次，[甲]1805 下並約，[甲]1816 不見種，[甲]1816 答修行，[甲]1816 身肉等，[甲]1828 法界一，[甲]1828 一切法，[甲]1921 心爲不，[甲]2068 出喜淚，[甲]2068 謂温泉，[甲]2128，[甲]2128 此後合，[甲]2167 申官今，[甲]2228 前觀，[甲]2250 此中，[甲]2261 者也蓋，[甲]2266 彼等，[甲]2266 連定中，[甲]2270 毛頭現，[甲]2271 所標故，[甲]2394 前空中，[甲]2399 布之二，[甲]2399 傳受記，[明]、因[宮]1563，[明]294 不暫捨，[明]1450 驗虛實，[明]1563 諸聖道，[明][宮]1451，[明][宮]1559 義中此，[明][甲][丙]2087 悦，[明]278 當知諸，[明]359 在然彼，[明]598，[明]635 見無惡，[明]721 貪著衆，[明]1442 驗，[明]1442 驗衰羸，[明]1558 何義頌，[明]1558 見道是，[明]1562，[明]1562 慧非餘，[明]1562 見道是，[明]1562 因果更，[明]1563 別故此，[明]1563 何法謂，[明]1563 慧行相，[明]1609 何法謂，[明]1628 所説多，[明]2043 不暫捨，[明]2060 學之長，[明]2106 驗説之，[明]2121 前捶而，[明]2125 在頭齊，[明]2131 阿周那，[明]2145 然希邈，[三]、－[宮]2060 覩神語，[三]1558 慧體非，[三]1562 何義，[三]1563，[三][宮][另]1451 觀虛實，[三][宮][石]1509 澄靜耶，[三][宮]263 見，[三][宮]416 觀察是，[三][宮]460 見三千，[三][宮]606 燒，[三][宮]681 識境界，[三][宮]737 覩因，[三][宮]1451 驗王曰，[三][宮]1478 無所，[三][宮]1521 得見，[三][宮]1562 意，[三][宮]1563 一類業，[三][宮]1595，[三][宮]1646 爲怨爲，[三][宮]1647 心不悦，[三][宮]2028 謂之爲，[三]

[宮]2060，[三][宮]2060 見床前，[三][宮]2060 驗臧否，[三][宮]2122，[三][宮]2122 達一，[三][宮]2122 極多中，[三][宮]2122 見咸驚，[三]99 見眞佛，[三]185 所見意，[三]193 名，[三]212 見生死，[三]212 前不得，[三]292 見聲聞，[三]398 觀達故，[三]425 覩可化，[三]425 覩三世，[三]869，[三]1559 云何不，[三]1562 斷是智，[三]1562 厭體又，[三]1563 惛沈相，[三]1595 此義故，[三]1595 智人謂，[三]2060 略舒，[三]2125 悔之與，[三]2145 有神呪，[三]2149 出所，[聖][另]1442 紺青色，[聖][石]1509 影便謂，[聖]1，[聖]158 如來天，[聖]376 開，[聖]643 掣墜地，[聖]953 觀察，[聖]1199 而現眇，[聖]1421 不得熟，[聖]1451 見願王，[聖]1562 佛數説，[聖]1562 餘想，[聖]2060，[聖]2157 兩卷入，[另]310 人而羨，[宋]、目連須菩提須菩提目犍連[石]1509 連須菩，[宋][宮][聖]292 所覩形，[宋][宮]1435 作已亦，[宋][明][宮]2103 方智默，[宋][乙]2087 此，[宋][元]、日[宮]1808 律中若，[宋][元][宮][聖]、事[明]292 因從菩，[宋][元][宮]292 所覩者，[宋][元][宮]1425 下住無，[宋][元]889，[宋][元]2102 脱未覩，[宋]152，[宋]267 不暫捨，[宋]397 陀羅尼，[宋]657 不能見，[宋]1092 庫特依，[宋]1336 遮，[宋]1562 故説爲，[宋]1595 數數得，[宋]2060 爲文字，[宋]2103，[宋]2103 而叙斯，[乙]2228 前觀勝，[乙]2263 體，[元]、－[明]743 貪人婦，[元]、昔[明]2103 對不得，[元][明]、因[宮]1545 慧故問，[元][明]、月[知]598 見此名，[元][明]212 損智不，[元][明]882 契引婆，[元][明]1563 無漏故，[元][明]2060 悦，[元][明][宮]1521 行業是，[元][明][宮]1558 世善定，[元][明][甲]、日[甲]1228 如是先，[元][明][聖]224 見十，[元][明]191 見大，[元][明]212 察未有，[元][明]401 見世尊，[元][明]1331 心勿思，[元][明]1442 驗肥充，[元][明]1513 何義謂，[元][明]1562 何法，[元][明]1562 有漏智，[元][明]1563 見道是，[元][明]1563 有漏智，[元][明]1563 智體一，[元][明]1579 呼剌多，[元][明]1595 無分別，[元][明]2016 汗流師，[元][明]2059 准心計，[元][明]2060，[元][明]2149 不墜經，[元]1 前現事，[元]125 已不離，[元]185 趣悦，[元]200 前爾時，[元]321 淨輝朗，[元]1092，[元]1451 暗觀察，[元]1458 乾連，[元]1463 多迦花，[元]1545 連不説，[元]1589 有膚翳，[元]2016 足更資，[元]2040 不瞬或，[元]2061 不閃爍，[元]2103，[元]2106，[元]2125 而行，[原]2126 進上。

字：[甲]2845 唱將來。

沐

法：[宋]、浴[元][明]1442 著。

林：[宮]1421 沒互相。

沭：[明]193 浴俗解。

浴：[三]1015 著。

澡：[三]184 浴菩薩，[乙]972 浴聖，[元][明]2016 浴必歸。

苜

目：[甲]1033 蓿香，[宋][元]、首[明]1005 蓿香白。

牧

弟：[甲]1839 子數對。

放：[宮]1425 牛時離，[三][宮]1425 還不見，[三][宮]1428 牛兒，[三][宮]2058 牛女人，[三]203 牛女從。

髦：[三][宮]607 有聲持。

枚：[甲]2255 也，[明]、牧人木以[宮]2123 人火用，[三][宮]2121 牛千頭，[三][宮]2122 提婆達，[三][宮]2122 物如初，[原]1212 水瓶八。

坶：[三][宮]2123 野之師。

牛：[三][宮]1425 人高聲。

是：[三]375 人方便。

収：[三][宮]、故[聖]383 樓兜迷，[三][宮]2102，[宋][宮]、[聖][另]下同 1435。

收：[甲]1512 羅皆盡，[甲]1786 是故此，[三]、投[宮]2103 神轡領，[三][宮]2108 良史唯，[三][宮]2122 贖如七，[三]1 養牧，[三]191，[三]2110，[三]2110 齊光祿，[宋][元]26 穀米及，[元][明]2016 未有一，[元][明][宮]670 魔羅。

授：[甲]2087 女乳糜。

數：[甲]2262 建立文。

投：[三][宮]2123 杖信爲。

物：[聖]1451 牛羊人。

枝：[三]46 山求師。

募

簒：[宮]541 求數爲。

莫：[明]2121 索當相。

幕：[三][宮]2103 久預長，[三][宮]2104。

慕：[甲]1736 人取與，[甲]1736 説者毘，[明]2123 覓若有，[三][宮]2060 道俗五，[三][宮]2060 善爲如，[三][宮]2122 覓虎，[三][宮]2122 覓猪母，[三]225 但念佛，[三]722 財物，[另]1721 進也鋭，[宋][元]2061 人營小，[宋][元]2061，[宋][元]2061 人，[宋][元]下同 2061 人出赤，[宋]409 欲捕吾，[乙]1821，[元][明]1421 求熟食。

期：[甲][乙]2309 佛果極。

置：[宮]1421 復種種。

墓

墳：[三]、墓年二十女[宮]2122。

基：[宋][明]2145 側銘其。

沐：[三]168 魄經。

慕：[甲][乙][丙]1141 佉，[甲]2128 魄經一，[三]152 魄經，[乙]、莫[乙]1092 塞桑乙，[元][明]2034 魄經一。

暮：[甲]2067 方穌乃。

纂：[三][宮]2102 門不仁。

幕

莫：[明][甲]1094 阿。

慕：[明][甲]1094 伽耶莎，[三]1336 鉢泜波，[三]1336 坻婆迦。

睦

陸：[甲]2036 雲居善。

穆：[明][聖]663 猶如水，[三][聖]125 無有，[三]2149 傳此風，[宋][元][宮]2040 上下相，[知]1785 上下無。

睡：[甲]1793 竊自覺。

慕

暴：[甲]1805 儉約爲，[三]211 逸。

畢：[宮]342。

從：[明]2076 諸。

恭：[另]310 豪貴貪。

戀：[三]212 兄弟。

昧：[原]881 慕囊。

摹：[三][宮]2104 其聲節。

謨：[甲][乙]、莫[丙]1306 三。

莫：[甲]904 三曼多，[甲]2400，[明][甲]1094 筏洛鉢，[三][甲][丙]954嘌馱帝，[宋][元]1227 室，[元][明]1034 阿，[知]418 常無所。

募：[三][宮]263 値莫能，[三][宮]2122 度世之，[三]161 我甚重，[三]202 求，[三]2122 授福惡，[聖]292 索正法，[宋][宮]403 寂靜將，[宋][宮]2060，[宋][元][宮]318 緣覺乘，[宋][元][宮]2121 多所饒，[宋]1樂心即，[宋]374 汝諸，[元][明]310 嘉於精，[元][明]1421 及雖受，[原]2131 王畏。

墓：[宋][元]2102 死則衣。

幕：[明]2076 雲滅禪，[三]1336 多阿。

暮：[宮]2025 擊則覺，[甲]2036 茫昧依，[甲][乙]1796 二合法，[甲]1733 耆婆，[甲]2073 輒以三，[甲]2261 各辨香，[明][丁]1199 伽嚧呬，[明][丁]1199 伽賛拏，[明][甲]1177 引左也，[明][乙]1225 二合納，[三][宮][聖]278 耆婆如，[三][宮]1464，[三][宮]2060 猶執卷，[三][宮]2103 想七珍，[三][甲]1228，[三]199 獲安隱，[三]246 伽室囉，[三]1080 皤菩餓，[三]1332 多，[三]1367 那破波，[三]2149 抄序，[聖]210 勤學，[另]1451 天宮而。

念：[明]1579 性薄。

萬：[知]266 室家者。

務：[三]125 令得所。

樂：[甲]1778 闍。

展：[三]2060 丹誠奉。

纂：[明]212 學復能，[三]212 脩深奧，[元][明]212。

鑽：[三][宮]2122 仰冀慕。

暮

麼：[元][明][乙]1092 瑟抳灑。

沒：[三][宮]1442 爲食二，[三][宮]1458 爲食二。

米：[元][明]、舞[乙]1092 瑟抳灑。

冥：[三][宮]1425 教誡比。

胃：[甲][乙]1214 囉馱二。

募：[三][宮]397。

墓：[元]1393 鬼有塚。

慕：[宮]2122 戲脫荅，[甲]2095 息心君，[甲]1969 之切見，[三][宮][甲][乙][丙][丁]848 吒暮，[三][宮]646 歸依思，[三]1336 阿梨蛇，[三]1400 引帝引，[三]2145 之懷云，[三]下同 1336 多四波，[聖]2157 讖蓋，[聖]2157 徒更延，[宋][元][宮]、綦[明]2123 戲脫荅，[元]2122 暴風波，[知]384 死八住。

莾：[三]2151 戒具尋。

晏：[宮][聖]606 遂向涼。

酉：[甲][乙]2089 至國清。

者：[甲]957。

穆

稱：[甲]1778 名不徹。

繆：[宮]2102 公七日。

默：[明]2076 時。

睦：[甲]1786 者，[明]2122 如來聖，[三][宮]664 猶如水。

族：[三][宮]703 資産轉。

N

拏

茶：[乙]1796 火以一。

怛：[甲][乙]1250 藍。

誐：[乙]1246。

迦：[甲]2135 二合縛。

羅：[丙]1246 末拏耶。

囉：[原]1249 末拏寫。

摩：[明]1191，[元]890 羅畢竟。

拏：[宋][元]372 利迦華。

那：[明]165 利迦華，[三][宮]1459 尼應。

儜：[宋][宮]848 曩莽等。

奴：[乙]2396 摩化身，[乙]2309 故有不。

拏：[明]1283 二合吠，[乙]2390 者水天。

努：[丙]982 囉羅，[明]890 呬阿酤，[明][甲][乙][丙][丁]1199 滿，[明]1107 迦娑姤，[三][宮][乙][丙]876 播，[三][宮]249 達哩彌，[三][宮]1683 囉拏，[三][甲][乙]1008 迦樹庾，[三][明]989 二合囉，[三][乙][丙]873 多囉摩，[三][乙]1092 矩拏，[宋][元]、拏[明][乙]1200 帝，[乙]1110 瑟吒二，[乙]1171 囉訖覩。

弩：[甲][乙]850，[甲][乙]2390 赧遮文，[三][宮]2122 二名吠，[三][甲][乙]1244，[三][甲][乙]1244 鼻音，[三][甲][乙]1244 鼻引囉，[三][甲]901 瞿舍梨，[三][甲]1124 播引攞，[三]887 沒訥誐，[三]930，[三]1102 護二合，[宋]1244 鼻，[乙]850 四達。

怒：[甲][乙]850 二合，[甲]1239 藥叉王。

啱：[三][聖]190 字時其。

挐：[三]4 剎利王，[聖]419 內人爲。

如：[元]2016 羅付鶴。

挐：[明][甲]1227 迦火中，[明]299 聲，[明]1536 龍王善，[三][宮]340 上聲拘，[三][宮]397，[三][宮]1579 及衆主，[三][宮]1588 迦迦陵，[三][宮]2122 捨子杖，[三]231 弩假反，[三]1343 目呿波，[宋][宮]397 跋帝薩，[宋][元][甲]901 二合訖，[宋][元]901 死迦囉，[宋]901 三十六，[元][明]2060 未知本，[元]882 羅中入。

荼：[宮]848 字門一，[甲][丙]2081，[甲][乙]867 羅皆集，[甲]2081 羅本尊，[甲]2229 羅王悉，[三][乙]1092 緊那羅，[宋][元]、荼[明][乙]1092 上弭哩，[乙]867 羅自，[原]2409 杖右手，[原]1203 羅普通。

繄：[三]2125 轅不棄。

耶：[明]896 羅非。

吒：[甲][乙]914 拏薩。

郍

那：[乙][丁]2092。

哪

那：[高]1668 哪舒帝，[宋]、哪那混用[元]25 隋言。

娜：[宋][元][宮]、娜[明]397 毘三。

囊：[三]865。

唧：[高]1668 迦唧僧。

那

阿：[宮][聖]1509 由，[三]1335 地優，[聖]125 伽波羅。

拜：[三][宮]2108 澄上寵。

般：[甲][乙]901 若迦薄，[甲]2128 若大悲，[三][宮]271 陀翅那，[乙]2174 囊，[元][明]991 荼羅引。

邦：[元]890 二合嚩。

辯：[宋]1562 者言無。

叉：[明]1336 荼拘那。

怛：[原]973。

耽：[三]1336 波暮沙。

多：[宋]、多等[元][明]1341 譯。

非：[宮]1425 衣非比，[甲]1828 處力種，[甲]1828 亦然測，[甲]2204 他則信。

肥：[宮]310 筏底二。

弗：[乙]2092 律歸等。

服：[明]2154 崛多等。

剛：[三][宮]1646 若婆病。

何：[甲][丙]2397 得不具，[甲]1731 應，[甲]1755 云一日，[三]211 來今欲。

將：[甲][乙]2263 與後念。

郡：[宮]1646 面貌等，[乙]2157 忽輕爾。

郎：[三]985 伽頡栗。

羅：[和]293 婆王衆，[甲]1267 夜羅迦，[甲]2266 不同涅，[明]158 迦牟尼，[明]1435 含向阿，[明]1450 國波羅，[明]2131 緊那羅，[三][宮]2053 洲國凡，[三]1332，[三]1336 泥吟闍，[三]1340 婆諸龍，[聖]1670 先有時，[元][明]2154 藏。

攞：[甲]952 畔惹畔。

囉：[丙]866 布穰暝。

摩：[三][宮]2043 羅王子，[三]664 摩娑迦，[聖]953 取七蟻。

拏：[明]1227 夜迦立，[明]1272 夜迦天，[三]2087 國。

哪：[高]1668 訶伊，[三][宮]397 奢摩二。

娜：[甲]、－[乙]850，[甲][丙]973 度，[甲][乙]981 囊，[甲][乙]1069 迦目佉，[甲][乙]1069 勿微一，[甲][乙]

1250 八鉢，[甲][乙]2390 婆二合，[甲]923 曩上，[甲]982，[甲]982 羅罰摩，[甲]982 囉摩護，[甲]994 莫三曼，[甲]1119 囉引伽，[甲]1122 薩嚩嚩，[甲]1151 野引弭，[甲]2135 縛二合，[甲]2135 迦，[甲]2135 尾底，[明][甲][乙][丙]931 麼二合，[明][甲]1227 拏西南，[明][甲]1227 拏印持，[明]1031 莫三，[三][丙][丁]865，[三][宮][甲][乙][丁]、那莫拏迷娜[丙]866 莫跋折，[三][宮]397 揭邏，[三][宮]397 揭邏醯，[三][宮]397 涅也却，[三][宮]397 却伽二，[三][宮]2122，[三][甲][乙][丙]930 謨二合，[三][甲][乙][丙]954 南唵，[三][甲][乙]1125 野引弭，[三][甲]1101 莫阿唎，[三][甲]1101 慕囉怛，[三][甲]1102 麼二合，[三][甲]1227 拏，[三][聖][甲][乙]953 謨室，[三][乙]1092 俱利翳，[三][乙]1092 莫旖唎，[三]220 娑，[三]310 唎設疊，[三]865 遮怛嚩，[三]972，[三]982 羅剎女，[三]982 諾乞，[三]982 引娑嚩，[宋][明]971 戍睇薩，[宋][元]954 南唵斫，[宋][元]1005 囉摩護，[宋]951 野十七，[乙][丙]876 引也都，[乙][丙]1098 香赤蓮，[乙][丙]1199 引哩，[乙]852 曩，[乙]953 謨囉怛，[乙]1069，[乙]1069 誐二合，[乙]1086 塞怖二，[元][明][乙]1092 謨囉怛，[元][明]893 謨剌怛。

捺：[明]1563 落迦論，[三][宮]1590 落迦若，[三][甲][乙]970 洛莫呼，[三]1542 落，[聖]1579 洛迦傍。

乃：[甲]1729 忽云降。

奈：[甲][乙]2263 落迦無，[三][宮]624，[三][宮]1431 汝何汝，[三]171，[原]904 耶教中。

柰：[甲]1828 藏攝因。

耐：[三]1335 地。

難：[宮]263 律劫賓，[宮]2121 邠坻當，[甲]2006 教天馬，[三]186 斯龍王。

曩：[甲]1120 野，[明]1243 天步多，[三]865，[三]865 二合毘，[宋][元]1234 羯吒布，[乙]867 二。

能：[明]1257 野摩細。

尼：[三]1582 沙彌沙，[宋][元][宮]1509 比丘尼，[元][明]162 食佉陀。

匿：[元][明][聖]125 比丘從。

奴：[三]、那加[甲]1080 可。

努：[甲]、拏[乙]1214 鉢底。

挪：[甲]2132 字捺下。

槃：[三][宮]1425 頭盧第。

脾：[三]1335 舍羅私。

婆：[聖]1509 婆。

却：[元]1425 知他事。

冉：[明]190 含牟尼。

如：[三]152 賊何曰。

褥：[聖][石]1509 婆達多。

刪：[宮]397 時，[宮]1505 耆婆，[甲]2168 繁補闕，[甲]2183 補三卷，[三][宮]653 摩，[三][宮]2034 維摩，[三][聖]190 闍夷耶，[三][乙]2087 拏國中，[三]993 珠馱耶，[三]1341 泥奚多，[聖]397 時緊那，[乙]2157 維

摩，[元][明][宮]397 朱波毘。

刪：[宮]721 帝花次，[甲]2255 闍耶毘，[明][宮]665 底。

剩：[原]2131 婆婁吉。

使：[甲]1731 是報佛。

斯：[甲]2367 義兩京，[三]1336 阿叉移。

他：[聖]383 三藐三。

陀：[宮]1425 羅女獼，[三][宮][聖]223 羅等説，[三][宮]657 羅摩睺，[三][宮]1425 羅女及，[三][宮]1521 分陀利，[三]1335 斯，[石]1509，[宋][元][宮][聖]223 羅摩睺，[宋][元][宮]223 羅摩睺，[宋][元][宮]310 羅王并。

鮮：[宮]398。

邪：[宮]1545 故多住，[甲]1024 夷我反，[甲]1071 婆肥何，[明]2034 三昧經，[明]下同 721 不孝父，[三][宮]1579 工業和，[三][宮]278 字時入，[元]2122 摩呼哆，[元][明]643 利瘡求，[知]26 諸比丘。

耶：[宮]384 金離有，[宮]397 五十九，[宮]443 如來南，[宮]624 羅耶，[宮]1536 大迦多，[甲]、那二合細註[丙]1073，[甲]1718 子名畢，[甲]2244，[甲]2394 華，[甲][丙]2397 室藏之，[甲][乙][丙]2397 冒地阿，[甲][乙]1072 發吒七，[甲][乙]1074 杜那二，[甲][乙]1822 此云善，[甲]893 野那，[甲]901 二合，[甲]901 九莎訶，[甲]1068 羅達密，[甲]1246 尾戍達，[甲]1782 者雖具，[甲]2053 遠國有，[甲]2207 其山在，[甲]2250 此翻爲，[甲]2270 同者相，[甲]2299，[明][聖]1425 難陀能，[明]221 得有夢，[明]278 斯，[明]1234 二合儞，[明]1336 哆羅耶，[明]1336 胡，[三]1440 能以不，[三][宮]、邪[聖]397，[三][宮]、邪[聖]538 呵雕阿，[三][宮]1545 憶宿住，[三][宮]397 婆薩耽，[三][宮]443 如來南，[三][宮]664 婆婁那，[三][宮]1435 答，[三][宮]1435 四，[三][宮]1464 諸比丘，[三][宮]1506 此，[三][宮]1507 曰得也，[三][宮]1566 以譬喻，[三][宮]2122 維檀其，[三][甲]1102 四薩怛，[三][甲]1332 無呼盧，[三]125 尼舍利，[三]154 翅祇禘，[三]178，[三]186 尼天下，[三]196 勿違本，[三]221 得阿耨，[三]221 得須陀，[三]224，[三]1331 龍王，[三]1336 摩提夜，[三]2145 跋陀具，[聖][另]1428 帶佛言，[聖]221 能拔餘，[聖]1582，[宋][明][甲][乙]921，[宋][元]191 囉摩拏，[宋][元]1545 不入彼，[宋]1028 伽伽甯，[宋]2087 提迦葉，[乙]2244 食蜜稻，[乙][丁]2244 珊蘇干，[乙]850 毘社，[乙]901 取摩那，[乙]2296 答凡有，[乙]2296 答生滅，[元][明]224 和提天，[元][明][甲][乙]901 三，[元][明]1336 檀遮瀨，[元][明]1442 波呾羅，[原]1149 反跛納，[原]1251 唵拔長，[原]2130 闍藍律，[原]2196 此云授。

也：[三][宮]2042 王言不。

野：[甲]、演[乙]2228。

鄆：[元][明]987 婁多那。

越：[甲]1921 送食供。

胝：[三]953 衜。

助：[原]2248 令成就。

吶

內：[三][宮]266 其舌告。

衲

納：[宮]323 衣者誰，[宮]2059 衣遺之，[宮]2060 而已自，[甲]2092 故時肅，[明]2076 僧曰恁，[明]2076 不易器，[明]2076 師曰，[明]2076 衣次耽，[明]2076 衣仍號，[明]2076 子難謾，[三][宮][聖][另]1463 是名三，[三][宮][聖]613 由意縱，[三][宮][聖]1463 得自畜，[三][宮]310 之衣恒，[三][宮]1435 承取，[三][宮]1435 衣段段，[宋][元]2061 添麻芒，[宋][元]2061 振錫環。

枘：[三]2110 雖美於。

娜

阿：[明][乙]996 字切一。

闍：[丙]982 洛迦。

婀：[丙][丁]866，[甲]1227 難上多，[明][乙]、阿[甲]1225 仡曩二，[三][甲][乙]1200 者。

嚩：[原]909 娜訶。

那：[丙]、娜二合[丙]917 娜野，[宮]397 娜三十，[宮]848 馱波頗，[甲]、－[乙]1306 羅貪，[甲]、娜二合夾註[乙]1709 怛，[甲]、娜迦[原]1112 囉二合，[甲][乙]1214 訶娜，[甲][乙]2390 莫三滿，[甲]850 哩也二，[甲]850 野枳儞，[甲]994 迦吽，[甲]1031 莫三，[甲]1110，[甲]1225 莫悉底，[甲]2132，[甲]2135 哩，[甲]2135 重羅，[明][甲]901 謨僧伽，[明][甲]951 八嚩隸，[明][甲]1175 夜引，[明][甲]1227 羅延業，[明][乙]、娜引夾註[明]994 野此云，[明][乙]994 謨此云，[明][乙]994 誐二合，[明]997 二娑嚩，[明]1005 囉摩護，[三]、－[聖]953 謨室戰，[三][宮][甲][乙]848 摩囉也，[三][宮][甲][乙]848 三摩引，[三][宮]397 梯二，[三][宮]402 十九毘，[三][宮]443 尼，[三][宮]848，[三][甲][乙]982 大仙，[三][甲]955 應作是，[三][乙]1092 聹摩䩭，[三]865 伽三，[三]865 誦已共，[三]982 引，[三]1005 囉摩護，[三]1056 麼二合，[三]1058 二合，[三]1085 謨二合，[聖]953，[乙]852，[乙]852 迦十一，[乙]852 難多，[乙]912 尊形劫，[乙]1069 囉娜，[乙]2397 野心是，[元][明][甲]989 反虐，[元]893 怛羅耶。

納：[甲]1040 摩二，[乙]1069 麼二。

捺：[甲]923 囉二合，[甲]1120，[甲]1120 囉二，[明]880 字門一。

曩：[三][甲]972 三誐誐，[三][甲]1085 莫，[乙]867 娜謨。

婆：[三][宮]2122 狀似醉。

馱：[宮]848 字門一。

納

誠：[丙]982 部二合。

紬：[宮]2122 縷則雙。

得：[原]2194。

梵：[原]2409 二合嚩。

綱：[甲]2412 音木，[明]2131 捕都無，[聖]2157 經安録，[另]279 一切海。

吉：[宮]2103。

結：[明]1299 交投友，[三]1507 爲上者。

愍：[明]293 與我爲。

衲：[丁]2089 袈裟千，[甲]1804 多縫著，[甲][乙][丙]2286 及國信，[甲]1965 恐不得，[甲]2036 非大非，[明]100 衣者有，[明]125 衣復教，[明]807 之衣隨，[明]1478 成衣已，[明]1509 衣乞食，[明]2053 并雜物，[明]2053 咸無好，[明]2122 衣欲賞，[明]2123 衣安行，[三][宮]1428 衣乃至，[三][宮]1648 衣，[三][宮]2122 衣杖錫，[三][宮]2122 杖錫聽，[三]100，[三]125 故衣，[三]125 衣若，[三]125 衣應在，[三]212 故衣爾，[三]1435 衣一食，[三]2151，[元][明]196 服如何，[元][明]1425 衣流汗。

南：[乙]、喃[丁]1141 莽。

囊：[原]2362 捨金寶。

訥：[甲][乙]2207 言説，[甲][乙]2207 言云，[甲][乙]2207 言云孤，[明][丁]1199，[三]1243 麼二合，[元][明][宮]890 釁得迦。

内：[宮]2078 之遜大。

娶：[三][宮]1558 妻妾非。

任：[宮][聖]2034 崔。

汭：[甲]2249 異中金，[元][明]2146 經。

似：[甲]1709 故此之。

嗢：[三][宮][甲][乙][丙][丁]848 婆二合。

網：[宮]2060 喉襟揚，[甲]2339 不可説，[甲]2053 祐緇林，[明]201 卷，[三][乙]1092 縵寶珠，[三]194 愚癡，[聖]279 十方法，[宋][宮]309 跋香夢，[宋]21 隨佛及，[原]1774 也，[原]1072，[知]384 發大心。

握：[三][宮]2102 餘。

物：[甲][乙]1822 性雖無。

細：[甲]、納[甲]1782 賓如上，[三]、網[知]384 子惡聲，[宋][明][宮]451 摩，[元]2145 萬乘位，[原]1776 思稱觀，[原]1957 世界無。

約：[甲]1724 名受等，[甲]1733 所應化。

捺

擺：[明]244 囉二合。

擦：[乙][丁]2244 囊陛或。

持：[三]984 里羅剎。

除：[三]1428 彼非比。

禁：[原]1796 囉人也。

撩：[原]1098 叉。

囉：[明]1388 囉二合。

那：[甲]2217 羅延天，[三][宮]1579 落。

傺：[明]1170 阿鉢娑。

奈：[宮]383 神羅婆，[甲][乙]2263 落迦有，[甲]2193 鹿野園，[甲]2323 爲五比，[三][宮]374 素白之，[三][宮]386 鹿野苑，[三][宮]1428 國鹿野，[三][宮]1428 國有檀，[三][宮]1547 仙人住，[三][宮]1547 衣杵擣，[三][宮]2027，[三][宮]2040 國民人，[三][宮]2040 釋迦文，[三][宮]2042 女處又，[三][宮]2043 國有一，[三][宮]2058 爲五比，[三]1 城，[三]212 國仙人，[三]375 城有優，[三]375 爲五比，[三]380 仙人住，[三]984 恥湯履，[三]984 雖尼易，[三]985 羅俱跋，[三]2154 女耆域，[三]下同 374 城有優，[乙][丙]877 捺羅，[元][明]1509 衣觀黄。

柰：[三][宮]2040 鹿野苑，[三][宮]2042 城有一，[三][宮]下同 374 城爲諸，[三]193 女林。

榛：[明]1461 多地偈，[三]100 滿溢一，[三]1130 娑共餘，[宋][元][宮]、榛[明]1545 耶，[宋][元]1100 地野二，[宋]1100 囉二合。

榛：[宋][元]1563 落迦故。

難：[宋][宮]、攤[元][明]2121 而取持。

曩：[三]982 迦哩謎。

昵：[三][乙]1092 能乙。

捻：[甲]2400 風側是，[三]1069 囉二合，[乙]2391 火風。

涅：[三][甲][乙]1125 哩二合。

捺：[乙]2263 前後意。

陀：[三][宮][甲]901 嚕大。

嗚：[三][宮][聖][另]1435 餘身。

㧱

稺：[三][乙][丙][丁]865。

乃

便：[明]2076 踏折拄，[明]2076 作輪椎，[明]2121 覺悟，[宋][元][宮]2121 覺悟二。

別：[乙]1736 護淨造。

不：[明]2149 萎，[三][宮]2122 能遮止，[宋]1585 似色相。

持：[三]1425 求本定。

次：[甲]1828 言猛。

刀：[三][宮]1543 得過去。

底：[甲]909 乃哩。

東：[三][宮]2122 游入吳。

多：[宮]721 多與歡。

而：[明]2016，[三][宮]1425 得，[三]1 命使却，[原]1858 曰眞是。

發：[甲]2337 沙彌學。

反：[宮]2060 姓孫行，[三][宮]、乃至[石]1509 在優婆，[三][宮]292 不喜之，[三][宮]657 自傷何，[三][宮]754 遣車匿，[三][宮]2059 更同輦，[三]1 謂爲愚，[三]168 値，[三]186 在吾前，[三]2060 類阿衡，[聖]1428 往彼國。

方：[甲]2274 有屈曲，[甲]2299 起如人，[三]156 穌復更，[三]583 度生死，[三]2059 去山中，[元][明]1443 至應如。

復：[三]156 作是言，[三]200 蘇轉更。

各：[明]1482 捨置。

故：[乙]2391。

何：[甲]2262 闕生無。

後：[三]374 及第。

或：[三]735 出爲畜。

及：[丙]2381 至，[丁]1831 四無色，[宮]224 至阿惟，[宮]263 擔草不，[宮]272 至守門，[宮]374 至諸佛，[宮]1523，[宮]1644 至，[宮]2060 詣其寺，[宮]2123 願見佛，[宮]2123 至四面，[甲]、彼[甲]1151 衆前分，[甲]1733 不施也，[甲]2219 大醫王，[甲]2266 此種子，[甲]2269 疑隋唐，[甲][丙]1098 是觀世，[甲][丁]1145，[甲][乙]1816，[甲][乙]1816 修行中，[甲][乙]1821 至廣説，[甲][乙]1823 云頌曰，[甲][乙]1929 略縁故，[甲][乙]2070，[甲][乙]2250 前生故，[甲][乙]2259 後所得，[甲]895 至成就，[甲]1709 云寶，[甲]1751 特現八，[甲]1782 斷四，[甲]1786 始覺，[甲]1816 能證眞，[甲]1828 工，[甲]1828 識等種，[甲]1828 無明支，[甲]1828 以，[甲]1828 至衆生，[甲]1830 以三界，[甲]2052 率生而，[甲]2068 合床内，[甲]2073，[甲]2259 預官爵，[甲]2261 以音聲，[甲]2261 至，[甲]2261 至計，[甲]2261 至心等，[甲]2261 至於所，[甲]2266 决定是，[甲]2266 理，[甲]2299 佛諸餘，[甲]2299 來出如，[甲]2299 五百弟，[甲]2337 縁起自，[甲]2339 頓故分，[甲]2396，[明]1242 於自心，[明]1450 見一無，[明]1450 至後時，[明]1544 至上流，[明]1545 至已離，[明]1579 至此，[明]1581，[明]2122 至梵天，[三]1 至中夜，[三]224 如恒邊，[三][宮]1545 至後説，[三][宮]2060 與般若，[三][宮]2122 發深遠，[三][宮][甲]2053 削藁云，[三][宮][聖]285 聖慧地，[三][宮][聖]639 後末代，[三][宮]221 至無餘，[三][宮]285 逮佛名，[三][宮]350，[三][宮]416 起教師，[三][宮]606 至三界，[三][宮]624 至成佛，[三][宮]637 於三千，[三][宮]639 獲得斯，[三][宮]671 立虚妄，[三][宮]721 境界過，[三][宮]1442 求福作，[三][宮]1443 至鹽一，[三][宮]1459 無違苾，[三][宮]1521 至出，[三][宮]1523 以瞋心，[三][宮]1546 餘者憍，[三][宮]1559 至相續，[三][宮]1648，[三][宮]1648 至五蓋，[三][宮]2059 昆浮，[三][宮]2060 勘究方，[三][宮]2060 入禪坊，[三][宮]2085 懷衣著，[三][宮]2103 正覺之，[三][宮]2121 集諸獵，[三][宮]2121 覺垢，[三][宮]2121 聽出家，[三][宮]2122 辭，[三][宮]2122 從王入，[三][宮]2122 盜，[三][宮]2122 佛所囑，[三][宮]2122 歸婦言，[三][宮]2122 習外道，[三][宮]2122 至路値，[三][甲]951 以右手，[三][聖]190 往仙人，[三][乙]1092 加持火，[三]1 是行報，[三]26 生天上，[三]69 至東南，[三]125 過一劫，[三]154 與犢子，[三]158 種種業，[三]187 趣一生，[三]190 至彼佛，[三]193 聞是震，[三]197 至蠕動，[三]200 至六日，[三]201 有是過，[三]209

於相續，[三]210 中無有，[三]212 成道跡，[三]682 喻之所，[三]721 至衆水，[三]901 至三人，[三]987 燒香散，[三]1096 至空中，[三]1301 興立吾，[三]1336 得爲仙，[三]1341 與於辯，[三]1644 刀，[三]1646 自語言，[三]2145 僧純曇，[三]2149 杖錫東，[聖][另]310 有天人，[聖]224 至恒邊，[聖]224 至須陀，[聖]305 至阿僧，[聖]397 成菩提，[聖]1440 至九日，[聖]1509 至十地，[聖]2157 歸命漢，[另]1721 至，[石]1558 至未合，[宋][宮]1452 覆藏何，[宋][宮]721 至惡業，[宋][宮]2121 至白優，[宋][元][宮]322 可，[宋][元][宮]2121 行母不，[宋][元]1435 至三，[宋][元]1808，[宋][元]2122 壯年狀，[宋]99 至究竟，[宋]2121 變其意，[宋]2145 度世撿，[乙]866 至諸輪，[乙]1772 天頂上，[乙]1796 本尊就，[乙]1816 住法，[乙]1821 至風輪，[乙]2394 生清淨，[元][明][宮]1545 餘故有，[元][明][宮]266 餘事歎，[元][明][宮]639 有無量，[元][明]201 悟，[元][明]1425 獲大，[元][明]1579 至意諸，[元][明]1611 爲愚癡，[元][明]2060 長六十，[元][明]2122 至滿七，[原]2126 反前言，[原]1724 後説而，[原]2241 十七大。

即：[宮]2008 問曰米，[甲]1361 能於生，[甲]2073 束身抱，[三][宮]743 自見，[三]1082 至。

極：[三][宮][聖]1436 至一宿。

皆：[甲]2837 樂判。

久：[宋]、反[元][明]20 長今我。

俊：[三][宮]2103 哲之遺。

開：[敦]365 敷花。

可：[明]2087 得火鹿，[三][宮]1425 足答言，[三]682 顯，[聖]225，[乙]1821 言時。

來：[明]1450 至彼羅，[三][宮]606 安。

了：[丁]2244 然後，[甲]1709 知一二，[甲]1724 有，[甲]1782 達，[甲]1816 有，[乙]2408 安珠，[元]223 至無法。

力：[宮]1551 至不捨，[甲]1786 足由保，[甲]2266，[甲]2266 先言有，[明]1513 非虛妄，[三][宮]292 入菩薩，[乙]1723 應破一，[元]1582 至，[原]2196 上了故，[原]2339 自在甚。

慖：[甲]1964 提獎絶。

名：[甲][己]1830 生彼地。

廼：[甲]1997 欲褒集。

迺：[宮]2078 曰，[三][宮][甲][乙][丙][丁]848 修具支，[三][宮]537 愁悔當，[三][宮]2059 馳騎數，[三][宮]2059 去八人，[聖]2157 懷所謝，[宋][元]2106 發願造。

奈：[甲]2017 力量未。

耐：[三]5 心消息。

男：[元][明]191 至貧者。

能：[三]、則[宮]657 能，[三]1，[三][宮]2040，[三][知]418 前世過，[三]170 問如來，[宋][宮]396。

其：[明]2087 有登。

巧：[甲]1763 方便者，[甲]2130 也出曜。

且：[甲]1698 遠傳千。

迺：[宮]2034 至涅槃。

人：[甲]2214 可知之。

仍：[宮]263 頌曰，[甲]1733 風至三，[甲]2039 還奏曰，[甲]2259，[三][宮]2034 解數國，[三][宮]2059 出家至，[三][宮]2059 於，[三][宮]2060 不見方，[三][宮]2060 爲，[三][宮]2122 飽，[三][宮]2122 活，[三][宮]2122 葬廬山，[三][宮]2122 知不捨，[三][宮]2122 止其中，[三]1644 出於世，[三]2149 即眞號。

汝：[原]1833 與上座。

若:[三][博]262 至七日,[三]1 能有孝。

時：[三]186 令。

是：[乙][丙]2092 水。

遂：[宮]1421 至欲作。

所：[甲]2266 言如有，[原]1851 宣説因。

曇：[甲]1176 娜。

土：[甲]1782 是我佛。

万：[甲]1361 能成故。

爲：[甲]1834 更造論，[甲]2195 是攝論，[甲]2269 起後，[明]220 至獨覺。

下：[三][宮]1425 至不出。

行：[聖]1522 至彼諸，[宋][元]2060 得其寺。

宜：[三][宮]2060 依遺教。

以：[甲][乙]1736 義證教。

用：[明]203 心生活。

有：[甲][乙]2362 今教，[三][宮]2122 到水邊，[三][宮]2122 折入城，[聖]1425。

又：[三][宮]2060 曰既能，[宋][元]2061 却。

與：[明]2087 中。

約：[三][宮]2060 之。

則：[甲][乙]2222 巨猾，[甲][乙]2309 有空既，[甲]2289 窮性海，[甲]2897 自然生，[乙]1736 即俗之，[原]2897 自然老。

者：[甲]2196 梵音以，[明]2103 是自然。

至：[明]2076 府城南，[宋]1644 至盡苦。

終：[甲][乙]1909 至囑累。

逐：[三]156 是沙門。

廼

及：[宮]2109 夢金人。

乃：[甲]2036 詣安自。

迺

乃：[宮]2059 製篇目，[宮]2053 投迹異，[宮]2059 明，[宮]2059 念曰我，[明]361，[明]2059 避至黒，[明]2059 謂人曰，[明]2122 獲身色，[明]2122 涉，[明]2149 勅中書，[三][宮]1644 至第七，[三][宮]2059 留長子，[三][宮]2103 至自死，[三]1013 爲諸菩，[宋][元]2059 移憩莊。

孋

禰：[元][明]1340 二十迦。

儞：[明]995。

奴：[三]1337 皆反十。

乳：[原]1141 上。

始：[甲]1027 二訥瑟。

奈

茶：[三]986 訶奈，[三]2125 耶具討。

祭：[甲]2130 羅譯曰。

李：[宮][石]1509，[宮]2060 許澄淨，[聖]2157 女經太。

密：[甲]1724 爲五比。

那：[甲]、捺[乙]2263 落迦三，[甲]2254 耶，[甲]2313 梨果可，[甲]2427 耶藏迦，[三][宮]263 此群生，[三][宮]313 之。

捺：[宋]、㮈[元]、柰[明]190 城善光，[宋][宮]276 鹿野園，[宋][元][宮]1463 五比丘。

柰：[甲]951，[甲]951 反又，[明]2131 耶云尼，[明]2131 女所生，[明]2131 耶或毘，[三][宮]294 毘摩羅。

㮈：[甲]1775 氏，[聖]99 仙人住，[宋][元][宮]1463 國阿若，[宋][元][宮]1552 仙人住，[乙]2296 説。

念：[三][宮]500。

秦：[三]2110 國法輪。

奢：[三][宮]664 葉不能。

云：[聖][石]1509 何忽。

柰

李：[甲]1922 體別桃，[甲]1728 女經頭，[甲]2053 樹忽於。

那：[聖]2157 耶不曾。

捺：[宋][元]1569 於棗爲。

奈：[甲]2128 國也，[甲]2400 耶譯，[乙]2379 禮柰。

㮈：[甲]1826 於，[甲][乙]850 三嚩日，[三][宮]1425 城爾時，[宋][元]1568 性有。

㮈：[宋][元][宮]、明註曰柰南藏作㮈2122 許清白。

舍：[聖]1425 林聚落。

耐

到：[三][宮]2122 大唐牢。

忍：[三][宮]1581 六者歡，[三][宮]1581 大方便。

刪：[三]158 提蘭佛。

守：[三][宮]608 戒。

㮈

羅：[宮]665 眵羅合。

那：[三][宮]1545 落迦除。

捺：[宮]310 設儞五，[甲][乙]901 耶那，[甲]1733 唎羅吉，[甲]2402 羅二合，[明][宮]310 陀上二，[明][甲]964 囉，[明]5 國維耶，[明]1442 帝蘇，[三][宮][聖]1585 落迦中，[三][宮][聖]1442 洛迦劫，[三][宮]1453 伐素等，[三][宮]1458 伐蘇行，[三][宮]1548 衣善染，[三]1336，[宋]409 城鹿野，[乙]2296，[元]、柰[明]109 以。

奈：[甲]1778 也又翻，[明]190 城時，[明]190 城是時，[明]190 城至彼，[明][聖]190 城鹿野，[明][聖]190 城時有，[明][聖]190 城有於，[明]26 園之中，[明]190，[明]190 城吉，[明]190 城舊仙，[明]190 城鹿野，[明]190 城剎，[明]190 國，[明]190 鹿，[明]190 轉大法，[明]2043 國有一，[明]柰[聖]190 城於彼，[三]、柰[宮]1509 轉大如，[三]1331 國亦有，[三][宮]1546 國摩訶，[三][宮][聖]1423 著下衣，[三][宮]1421 國爾時，[三][宮]1421 國住陶，[三][宮]1428 五比丘，[三][宮]1462，[三][宮]1488 國有七，[三][宮]1646 衣，[三][宮]2043 國時有，[三][宮]2058 有一獵，[三][宮]2103 苑睠晨，[三][宮]下同 1428 國時世，[三][宮]下同 1428 時五比，[三][聖]125 鹿野園，[三][聖]190 城昔聖，[三][聖]190 城中有，[三][聖]211 樹下坐，[三]26 氏樹園，[三]99 國鹿，[三]125 城中有，[三]190 城，[三]190 城次第，[三]190 城有四，[三]190 國彼時，[三]199 國，[三]203 城中諸，[三]2145 佛爲五，[三]2149，[三]2151 城人婆，[三]2154 城淨志，[三]2154 女經一，[宋]、柰[元][明][甲][乙]2087。

柰：[甲]2015 國轉四，[明]、一[聖][另]1463 乃至，[明]、棕[聖]125 理今此，[明][聖]190 城時有，[明]26 衣熟擣，[明]99 國仙人，[明]109 國鹿野，[明]190 國當轉，[明]197 城中有，[明]197 國與大，[明]212 國爾時，[明]1463 時世飢，[明]1604 苑之喬，[三]、榛[聖]99 林多諸，[三]190 城時有，[三][宮][聖]1435 國佛中，[三][宮]1421 女手自，[三][宮]1428 國迦，[三][宮]1428 時世穀，[三][宮]1428 時有比，[三][宮]1428 世尊知，[三][宮]1462 國轉四，[三][宮]1464 子椑桃，[三][宮]1546 國初轉，[三][宮]2034 女耆域，[三][宮]2042 鹿野，[三][宮]2042 著中可，[三][宮]下同 1462 國賊所，[三][宮]下同 1545，[三][宮]下同 1650 國王月，[三][宮]下同 2121 實與之，[三][宮]下同 2123 大而香，[三][聖]125 仙人鹿，[三][聖]190 城有一，[三]26 六，[三]99，[三]99 國仙，[三]99 國仙人，[三]125 國界於，[三]193 女聞之，[三]2154 千株開，[聖]211 樹高大，[元][明]658 三轉四。

榛：[三][宮]1545 落意生。

榛：[三][宮]1425 林住有。

棕

捺：[三][宮]1545 末陀河，[三][宮]1545 落莫，[宋][元][宮]、奈[明]1545 耶中速。

奈：[明]1545 耶中速，[明]1450 河邊時，[三][宮]374，[三][宮]374 國時舍，[三][宮]374 國轉正，[三][宮]374 有佛出，[三][宮]1464 漿煮麥，[三]374 爲五比。

柰：[三][宮]1634 而轉法，[三][宮]1421 山向波，[三][宮]1462 子甜瓠，[三][宮]1541，[三][宮]1650 國王悟。

男

觸：[宮]1428 作男想。

對：[元]99 女是。

兒：[三][宮]2042 得如此，[三][宮]2121 曰卿父，[三]1336，[三]2122 有如此，[乙][丙]2092 女乞婆。

鬼：[三]2122 反羅曳。

果：[甲]2250 於母右，[明]1563 唯得男，[宋]725 等不生，[元]352 不名灌，[元]657 法我若。

界：[甲][乙]2120 延昌，[甲]1268 女得英，[甲]1828 第六若，[甲]2120 休，[甲]2130 部經，[甲]2196 女五塵，[甲]2299 利文，[久]1452 臣薛稷，[三]1563 佛身於，[三]212 服飾百，[聖]2157 經一卷，[聖]225，[聖]1548 根苦，[另]285 女眷屬，[元][明][宮]1505 無苦三，[知]414 子善女。

南：[宮]1425，[宮]1435 知佛默，[和]293 子從此，[三][宮]1435 釋請佛，[三]100 無有。

偶：[三]1336 鼻悉侈。

女：[明]1450 時方可，[三][宮]1435 一懷妊，[三][宮]1442 可相慶，[聖]1435 若。

是：[聖]1548 子女。

思：[明]1443 何不向。

田：[三][宮][聖]1425 家是。

胃：[原]1309 宿直日。

烏：[甲]2410 尊。

勇：[三][宮]2122 迦那迦，[原]2201 無量大。

衆：[三][宮]1459 同宿。

子：[丙]1076 童女，[甲]1733 七童女，[乙]1736。

南

北：[甲][乙]2394 遜那〇，[明]1450 海二者，[三][宮]2053 戒日見。

遍：[三]2060 巡。

哺：[聖]1788 唐言圓。

布：[原]1771 二千里。

衝：[明]1988 嶽與壓。

此：[明]1644 稱一兩。

地：[宮]2085 岸有。

東：[甲]1067 門南被，[甲]2053 又造伽，[明][宮]1462 牛向，[三][宮]397 方海中，[三]2145 奔于宋。

而：[甲]2396 海和上。

高：[明]440 無寶光。

禮：[明]2076 游之式。

兩：[三]2110 向呼從，[乙]2393 法全本。

面：[甲]2039 都統行，[三]2122 臺內律。

娜：[明]、南謨娜莫[乙]953 謨三漫。

男：[明]187 阿婁，[三][宮]1634，[三]152，[聖]1465 山獲。

喃：[甲][乙]1204 南歸命，[甲][乙]2390，[甲]900 引誐誐，[甲]951 二唵，[甲]1211 儞，[甲]1220 引一阿，[甲]2274 二者二，[甲]2400 吽略六，[明]、南引夾註[甲]、南喃引[乙]994，[明][乙]994，[三]、南引一南一引[甲]972 引一，[三][甲][乙][丙]1211 迦，

[三][甲]972，[三][甲]989 引薩底，[三][甲]989 引五惹，[三][甲]1135 五鉢囉，[三][乙]950 七多娜，[三][乙]982，[三][乙]1075，[三][乙]1076 跛囉，[三]152 王慈潤，[三]972，[三]982 五十七，[三]985 質栗羯，[三]999 引唵引，[三]1284 哆鉢捺，[三]1415 引捺摩，[三]下同 982 引娑嚩，[宋][元][宮]1579 曰，[乙]966 上，[乙]1069 二合，[乙]1069 娑嚩二，[乙]1201 薩，[乙]2390 焔謎娑，[元]945 八十。

曩：[乙]867 南謨。

尚：[甲]2349 敬謝大，[三][宮]2122 偏在尊，[三][宮]2122 舍利弗，[宋][元]2125 小者千。

太：[宮]2122 清宮故。

無：[明]440 無。

西：[甲]2001 園一日，[甲]2092 北而行，[甲]2393 施下方，[三][宮]2122 曲池日，[三]1227 門内東，[原]2409 天竺出。

蕭：[三]2146 齊永明。

幸：[元]889 門安寶。

宜：[甲]2036 興大廬。

有：[宋]563 方佛剎。

于：[甲]2039 北去。

祖：[乙]2092 臺珍。

侽

夜：[三]1336 地婆薩。

喃

布：[甲]1158 惹摩尼。

南：[甲][乙]850 阿上短，[甲][乙]850 阿尾囉，[甲][乙]850 一，[甲][乙]850 一阿入，[甲]850 一難，[甲]853，[甲]859 阿，[甲]861 噁，[甲]904 薩嚩他，[甲]952 虎，[甲]981 劍，[甲]1075 布娜，[甲]1246 吠室，[明]、南引細註[甲]1000 嚩日囉，[明][甲]901 三那上，[三][甲][丙]930 引，[三][甲]972 引一唵，[三][甲]1038 三十四，[三]1096，[三]1348 迷十九，[聖][丙]1199 怛囉二，[宋][元][甲]、南引[明][乙]950 一沒馱，[宋]1191 引怛儞，[乙]、[丙]1199 暗播捨，[乙]850 一誐，[乙]852，[乙]914 喃唵，[乙]981 唵嚕嚕，[乙]1796 達摩馱。

諵：[元][明][宮]614。

腩：[三]982 五十一。

曩：[宋][明][甲][乙]921 迦嚕。

楠

桶：[甲]2128 古字也。

難

阿：[宋]60。

礙：[三][宮]476。

報：[甲]1709 慼故經。

不：[三]202 可看覩，[宋][元][宮]1670。

部：[甲][乙]1822 也以經。

讎：[三]186 猶如天。

從：[聖]223。

摧：[元][明]374 伏三昧。

答：[甲][乙]2263 云若依，[乙]

2263 成唯識。

憚：[元][明]1562 無所隨。

當：[元][明]1522 説復説。

道：[宮]664 愚癡無，[聖]663 種種婬。

定：[聖]231 處聚。

斷：[甲][乙]2250 泰光。

對：[甲]2087 以輕犯，[甲]2266 法第四，[三][宮]1633 是難，[三]1597 調故名。

厄：[三][宮]1425 獼猴曾。

惡：[宮]741 處難得。

而：[三]2085 知。

二：[原][甲]1825 就麁細。

非：[乙]2263 相竝之，[乙]2263 一。

乏：[三][宮]1435 道路不。

法：[聖]1763 也。

漢：[宮]2078 曰海勝，[甲]2130 地。

護：[甲][丙]1184 立成壇，[三][宮]1523 故説著。

慧：[宮]1565 解世尊。

火：[甲]1110 不能漂。

或：[甲]2263 云准。

雞：[甲]1072 龍王印，[明]1119 多野二，[原]1074 龍王德。

集：[甲]1816 釋云。

計：[原]、計[甲]1834 雖俱。

記：[甲]1736 云若許。

艱：[宮]、艱難[另]1428 故屬官，[宮]2103 晨掃，[甲]1833 辛五歲，[三]212 不得，[三][宮][另]1442 苦少欲，[三][宮]415，[三][宮]817，[三][宮]1443 報言具，[三][宮]1521 礙菩薩，[三][宮]2053，[三][宮]2059 冒險從，[三][宮]2060，[三][宮]2060 阻帝卒，[三][宮]2122 人怪問，[三]152 於，[三]152 志踰六，[三]186 患人有，[三]210 難無過，[三]212 是故説，[元][明]2145 三月便，[原]2130 中偈説。

經：[乙]2261 尋等者。

絶：[甲]1735 思則入。

可：[甲]2263 思，[三][宮]2122。

誑：[甲][乙]2434 義也即。

蘭：[甲][乙]2261 迦。

類：[甲]2339 增要上。

梨：[三]145 國行在。

離：[宮][甲]1805 伴見聞，[宮]278 一切世，[宮]694 行苦行，[甲]1834 如餘處，[甲]2299 三界，[甲][乙]1822 故麁惡，[甲][乙]2309 進故，[甲]974 苦解脱，[甲]1156 苦生從，[甲]1724 出經，[甲]1724 知難，[甲]1781 三惡道，[甲]2261 解深密，[甲]2281 實有性，[甲]2299 二果成，[甲]2317 釋意律，[甲]2339 即是果，[明]1604 何以故，[明]1458 陀往問，[三][宮]310，[三][宮]640 終不復，[三][宮]1648 常通達，[三][宮]2121，[三]158 苦行盡，[三]193 遠惡友，[三]2146 念彌經，[聖]1763 也果非，[宋]246 勝地現，[乙]1796 測不可，[乙]2376 是毘，[元][明]100，[元]2154 可備記，[原]2264

一多故，[原]1776。

羅：[甲]1724 弭荼呪，[明]2154 多洹羅，[三]、雜[宮]263 縷，[三]1549 鞞舍離，[三]2151 釋經一。

滅：[甲][乙]2254 爲離此。

那：[三]193 律，[三]1339 羅隷三，[聖]627 律恕利，[乙]2157 律八念，[元][明]44 律在彼，[元][明]2040 律。

南：[丙]1056 娑嚩二。

惱：[宋][元]1057 衆生當。

能：[明]1536 降伏知，[三][宮]1488 作作故，[聖]375 忍。

槃：[三]985 底國。

叵：[三][宮]2122 近或口。

破：[甲]2410 云㝵，[甲][乙]2263 如來後，[甲][乙]2263 之今能，[乙]2263 第一解。

其：[三]202 可具陳。

慳：[三]628。

勤：[甲]2044 言悉我，[三][宮][聖]425 學俱，[三]1582 精進者。

若：[乙]2157 及面稟。

三：[宮]848 迦噜弭。

燒：[甲]2274 口。

捨：[元][明]425 樂是曰。

深：[甲]2299 解爲深。

釋：[乙]1821。

誰：[宮]310 可化故，[甲]1731 何者彼，[甲]1969 婆稱多，[甲]2270 不離以，[甲]2299 言虛，[三]201 可作，[元][明]2123 論常欲。

蘇：[三][宮]1545 陀跋羅。

雖：[宮]229 修前五，[甲]1512，[甲]1512 信然非，[甲]1717 稱紀故，[甲]1782 佛土地，[甲]1805 迴制輕，[甲]1816 釋經中，[甲]1828，[甲]1828 不永斷，[甲]2036 見其和，[甲]2195 爲說因，[甲]2261 解受等，[甲]2266 他心智，[甲]2270 共違教，[甲]2273 有性問，[甲]2289 判密藏，[甲]2299 別合爲，[甲]2299 有，[甲]2299 明一切，[甲]2348，[甲]2434 粗，[明]418，[三][宮]2109 保妻子，[三]212 得爲人，[聖]1440 得者聽，[宋][宮]2122 化衆生，[宋][元]1562，[乙]2309 破亦，[元][明]228 於彼人，[元][明]721 知不可。

嘆：[甲]2084 異改惡，[甲]1708 佛釋，[甲]1705，[乙]2263 德又。

歎：[宮]2060 曰豺，[宮]1912 也十法，[甲]1736 故云利，[甲]1763 寶亮曰，[甲]1782 作四慶，[甲]2196 之人二，[甲]2255 内德具，[明]729 之四者，[三][宮]398 說一切，[三][宮]425 之不淨，[三][宮]606 戒德香，[三][宮]1505 無能壞，[三][聖]26 佛本末，[三]193 其弟子，[三]606 言日欲，[三]2103 始是有，[三]2103 之士四，[三]2121 之云閣，[三]2122 也，[宋][宮]598 王及餘，[乙]1822 心心，[乙]2296 曰我於，[元][明][宮][知]266 爲正見，[原]1780 波若故，[原]1780 波若爲，[原]2248 内衆比。

體：[甲]2266 文演祕。

塗：[甲]1775 故名方。

推：[甲][乙]2263 設劬勞。

唯：[甲]913 得隨，[甲]2254 有歟而，[甲]2266 尋伺中，[甲]2273 同處有。

惟：[甲]1969。

問：[乙]1736 徵起三，[原]1858 曰夫聖。

無：[三]375 治若有，[三][宮]288 思議其。

業：[甲]1729 相關二。

疑：[聖]1723 初文有，[乙]2263，[乙]2396 云云次，[原]2412 云等覺，[乙]2263 不可爾，[乙]2263 但燈助。

易：[三]1579 得二事。

意：[三][宮]630 已便化。

雜：[甲][乙]1822，[甲]1512 故正應，[甲]1863 言能變，[三][宮]325 無悔纆，[元]2154 提本小。

者：[三][宮]425 是曰布，[三]375。

徵：[甲][乙]1822。

證：[乙]2263 耶次尋。

致：[甲]2313 欣求其。

雉：[甲][乙]2309 等諸鳥，[三][宮]2104 期虞氏。

稚：[三]211 一時之。

種：[甲][乙]1822，[三]196 王問憂，[三]606。

重：[甲]、進 2263 耶此義。

追：[原]1872 見思應。

准：[甲]1724 次第釋，[甲]2266 既有觸。

罪：[元]675 覺。

赧

赦：[甲]850，[甲]850 一訥。

腩

喃：[丙]1141 一，[丙]1141 一。

囊

橐：[甲]1828 風聚往。

齎：[聖]1463。

曩：[甲][乙]2390 捺儞平。

繩：[聖]1463 乞食時。

索：[丙]1184 者。

臺：[三][宮]2122 大品亦。

往：[聖]125。

震：[三][宮]2121 越佛居。

囔

壺：[甲]2409 從下。

結：[三][宮]1435 懸象牙。

蠰

蠰：[三]375 佉當於。

儴：[三][宮]1546 佉善通，[三][宮]374 佉當於，[三][宮]456 佉王共，[三]125 佉大藏，[三]125 佉正法，[元][明]2102 佉之宮，[元]2122 佉國大。

孃：[聖]1723 矩吒虫。

攘：[宋][宮]、儴[元][明]1488 佉其。

餉：[宮]1545 佉所都。

曩

囉：[三]930 二合散，[乙]、曩[乙]852 二合。

拏：[甲]1120 多。

哪：[明][乙]994 二合此。

那：[甲][乙][丙]2397 二合三，[甲]2081 此云金，[明]、娜[甲]1000 莫，[明]880 字門一，[明][丙]954 二合怛，[明][丁]1199，[明][甲]1175 二合引，[明]1191 囉，[明]1234 衆及羯，[明]1404 羅摩睺。

娜：[甲][乙][丙]1172，[甲]904 麼三曼，[甲]1000 莫，[甲]1000 莫三，[甲]1151 上引喃，[甲]1211 吽，[明][丙]954 謨婆誐，[明][丁]1199，[明][丁]1199 莫三，[三][甲][乙][丙]930 莫，[三][乙][丙]、娜引喃[甲]930 莫。

納：[元][明][甲]901 慕那摩。

奈：[乙]924 入迦盧。

南：[甲]2393 麼三滿。

婆：[三][乙]950 鷄三迦。

億：[三][甲]1332 劫所作。

呶

奴：[三][甲][丙]954 引囉特，[三][甲][乙][丁]848 嗢婆。

猱

揉：[甲]859 陀。

撓

持：[三][宮]2121 繞文殊。

耗：[宋]、托[元][明][宮]2026 嬈佛世，[宋][宮]、托[元][明]2027 亂正法，[宋]23。

攪：[元][明]310 美食終。

托：[三][宮]279 動三有，[三][宮]721 攪海水，[三][宮]721 攪其身，[三][宮]730，[三]201 攪而覓，[宋]374 之若得，[宋][元][宮]、耗[明][聖]1464 擾激動。

敲：[三][宮][聖]1425 戸問言，[三][宮]1425 戸問言，[三]2145 門而喚。

嬈：[三][宮][聖]397 亂如來，[三]212 逐群食。

擾：[三][宮]379 動以是。

繞：[甲]2290 也者屈，[宋]1057 盜賊逆。

燒：[聖]223 色二十。

洗：[聖]1458 者。

獶

優：[明]293 鉢彌。

鐃

饒：[甲]2084 銅器欲。

繞：[甲]2128 也。

惱

惚：[宮]397 是人者。

憹：[宋][元][宮]721 却坐於。

惱

懊：[三][宮]1650 夫人左，[宋][元]189 我有嚴，[宋]2123 受苦既。

報：[乙]1909 不可具。

怖：[宮]1425 譬如丈，[明]1548 使生老。

愁：[三][聖]100 欲能生，[三]1331 福德至，[聖]190 苦痛熾。

動：[甲]917 亂身心。

煩：[甲]1778 入涅，[甲]2787 亂居士，[三]、損[宮]1541 害衆生。

燔：[三]190 或炙。

忿：[三]、忽[宮][聖]310 恚者親，[三]186 召四部。

根：[甲]2195 離欲捨。

海：[甲]1960 故樂非。

害：[宮]1605 嫉慳誑，[三][宮]1581 衆生具。

恨：[甲]1822 害事故，[三]209 之情。

恒：[甲]1733 不。

忽：[三][宮]425 度無極。

惚：[宮]1525，[宮]397 者自滅，[宮]1523 等，[宮]1523 等故説，[宮]1523 時而心，[金]1666 九者雖，[聖]416，[聖][另]675 染業染，[聖][另]675 隨順煩，[聖]279 雖現受，[聖]279 習氣行，[聖]663 復欲從，[聖]675 染業染，[聖]675 之縛以，[聖]1428 此是第，[石]1509 亦從五，[石]1509 性不可，[西]665 速得解。

悔：[三][宮]424 其人後，[三][宮][聖]625，[三][宮]618 愚惑，[三][宮]653 何等爲，[三][宮]1452 捨命之，[三][宮]1521 善法相，[三]99 如商人，[聖]397 五者，[聖]158 他心令，[另]1721 今聞佛，[宋][宮]765。

恚：[石]1509 生苦問。

惑：[甲]1937 所覆今，[三][宮]1442 證阿羅。

疾：[三]108 患則除。

俱：[三][宮]1537 離惛沈。

聚：[聖]663。

苦：[甲]997 智慧決，[明]101，[明]201 乃爾汝，[明]663 兄弟姊，[明]982，[三]278 王，[三][宮]1488 而自念，[三][宮]1581 禪三者，[三][宮]2058，[三]982，[聖][甲]983 鬪諍及，[元][明]227 唯懷。

攬：[甲][乙]2263 他爲自。

累：[三]108 不淨。

撓：[三]1548 無有定。

腦：[博]262 障礙亦，[宮]1545 涎膽痰，[宮]275，[甲][乙]2393 香，[甲]1973 之縛其，[明]1529 當觀知，[三][宮][聖]1509 積過，[三][宮]1537 害，[三][宮]1547 纒重斷，[三]793 身劇火，[三]1336 髓及心，[宋][宮]425，[宋][元][宮]1547 纒重斷，[宋][元][宮]2123 復倍彼，[宋]328 不息一，[原]1212 香沈，[原]1212 香龍花。

能：[甲]、總[乙]1816 境名。

念：[三][宮]1648。

憹：[宮][聖]1421 畢陵伽，[聖]643 自責我，[聖]1421 諸長老。

怒：[三][宮]1509 心欲破，[原]1887 癡性即。

起：[甲][乙]1822 害他。

怯：[甲]1733 心以無。

侵：[宋][明][甲]1077 害。

情：[甲]1709 故言所，[三][宮]660 而不救。

擾：[三][宮]2104 他人使。

熱：[三][宮]1546 樂當知。

溢：[宮]1559 互相憎，[三][宮]402，[三][宮]1552 無有華，[三]2122 觸。

説：[宮]2123 望使此。

疼：[三][宮]2121 痛又大，[三]152 痛又。

體：[元][明]1585 害故名。

違：[三]154 我且持。

嫌：[三][宮]519。

性：[甲]2339 見道初，[三][宮]708 具成有，[宋]374 覆故不，[乙]2261 他者如，[知]1581。

業：[明]1552。

憶：[聖]1509 他是菩。

飲：[聖]1563 時心雖。

憂：[聖]1670 諸惡勲。

樂：[三][聖]125 不可稱，[元][明]523 不饑不。

災：[宋][宮]292 患厭衆。

著：[三][宮]657。

惣：[甲]2089 臥但普，[另]1442 所纒。

總：[甲]970 纒縛人，[甲]1830 中亦然，[甲]1728 一苦，[甲]1763 第三明，[甲]1775 氣力安，[甲]1816，[聖]1427 他人不，[聖]1509 害是名，[聖]1509 施，[聖]1509 心不生，[聖]1646 皆由邪，[聖]1788 故，[聖]2157 經一卷，[乙]1816 等中，[乙]1816 害以無，[乙]1816 名不自，[乙]1816 相有。

瑙

惱：[三]153 珊。

腦：[甲]1000 商佉如，[三][宮]445 世界。

碯：[明]26 玳瑁赤，[明]157，[明]157 及赤眞，[明]2122 又告帝，[三]190 珊瑚虎。

腦

髀：[三][宮]1546 骨骨腰。

腮：[元][明]285。

肚：[三][宮]1548 痛蛇肌。

額：[三][宮]403 稽首足。

煩：[三][宮]618 惱退。

惱：[博]262 以衆寶，[宮]721 頭旋迴，[甲]893 香以爲，[甲]2266 懈怠，[甲]2400 本來具，[明][宮]1557 有時塵，[明]150 皮如，[明]321 救療疾，[明]643 攀樹而，[三][宮]607 罪從生，[聖]2157 等，[宋][宮]223 膜臂如，[宋][宮]1509 中。

瑙：[博][燉]262 珊瑚虎，[博]262 金剛諸，[博]262 珊瑚虎，[博]262 眞珠玫。

脇：[三]125 羽翼各。

嬲

嬈：[元][明]2046 之。

碯

瑙：[宋][元][宮]1579 虎。

鬧

丙：[聖]223 所謂不。

開：[聖]643，[聖]1425 處店肆。

悶：[三][聖]99 懈怠不。

內：[明]389。

問：[甲]2271 耶若言。

席：[三][宮]2122 亂衆豈。

曉：[三]152 邪聲亂。

鬧

間：[甲]2068 亂。

交：[宮]1459 處。

兩：[三][宮]1425 耆舍衞。

門：[甲]1736 不知何。

內：[三][宮]2060 所多造。

聞：[三][宮]1809 亂衆僧。

閑：[聖]1451 二。

臑

軟：[三][宮]1442 草無財。

瞬：[三][宮]1650 言不解。

訥

譭：[三]1196 莽二合。

拏：[乙][丙]873 多羅布。

吶：[三][宮]397 婆陀隸。

納：[甲]2128 反犬忽，[甲]2339 千象而，[明]187 作如是，[明]1092 瑟吒生，[明]1107 瑟吒二，[明]1538 摩花奔。

呢

尼：[明]1336 欝波多。

泥：[三]1336 羅呿波。

昵：[三][宮]370 地奢十。

呪：[明]1336 阿企摩，[明]1336 多三摩。

餒

餲：[宋]945 爲爽衝。

饋：[宮]2060 矣母聞。

餧：[宮]2102 死比干，[甲]1742 與寒如，[三][宮]2103 非初訥，[三][宮]2103 矣啓期，[三][宮]2103 于溝壑，[宋][元][宮]2122 夫尚得。

內

中：[乙]2309 不。

内

比：[宋]2061 要。

出：[三][宮]1421 自。

丹：[三][宮]2122 赤如。

得：[三][宮]1428 坐時諸。

甘：[宋][元][宮]、間[明]2102 不和於。

綱：[宋][宮]285 因致老。

高：[聖]2157 聖訓柔。

固：[乙][丙][丁]848 意眞言。

褁：[宋][元]、裏[明]2063 新裙與。

會：[原]2395 下。

將：[三][聖]643 荒亂。

界：[甲]1912 外界內，[甲]1796。

就：[原]1776 外分別。

卷：[原]2262 第八遍。

口：[甲]2228 火此金。

裏：[甲]2006 青蛇吼，[三][宮][聖]1425 割肉擲，[聖]1859 本在絶。

力：[元][明]1585 恒執我。

兩：[乙]894 手十指。

滿：[乙]1199。

門：[甲]1709，[甲]2397 眷屬常，[甲]2402 子輪縱，[明]2087 東北，[聖]2157 見躬傳，[聖]2157 麗日殿，[另]1453 結作一，[元][明]1442 安置坐，[原]1776 明佛離，[原]2196 此五，[知]2082 官吏與。

民：[三][宮][聖]376。

明：[甲]1846 眞如中。

納：[甲]1924 纖塵而，[明]340 於一山，[明]1462 火聚中，[明]1462 欄一一，[明]1462 置我，[明]1581 身中時，[明]下同 1462 器離地，[聖]1428。

能：[三]1563 縁起所。

皮：[三][宮]1548 血肉。

前：[甲][乙]1866 所許今。

日：[甲]2408 北斗御，[三][宮]1459 名羯恥，[三]2060 又。

肉：[宮]2123 充滿無，[甲]1805 而實，[甲][乙]1866 煩惱識，[甲][乙]2397 心八分，[甲]1782 普給一，[甲]1782 五外六，[甲]2067 熱氣上，[甲]2128 倍好謂，[甲]2128 耑音端，[甲]2128 會意字，[甲]2266 又經言，[明]310，[明]190 水中煮，[明]293 手足掌，[明]721 彼地獄，[明]1507 腐肅悚，[明]2122 水，[明]2123 蟲令人，[三][宮]606 百千段，[三][宮]721 虫食受，[三][宮]721 生於腦，[三][宮]721 無物唯，[三][宮]1505 松落作，[三][宮]1562 眼所識，[三][宮]1655 扶三百，[三]26 燒使成，[三]99 是因縁，[三]152 身温熱，[三]310 眼因智，[三]2088 舍利，[三]2110 周行遍，[聖]613，[聖]613 池中忽，[聖]1721 可以守，[聖]1763 情中生，[宋][元][宮]1673 瘤瘻發，[宋]1562 眼結如，[乙]2397 身内心，[原]1764 心五大。

入：[三]375 一毛孔，[聖]、中[另]1435 風起，[聖][另]1435 大小便，[另]1435 大小。

山：[甲]2250 善鑒聖，[聖]2157 題云顯。

四：[三][宮]618 勝堂天，[宋][明]1597 種非如，[宋][元]1536 無色想。

田：[原]2897 永無災。

同：[丙]2381 證之處，[甲]1816 證眞如，[甲]2217 一有德，[聖]2157 進奉方，[乙]1816 證實二，[乙]1822 眼結如，[乙]2397 覺三界，[原]1829 難此。

外：[宮]1536 想，[宮]1552 擾亂非，[甲]2176 題仁運，[甲][乙]2385 相叉也，[甲][知]1785 是義不，[甲]1088 塵即是，[甲]2397 供菩，[明]2076 獨居二，[三][宮]1509 不見，[三][宮]1547 瞋恚想，[三][宮]2104 潤，[三][甲][丙]1075 相叉二，[三]212 人與，[聖]2157 損益二，[乙]2362 無明至，[乙]2390 杵，[乙]2391 縛，[原]

2241 四供不。

王：[三]2103 史上。

罔：[三][宮]、因[聖]225 摩迦。

網：[三]2145。

爲：[甲]2339 別色想，[甲]2299 外下云，[乙]2227 滅罪是。

問：[甲]1816 故名不。

無：[原]1780 照若然。

閑：[甲]1735 身刹那。

向：[明]24 有三十，[三]2110 有人面，[乙]2391 三昧耶。

寫：[甲]2244 共立願。

行：[三]896 諸有行。

穴：[三][宮]263 所生蟲，[三]1 若在種。

也：[甲]1733 初金剛。

因：[甲]2370 身證修，[甲][乙][丙]2164 明義心，[甲][乙]1724 成就中，[甲][乙]1822 大種是，[甲][乙]1822 縁及待，[甲]1833 也，[甲]1841 者此亦，[甲]2261 明少分，[甲]2266 起欲，[甲]2287 縁而生，[甲]2299 鞭杖等，[明]721 故彼諸，[明]1443 外二合，[三]1442 攝頌曰，[聖]1602 答内六，[聖]1763 待之因，[乙][丙]、此前行甲本乙本丙本俱有因明疏抄一卷道獻法師撰十一字、文中獻字丙本作山獻二字 2164 明略集，[乙]2261 識相分，[乙]2261 與内爲，[原][甲]2281 明門立，[原]1776 縁那律，[原]2274 明之所。

用：[甲]2128 也。

尤：[三][宮]2122 惡含毒。

由：[甲]1736 前觀有，[甲]1795 分別心，[甲]1816 此所對，[明]1451 諸佛世，[三][宮][石]1509 之可以，[三][宮]1598 處，[三]152 心，[宋][元]1440 近寺白，[元][明]1451 以物，[元][明]1545 起因擇，[元]2016 心如是，[原]、由[乙]1796 身極淨。

有：[元][明]125 内外常。

圓：[甲]1961 融定而，[甲]2434 凡位而，[乙]2259 是以此。

曰：[宋]1559 淨於第。

月：[原]2216 風舒如。

者：[元]99 淨一心。

之：[元][明]1463 所行法。

治：[三][宮]2060 廣現神。

中：[丙]973，[丙]2810 背上向，[宮]2103 篇五録，[宮]2122 眷屬懊，[甲]1932 佛性爲，[甲]1961 於惡世，[甲]2006 書土字，[甲]2217 有，[甲]2250 其頂，[甲]2401 諸謂十，[明]352 而有食，[明]1450 白其王，[明]1451 宮問王，[明]2154 更載無，[三][宮]616 外，[三][宮]1428 有，[三][宮]1452 燒炎炭，[三][宮]1458 末藥，[三][宮]1548 無有避，[三][宮]2059 近業坐，[三][宮]2085 立福德，[三][甲][乙]970 告語令，[三]196 奉齋持，[三]203 有一長，[三]264 因彼知，[三]643 衆生見，[三]2149 譯，[聖]190，[聖]211 稱賢三，[聖]613 滿中骨，[聖]1548 外法中，[另]1428，[石]1509 男女大，[宋][元]1435 界是事，[乙]1736 每，[乙]2408 其印，[乙]2795 宿衣

離，[元][明]13 想色，[元][明]1428 入房中，[原]1744 理化，[原]2208 不應理。

宙：[明]2076 嘗遊。

著：[三]26 鐵驢腹，[三]202 中三十。

子：[宋][元][宮]、山[明]2122 欲買經。

自：[甲]1735，[甲]1736 外惡，[三][宮]1606 依事五。

作：[明]220 六千苾。

恁

與：[明]2076 麼。

嫩

軟：[三][宮]1644 茂往彼。

嫰

嬾：[三]982 努迦引，[乙]930。

軟：[甲]1736 若菩，[三]190 枝條。

能

報：[三][宮]1505 不能爲。

彼：[甲]2266 思業所，[知]1579 保愛自。

便：[三][宮]1546 摧臥其，[宋]220 證得。

遍：[甲][乙]1822 至准界，[三][宮]1558 通縁自。

辯：[宮]2040 動於瞿。

別：[宮]1602 取法境。

不：[甲][丙]、－[乙]1098 令一切，[明]397，[三][宮]671 與六道，[三][宮]2122 留譬如。

成：[甲]2274 所作性，[明]220 留難彼。

充：[三][宮]357 滿大。

出：[甲]2261 學冠時。

船：[丙]2286 禪師至。

垂：[宮]279 慈顧我。

純：[甲]1708 陀説四，[甲]1828 染俱後，[甲]2195 爲今經，[甲]2266 障已至，[甲]2299 生染用，[甲]2370 説一乘，[甲]2434 得，[乙]2370 一七寶，[原]、純[甲]1781 見衆生，[原]2339 門義海，[原]1851 淨無穢，[原]2339 圓故文，[原]2395 爲菩薩。

此：[宮][甲]1884 觀觀事，[甲][乙]1822 者此類，[甲]2250 遍縁，[乙]2218 滿足飢。

從：[甲]1816 信者故。

但：[原]2006 用。

嘫：[三][宮]1435 即。

當：[膚]375 過若得，[三][宮]1425 知其過，[三][宮]1509 伏之，[三]375 解了是，[三]1603 損伏種。

得：[宮]901，[宮][甲]901 容受一，[宮]263 即聽於，[甲][乙][丙]930 至於彼，[甲][乙][丙]2778 悟入即，[甲]1705 行相生，[甲]1863 闡提當，[甲]2075 否惠明，[甲]2323 於此十，[明]220，[明]220 遍到有，[明]220 超，[明]220 圓滿諸，[明]159 調伏一，[明]187 行，[明]212 度安能，

[明]220 成辦彼，[明]397 資益一，[明]765，[明]1051 持誦所，[明]1331 申跛，[明]1636 獲得諸，[明]2053，[明]2076 建立皆，[三]1340 放捨執，[三][宮]459 言跛者，[三][宮]1579 於內一，[三][宮][聖][另]675 味，[三][宮]397 遠離惡，[三][宮]671 言父大，[三][宮]765 隨，[三][宮]839 離一百，[三][宮]1435 治者治，[三][宮]1646 生實智，[三][宮]1646 厭離又，[三][宮]2040 自在如，[三][宮]2042 盡漏一，[三][宮]2104 行氣導，[三][宮]2121 待卿婬，[三][宮]2122，[三][聖]172 相救今，[三]99 解纏，[三]125 移轉形，[三]153 宣稚小，[三]155 語僂者，[三]187 降伏，[三]220 修習所，[三]657 見諸佛，[三]1331 愈，[三]1532 到於彼，[聖][另]790 咽亦不，[聖]421 寂滅一，[另]1428 憶識宿，[石]1509 入涅槃，[宋]657 隨意，[乙]2408 團，[元][明]220 圓滿一，[元][明]664 言，[元]375 施恚者。

德：[甲]1816，[宮]1571，[甲]2230 云云應，[甲]2266 故三無，[甲][乙]1822 即生初，[甲]1248 天者一，[甲]1742，[甲]1821 破，[甲]1851 別非一，[甲]2174 如本經，[甲]2196 智慧故，[甲]2204 義也此，[甲]2217 云戒體，[甲]2219 也中四，[甲]2261 失說云，[甲]2266 等故與，[甲]2266 若總若，[甲]2266 是總離，[甲]2266 爲所依，[甲]2266 又雖與，[甲]2266 至不同，[甲]2266 中智最，[甲]2270 乃名證，[甲]2281 不云有，[三]1083，[三][宮]1571 起諸法，[三][乙]950 熾盛方，[三]1180 我今欲，[三]2154 法相，[聖]、德[甲]1851 皆名金，[聖]1602 果能示，[聖]1579 隨順攝，[聖]1851 應與佛，[宋][元]1603 彼果土，[宋]1559 故今云，[宋]1559 是種子，[宋]2153，[乙]1723 次二，[乙]2261 一，[乙]2391 不說，[原]1764 也言從，[原]2196 故言常。

地：[三]1336 扇地涅。

等：[明]1549 護此盡，[三]657 爲人說。

鄧：[原]864 能瑟。

定：[宋][元][宮]1589 受。

獨：[宮]659 爲利益，[甲]2035 測識。

度：[三]212。

斷：[甲]1816 顯十地。

對：[明]1555 對治一。

鈍：[甲]1921 令無量。

頓：[甲]1717 顯理不。

多：[三][宮]1646 厭世者。

而：[宮]632 致安隱，[宮]1546 離，[三][宮]630 制疾不，[宋][元][宮]555 徹。

法：[宮]1542 解脱故，[甲]、能即[乙]1816 斷，[石]1509 起隨喜，[宋][元][宮]1599 四能者。

梵：[三][宮]414 天子請。

範：[甲]2261 自說故。

非：[宮]1509 具二事，[元][明]489 常勤修，[元]876 示現種，[元]

1579 證涅槃。

奉：[三][宮]399 持此法。

佛：[明][宮]279 事。

復：[三][宮]299 如是人，[三][宮]616 繫色是，[三]125 正人，[聖]1646 分別諸，[聖]231 容受一，[宋][元]374 破闇未。

縛：[乙]1796 著之想。

敢：[三]2103 與之抗。

根：[聖][知]1441 使能受。

故：[甲][乙]1821 具引或，[甲]2053 轉變作，[甲]2400 召集由。

觀：[原]2373 正秀。

恒：[甲]2748 斷諸惡。

化：[甲]2035 上嘗，[元]2122 作鴛鴦。

或：[三][宮]2122 使其枯。

及：[甲]2313 始論其。

即：[乙]1100 護一。

疾：[原]1829 遠。

極：[三][宮]1562。

既：[甲]1751 破三惑，[元][明]606 行慈心。

際：[三][宮]1478 之。

皆：[宮]397 令散虛，[和]261 施有情，[甲]2266 障定即，[甲]1782 默然贊，[明]665 令，[明]99 自稱量，[明]1463 用我語，[三][宮]2103 讓，[三]1562 起世間，[三]1595 得爲性，[元][明]325 離諸著。

結：[甲]1828 成廣教。

解：[宮][聖]1435 說法我，[宮]790 改，[宮]2122 斷除，[甲]1722 用毒爲，[甲]1822 制伏心，[甲]1828，[甲]1912 問答，[甲]2195 了一切，[甲]2362，[甲]2362 作此中，[甲]2400 前，[明]2059 一聞則，[三][宮]267 說當知，[三][宮]1537 如，[三][宮]1548 有於是，[三][宮]1595 引此業，[三][宮]1646 知耳是，[三][宮]1672 了，[三]1582 壞大惡，[三]2123 散髑髏，[聖]1579 斷若諸，[宋]203 人語王，[乙]1709 說者得，[乙]2157 一聞則。

今：[明]1094 憐愍一。

盡：[三][宮]630 履行無。

就：[甲][乙]1822 得辨法，[甲][乙]1822 爲種子，[甲]2249 知第八，[乙]1736 開顯故。

堪：[甲]1733 受化四，[甲]1781 釋上菩，[甲]2349 有所涉，[三][宮]1428 語今大。

可：[甲]1782 轉贊曰，[明]220 思議稱，[明]312 稱讃得，[明]318 稱限佛，[三][宮]1435 滅若僧，[三]202 制象譬，[三]418 得自，[聖]278 說，[聖]790 覺天下，[乙]1822 遍知也。

肯：[三][宮]1435 自忍節，[三]185 信者吾。

況：[宮]397 度十方。

了：[元][明][聖]397 知是處。

離：[甲]1735 離一教，[宋][元]1229 言吐出。

令：[甲][乙]867 喜，[明]220 留難令，[明]1450 作如是。

龍：[甲][乙]1822 貫人髑，[甲]1816 照，[元]446。

論：[原]、能論[甲]2266 推求與。

名：[宮]2078 靜其衆，[甲]1742 究，[三][宮]1634 善知如。

明：[甲]1828 破闇無。

乃：[甲]1929 以平等，[三][宮]263，[三][宮][另]281 悉現我，[三][宮]263 曉了此，[三][宮]397 得，[三][宮]1425，[三][聖]211 誨人不，[三]212 壞魔兵，[聖][知]1581 得。

耐：[三]203 好悉具，[宋][元][宮]2040 好悉具。

難：[宮]2060 議之而，[別]397，[聖][另]790 護一切，[聖]375 忍若聞。

內：[明]1451 於四神。

俳：[明]2131 說能戲。

配：[甲]2195 佛，[甲]1816 經，[甲]2195 五十人。

破：[甲]997。

普：[三][宮]481。

其：[甲][乙]1822 障即不。

前：[甲]1735 依妄法，[甲]952 令行者，[三]1546 爲定作。

勤：[聖]586 教。

清：[三][宮]657 深有慚，[三][宮]272 淨佛土。

親：[甲]1735 隨類調。

取：[乙]1822 者以遍。

然：[甲][乙]1821 嗣前過，[甲][乙]1821 嗣前異，[甲][乙]1822，[甲][乙]1822 持性罪，[甲][乙]1822 初現，[甲][乙]1822 爲善等，[甲][乙]1822 與善法，[甲]1072 說密教，[甲]1828 不愛樂，[甲]1828 是假說，[甲]1828 以自識，[甲]1958 常值諸，[甲]2320 故不擄，[三][宮]420 知之，[三][宮]2121 醒，[三]220 降，[聖]1552 何以故，[乙]1822 有呼召，[乙]1821 覺故一，[乙]1821 生麥等，[乙]1822 述，[乙]2777 深見實，[原]1821 覺悟又，[原]1829 障因體。

饒：[三][宮]1459 益諸有。

人：[宮]639 遠離如，[明]310 了知諸，[明]1570 合見色，[三][宮]397 破壞無。

忍：[石]1509 修忍辱。

肉：[甲]2274 等衆生。

如：[甲][乙]1866 實見一。

散：[三][宮]397。

生：[宮]659 堪任修，[宋]1563 引生後。

昇：[三]196 無所生。

勝：[甲][乙]1822 爲作者，[甲]1733 行於中，[聖]639 修勝妙，[宋]2106 無不通，[原]、[甲]1744 行。

時：[三][宮]1464 偸珍寶，[三]202 不。

使：[三]1579 獲得離。

是：[明]1579 勝伏謂，[明]618 須臾頃。

殊：[丙]2218。

說：[甲]1145。

速：[乙]2228。

雖：[宮]1571 有作，[宮]1509 悔已悔，[甲]2266 變似自，[甲]2266，[甲]2274 有功能，[三][宮]1646 緣法名。

隨：[甲]1847 物機故。

所：[甲]2266 取若，[甲][乙]1751 住法正，[甲][乙]1816 取空教，[甲][乙]2192 付八印，[甲]1085 獲功德，[甲]1775 得得之，[甲]1816 斷，[甲]2196 證道，[甲]2214 知之五，[甲]2217 執皆，[甲]2274 立二字，[甲]2339 弘，[明]1450 救獵，[三][宮]1579 引義，[三][宮]1509 照於，[三][宮]1646 除又世，[聖]375 遮無始，[聖]1421 使比丘，[乙]2777 善惡俱，[元][明]228 爲一切，[原]1842 別不成。

胎：[原]、以能[甲]1744 藏故問。

傩：[甲][乙]2207。

態：[宮]1509 無不，[甲]1795 精通群，[明]736 在内不，[三]、能廣態塵[宮]1548 廣創愛，[三][宮]1451 於此人，[三][宮]2060 感蛇鼠，[元][明]、能心[三]6 度憂畏，[元]186 會復生。

體：[宮][甲]1805，[宮][甲]1805 即約，[甲]1733 滅惑令，[甲]1718 用故，[甲]1733 取得諸，[甲]1783 無常此，[甲]2266 取果等。

聽：[甲]1780 生般若。

外：[聖]1818 爲物說。

謂：[宮][甲]2008 曰爲是，[三]212 捨罪福，[聖]222 別他人。

文：[明]1461 分別廣。

我：[明]397 滅此龍，[三][聖][另]675 聞能嗅。

無：[甲]2395 淨無垢。

悉：[三]、悉能[宮]374 令發，[三][宮][聖]224 曉兵法，[三][宮]813 除愈一，[三][宮]1579。

習：[明]1545 生生次。

顯：[甲]1828 證解廣。

相：[甲]2275 違量因，[三]153 捨離復，[三]154，[原]2228 令行者。

行：[三][宮]286。

性：[甲]2410 字者不。

熊：[三][宮]2108 玄逸等。

修：[三][宮]278 具足摩。

脩：[聖]1546。

言：[元][明]1579 誨導證。

眼：[乙]1816 通達一。

演：[元][明][宮]586 說是義。

耶：[乙]2309 答如是，[原]1212 印頂。

也：[三][宮]237 世尊何，[三][宮]237 世尊何。

依：[宮]2031 攝一切，[甲]2269 慧學差，[三][宮]671 作可作。

已：[三][宮]403 自然演。

以：[宮][甲]1884 扣，[三]1339 厭離世。

詣：[和]293 爲照明。

義：[原][乙]2263 耶是以。

應：[三][宮]1428 與比丘，[三][宮]1646 忍，[三]192 常淨。

永：[三][宮]380 斷諸魔。

有：[甲]1718，[甲]2035 奪遂入，[三][宮]374 載用鳥，[三][宮]675 捨彼。

污：[原]2337 煩惱障。

於：[甲]1781 佛身亦，[甲]2266 所有，[三][宮]1563 永，[三][宮]645

海中濟，[三][宮]1545 見衆色。

餘：[三][宮]1505 論修妬，[三][宮]1562 立有爲，[三][宮]1607 對治初，[聖]397 與我挍，[原]1834 義以三。

與：[三]1532 作因縁。

欲：[甲][乙]1821 了，[甲]2250 斷煩惱，[甲]2250 解脱變，[甲]2299 自在何，[三]、－[宮]2121 出家若，[三][宮]397 護持正，[聖]227 求，[聖]272 速到勝，[原]、[甲]1744 解釋故。

縁：[元][明][宮]671 生。

願：[聖][另]310 轉正法。

樂：[別]397 爲一切，[三]80，[原]2339 親近諸。

在：[三]278 正受諸。

則：[三][宮]389 破諸善，[三][宮]397 得大神，[三][宮]2122 忍寒能。

沾：[乙]2227 利益衆。

者：[甲]1721 見能，[三]375 其人答。

眞：[甲]2274 破也理，[宋]100 具正念。

證：[聖]1579 證入乃。

知：[甲][乙]1239 持汝無，[甲]1828 明生五，[甲]1920 問觀心，[明][宮]397 治，[聖]157 學問破，[原]1780 羅漢皆。

執：[宮][甲]2008 外修但，[甲]1828 彼論據。

至：[明]220 憶念一，[明]293 發。

制：[三][宮]425 伏心不。

智：[甲]2290 熏。

中：[三][宮]721 修福故，[三][宮]1425 親近人。

種：[三]99。

珠：[三][宮]2042 王自思。

諸：[三][宮]2122 善根爲，[宋]220 證得諸。

轉：[三]99 於車。

資：[三][宮]1563 助等持。

自：[三]847 獲大利。

作：[宮]1545，[明]1611 磨，[三][宮]1644 自長非，[三][宮]374 者是則，[原]、能受教而請命[乙]2228 故言是。

難：[乙]2795 作不。

尼

不：[甲]1806 犯同僧。

差：[甲]1811 此外不。

尺：[三]1331 陀槃尼。

此：[甲]1806 同犯不。

氏：[宋][元]1336 一烏睺。

底：[甲]2135 二合。

定：[宋]220 門一切。

多：[三]1343 奢目呿。

厄：[甲]1805 反謂手，[明]1096 五虎，[宋][元]1336 難從佛。

惡：[三]984 祁尼夜，[元][明]1435。

耳：[聖]1733 民陀。

貳：[宋][宮]、膩[元][明]、[另][石]1509 吒天無，[宋][宮]、膩[元][明]、尼吒貳咤[聖][石]1509 吒天所，[宋][宮]、膩[元][明]、尼吒貳咤[石]

1509 吒天答，[宋][宮]、膩[元][明]、尼吒咤[聖]1509，[宋][宮]、膩[元][明]1509 吒天，[宋][宮]、膩[元][明]1509 吒須陀，[宋][宮]1425。

佛：[宮]263 變諸，[三][宮]384 德化日。

鬼：[乙][丁]2244 索迦男。

即：[三][宮]1455 告。

居：[宮]397 羅，[甲]1733 故二，[明]192 連禪河，[明]220 鄔波，[三][宮][久]397 娑國迦，[三][宮]1549 尼天彼，[三][宮]2060 衆在道，[三]1006 天賢滿，[三]2060 論師之，[聖]397 伽羅度，[元][明]2060 公相從。

利：[甲]2130 耶婆羅，[三][宮]397。

羅：[三]1341 茶，[元][明]984 陀羅。

名：[三][宮]2108 遂散。

牟：[宮]397 邏提。

那：[甲][乙]1822 子造，[甲]1828 子即迦，[三][宮]409 犯四重，[三][宮]1435 沙彌沙，[三][宮]1459 米飯麥，[三][宮]1463 沙彌尼，[三][宮]1463 沙彌沙，[另]1435 沙彌，[宋][元][宮]1435 病苦遣，[宋][元][宮]1435 二一爲。

呢：[三]1137 奴利。

抳：[甲]2128 剌洛割，[元][明][乙]1092 寶印寶。

泥：[宮]、尸[聖]1509 雜藏摩，[宮]760，[甲]2128 聲下寧，[甲][乙]901 十六徙，[甲][乙]1821 律陀舊，[甲]1805 招譏故，[明]190 連禪，[明]660 殺疊分，[明]721 棄羅國，[明]1683 所二合，[明]2016 洹問若，[明]2040 婆比丘，[三][宮]313 吒天阿，[三][宮]1435 池中，[三][宮]1521 鹿趺相，[三][宮]1647 復次，[三][甲]1024 引菩提，[三]125 摩大臣，[三]993 那二伊，[三]1331，[三]1335 囉囉囉，[三]1335 婆羅婆，[宋][元]、一[明]865 逸反婆，[宋][元]2155 犂經宋，[元][明][宮]614 延鹿八，[元][明]1644 池自洗，[元]722 宮殿樓，[元]1425 罪受寄，[原]852 尼仁反。

儞：[明][甲]1101 迦耶怛。

匿：[宋][元]196 取阿摩。

膩：[明]190 吒皆悉，[聖]157 吒天。

賦：[明]190。

涅：[聖]397 末。

寧：[三]865 輕呼阿。

嚀：[原]864 尼怛。

濘：[聖]397 阿跋坻。

女：[三][宮]310 食已成，[三][宮]1606 律儀鄔。

毘：[三][宮]374 陀。

屏：[宮][聖]1443 諫汝豈。

切：[宋][元]1425 俱。

丘：[三][宮]1421 法時長，[三][宮]1421 現，[三][聖]1421 已於僧，[聖]1421 羯磨不，[另]1435 法用是。

人：[三][宮]1455 同一床，[三][宮]1808 爲伴往。

若：[三]1424 命過出。

三：[明]882 寶。

僧：[甲]1806 寺中得。

尸：[高]1668 婆婆尼，[宮]224，[甲]1335 摸呵尼，[明][宮]665 達哩訶，[明][宮]1509 羅非斯，[三][宮][聖]397，[三][宮]410 梨，[三][宮]2122 連禪那，[三][甲]1335 利離，[三]1，[三]201 乾陀弟，[三]985 莎訶，[三]1335 沙翅沙，[三]1336 婆不多，[聖]223 門不應，[聖]397 佉，[聖]1425 優婆塞，[聖]1441 作羯磨，[石][高]1668 闍縛多，[宋][元]1346 句十，[宋]993，[宋]1336 蜜梨木，[元][明]220 罰多罰。

徒：[宮]2103 詔。

陀：[明]1397 出現甚。

瓦：[甲]2128 救反鄭。

威：[元][明]2154 阻而無。

尾：[甲]901，[甲]974 三阿答，[明]939 地波引，[明]1005 軫，[明]1191 星，[明]1538 洲其事，[明]1636 葛布引，[三]939 引三囉，[三][甲]1227 囉花以，[三]1116 彌引沒，[三]1236，[三]1400 發，[宋][明]1129 酥囉賀，[宋][明]1170 引曳引，[宋][明]1401 曳引娑。

一：[甲]2035 衆受戒。

已：[明]1425 應，[三]1016 履底雉，[元]1056 犯八。

亦：[甲][乙]、只[丁]2244 迦舊云。

由：[宮]1451 議。

月：[宮]1547。

吒：[明]954 二合沙。

者：[明]2122 以輝。

至：[宮][甲]1805 腕捉衣。

呪：[宋]919 經。

足：[元]1262 鉢姉名。

左：[甲][丙]2397 五毘闍。

坭

坻：[三][宮]280 提中有，[三]1336 羅單。

抳：[三]、[宮]2122 哆漢。

抳

柢：[三]984 婆羅摩。

扼：[三]982 河王。

尼：[甲][乙]1204 三莫，[明]995 迦引野，[三][宮]1599 陀那波，[三]1058，[乙]852 二，[乙]1069 迦引。

坭：[明]1211。

泥：[甲][乙]1239 醯三，[三][乙]1092 二誐麼，[三][乙]1092 九十四，[三][乙]1092 摩訶，[元][明][乙]1092 迦野六。

柅：[三]1056 迦引野。

儞：[明]1106 也二合。

寧：[甲]1225 四嚩日，[乙]867 抳六。

泥

波：[甲]1821 名生死。

范：[明]2103 陽人其。

垢：[聖]1428 器。

訶：[三]443 嚧。

鑿：[三]、塹[宮]1435 葦草。

泦：[甲]1811 三舉非，[宋]2121 犁三者。

漏：[另]281 洹要，[宋]443。

漫：[三][宮]721。

沒：[宋][宮]2066。

泯：[甲]1736 能證也。

呢：[三][宮]2122 波羅耶，[三][甲]1024 十二薩，[三]993 利泥。

尼：[宮]2078 連河天，[甲]2035 藏以爲，[甲]2035 賴陀壽，[明]1443 薩祇，[明]1521 鹿趺相，[明][宮][西]665 跋囉，[明]1443 薩祇波，[明]1443 薩祇衣，[三][宮][聖]278 莊嚴出，[三][宮][石]1509，[三][宮]397，[三][宮]397 帝提五，[三][宮]721 彌王等，[三][宮]1443 薩，[三][宮]1443 薩祇波，[三][宮]1521 鹿趺相，[三][宮]2123 魚住於，[三][甲][乙]954 娑嚩二，[三][甲]1335 摩羅斯，[三][聖]100 連河岸，[三]1，[三]23 彌陀高，[三]148 十夢經，[三]202 提下穢，[三]1015 無動阿，[三]1343 竭泜多，[三]1442 薩祇波，[三]1442 薩祇者，[三]1443 薩祇波，[聖]223 延鹿，[聖]397，[另]1509 耶結髮，[石]1509 阿波陀，[乙]1246 壇削刮，[元][明]1443，[元][明]1443 薩祇波，[元]2154 洹經是。

抳：[甲]1065 與願娑，[三][乙]1092 二十五，[元][明][乙]1092 彈六十。

埿：[宮]1546 椽雖有，[甲][乙]2087 庭宇顯，[甲]1000 以，[甲]1039 作觀自，[甲]1039 作十萬，[甲]1080 如法摩，[甲]1080 塗次香，[甲]1094 耶皮具，[甲]1211 鉢囉，[甲]1724 水喻佛，[甲]2087 耳宜置，[三][宮]2053，[三][甲]、－[聖]953 塗一壇，[三][甲]2087 以歸隨，[三][乙]2087 塗，[三]991 壇於壇，[三]992 摩羅求，[三]1003 瑜伽曼，[三]1237 唏泥，[聖]190 及石壘，[聖][甲]953，[聖][甲]953 七遍塗，[聖][另]302 木其人，[聖]157 入八聖，[聖]754 土罪苦，[聖]1435 塗身，[聖]1509 是時燃，[聖]1509 所不汚，[聖]下同 1425 團者，[宋][元][宮]1579，[宋][元][宮]721 水若不，[宋][元]1033 嚩哩史，[宋][元]1033 作窣，[宋][元]1336 塗地香，[宋][元]2087 以石灰，[乙]1238 唏泥，[乙]2087 作小窣，[原]1819 乃生蓮。

昵：[三][宮][甲][乙]901 迦跢。

溺：[宋][宮]2103 若談，[乙]1821 者能策。

涅：[甲]2125 若水居，[宋]2149 洹後諸。

辟：[宮]2053 各有九。

沙：[三]984 尼婆樓。

沈：[三]1451 陷不能，[宋]2154。

提：[明]2154 大明陀。

塗：[宮]1558 團輪繩，[甲][乙]1239 四方下，[三][宮]1546 洗帝釋，[三][宮]1435 治不得，[三]186 執，[三]1093 其瘡上，[聖]1421 白佛佛，[聖]1435 土中是，[另]1428 若葉華，[宋][元]1546 犁迦。

土：[三][宮]374 中有瓶。

握：[甲]2053 壞，[三][宮]2053 濕伐羅。

渥：[三][宮]1462 地現爲，[三][宮]1462 餘女人，[聖]1509 盧豆等，[另]1428 牛屎泥，[另]1428 若草若。

屋：[三][宮]1435 隨所殺，[三]1440 下地犯。

洗：[聖]1458 污或餘。

陷：[元]804 坑中。

涯：[元][明]381 菩薩所。

浴：[丁]2244。

沼：[甲]2362 喻一乘。

治：[三][乙]1092 塗地作。

哫：[甲]1736 覆於二。

濁：[甲]2195 水之義。

怩

呢：[三][宮]720 之友爲。

倪

兒：[三][宮]405 反下皆，[三][宮]405 反下皆。

貌：[宋][明]1170 也二合。

猊：[三]2110 王久無。

齯：[三][宮]2059 齒不衰。

猊

霓：[甲][乙]2207 如。

涗

湤：[三]375 縫治然。

埿

泥：[宮]1425 水時不，[宮]1425 土畏污，[宮]1521 畢竟無，[宮]2103 種事，[甲][乙]2393 私謂是，[甲]1238 唏埿，[甲]2087 之地無，[明][甲][乙]1260，[明]1336 陀羅尼，[三]、[宮]2103，[三][宮]1545 團輪繩，[三][宮]2058 團，[三][宮][甲]901 作四箇，[三][宮][聖]1421 飲食，[三][宮][聖]376，[三][宮][聖]1421 土污身，[三][宮][聖]1421 諸居士，[三][宮]270 知水，[三][宮]374 出瓶從，[三][宮]414 必定知，[三][宮]1464，[三][宮]1488 畫像及，[三][宮]1545 日曝風，[三][宮]1548 涌出未，[三][宮]1562，[三][宮]1562 信不明，[三][宮]1572 縷蒲葦，[三][宮]1621 縷等成，[三][宮]1631，[三][宮]2058 團置於，[三][甲][乙]901 塗其地，[三][甲]901 作小龍，[三][乙]1076 誦無能，[三]220 十二悉，[三]375 出瓶從，[三]1080 白栴，[三]1093 或，[三]2103 怪其色，[三]2122 填孔不，[聖]383 塗地燒，[聖]1421 草亦使，[宋][宮]606，[宋][宮]1425，[宋][明]1170 作寃家，[宋][乙]1200 作彼形，[宋][元][宮]1425 瓶誤取，[乙]、塗[丙]1074 地懸於，[乙]1008 或，[元][明][宮]310 行無增，[元][明][聖]172 塗地修，[元][明]658 悉，[元][明]891 作設咄。

塗：[甲]1816 髮跡今，[三][宮]1425 瓶，[三][甲]、泥[丙]1056 印塔助。

蜺

霓：[三][宮]674 陽焰我，[三]2063 直屬于。

蜆：[宋]2103 纓。

輗

軛：[三]1644 晝夜不。

貌

答：[甲]2244 求之二。

而：[乙]1821 無女身。

服：[三]2145 端雅問。

根：[聖]、相[石]1509 可別男，[聖]223 當知是。

厚：[三]1005 美麗有。

類：[三][宮]414 當設供，[三][宮]414 示無作，[聖]223 言語不。

色：[明]1450。

完：[宮]2122 全如故，[三][宮]2121 好。

皀：[宋][宮]2122 被服即。

霓

電：[宋][宮]2103，[宋][明]1128 等若，[元]2061 副天請。

夢：[甲]2135 薩嚩拏。

蜺：[宮]279 色如日。

研：[丙]1056 以反。

鯢

鯨：[甲]2128 身長千。

麑

麑：[明]310 鹿騾驢。

麛：[明]2103 卵廣既。

摩：[聖]586 帝。

柅

抳：[博][燉]262，[甲][乙][丙]1098 枳柅，[三][甲][乙][丙]1146。

抒：[宋][元][宮]、杼[明]2060 軸皇上。

祝：[三]2110 容六甲。

儞

稱：[三]1169 次想賀，[宋][明]1170 八十九。

禰：[甲][乙]850 曳。

爾：[三][宮]480 所，[宋][元]901 吉反，[乙]2207 婆樹聖。

付：[元]1168 娑囉嚩。

袂：[三][宮]402 去音怯。

彌：[甲]868 二合，[三][宮]2122 用有實，[三]402 十三醯，[三]1169 引馱引，[宋][明]1128 嚩嚩哩，[元][明]363 枳囊尊。

禰：[甲][乙]850 弭，[明]1169 登吒半，[三][宮]890 引十六，[三]891 引二十，[宋]754 瞿曇沙，[宋]1107 引嚩訥，[乙]850 二嚩。

弭：[三][甲][乙][丙]930。

孎：[甲][乙]2391 熾焰入。

尼：[明]1377 引十扇。

涅：[甲]1209 哩二合，[明][甲][乙]1174 哩二合。

寧：[甲]1225 嚩囉也，[三][甲][乙][丙]930 吽引發。

佉：[甲]2227 去跛。

他：[甲]1112 也儞夜，[三]1415 吽吽。

傒：[甲]2401 三十六，[三][丙]865 噂日。

作：[宮]838 誐摩十，[宮]2122 爲儞自，[甲]952 泮吒忙，[甲]1796 也怛噂，[甲]1998 回避處，[西]665，[乙]1110 知。

擬

礙：[甲]2299 石石破，[三]2149 緣起一，[元][明]434 向所墮，[元]2122 請佛爲。

報：[三][宮]1471 之五者。

辦：[明]2076 取徹頭。

機：[甲][乙][丙][戊]2187 宜也所，[甲]2263 宜之義。

慢：[甲][乙]1822 後。

凝：[宮]2102 亦可爲。

破：[三]1096 廢坐。

俟：[三]1488 用如是。

視：[甲][乙]2385 人勢令。

提：[元][明]2154 婆羅痆。

宜：[乙]2249 相當無。

疑：[甲][乙][丙][丁][戊]2187 所，[三][宮]2103，[三][宮]2122 造化，[三][乙]950 或，[聖]953 皆。

因：[三][宮]2109 香氣而。

擁：[宮]2104 義耶答。

撰：[宮]2103 璧與日。

縱：[三][宮][聖]224 不書汝。

伲

泥：[明][宮]566 陀羅菩。

昵

泥：[宮]2123 吒貪，[三][乙]1092 底耶。

胒：[甲]1733 枳多此。

昵：[宮]660 健陀弗，[明]310 交顧往，[三]1 彌昵摩，[宋][宮]370 闍多禰。

胒

呢：[甲]2266 藏護後。

昵：[三][宮]443 女一。

逆

迸：[宮]1804 落，[宮]310 迦葉是，[甲]1280，[甲]1805 落，[三][宮]1454 流酌水，[乙]2397 風。

勃：[三][宮]581 孝道敗。

遲：[三]190。

達：[宮]1461 反尼柯，[甲]2362 如是黒。

逮：[元][明]567 長。

道：[丁]2244 天西行，[宮]2078 上意尊，[甲]2036 阻命太，[明]2131 中皆遍，[三][宮]460 亦復。

遞：[明]1465 相開示。

迭：[宮]2059 戰時天。

逢：[元][明][宮][聖]318 對。

還：[元]1476 罪不可。

近：[明]、逕[宮]1425 前獨在，[原]、匠[原]1851 世名爲。

進：[甲][乙]1822 謂未來，[宋]、還[元][明]1579 次入至。

迷：[甲]1782 此理展。

前：[甲][乙]1822 得。

是：[三][宮]2121 違者非，[聖]310 罪相不。

順：[三]186 流而上。

送：[宮]2123 好花妙，[甲]2792 五不得，[明]154 稽首作，[明]2131，[三][宮]1521 敬禮等，[三][宮]2028 供給所，[三][宮]2121 死，[三][宮]2122，[三][宮]2122 阿難後，[三][宮]2122 我今若，[三]123 見來避，[三]2122 於道中，[宋][元][甲]982 作惡事，[宋][元]982 作如是。

泝：[明]2076 流即向，[原][甲]1986 流。

遂：[明][宮]1428 爲彼所，[三][宮]2122 作禮。

所：[甲][乙]1822。

違：[甲][乙]2288 亂見邪，[甲]1735 法界謂，[甲]2217 次第故。

旋：[甲]2400 轉三遍。

迓：[明]2122 好華妙。

羊：[聖]1509 癩罪等，[原]、逬[原]1289 出舌長。

遙：[三][宮]1421 去一由，[宋][宮]278 佛功德。

業：[明]1421 調達聞，[明]1562 定加行。

迎：[明]2076 之藏，[明]2122 風而坐，[三][宮]1470 安隱三，[三]2103，[聖]211 之道路。

於：[明]2131 文矣其。

遮：[丙]2381 不許受。

之：[元]1579 次展。

逐：[三]125 世尊是。

匿

狷：[三]、慝[宮]2060 被。

恪：[三]375。

匶：[三][宮]1475 病不應。

篋：[三]656 藏度無，[三][宮]309 藏建立。

喪：[甲]1813 其萬德。

慝：[宮]309 用無量，[宮]729 序厥得，[宮]1470 施用作，[聖][另]1463 王遣軍。

遺：[三][宮]1521 惜所以，[乙]2254 乏信等。

逸：[三][宮]2122 者皆遺。

隱：[三]193 藏。

昵

泥：[三][宮][聖]625 十。

呢：[甲]1799，[三]985 揭喇訶，[三][宮]294 遮梵摩。

痆

底：[宮]1536 斯長者，[乙]2296 斯仙人。

泥：[另]1459 斯及占。

睨

睍：[三][宮]2122。

溺

㤛：[甲][乙]2259 應有㤛。

慧：[甲]2036 於三業。

漏：[宋]99 無止息，[宋]402 世間動。

沒：[三][宮]376 然彼女。

尿：[宮]732 相澆，[明]125 者或以，[三]2110 孔也呼，[三][宮][聖]1421 有人言，[三][宮][聖]1421 於籬牆，[三][宮]612 爲千蟲，[三][宮]729 社不，[三][宮]1571，[三][宮]2122 九孔常，[三][宮]2122 脈令人，[三][宮]2122 死時爲，[三]26 污之說，[三]99 大王此，[三]2110 三曰汗，[三]2110 所以然，[三]2110 像陰疼，[聖]125 各自相，[聖]1421 不淨爛。

濡：[三]、濤[宮]2121 能典，[聖][石]1509 入火不。

若：[三][宮]1549 者。

弱：[甲]1775 爲緣肇，[甲]2128 也古今，[甲]2257，[明]2060 得喪，[三][宮]2060 喪於未，[三][宮]2103 喪忘歸，[三][宮]2122，[三][宮]2122 喪極，[三][宮]2123 喪極趣，[三][宮]2123 喪之流，[三]2110 喪有忘，[三]2145 喪矣其，[三]2145 喪於玄。

液：[宮]1458 事竟不。

粥：[三][宮]2102 於凡觀。

濁：[聖]425 三塗。

㥄

弱：[三][宮][聖][另]285 心。

嫟

嫗：[三]1356 訶。

膩

脆：[三][甲][乙]972 食。

貳：[宋][宮]、尼[元][明]657 吒。

貳：[宮]、尼[聖]425 吒天宮，[宮]224 吒天上，[三][宮][聖]278 吒天中，[三][宮][聖]1425，[三][宮][聖]下同 1425 伽勸化，[三][宮]271 迦華阿，[三][宮]271 吒天衆，[三][宮]1425 伽因瓶，[三][宮]1546 吒，[三][宮]1546 吒天身，[三][宮]2121 吒天光，[三]642 吒天，[聖]222 吒天開，[聖]222 吒天悉，[宋][宮]、尼[元][明]1486 吒天往，[宋][宮]、尼[元][明]1488 吒諸，[宋][宮]224 吒諸天，[宋][元][宮]1543 吒答曰，[宋][元][宮]1543 吒五阿，[宋][元][宮]1547 吒答曰，[宋][元]26，[宋][元]197 吒天，[宋][元]1543 吒結盡。

膩：[明][宮]280 吒天十。

肌：[三]203 王第。

呢：[三][宮]2058 吒王威。

尼：[甲]1710 莎訶，[三][甲]1038 吒天其，[三][聖]223 吒天虛，[三]475 吒天下，[三]1343，[宋][元]190 吒他化，[元][明]1582 吒天上，[元][明]2122 吒天名。

昵：[三][宮]2122 吒貪虐。

膩：[明]721 影有處。

賦：[明]24 吒天等，[三][宮]1562 力能對，[宋][宮]2042 即，[宋][元]

1043，[宋][元]2122 朽爛炎。

贓：[宋][元]672 迦。

賊：[宋][元]、濺[明]、賦[宮]2060 並以餅。

脂：[三]1043。

拈

枯：[三]下同 1441 作娙波，[宋][宮]、粘[元][明]2123 盤而雨。

捻：[宮]2078 花示之，[明]2076 放一邊。

拓：[甲]1232 地下二。

提：[乙][丙]2003 了。

粘：[甲]2036 罕斡離。

蔫

萬：[聖][另]1459 鳥甲。

蔦：[聖][另]1459 鳥甲。

萎：[聖]354 鬘既。

年

半：[明]2121 歲未得。

並：[甲]2174 三悉地。

長：[三][宮][甲]901 無諸疾。

代：[甲]2039 文德王。

等：[甲]2261 者時。

斗：[甲][乙]1822 之果已，[知]2082 矣今日。

耳：[甲]1728 不蒙寸，[明]2102，[原]1898 師子國。

互：[原]1774 學者古。

季：[丙]2190 誰圖四，[宮]310 坐計限，[宮]310，[宮]310 中常樂，[甲][乙]2207 必獲珍，[甲]1873 中所造，[甲]2087 衰智，[聖]411，[宋]223 耆根熟，[宋]732 復有果，[宋]735 十四時，[宋]738 已服習。

卷：[明]2153。

老：[宮]585 智。

命：[甲]2035 八十五。

末：[三]125 王名。

牟：[甲]2039 川又蚊。

牛：[甲]2128 上狄聊。

平：[甲]2266 等心者，[宋][元][宮]2060 蒙勅延，[乙]2376 縣。

千：[宮]831，[甲][乙]1822 所以正，[明]1341 不念於，[三][聖]210，[三][乙]953，[乙]1772 人間十。

日：[三]2122 便死。

身：[聖]790 大何以。

生：[元]1 漸長大。

時：[明]1450 氣力盛，[三]2063 神。

寺：[三][宮]2122 釋道。

歲：[丙]2120 月處所，[甲][乙]1821 或有，[甲]1736 然後天，[甲]1823 第二十，[明]1558 西東半，[三]1331 三長，[三][宮]2122 今滅，[三][宮]397 受如是，[三][宮]1425 學戒僧，[三][宮]2034 制修八，[三][宮]2123 阿輸迦，[三][宮]2123 後作轉，[三][乙]953 若烟安，[三]264 自見子，[三]945 時，[三]1560 西，[三]2059 二月捨，[乙][丙]2396 付善無。

田：[三]194 熟時已。

午：[甲]2339 入滅當。

言：[明]1579 衰邁。

羊：[宮]2122 常爲太，[甲]2244 或俱。

矣：[甲]2339 隋薩道。

元：[三]2145 招。

曰：[三][宮]2123 子産對，[三]2122 子産對。

月：[明]2103 甲午，[聖]2157 閏月五。

載：[聖]2157 戊戌二，[聖]2157 戊戌正。

者：[明]1451 爲具壽，[三][宮][聖]1442 問曰上。

中：[宋][元]1562 衰。

主：[甲]1912 無有，[甲]2395 桓王之。

壯：[三][宮]745 華色老。

秊

社：[三][宮]397 波。

秥

葫：[元][明]26 豆及大。

粘

粘：[甲]2012 綴一道。

捻

撿：[甲]2084 札而，[甲]2392 右三轉。

檢：[乙]2385 其。

捏：[三][宮]1462 作夜叉。

聶：[三][宮][聖]1462。

恰：[甲]975 進根。

捨：[甲]1086 如環，[甲]2135 儞屈反，[乙]954 二無。

攝：[聖]1462 箭引弓，[宋][宮]、牒[元][明]770 矢把執。

拾：[三][宮]2059 取兩。

壓：[乙]2385。

於：[甲]1200 中指中。

著：[三][甲][乙][丙]930 餘六指。

輦

輩：[明]1341 輿牛頭，[三][宮]2103 龍鵄顧。

車：[三][宮]2121 却蓋住，[聖][另]310 右遶。

撻：[宋][明][宮]、撻[元]2122 取銅器。

撻：[三]152，[三]2110，[元][明]152 衆寶於，[元][明]2121 泥石効，[元][明]2121 肉，[元][明]2121 水濡菩。

輿：[三]193，[三]2145 同載僕。

轝：[三][宮]2060 屈萬乘。

贅：[宮]2060 掖參聽。

撚

極：[聖][另]1451 成細縷。

涅：[另]1428 髭令翹。

然：[甲]952 治理，[乙]850 四婆。

碾

搌：[三][宮]1808 治，[宋][聖]26 光色悦。

輾：[甲][乙]2194 亦能轉，[三]410 斷業結，[三][宮]1464 令光。

轉：[乙]2207 義文句。

廿

鑛：[三]985 芥。

十：[原]1308 七柳十。

世：[原]1212 佉囉馱。

念

哀：[三][宮]395 一切十。

愛：[三]212 身也。

報：[三]397 恩念如。

悲：[三][宮][聖]272 衆生莫，[三][宮][聖]1509 衆生有。

別：[甲][乙]2404 次第今。

持：[三][宮]787 諸陀羅。

除：[甲][乙]、甲乙二本傍註曰輕安也 2254 覺定。

處：[甲]1918 處利益。

怠：[甲]2269 故此文。

等：[甲]1821。

定：[宮]810，[甲]1828 恒增進，[三]1485 心慧。

多：[三][宮]1656 分故若。

爾：[宮]1545 住若分，[甲]2263 者與見，[三][宮]671 虛妄分，[三][宮]721 時隨心，[聖]292 所行瞻。

乏：[三][宮]653 衣食臥。

法：[聖][石]1509 空云何，[聖]663。

分：[甲]1828 能往善，[甲]1782 三近遠，[明]1669 心乃至，[三][宮]1432 受聽病，[宋]341 已即。

忿：[甲]2266 失心。

各：[甲]1110 眞言七。

觀：[甲]2075 實相無。

含：[宮]2121 又名光。

合：[宮]398 與不，[宮]1571 同至耳，[宮]1581 和合不，[甲][乙]2394 繩法及，[甲]1512 作，[甲]1816 故以常，[甲]1828 離景云，[甲]2266 便作是，[明]1509 過去未，[三]、令[聖]211 前計飲，[三][宮]399 集法，[三][宮]636 不離三，[三][宮]1571 者不應，[聖]222 功德有，[宋]、毒[元][明]、舍[宮]398 去於臭，[宋][明][甲][乙]921 定力，[宋]721 如是水。

護：[三][宮][聖]1459。

惠：[甲]1851。

會：[宮]2121 度出獵。

慧：[宋]292 施戒忍。

惑：[三][宮]374 今皆當。

見：[元][中]236 我度衆。

接：[三]、向[宮]656 一切人。

今：[宮]221 言誰割，[宮]222 亦恍忽，[宮]323 欲與共，[宮]425，[宮]1421，[宮]1428 言我不，[宮]1646 現前又，[甲][乙]1822 受境不，[甲]1709 過去無，[甲]1828 三藏，[甲]2792 復不懺，[三]、令[宮]1548，[三]264 此時隨，[三][宮]339 何因緣，[三][宮]1546 應觀此，[三][宮][敦][縮]450 在惡趣，[三][宮][另]、令[聖]790 若失時，[三][宮]310 是檀波，[三][宮]415 往昔諸，[三][宮]539 言四銖，[三][宮]541 吾有形，[三][宮]606 反失，[三][宮]810 是，[三][宮]1545 已作訖，

[三][宮]2103 慮校身，[三][宮]2122 思紹行，[三][宮]2122 爲汝娉，[三][宮]2123 末世法，[三]1 此世間，[三]212 汝取母，[三]2122 當說法，[聖]1462 若我不，[聖]1509 善法故，[聖]1509 施者，[聖]1549 不廢，[聖]1763 明此，[石]1509 覺樂心，[宋][宮]1509 處觀時，[宋][明]1331 此無知，[宋][元]199 我便飛，[元][明][宮][石]1509 以盡，[元][明]783 者繫心。

金：[宮]414 色非如，[甲]866 繩繫意，[甲]1253 幢王吉，[甲]2390 誦等若，[三][宮]443 幢王功，[三][宮]721 其山有，[聖]1425 沙門釋，[聖]2157 隨通明。

精：[甲]2410 也其故。

覺：[三][宮]1547 莫於中。

恐：[甲]2309 彼諸師。

立：[甲][乙]1822 觸俱時，[甲][乙]1822 色等名。

令：[高]1668 不取不，[宮]1428，[宮]1521 在前二，[宮]2122 彼臨終，[甲]1816 念相續，[甲]1238 不念男，[甲]1822 後聚，[甲]1964 魔雜佛，[甲]2339 弟子道，[明]1336 之隨欲，[明]1648，[明]266 美爲凶，[明]310 成熟餓，[明]1521 恭敬禮，[明]1537 一緣思，[明]1636 衆生或，[明]2076 見性無，[三]、之[宮]482 相不生，[三][宮][聖]225 心一轉，[三][宮][另]285 志，[三][宮]309 行忍辱，[三][宮]607 如是，[三][宮]611 意爲，[三][宮]613，[三][宮]813 吾無塵，[三][宮]1530 彼善根，[三][宮]1546 不散故，[三][宮]1558 起則因，[三][宮]1648 起僧功，[三][宮]2121 彼以泥，[三][宮]2122，[三][宮]2123 汝得脱，[三][甲]1080 斯明者，[三][聖]190 其遠離，[三]26，[三]32 爲賢者，[三]99 長養，[三]283 世間人，[三]2145 四衆淨，[聖]26，[聖]210 諦則無，[聖]231 世間最，[聖]1509 當知，[石][高]1668 起現妄，[宋]674 我不能，[宋][別]397 我能化，[宋][元]、憐[明]1509 其子遠，[宋][元]26，[宋][元]128 諸有得，[宋][元]211 反，[宋]224 我審當，[宋]1522 隨順一，[元][明][乙]1092 除遣若，[元][明]286 正念慧，[元][明]313 罷極，[元][明]1344 起不修，[元]2103 作聖惟，[原]1251 得，[原]2410 昔恩者。

流：[三][宮]2122。

明：[甲]1828 記無失。

命：[博]262 堅固常，[宮]1521 不清，[宮]278 時十，[宮]309 御意不，[宮]552 阿難女，[宮]2059，[別]397 宿世及，[明][聖]222 一切經，[明]1509 知，[明]1548 滅行故，[明]1582 是名九，[三]1331 放逸專，[三]1560 堅固，[三][宮]1545 即正語，[三][宮]1548 宿命證，[三][宮]266，[三][宮]278 佛得見，[三][宮]374 根本復，[三][宮]1442 作怨家，[三][宮]1521 脈無麁，[三][宮]1546 想誰能，[三][宮]1548 正定是，[三][宮]2059，[三][聖]100 能使淨，[三]202 我護禁，[三]375 根本復，[三]397 心寂滅，[三]

1506，[三]1558 命行，[聖][另]1543 法耶設，[聖][另]1543 法云何，[聖]1509 言何處，[聖]1537 正定如，[聖]1723 四住正，[另]1543 法非識，[石]1509，[石]1509 即是有，[宋][元][聖]1475 佛者少，[宋][元]220 常現在，[宋]1566 無續念，[乙]2397 處引天，[元][明]1563 與作意，[元]200 已往詣。

目：[聖]125 太子。

能：[三]291 堪任合。

捻：[甲]2390 也，[三]202 持一阿。

起：[三][宮][金]1666，[乙]2249 無想定。

切：[三]721 不住。

染：[三]196 而覺皆。

入：[三][宮][聖]222 諸念於。

舍：[宋]1433 我某甲。

捨：[三]198 本念稍。

生：[甲]850，[三][宮]285 想各異。

食：[宮]1505 有慕四，[甲][乙]876 頃便見，[三]194 無有忌，[三]1552 四識住。

示：[三][宮]464 一切功。

是：[三][宮]1462 言於佛，[三]374 言我今，[元][明]228 言我。

受：[三]100 戒跪手。

壽：[三][宮]395 命甚。

思：[甲]2195 大乘因，[三][宮]1579 決定無，[三]1 言今，[原]2431 煩千迴。

誦：[甲]1089 每日三，[三][聖]643 持經時。

雖：[甲]1924 滅後念。

所：[甲]1969 念何動。

貪：[明]1003 貧窮孤，[三]、會[聖]99 口四惡，[三]375 心展轉，[元][明]210。

體：[三]1546 覺支相。

忘：[原]1854 都絶何。

惟：[三]196 而告之，[三]196 欲請世。

爲：[三]21 現，[宋][元]、惟[明]176 之。

聞：[甲]1733 法至後。

我：[聖]1435 我。

臥：[三]2122 不安若。

想：[甲][乙]、視[丙]1184 尊念彼，[甲][乙]2328 故沈生，[明]810 言我三，[三][宮]638 無小道，[三][宮]1543 七處最。

心：[丙]2081 相應便，[甲][乙]2263 見道十，[甲]1924 我今所，[甲]1980 皆當得，[甲]2284 三字影，[甲]2901，[三]201，[三]220 頃憶念，[三][宮][聖]271 有心無，[三][宮]416 寂絶無，[三][宮]544 相向若，[三][宮]1464 此沙門，[三][聖]1 不，[三]311 於一切，[三]375 是故不，[三]1211 珠加持，[聖]157 智慧之，[聖]223，[聖][另]1458 爲浣染，[聖][石]1509 入禪，[聖]476 入定發，[宋]1545 曾修加，[元][明]1549。

信：[甲]2299 發心菩。

行：[三]1。

學：[三][聖]125 爾時諸。

言：[宮]1421 我不能，[明]1536 我若實，[明]2123 若我入，[三][宮]397 今此衆，[三][宮]1435 是人著，[三][聖]643 聖王所，[三]153 怪哉今，[三]382 世尊願，[元][明]1425 某甲不。

驗：[甲]1795 餘惡如。

仰：[甲]949 觀自在。

夜：[宮]310 中修集。

一：[宮]1884 念中悉。

意：[甲]2250 住四念，[甲][乙]1822 調柔，[甲]1723 以何令，[甲]1733 定謂繫，[甲]1775 謂此佛，[明]318 空中宣，[三][宮][聖][另]285 根定根，[三][宮]281 早起當，[三][宮]425 是曰智，[三]212 何願而，[三]291 之所由，[宋][宮]384 同一解。

音：[三]1 天此，[元][明]1 天光明。

憂：[甲]2006 慮未來。

於：[三]、－[聖]1509 過去未，[宋][元]、于[明]721 法樂行，[宋]125 欲。

愚：[元]2016 成佛即。

與：[聖]1428。

悆：[三][宮]2122 無疾而，[宋][元][宮]2060 經纔三。

欲：[三]210 生死棄。

愈：[甲]1709 外嚴内。

願：[明]278 若見太。

在：[宮]1546 九十一。

增：[明]31 斷何等。

正：[三]210 身不善。

知：[原][甲]1829 而住以。

志：[宮]263 果，[明]46 離心三，[明]310 願，[三][宮]585，[原]1822 空無所。

衆：[聖]1509 亦不可。

作：[甲]2782 我今能，[三]221 法。

娘

郎：[甲]2039 始奉薛。

狼：[明]1563。

蜋：[三][宮]1562 矩吒蟲。

孃：[甲]1241，[明]2122 子此物，[三]865 二合泥。

釀

醲：[聖]1477 酒者中。

鳥

邊：[宮]292 跡，[宮]2121 舉置北，[甲]1921 俱遊也，[乙]2396 樹林。

蟲：[甲]2371 是覺者。

島：[甲]2128 喙也律。

嶋：[甲]2135 博乞史。

敵：[甲][乙]1239 王一切。

鵝：[三][宮]2121，[宋][明][宮]721 處始。

遏：[乙]1201 伽木。

鳧：[原]2303 鴈文上。

鈎：[聖]125 身體遠。

鬼：[元][明]189 善心三。

凰：[三]192 翔。

疾：[明]2076 還得飽。

鷲：[明]428 山中時，[三][宮]324 山與大。

了：[三][宮]2121 亦。

馬：[明]2112 獸含胎，[三][宮]2053 俱，[三][宮]2103 新，[三]2110。

鳴：[甲]1983 眞可憐，[三]1039 當於樹。

鳥：[原]2001 龜解語。

蔦：[明]279 垂陰覆。

剖：[甲]2053 卵如甕。

禽：[三][宮]2104 乎毛群，[三]374 獸其心。

如：[聖]291 跡心所。

身：[宮]2123 一於高，[元][明]1547 住影中，[元]1053 止其上。

生：[聖][石]1509 到者皆。

獸：[甲]1912 朱雀音。

獸：[三]202 蒙彼比。

爲：[甲]2266 所居表，[三]1340 現前能。

我：[三][宮]1451 朋皆已。

烏：[宮]721 衆其心，[宮][甲]1805 鳥類食，[宮]534 鳳，[宮]721 野干狗，[宮]1672 復集共，[宮]2122 兎焉容，[甲]1804 應量已，[甲]2039 支惡知，[甲]1805 滅乞三，[甲]1806 伽羅國，[甲]2039 失奚在，[甲]2128 也經文，[甲]2128 也雨中，[甲]2128 字省，[甲]2129 彀反考，[甲]2196 變白樹，[甲]2196 識養勸，[甲]2207 注踆趾，[甲]2261 等生縛，[明][乙]1276 翅護摩，[明]125 尋復，[明]1276 翎，[明]2076 類尺鷃，[明]2123 入佛言，[明]2149，[明]2151 爲鷹所，[三]885 卑夜諸，[三][宮]1442 此，[三][宮]721 等常患，[三][宮]721 即啄其，[三][宮]1421 作雞鳴，[三][宮]1428 亂鳴爾，[三][宮]1545，[三][宮]1555，[三][宮]1662 食變金，[三][宮]2060 依時乞，[三][宮]2121 語，[三][宮]2122 場，[三][宮]2122 剛反伽，[三][乙]1028，[三]1 立其頭，[三]1 啄頭骨，[三]152 追食之，[三]153 在前連，[三]192 啄腦，[三]643 從樹上，[三]1157 鳴聲用，[三]1336 羅若阿，[三]2060 投，[三]2088 與獼猴，[三]2122 競肉五，[三]2122 啄之復，[三]2145 喻經，[聖]1733 行十步，[宋][宮]833 群中迦，[宋][宮]2122 悲，[宋][元][宮]2121 語十六，[宋][元][宮]2122 怪安陽，[宋][元]1341 迦荼恒，[宋]2121 所食罪，[乙]913 梟等聲，[乙]2207 日本記，[元]2088 像奮羽，[元][明]643 口嘴吐，[元][明]1428 何故鳴。

鄔：[甲]2895 波索迦。

息：[宮]1505 水牛猪，[明]783 屎污身。

象：[明][宮]425 王救無，[三][宮]2059 馬悲鳴，[三][宮]2122，[元][明]1509 復説。

嗅：[宮][聖]1425 身即自。

焉：[宮]2041 婆羅第，[甲]1763，[元][明]152。

雁：[三][宮]2121 躯止于。

禹：[宮]2109。

蔦

搗：[宋][元]、擣[明][乙]1092 碎爲末。

篶：[甲]1782 招。

嬲

嬎：[聖]1723 擾亂作。

嬈：[三]118 觸室人。

尿

糞：[三][宮][石]1509 佛法語。

淚：[三][宮]374 而便得。

溺：[甲]2012 臭穢沙，[三][宮]384 舍利沙，[三][宮]1435 瓦甌，[三][宮]1435 擲，[三][宮]2102 之道得，[三][聖]125 之，[三]125，[三]212 不污吾，[三]212 所染污，[聖]125 放糞無，[聖]1723 或復一。

屎：[甲]2003 天剎竿，[明]2076，[三][宮]310 垢穢之，[三][宮]1435 泥著令，[三][聖]1441 想髓腦，[三]152 行路佛，[聖]1421 墮鉢中。

捏

呾：[乙]2782 迦亦名。

担：[宋]、逼[甲]、捻[甲]1173 陀羅尼，[宋]、捻[甲]1173 進力下，[宋]1097 作印。

捍：[甲]2266 羅婆身。

捺：[丙]973 作人。

捻：[明]890 小指甲。

涅：[丙]1098 彼人形。

想：[甲]、相[乙]913 作獨股。

揑

担：[宋][元]865 尼逸。

地：[三]186 殺之。

坦：[甲]2396 等亦是。

囟

內：[乙]1822 有異。

臬

泉：[明]2110 衡繩。

涅

怛：[甲][乙]852 哩二，[甲]853 囉者二，[明]1331 多羅鬼，[三]873 哩二合。

但：[甲][乙]1822 間，[甲][乙]2391 以掌，[甲]2266 槃起恐，[乙]1821 間言定。

得：[甲]2266 槃義別。

恒：[甲]、怛[乙]2223 哩帝，[宋]、[元][明]1043 婆。

洹：[甲]1782 人八萬，[明][宮]280 羅師利，[三][宮]2122 蜜陀者，[聖]1509，[聖]1509 蜜，[元][明]1549 槃欝陀。

呾：[宮]443 呵嚧。

哩：[三][乙]866 哩掉。

理：[原]974 作人形。

滅：[明]1552 槃。

捺：[三][乙][丙]873 囉二。

乃：[乙]867 涅哩。

泥：[聖]1428 槃僧著，[宋]99 槃佛説。

儞：[宮]848 入，[甲]850 翼，[乙]1069 寧逸反。

揑：[明][乙]1110 作香泥，[原]1212 作鬼。

仁：[甲]1724 槃城者。

若：[明]220 槃，[宋]220 槃彼佛。

濕：[丙]1141 他，[宮]721，[甲]2196 縛藥興，[甲]850 哩底鬼，[甲]1831 迦，[甲]1831 者暫也，[甲]2400 囉耶多，[三][宮]2059 天下咸，[聖]1788 婆南又，[宋]1057 切唎，[乙]2393 嚩都。

坦：[聖]2157 羅唐言。

天：[三]987 槃經呪。

温：[甲]2261 槃若依，[乙]2393 哩底方。

溫：[甲]2266 那，[甲]2261 槃後無。

細：[宋]2088 疊般那。

止：[乙]867 涅。

周：[宮]2103 而不。

阻：[三][宮]2060 志隋祖。

嚙

喫：[宮]1611 諸花。

齒：[宮]1460 半食應，[三]、齧[宮]1428 銜突，[三][宮]721 鼻，[宋][宮]2121 毒觸毒，[元]193。

嚼：[三][宮]606 舌舐脣。

齧：[明]721 者樂則，[三][宮]1559 毒等，[三][宮][另]1428，[三][宮]397 毒觸毒，[三][宮]1421 死以是，[三][宮]1428 衣燒衣，[三][宮]1462 或吐毒，[三][宮]1644 有命衆，[三][宮]2034 命終生，[三][宮]2060 其，[三][宮]2085 其腰帶，[三]192 枯骨無，[三]192 爲痕。

囓：[明]2121 之者後，[三][宮]374 蚊虻所，[三][宮]1463 壞以是，[三]156。

咋：[三][宮]1428 銜。

鼿

自：[三]2122。

聶

攝：[元][明]2060 山釋慧。

嚙

齧：[三][宮]565 滅除衆，[三][宮]657，[三][宮]1435 脚脚中。

囓：[三]1 挓。

孽

蘖：[三]、檗[宮]741 受，[三]1167 也娑嚩。

蘗：[宋][元][宮]、[明]2102 古驗今。

蘖：[三][宮]1536 爲擾惱。

薩：[明]、蘖[甲][乙]972。

蘗

孽：[明]2121 援其手。

蘖

糵：[明][乙]1086，[宋]、孽[元][明]1080 慕輕呼。

誐：[甲][丙]1209 多，[明][丙]954，[明][丁]1199 多地目，[明][丁]1199 嚕拏緊。

揭：[甲]1315 多。

里：[乙]2228 曳莎訶。

孽：[明][甲]997 磨寶，[明][甲]1102 多五嚩，[明]972 帝，[三][乙]873 哩二，[三]1087 多鉢頭，[宋][元]1092，[宋][元]1092 魯荼緊，[乙]1069 縒蘖，[乙]1069 多。

蘗：[宋][宮]657 及。

櫱：[三]1092 髀二十，[宋][元]1092。

薩：[丁]2244 底又大，[甲]853 登底孕，[甲]904 帝薩，[乙]912 蹉阿仡。

也：[甲]2128。

蘗：[甲]1249 瑳引跛。

齧

喫：[甲]1728。

齒：[明]、嚙[宮]2122 非刀不，[三][宮]2122 新生五，[另]1721 者。

穿：[宮]2123 都無驚。

嚼：[三][宮]606 舌而舐。

嚙：[三][宮]2122 熾而復，[三][宮]2122 大蟲蛇，[三][宮]2122 骨蟲三，[三][宮]2122 物，[三][宮]2122 於，[三][宮]2122 之累年，[另]1721 也死尸，[宋][宮]1425 須燒狗。

囓：[甲]1239 下唇舉，[三][宮]374 之，[三]374 金剛諸，[三]1440 害，[聖]375 之。

呀：[三][宮]721 骨蟲。

蘗

孽：[聖]1537。

蘖：[甲]1821 汁投諸，[明]1435 若磨若。

囓

嚙：[三]2153 命終生，[三][宮]2121 罪人兩，[聖]1425 半食半，[宋][元][宮]2060 人衣杖。

齧：[明]893 利隨彼，[明]1443 其臂迦，[三]643 骨啌髓。

躡

牒：[甲]1736 上立理。

假：[甲]1934 方建伽。

臨：[明]2123 一水衆。

捻：[明]724 秤前後，[明]2122 秤前後，[宋][宮]、挈[元][明]2123 秤前後，[乙]1909 秤前後。

攝：[聖]1451 時諸苾。

鼠：[三][宮]1647 毒名離。

踊：[甲]2087 迹。

鑷

捻：[三][宮]1428 熱巾若，[三][宮]1428 熱物彼。

鍱：[宋]、鉗[元][明]125 其頭後。

钀

鐵：[甲]2128 馬勒之。

宁

宇：[元]310 克怡宸。

中：[甲]2128 聲宁音。

苧

草：[甲]1828 火等雖。

紵：[乙][丙]2092 起舞揚。

寧

不：[三][宮]2122 忍還欲。

等：[宋][宮]223 可誦念。

底：[甲]894 上。

定：[三]1331 無諸痛，[原]、豈[原]1840 非能立。

都：[明]1243 滿怛囉。

而：[甲][乙]1822 容不。

非：[甲]1821 不可量，[三][宮]2103 久明遺。

何：[乙]1821。

亨：[三][聖]、享[宮]754 受王位。

寂：[甲][乙]1822 靜性説，[甲]894。

康：[三][宮]2122 二年有。

陵：[甲]2035 府昇州。

曼：[聖]1509，[聖]1509 可至佛。

拏：[甲]2396 曩莽等。

能：[三][宮]2121 不相害。

平：[明]2088 三寺。

豈：[甲]2223 殊只是，[甲]2263 非違自，[三][宮]2122 復香潔，[原]2271 非有法。

然：[宮]659 作念我。

容：[甲][乙]1822 皆通無，[甲]2305 得並訓。

若：[三]153 爲實語。

實：[甲][知]1785。

守：[聖]125 所以然。

受：[甲]1960 得好火。

宿：[宋]152 爲有道。

謂：[甲]1816 佛。

罩：[三][宮]2103。

治：[甲][乙]1822 由意樂。

儜

拏：[三][宮][甲][乙][丙][丁]848 三麼曳。

寧：[元][明]848 三麼曳。

獰：[三]190 人被健。

凝

礙：[宮]1799 結成外，[甲]2223 如大虛。

嚩：[乙]2227 史迦天。

明：[三][宮]2053 始終如。

擬：[三][宮]2103 太清，[三][宮]2102 牙淫徒。

寧：[明]2103 寂猶執。

是：[甲]1736 結成金。

疑：[宮]1799 圓，[宮]2041 氷雖有，[宮]2108 寂津梁，[宮]2122 觀寺釋，[甲]1709 然相續，[甲]2128 泥也顧，[甲]2129 字去，[甲]1782 無驚無，[甲]1799 結即成，[甲]2266 寂名彼，[明]2076 滯祖曰，[明]2102 妙旨周，[三][宮]279 滯入不，[三][宮]582 結，[三][宮]2040 滯即婆，[三][聖]125 滯

所欲，[三]191 異口同，[聖]2157 僞録四，[宋][宮]2103 注懸，[宋]2103 滓積滯，[元]2122 神毓聖，[元]2145 於所趣。

儗：[甲][乙]2391 誐沙倶。

嚀

寧：[甲][乙]1220 引。

吒：[三]下同 988 嚀嚀嚀。

聹

矃：[宋][元]、[明]220 掣食噉。

佞

倭：[甲][乙]2207 之言辨。

寗

寧：[明][乙]1260 引怛囉。

濘

淖：[甲]2217 歟問今。

牛

半：[宮]1566，[元]901 蘇七。

步：[原]1774 三象四。

斗：[元]、明註曰牛宋南藏作斗 2122 輿獨往，[原]1308 留十一。

干：[三]2154 一群鳴。

惑：[甲]1965 時現行。

角：[原]1819 觸之死。

力：[三][宮]1507 斯須頭。

牟：[宋][明]1092 乳誦念。

牧：[三][宮]2121 女及比。

年：[明]212 不獲沙。

平：[三][宮]1596 等一體，[宋]1559 金剛眼，[乙][丁]2244 當是於。

千：[宮]721 頭栴。

若：[宋]1559 戒行鹿。

生：[甲]2128 犎也説，[明]443 王如來，[明]665 失子悲，[三][宮]1579 或爲祠，[宋][聖]278 頭栴檀，[宋]951 酥盛，[元][明]26 剥皮布，[元][明]443 黄如來。

十：[甲]2250 爲貨易，[宋]2154 事行經，[元]374 跡盛大。

天：[宋]25 城子孫。

五：[原]1205 頭密呪。

午：[宮]901 膝草是，[甲]2129 糞裹之，[甲]2270 奇反去，[甲]2299 無馬非。

行：[三]2123 遲亦以。

羊：[宮]2108 而謦契，[明]2088 爲業，[明][宮]732 所以破，[三][宮][甲]2087 馬馴畜，[三][宮]2059 中來竺，[三][宮]2122 酒作禮，[三][宮]2123 至山値，[乙]2254 毛。

于：[甲]2068 寺中施。

中：[甲]2128 行鼠者，[宋]22 馬居家，[乙]2227 所居處，[原]1212 作虎吽。

猪：[元][明]721 羊之類。

子：[三][宮]2122 亦當如。

忸

愧：[宋]489 自。

紐：[三]100 威光炳。

紐

紬：[甲]2270 也。

綱：[宮]2108 維天地。

縆：[三][宮]2102 大通有。

鈕：[三][乙]950 天不伏。

紉：[甲]2270 索也單，[明]2108 緇服冀，[原]2270 女巾反。

網：[宮]2108 維天地，[三]、細[宮]2060 齊都備，[三][宮]2108 邁三呪，[三][宮]2122 還正天，[三]2125 唯斯三，[宋][元]2060 明時闕。

細：[宮]1421 猶故不，[宮]1452 結或墨，[宮]2060 標會幽，[宮]2122 天是人，[甲]2053 長淪，[明]1425 入聚落，[三][宮]1425，[三][宮]1451 襻令身，[三]1441，[聖]953 摩醯首，[聖]1440 乃至一，[聖]1441 爲風故，[宋][明]203 天是耶，[宋][元][宮]、納[明]2122 于中者，[宋]2122 虞氏之，[元][明][宮]1425 齊，[元][明][宮]1435 是名皮，[元]1435 佛言以，[知]1441 佛聽諸。

約：[宋]1 澡潔以。

展：[聖]1425 縷。

組：[甲]2128 系也一。

鈕

鉤：[聖]1451 於浴室。

釼：[聖]1451。

紐：[三][宮]1428 時諸比，[宋][元][宮]、細[明]1452 苾芻不。

農

晨：[甲]2129 治斤斧，[甲]2207 云古而。

豐：[三][宮]2102 委積物。

稼：[甲]2039 正卿扶。

濃：[乙]2207 曰官屬。

儂

濃：[甲]2039 纖不爽。

濃

壞：[宮]2028 之處競。

膿：[明]201 血臭穢，[明]1331 血臭爛，[明]1450 血及餘，[三][宮]1443 流想血，[三][宮]1462 爛句者，[三][聖]643，[三]220 爛，[宋][元][宮]2040 囊涕唾。

腆：[三]6 美嚴飾。

憹

惱：[三][宮]2121 用自酷，[三]7 不能自，[三]643 躄地。

膿

病：[明][宮]613。

漏：[三]375 求索飲。

濃：[明]125 血，[明]1590 河非於，[明]2053 血裂衣，[聖]1462 出若欲。

髏：[三][宮][聖]606 血濁。

想：[宮]453 血想。

癰：[三][宮]1435 藥。

醲

醴：[甲]2223 故名爲。

弄

卑：[乙]1821 呼爲天。

抃：[三]2045 終日情，[宋][宮]2103 神。

并：[宮]292 之愍傷。

長：[宮]2121 子抱孫。

持：[三][宮]1439 陰出不。

禁：[三][宮]、－[聖]1425 蛇師後。

哢：[三]125 轉輪，[元][明]2059。

亂：[三]100 若有所。

善：[三][宮]1648。

抒：[三][宮]1425 水諸比，[三][宮]2059 之而去。

算：[宮]2103 雙玄逡，[三][宮]2053 深期所。

王：[聖]2157 玄機獨。

吁：[宮]1509 毀蔑。

奕：[甲][乙][丙]2134 梵。

挵

抃：[三]201 所在皆。

弄：[三]201 故今故，[三]186。

捉：[三]2121 杖頃生。

挊

蓋：[三]193 世。

弄：[三][宮]2060 亦傳長，[三][宮]2060 之云拗。

羺

羖：[宮][聖]1460 羊毛作。

羯：[三]1441 羊惡口，[聖]1421 羊，[另]1435 羊聚在。

糯：[知]1579 光及陰。

羦：[宮][另]1435 羊僧三。

槈

褥：[三]205 坐禪念。

耨

辨：[甲]2250。

拏：[甲]2323 色等以，[乙][丙]873 多羅布。

蓐：[三]196 極世之。

褥：[甲]1782 三業恒，[明][甲]1177 棄姤引，[元]890 怛囉一，[原]2120 銅器。

陀：[三][宮][聖]626 頭陀。

奴

婢：[三][宮]2123。

部：[原]、拏[原]864 奴嚕。

扠：[三]1332 梨吒波。

杈：[元][明]1 奴主提。

從：[宮]1421 隣人聞。

妙：[宮]901 沙任意。

拏：[甲]2196 云意喇，[三][宮]425 和利彌，[聖]953 沙心上，[西]665 末覩莎。

那：[明]2040 車伽遮。

呶：[三]992 摩帝摩。

弩：[乙]1736 卒難化。

駑：[聖]1723。

努：[原]2408 云耶。

弩：[甲]、努[乙]1796 達哩沙，[甲]853 赦，[甲]2039 禮王九。

怒：[三][甲]1080 邏努霓。

人：[宮]2059。

如：[甲]914 禮反，[甲]2400 屋反佉，[三][乙]1092 禮反下，[聖]953 沙骨及，[元]212。

善：[明]1336 僧喜廣。

是：[元][明]1。

恕：[三]1335 羅婁賜。

童：[三][宮]1545 僕作使。

婬：[元]2122 婢八部。

欲：[三][宮]1428 之所使。

怨：[三]620 滅於生。

知：[宋]、－[元][明][乙]1092 古反捺。

孥

拏：[甲]2087 飢餓其，[甲]2261 或云蘇，[三][聖]953，[元]2060 吟。

帑：[宮]2122 黴以兄，[宋][明]2102 之刑猶。

竕

般：[甲]2266 曷利他。

努

本：[宮]1464 力。

恚：[三]193 捷疾甚。

拏：[甲][乙]2219 囉嚩誐，[甲]952 師二合，[甲]1072，[甲]1080 肉皆得，[甲]1110 薩麼二，[甲]1151 鼻音，[甲]2400 祇淡四，[明]1257 瑟站二，[明][乙]1092 摩醯，[明]883 怛半二，[明]1099 二合七，[三][甲]、弩[乙]1092 塞麼囉，[三][乙]1092，[三][乙]1092 羅樹繩，[三][乙]1092 塞同上，[三]191，[三]1069 努，[三]1169 囉娑引，[三]1191 娑摩二，[三]1408，[宋]、怒[元][明][乙]1092，[宋]、怒[乙]1092 目張口，[宋][明]1170 嚩訥尾，[宋][元][宮]890 二十蘇，[宋]1092 三十三，[元][明][乙]1092 塞同上。

那：[明]1257 花憂。

擬：[三][宮]1443 手向一。

奴：[聖]2157 力精修。

弩：[甲][乙]1214 娑麼二，[甲][乙]1225 瑟，[甲]1222 鐵犁鐵，[明]1392 劍跛迦，[三][丙][丁]865 囉羯，[三][甲][乙][丙]930，[三][甲][乙]982 鉢，[三]24 箭如是，[三]1106 上引惹，[聖]1537 風強風，[乙]852 誐引，[乙]1214 沙嚕地。

怒：[甲][乙]894 臂頭上，[甲][乙]901 二大指，[甲][乙]901 屈向外，[甲][乙]901 向頭上，[甲][乙]1072 引跛底，[甲]951 目瞋怒，[甲]951 屈臂手，[甲]952 天及諸，[甲]1181 目陰誦，[明]1032 播羅耶，[三][宮]721，[三][宮][甲][乙]901 兩眼是，[三][宮][甲][乙]901 若無跛，[三][宮][甲]901 大指來，[三][宮]721 力指磨，[三][宮]1428 項脈脹，[三][乙]1092 目猛視，[三]187 爪或有，[原]1212 相劫奪，[原]1212 面眼作。

拏：[宋]、[元]1092 矩努。

恕：[三]、怒[宮]721 力唱喚，[乙]1709 囉嚩誐。

弩

彀：[三][宮]1463 何以故。

堅：[甲]2217 羅力當。

拏：[丙][丁]10865 多，[甲]850 娑，[甲]874 囉底三，[甲]2244 或別他，[明][甲]、努[乙]1174 播，[明][聖][甲][乙][丁]1199 嚩，[明]1119 播攞野，[明]1199 誐帝娑，[三][宮][甲][乙][丙][丁]848 娑麼二，[三][甲]989，[三][乙]1146 二合引，[三]982 二，[宋][宮]848 壤帝十，[宋][明]1129，[乙]2393 怛嚂，[乙]852 蘖多二，[乙]1171 梅嚩日，[乙]1244 鼻引，[乙]1796 蘗帝是，[乙]2391 多覽時，[原]1141。

努：[甲]850 囉，[甲]1110 娑麼二，[明][甲][乙]1110 嚕努嚕，[明][甲][乙]1260 麼，[明][甲]997 瑟吒二，[三][宮]848 蘗帝二，[三][乙]1100，[三]982，[宋][元][乙]、拏[明]1100 鉢。

豎：[元][明][甲][乙]901 印第十。

自：[元]、身[明]643 不自勝。

怒

必：[甲]2157 王念誦。

瞋：[三][宮]223 癡當學，[宋][宮]223 癡無明。

德：[甲][乙]1214 王白佛。

多：[宮]1562 目低。

忿：[三]1 害心相，[乙]1238 妬意生。

好：[甲]2217 行若邪。

恚：[三][宮]1581 癡以如，[三][宮]2121 前殺六，[石]1509 癡盡是，[石]1509 癡中亦，[乙][丙]2092 興大風。

堅：[甲]1239 面長作。

恐：[宮]1508 五者多，[三][甲][乙]2087 搖，[宋][元]731 所使怒。

猛：[乙]912 相若作。

愍：[三][宮]615 之知其。

拏：[甲]、弩[乙]1214 娑麼二，[甲]952 王四面，[三][宮]345 則以示，[三]2 多囉聲。

奴：[宮]397 娜四十，[三][宮]2122 以石擲，[三]984 羅摩檀，[聖]1199 縛二風。

努：[宮]2058 目視之，[甲]1112 播囉耶，[甲]894 目左視，[甲]2135 瑟吒，[甲]2400 婆引，[明][乙]、弩[甲]1225 瑟，[明]2016 力殷勤，[三][宮]480 力莊嚴，[三][宮]2060 目觀之，[三][宮]2060 眼舌噤，[三][宮]2122 眼直視，[三][宮]2123 目捉罪，[三][乙]1092 跛，[三][乙]1092 目怒聲，[三][乙]1092 訖囒彈，[三]26 力轉身，[三]951 聲稱虎，[三]982 引底十，[三]982 引呬迦，[三]1154 神執劍，[原]1796 之勢極。

弩：[三]951 磔開手。

如：[三][宮]1537 有忿言，[石]1509 若受者。

恕：[宮]2060 未及三，[宮]2122 不亦虛，[甲]2036 遣杜建，[甲]2128 反字林，[甲]2196 或言媿，[明]1562 羅那羅，[三][宮]1506 忍辱爲，[三][宮]2059 加，[三][宮]2122 伽王，[三]193 言正直，[宋]846 憎愛兩，[乙]2157 和檀王。

欲：[宮]309 癡病修。

怨：[三][宮][聖]703 婦，[三][宮]1509 害心若。

搙

振：[甲]、特[乙]2219 也文字。

渜

軟：[三][宮]656，[三][宮]1509 方，[三][宮]1545，[三][宮]1545 身心，[三][宮]1549 須陀洹，[三]585 所遊居。

愞：[三]1545 悲恨自。

偄：[甲]1778 伏教那。

暖

曖：[甲]2095 藹藹雲，[三][宮]2103 如踊出，[元][明]2103 如春願。

暧：[宋][宮]2060 如春願。

暗：[原]、曖[甲]1763 昧豈非。

喚：[乙]2296 子不得。

煗：[甲]1918 等位耶。

燸：[甲]1918 相，[三]、煖[宮]1600 頂二種，[三]220 調和清，[三]374 法頂法。

輭：[三][宮]721。

燒：[三]、煖[宮]1549 水。

煖：[丙]2092 地方數，[宮]721 法及頂，[宮]721 溫涼柔，[宮]1546 法，[宮]1551 頂忍，[宮]1552 頂忍世，[宮]1689 如人浴，[宮]下同 1546 氣識此，[甲]1718 即是觀，[甲]1729 故名相，[甲]1763 法終世，[甲]1925，[明][聖]1266 其，[明]672 動等凡，[明]672 動法，[明]1559 熱或見，[明]1563 等及退，[明]2121 氣入身，[明]2122 氣入身，[明]2131 凡三日，[三]、軟[宮]1591，[三][宮]1562，[三][宮]1563 等加行，[三][宮]1594 順決擇，[三][宮]405 時虛空，[三][宮]616 法未有，[三][宮]1425 水人，[三][宮]1488 若，[三][宮]1536 令生樂，[三][宮]1536 展轉潤，[三][宮]1546 頂忍世，[三][宮]1546 聖忍，[三][宮]1546 水澡浴，[三][宮]1551 異分遠，[三][宮]1555 等，[三][宮]1555 識然無，[三][宮]1592，[三][宮]下同 1563，[三][宮]下同 1551 於覺法，[三]375 法頂法，[三]945 觸一生，[三]1544 聖見聖，[三]1552，[三]2123 法從得，[聖]190 調和風，[宋][元][宮]、臑[聖][另]1552 法乃至，[宋][元][宮]、噥[聖][另] 1552 如是，[宋][元][宮]1552，[宋][元][宮]2103 雕樓之，[宋]945 觸無礙，[乙][丙]2092，[元][宮]614 入息冷，[元][明][宮]下同 614 暖者還，[元][明][甲]901 者小小。

煗

暖：[甲]1929 頂忍世，[甲]下同 1929 法相似，[甲]下同 1929，[甲]下同 1929 法故智，[甲]下同 1929 解位在，[三][宮]1546 法迴轉，[三][宮]1550 頂忍第。

軟：[甲]1828 心三調。

虐

悖：[元][明]2122 孝道敗。

惡：[三][宮][敦][縮]450 藥叉等。

害：[三][宮][聖]790 負，[三]202 何況餘，[聖]271，[宋]182 不至誠。

虎：[甲][乙]1098 薩嚩尾，[甲]1268 伽頡哩，[甲]2129 也從犬。

酷：[三]、窖[聖]210。

瘧：[明]244 病者當，[三][宮]1559 復次由，[三]1331，[三]2122 以被鎮，[宋][甲]1323 寒熱，[宋][元][宮]2122 鬼所持，[元][明]1442 風氣癲，[原]1249 病者呪。

虔：[甲]2089 伽反勃，[甲]2089 迦反勃。

危：[三][宮]2121 害是惡。

罪：[甲]2128 也說文。

瘧

×：[明]411 病或日。

瘥：[三][宮]244 等諸疾。

瘡：[宮]1428 佛。

虎：[甲]1239 鬼病或。

虐：[丙]1184 持誦者，[宮]397 乃至四，[三][宮]664 不修善，[三][宮]816，[三][宮]1563 及鼠毒，[三][宮]2121 其惡莫，[三]1005 一切，[聖]1425 病，[宋]1005 常，[宋]1005 二日，[宋]2087 疾在躬，[乙]1239 病或布。

喪：[宋]、虛[聖]200。

疫：[乙]2263。

㑚

那：[三]1341㑚何履。

挪

那：[三]2088 河從。

梛

娜：[甲][乙]1796 震也二。

儺

囉：[三]939 那波引。

喏

諾：[明][宮][甲]1988 師云迢，[明][甲]下同 1988 山云，[明][甲]下同 1988 代初語。

若：[甲]2135，[甲]2135 娜底，[三][宮]374 者是智，[三][宮]2122。

㖠

㮏：[甲]2130 者脫第。

搦

溺：[元][明]1459 泄。

榭：[宮]1435 不受得。

諾

奉：[三]375 施行斬。

詬：[聖]1451 棄之而。

話：[三][宮]、詬[另]1451 作如是。

喃：[原]1111 娑。

囊：[三]982 二十八。

若：[甲][乙]894 蘖。

設：[甲]966 乞察。

謂：[宮]310 受王命。

語：[甲]1269，[三][宮]2122 改諾云，[石]1668 故如標，[原]1744 故稱爲。

諸：[甲]1805 律無受。

諮：[三][宮]2060 故。

懦

渜：[宋][宮]、㮄[元][明]398 劣根者。

軟：[宮]374 弱通夜，[三][宮]2122 夫爲將。

輭：[三][宮]398 劣之根。

煖：[三]2087 弱之人。

女

安：[丙]2777，[宮]、－[聖]566 樂莊嚴，[宮]882 使者說，[甲]2089 官州縣，[三]865，[聖]、女姸女斫[乙]953 研。

辭：[三][宮]2122 不改遂。

從：[三][宮][聖][石]1509 共。

毒：[三][宮]2123 火刀酒。

多：[明]1450 星月更。

惡：[宋][宮]1509 名。

餓：[明]1549。

兒：[甲]2006 起舞非，[三][宮]2122 若吾之。

妃：[乙]2385 歌樂天。

夫：[宮][另]1428 人心多，[宮]1428 人心多，[宋][明]310 言喪妻，[宋][元][宮][聖]1428 人多瞋。

婦：[明]2123 口中牟，[三][宮][聖]224 人有，[三][宮]1425 人復持，[三][宮]1425 人言看。

共：[宮]721 而自圍。

歸：[三][宮][聖]1428 乃至男。

后：[乙]852。

悔：[三][宮]587 菩薩言，[聖]586 菩薩言。

箕：[原]1308 六鬼女。

力：[甲]2130 十住斷。

妹：[三][宮][西]665 見有鬪。

母：[丙]1184 人不能，[宮]1425 家得，[宮]1501 色現無，[甲]1929 人能懷，[甲]2036 拱辰於，[甲]2157 經一卷，[甲]2195 爲名亦，[三][宮]2121 人言曰，[宋][宮]2034 經一卷，[原]1251 五百眷。

乃：[原]1309 至于死。

男：[明]1441 根，[三][宮]1435 比丘媒，[三][宮]1442 汝諸苾，[聖]1435 不能女。

廿：[原]1308 三二十。

牛：[原]1308。

妻：[元]1509 爲婦其。

妾：[明][宮]1548 他童女。

人：[明][甲]901 服即，[明]1425，[明]1450 等盡執，[三][宮]397 念於少，[三][宮]721 衆隨天，[三][宮]1464 何異十，[三][宮]2123，[三][聖]190 從城，[三]17，[三]125 命終之，[三]186 綵女娛，[三]212 姿態一，[三]2122 從三昧，[聖]1451 皆夜出，[宋][元][宮]815 男女大，[宋][元][宮]1435 不是，[元][明]1043 穢汚皆。

如：[宮][甲]1805 三十開，[甲]2035，[甲][乙][丁]2244 天莊嚴，[甲][乙]2254 人眠難，[甲]1728 云無離，[甲]1921 無，[甲]2299 何耶答，[甲]2434 人名薄，[明]2154 經一卷，[三]、汝[聖]190 墻四，[三][宮]564 來處世，[三][宮]1547 根身根，[三]186 見如來，[三]1050 與我辦。

汝：[宮]817 說法此，[宮]1809 當知之，[甲][乙]2250 已受戒，[久]1486 作，[明]1562 等及於，[明]2103 寶，[三][宮]1462 根云何，[三][宮]399 欲，[三][宮]760 菩薩維，[三][宮]810 發道意，[三][宮]1459 擔所傷，[三][宮]1629 聲說此，[三][宮]1650 某甲舍，[三]171 者我，[三]203 前而裸，[三]225 得功德，[三]474 奚得以，[三]1443 法非淨，[三]1534 慚愧世，[宋]2122 賦右一，[元][明]310 隨所聞。

少：[三]1545 男俱強，[聖]2157 經一卷。

十：[明]2122 王慧韶。

時：[聖]125 復以偈。

士：[三][宮]322 非先。

是：[宮]224，[甲]1805 人所資，[宋]1129。

受：[宮]1435 聞佛功，[元][明]193 人如雲。

天：[三]721 人亦復。

王：[丙]1141 次東畫，[甲]1332 今欲說，[三]1006 金，[聖]200 心惱自，[元][明]200 心懷憂。

尾：[甲]2390 泥哩底。

文：[甲]1068 竿。

勿：[甲]951 繫於左。

小：[宋]2123 人最爲。

新：[聖]1582。

星：[甲]1305 白世尊。

姓：[三]2122 謝。

玄：[甲]2035 一籤云。

一：[宋][元]1443 即行啼。

妷：[宋][明]、泆[元]、妨[宮]2122 博。

由：[甲]2255 也生貪。

有：[甲]1101 人爲欲。

於：[宋]1546 作男想。

樂：[聖]200 往到佛。

州：[宮]2078 玄策者。

主：[明]1129 天女龍。

子：[宮]263 則爲大，[宮]267 住無上，[宮]322，[宮]374 等想即，[宮]810，[宮]823 藥相應，[宮]901 能誦持，[甲]1246 合繩呪，[甲]1335 驚怖惶，[甲]2087 心知其，[甲]2167 心眞言，[甲]2195 能，[甲]2792 與女人，[明]26 淨除其，[明]672 塚間樹，[明]

1443 復有五，[明]2123 身有疾，[三][宮]1425 欲於如，[三][宮]263，[三][宮]314 營作，[三][宮]414 等學大，[三][宮]485 端正可，[三][宮]627 大小莊，[三][宮]721 色醜無，[三][宮]1421 皆共出，[三][宮]1425 皆爲作，[三][宮]1425 遊戲里，[三][宮]1435 鬪大男，[三][宮]1443 奪，[三][宮]1487 更相婬，[三][宮]2122 遵，[三][甲]951，[三][乙]2087 重禮娉，[三]153 雖有深，[三]156 憂苦，[三]159 恩重父，[三]375 等身食，[聖][另]410 速離衆，[聖]176 猶如旃，[聖]200 無一喜，[聖]1199，[聖]1425 行婬今，[聖]1427 若取婦，[宋][宮]534 莫不信，[宋][元][宮][知]598 是應寂，[宋][元][宮]1521 大小有。

恧

惡：[三][宮]2104 聲譽頓，[聖]2157 況，[元][宮]2122 然慚恥。

忽：[宮]2059 焉。

源：[三]152 伐德之。

O

噢

嗅：[元][明]1682 努沫嚩。

哦

誐：[甲]1241 嚩底摩，[三]865，[宋][元]、誐一句[明]865。

伽：[宮]848 字門一。

祇：[乙]914 哦那。

塸

榼：[三][宮]2121 盛以。

漚：[明]2103 由來鹹，[三][宮]、嫗[聖]1462 閻洲國。

甌：[三][宮]2059 食狀如，[元][明]2110 出道士。

區：[三][宮]263 域。

漚

摳：[三][宮]2122 樓頻螺。

塸：[甲]1715 缽羅者。

滬：[三]下同 1441 波提舍。

歐：[三]、區[宮]1482 樓毘螺，[三]262 究隸二。

嘔：[三]1341 陀耶尼。

慪：[甲]1786 二字冠。

泡：[三][宮]2122 一生一。

區：[聖]1595 和拘舍。

嘔：[三][乙]1092 缽囉花。

憂：[三]1332 季卑。

優：[明]1509 樓頻螺，[三][宮]632 惒拘舍，[三][宮]1509 樓。

傴：[甲]1709。

甌

塸：[聖]99 時。

歐：[宋][元][宮]2060 名流西。

甂：[三][宮][聖][另]790 初飯粳。

瓶：[甲]2266 之識應。

歐

甌：[三][宮]2060 閫陳疑。

謳：[三][宮]721 吐於好。

嘔：[明]2122 吐蟲以，[三][宮]721 吐困不，[三][宮]1442 熱血因，[三][宮]1443 熱血而，[三][宮]1443 熱血何，[三][宮]1562 荼毒難，[三][宮]2122 吐涎唾，[三][宮]2123 逆若，[三][宮]下同 2123 吐蟲以，[三]721 吐捨，[三]1562 逆設遇，[三]2122 血而死，[三]2145，[三]2154 噦也什，[乙]2157 噦也什。

毆：[三][宮][知]1579 擊傷害，[三][宮]1579 擊自身，[宋][元]2154 之父遂。

驅：[三][宮][聖]2042 尊。

枉：[明]210 杖良善。

鴎

鵬：[宮]2123 鷲鷹鴶。

謳

漚：[元][明]2110 和之致。

鏂

堰：[三][宮][聖]1421 諸白衣，[聖]1421 諸白衣。

漚：[三]1441。

優：[三]1441 波提舍。

偶

倡：[甲]1782 令念知，[甲]1782 玄儒以。

禍：[三]68，[聖]292，[宋][宮]395 以動人。

偈：[甲]2266 言檀義，[甲]2266 以極精。

利：[宮]492 者有。

呂：[三]2059 吳國錢。

耦：[元][明]2103 耕既無。

匹：[三][宮]2122。

屬：[三]2154。

禑：[聖]、[石]1509 種。

有：[三]202 心便染。

娛：[三]、[聖]291 樂音或。

隅：[甲]2402，[三]2145 差以千，[宋][明]、湡[元]2145。

嵎：[宮]263 上下無。

遇：[三][宮]337 所遵奉，[三]203 值蓮花，[聖][另]1458 然根起，[聖]1443 爾聞之。

嘔

漚：[宋]1331 吐鬼。

歐：[宮]2122 逆若風，[三][宮][聖][另]1451 熱血以，[三][宮]1646 吐墮生，[聖]1452 出於過。

毆：[宋]、欧[元][明]1340 熱血因。

耦

偶：[明]2131 飛。

藕

藉：[宮]1451 根内身。

偶：[三][宮]1549。

儁：[聖]2042。

耦：[宋][元][宮]2058 絲懸須。

蘇：[宮]1428 根迦婆，[聖]1462 掘地罪，[宋][宮]、酥[元][明]620 法滴滴，[宋][宮]620 根味亦。

淵：[三]、[宮]1543 泉故曰。

P

帊

帕：[甲]1813。

葩

叱：[聖][甲]1723 即替丹。

花：[三][宮]2102 於。

華：[宮]477 流布極。

爬

把：[宮][另]下同 1428 破身面，[宮]1478 搔現露，[三][宮]1443 散飯食，[三][宮]1451 搔不息，[三][宮]2042 搔有聲，[三]2110 搔，[聖]2157 毀我祖。

跑：[三]79 地。

已：[三][宮]2104。

帕

怕：[宋][宮]2103 質元服。

怕

薄：[宋]125 世之希。

憺：[三][宮]613 極爲微。

煌：[甲]1924 怖閉目。

駑：[乙]2879 亦誦此。

泊：[宮]310 乃爲，[明]2076 答公話，[三][宮]276 慮凝靜，[聖]125 欲意恚，[聖]1859 獨感耶，[宋][宮]310 當入城，[宋][明]414，[宋][元][宮]396 自守以，[宋][元][宮]613，[宋][元][聖]222 無著無，[原]1858 獨感不。

迫：[宮]415 想亦不，[三][宮]2122 無往來。

拍

按：[三]212 爲一鉢。

百：[另]1428 石斷除。

柏：[三][宮]387 樹三昧，[聖][另]1431 者波，[聖]383 毱時摩，[聖]1458 因斯致，[聖]1462 若以繩，[宋][元]873 摧諸有。

擘：[三][宮]544 口強令。

抽：[宋][明]865 自心誦。

打：[宮]1442，[三][乙]1092 藥叉窟，[宋][宮]1644 由火大。

捐：[甲]1112 如摧山。

怕：[甲]1209 已又陳，[乙]1171

當心開。

迫：[甲]2879 四合成。

掐：[乙]2391，[乙]2391 珠法先。

於：[宮]2121 水沐浴。

杖：[三][宮]2122 怕懼號。

止：[宮]616。

指：[丙]1132 心上三，[丙]2392 地，[宮]866 令歡喜，[甲]2400 端向外，[甲][乙]1822 毱如何，[甲]1175 三相拍，[甲]1717 手者恐，[甲]2387 地，[甲]2392 地，[明]156 婆，[三][宮]1443 墮罪如，[三]190 肚而哭，[三]193 跳迸如，[三]310 地拍，[三]865 微細金，[聖]515 頭推胸，[聖]1423 女，[聖]1463 地聲，[宋]193 地大呼，[乙][丁]865 應等摧，[乙]2391 不得捥，[乙]2391 掌明次。

俳

裵：[明]2102 徊空首。

排：[宮]1545 優或販，[甲]1806 説或彈，[宋]220 優令無，[宋]220 優戲謔，[宋]2122 説不答。

徘：[宋][宮]1579 戲叫聲。

排

敗：[三][宮][聖]1421 口有。

韛：[三][宮]317 囊吹從，[三]311 囊。

鞴：[元][明][宮]614 扇炭用。

誹：[甲]1805 聖訓問，[三][宮][甲]2053 衆德之，[三]2088 斥大乘。

鉤：[宮]2121 若欲出。

掛：[甲]2035 佛爲沮。

俳：[甲]1782 不定之，[三][宮]1648 調或拍，[石]1509 入諸比。

棑：[三][宮]下同 1545。

牌：[明]1033 眞言曰，[三][宮]1536 或學上，[三]1033 印眞言。

掊：[三][宮]1464 水得到。

撲：[元][明]2122。

挑：[宮]2025 燈請舊，[甲]1723 諸惡業，[甲]1805 著左肩。

推：[明]156 石傷佛，[三][宮]2122 典著屍。

槖：[元][明]、韛[明]26。

細：[三][宮]310。

棑

排：[甲][乙]2393 批供。

桃：[甲]1805 鉢中戒。

箄

篦：[三][宮]1442 杓火，[三][宮]1443 杓火鑪。

簞：[宋]25 囉城。

錍：[乙]2393 明鏡。

派

泒：[宮]1545 義禁持。

孤：[甲]2087 流西南。

汖：[宮]278 增廣頭。

流：[丙]2396 如何，[宮]2087 洪源於，[甲]2366 出三假，[甲][乙]1929，[甲][乙]2087，[甲]2068 辨廣

略，[甲]2068 別行第，[三][宮]2034 入周齊，[三][宮]2103 川弗遠，[三][宮]2103 董師虎，[三][宮]2103 源，[聖]1509 是字常，[另]1453 自，[乙]1736 一善會，[乙]2296 子欲令。

寺：[甲]2410 委。

網：[明]2123 龍宮西。

萠

明：[甲]2192。

生：[元][明]2059 固無以。

潘

番：[甲][丁]2089 仙童胡。

飜：[元]、翻[明]210 水漾疾。

潘：[三][宮]2123 施如芥。

鄱：[宋][宮]2122 河內人。

攀

代：[宮]2059。

樊：[甲]2128 聲也。

舉：[另]1733 緣名亂。

舉：[宮][乙][丁][戊]1958 大車亦，[宮]2122，[宮]2123 手絶，[甲]1007 緣但一，[甲]1816 緣三世，[三][宮]403 喻一心，[聖]303 緣如來，[聖]425 緣稱説，[聖]1579 緣種種，[石]1668 妄顯，[乙]2393 於金剛，[元][明]2103 光等邃，[原]2431 善性之，[知]1579 緣勝解。

覺：[三][宮]818 緣方便。

襻：[三][宮][聖]1462 諸文句。

擧：[宮]2040 出池時，[宋]、板稱[石]1509。

蹮：[宋]、[元][明]185 樹枝見。

蘤

蘤：[甲]2128 上音羅。

媻

婆：[甲]2266 國昔有，[宋][元]1092 阿素，[宋][元]1092 路枳諦。

槃

般：[甲]1828 拏者泰，[明]2122 特比丘，[三]682 與生般，[三][宮]1435 藪衣，[三]190 提，[三]985 茶布單，[三]1043 茶梨，[聖]278，[宋]866 義，[元][明]158 遮于，[原]1819 頭菩薩。

拌：[甲]2250 經賢，[乙]2207。

辨：[聖]157。

稱：[宋]220 界是菩。

發：[甲]1781 故名方。

繁：[甲]1828 雜難可，[甲]1887 出現顯。

蘭：[三][宮]383。

磐：[三][宮]1646 石等中，[三][宮]2121 特槃，[元][明]673 石峰崖。

盤：[丙]2003 且道那，[宮]1421 盛，[宮]2026 闍梨王，[宮]2078 頭，[甲]1718 釜，[甲][乙]1796 盛嚴飾，[甲]1022 交結德，[甲]1022 傘蓋鈴，[甲]1068 茶王長，[甲]1240 槃茶唅，[甲]1268 厨唬，[甲]1964 旋外實，[甲]2053 許大光，[甲]2053 一金，

[甲]2087 紆曲折，[明]1482 結血流，[明][甲]901 飲食十，[明][甲]951 一盛燒，[明][聖]1459 器在地，[明]1 縈右旋，[明]199，[明]312 旋來此，[明]1336 大涅槃，[明]1450，[明]1646 等又，[明]2060 桓弊執，[明]2103 赫若冶，[明]2110 根雖在，[明]2154，[三]、般[宮]1464，[三]、柈[宮]1648 中如是，[三][宮][甲]2053，[三][宮][甲]2053 法師既，[三][宮][甲]2053 凡，[三][宮][甲]2053 鮮淨可，[三][宮][聖]1443 食同觴，[三][宮][聖]下同 1458 中鮮花，[三][宮][另]1442 衆寶以，[三][宮]263 桓入出，[三][宮]263 結應答，[三][宮]443 悌三莎，[三][宮]1421 食飲酒，[三][宮]1435 食若用，[三][宮]1443，[三][宮]1482 茶乃至，[三][宮]1509 取水與，[三][宮]1509 上以持，[三][宮]1648 盛豆米，[三][宮]1648 偸時婆，[三][宮]2034 豆，[三][宮]2040 比丘，[三][宮]2059 頭達多，[三][宮]2060 掛耳上，[三][宮]2060 景耀，[三][宮]2060 特薄拘，[三][宮]2060 特誦一，[三][宮]2060 遊縱達，[三][宮]2103，[三][宮]2103 倍科醮，[三][宮]2103 龍繞乘，[三][宮]2122 取水爲，[三][宮]2122 如，[三][宮]2122 飲食情，[三][宮]2123，[三][宮]2123 器背，[三][宮]下同、[聖][另]1442 盛滿金，[三][宮]下同 669 如棗葉，[三][宮]下同 1462 無異令，[三][宮]下同 2123 見之不，[三][甲][乙]901 陀四訶，[三][甲]901 食十六，[三][甲]901 陀囉二，[三][甲]1038 陀去弭，[三][甲]1101 胡跪，[三][聖]1579 稍放箭，[三][乙]1092 茶鬼，[三][乙]1092 繳臺上，[三][乙]1092 其索兩，[三]81 如是功，[三]190 案等，[三]190 上以巾，[三]190 提聚落，[三]209 瓶亦復，[三]984 大仙人，[三]984 龍王慈，[三]984 檀第，[三]985 底陀底，[三]1096 陀二虎，[三]1314 淨地彈，[三]1336 餅，[三]1440 小槃，[三]1644 火所燒，[三]2125 銅椀及，[三]2145 頭達多，[三]2149 豆法師，[三]2151 舍利衝，[三]2154 豆法師，[聖][丙]1266 大亦得，[聖]1723 茶戒取，[石]2125 家人還，[宋][宮]2122 經云譬，[宋][明][宮][甲]901 闍槃，[宋][元]、槃水槃水盤[宮]2123 水，[宋][元]1579 者謂一，[宋][元]2153 豆傳，[宋][元][宮]1425 蓋長表，[宋][元][宮]1453 而食採，[宋][元][宮]下同 2123 中小便，[宋][元]1006 茶主天，[宋][元]1092 門，[宋][元]2061 常恨古，[宋][元]2106，[乙]1239 茶，[乙]1736，[乙]1736 但眞源，[乙]1736 法華等，[乙]1736 國有其，[乙]1736 木食巖，[乙]1736 上雖明，[乙]1736 唯，[乙]1736 爲境無，[乙]1736 亦説生，[乙]1736 云佛性，[乙]1871 國山中，[乙]2390 茶四十，[乙]下同、槃經[乙]1736 云，[乙]下同 1736 平等三，[乙]下同 1736 以聲光，[元][明][東]643 龍不見，[元][明][宮]374 種種雜，[元][明][宮]2109 古，[元][明]

562 身一心，[元][明]2154 經論婆，[元]354 生隨其，[元]2122 三月末。

蟠：[明]152 屈而。

叛：[宋]、柈[元][明]152 女子是。

勝：[宮]761 頭視婆。

膰：[宋]1339。

槃：[三][宮][聖][石]1509 天他化。

磐

槃：[三][宮]2121 石上坐，[三][聖]26 縈其髮，[聖]1425 石上若，[宋][宮]1463 石上經，[宋][元]、般[聖]1428 石，[宋][元]2122 石留一，[元][明]2121 特比丘。

盤：[甲]1786 字誤也，[甲]1911 石砂礫，[甲]1921 固不可，[甲]2087 石入，[明]2076 石而說，[三][宮][甲][乙]2087 石上有，[三][宮][甲]2053 石啓落，[三][宮][乙]2087 石是如，[三][宮]2053 石，[三][宮]2103 春藪達，[三][宮]2103 神基四，[三]99 提國濕，[三]2106 石柞木，[三]2122 水中久，[宋][元][宮]、槃[明]2121，[宋][元][宮][乙]2087 石阿難。

礬：[甲]2035 撰。

磬：[明]2076 之聲師。

懿：[元][明]2145 乎富也。

盤

案：[三]202 上。

般：[甲]2266 豆是有，[三]、槃[宮]2034 經四十，[三][宮][聖]1421 那二名，[石]1668 尸多楞。

瘢：[明][宮][甲]1988 上更，[明][甲]893 跡猶未。

拌：[甲][乙]913 中種種。

柈：[宮]2060 施之船。

鉢：[三][宮]1472 有五事。

幡：[元][明]669 蛇右轉。

槪：[三][宮]2060 梗自江。

槃：[宮][聖]1425 食一床，[宮]1428 承棄外，[宮]1435 食共器，[宮]1451，[甲]1805 陀集豈，[甲]1973 於指上，[甲]2128 經卷第，[甲]2128 僧也，[甲][乙]1239 陀，[甲][乙]1799 特，[甲]923 誓儞九，[甲]1266，[甲]1718 爲銅鈸，[甲]2128，[甲]2128 故初證，[甲]2128 經四十，[甲]2129 二轉依，[甲]2129 或但云，[甲]2129 經云恒，[甲]2129 經中恒，[甲]2129 爲所證，[甲]2207 反，[甲]2792 爲諸鈍，[明]316 道皆同，[明]316 正道一，[明]1538 茶威力，[明]1636 遍，[明]1636 槃我，[明][甲]1216，[明]310 爲鳥歸，[明]316 後過，[明]316 際平，[明]359 亦然妙，[明]896 之槃又，[明]1191 後以佛，[明]1336 上和呪，[明]1355 茶軍主，[明]1450 爾時苾，[明]1636 茶鬼等，[明]1636 成證阿，[明]1636 城出伽，[明]1636 道善男，[明]1636 功德不，[明]1636 寂靜者，[明]1636 然於後，[明]1636 若無，[明]1636 所謂菩，[明]2125 多聲總，[明]下同 316，[明]下同 316 名句無，[明]下同 316 聖道宣，[明]下同 316

又二因，[明]下同 316 法界智，[明]下同 316 空，[明]下同 316 菩薩於，[明]下同 316 起彼隨，[明]下同 316 清淨，[明]下同 316 於其中，[明]下同 316 正法住，[三]41，[三]191 樂又復，[三]228 後收取，[三]228 者是諸，[三]424 彼常自，[三]1377 茶衆布，[三]1380 茶所作，[三]1404 是名受，[三][宮]1462 陀羅一，[三][宮]、磐[甲]2053 根大小，[三][宮]321 是故我，[三][宮]346 斷後邊，[三][宮]346 爾時菩，[三][宮]715 之城，[三][宮]1562 根深廣，[三][宮][甲]901 茶烏瑳，[三][宮][甲]901 馱五十，[三][宮][聖]1547 非品，[三][宮][聖][另]1442 器持來，[三][宮][聖]1421 及，[三][宮][聖]1421 器奠食，[三][宮][聖]1421 右手捉，[三][宮][聖]1435 蛇，[三][宮][聖]1462 分爲四，[三][宮][聖]2034 一十一，[三][宮][聖]下同 310 盛滿銀，[三][宮][另]1435 上有水，[三][宮][乙]2087 取路至，[三][宮][乙]2087 下覆鉢，[三][宮]228 不住阿，[三][宮]228 亦無取，[三][宮]244，[三][宮]346 有一類，[三][宮]374 馬擒力，[三][宮]374 然其黄，[三][宮]374 是月性，[三][宮]460，[三][宮]626 拘利菩，[三][宮]704 作，[三][宮]711 是故世，[三][宮]766 三不空，[三][宮]838 寂，[三][宮]843 道作如，[三][宮]1425 有縁深，[三][宮]1435 案香華，[三][宮]1435 承水竟，[三][宮]1435 醤，[三][宮]1435 提槳頗，[三][宮]1443 處若爲，[三][宮]1443 及諸餅，[三][宮]1458 而食，[三][宮]1462 是時阿，[三][宮]1463 提國寒，[三][宮]1497 如，[三][宮]1545 身結，[三][宮]1545 是故不，[三][宮]1576 是二俱，[三][宮]1635 者，[三][宮]1646 若欲調，[三][宮]1656 燈麨果，[三][宮]1674 除糞斯，[三][宮]2060 并授禪，[三][宮]2060 地皆，[三][宮]2060 遊聖蹤，[三][宮]2087 迂，[三][宮]2087 紆畺，[三][宮]2102 鴟山中，[三][宮]2102 動箸舉，[三][宮]2121 結令，[三][宮]2122 八得無，[三][宮]2122 掛耳上，[三][宮]2122 好瓜何，[三][宮]2122 似西域，[三][宮]2122 頭，[三][宮]2122 先定願，[三][宮]下同 628 不能發，[三][宮]下同 628 而爲果，[三][宮]下同 628 是名聲，[三][宮]下同 628 雖復修，[三][宮]下同 628 無取無，[三][宮]下同 628 於苦樂，[三][甲]901 陀盤，[三][甲]901 闍盤，[三][聖]100 時到告，[三][聖]100 之法有，[三][聖]211 取水爲，[三][聖]375 然其黄，[三][聖]1354 茶或鳩，[三][乙]1092 茶鬼種，[三]99 大仙如，[三]152 可從商，[三]153 粟乃至，[三]154 金銀床，[三]191 最上南，[三]193 檀種種，[三]196 頭越時，[三]202 桓迴翔，[三]202 其身上，[三]203 頭王有，[三]209 迴旋，[三]211，[三]211 床榻，[三]228 而衆生，[三]228 而諸菩，[三]228 後所有，[三]228 勿復於，[三]311，[三]363 深入正，[三]375 是月性，[三]375

銀粟銀，[三]424 法者當，[三]424 寂滅，[三]984 茶南，[三]985 盡心奉，[三]999 道，[三]1050 地到彼，[三]1050 資糧是，[三]1105 究竟彼，[三]1245 拏主名，[三]1283 相汝，[三]1354 茶富，[三]1355 茶供，[三]1435 上有殘，[三]2103 石有二，[三]2122 承露，[三]2145 結，[三]2146 經二卷，[三]2149 豆傳十，[三]2149 上舍利，[三]2149 一十一，[三]2154 豆，[三]2154 豆傳一，[三]2154 豆菩薩，[三]2154 豆造或，[三]2154 舍利所，[聖]1421 石應白，[聖]1425 信心故，[聖]1435 澡盤，[聖]2157，[聖]2157 陀國留，[宋]、蟠[元][明][聖]643，[宋]、蟠[元][明][聖]643 身，[宋][宮]、磐[元]2122 石二浪，[宋][宮]354 一是金，[宋][宮]2060 夙昔素，[宋][明][宮]549 茶衆圍，[宋][明][宮]1428 若案若，[宋][明]1191，[宋][明]1191 一，[宋][元]、般[明]228 後以佛，[宋][元]1598 曲等種，[宋][元][宮]1545 迴屈曲，[宋][元][宮]2122 石處衆，[宋][元][宮]1482 結血流，[宋][元][宮]1521 節皮膚，[宋][元][宮]1545 根深固，[宋][元][宮]2060，[宋][元][宮]2060 旋塔基，[宋][元][宮]2103 是稱，[宋][元][宮]2121 阿翰提，[宋][元][宮]2122 中須臾，[宋][元]1 縈右旋，[宋][元]190 上作於，[宋][元]375 所須之，[宋][元]901 屈狀似，[宋][元]1559 豆造，[宋][元]2154 豆菩薩，[宋][元]2154 炫日光，[宋]374 所須之，[宋]2112 遊之源，[宋]2151 經本有，[乙]973 等一一，[乙]2396 一一皆，[元][明]1050 地貪瞋，[元][明]1050 之地是，[元][明][宮]333 果德而，[元][明][聖]211 桓不去，[元][明][聖]1509 是，[元][明]424 界而不，[元][明]424 者亦，[元][明]2016 石，[元][明]2122 盛，[元]890 引妮烏，[元]945 本人敷，[元]1092。

磐：[丙]1211 石正，[甲][乙]2092 石義虧，[甲]850 石面門，[明][乙]1000 石上船，[明]2131 石珊瑚，[三][宮][乙]2087 石帝釋，[三][宮]710，[三][宮]2059 鵄山，[三][宮]2060 石四，[三][宮]2122 紆七七，[三][宮]2123 石處衆，[三][乙]2087 石上建，[三]2103 石自，[宋][宮]2059。

蟠：[明]293 延袤遠，[明]1450 身而住，[三]、槃[宮]374 龍相結，[三][宮]2058，[三]156 結其色，[三]682 龍髻，[元][明]2060 絕。

停：[三]、槃[宮]2060 營房宇。

樂：[宮]2102 桓耳。

蟠

幢：[三]158 麾及餘。

嶓：[聖]1549 龍或作。

槃：[宮]606 結端坐，[三]206 結令四，[宋]643 龍結間，[宋]643 龍文波，[乙]1069 安手中。

盤：[甲]1041 於掌中，[甲]1225 合掌中，[甲]2053 將開衆，[三][宮][聖]1442，[三][宮]1451 屈而居，[三][宮]1451 身而住，[三][宮]1452 身而

住，[三][宮]2042，[三][宮]2122 地不生，[三][乙]1092，[三][乙]1092 置瓶上。

判

半：[甲][乙]1796 偈。

伴：[甲]1828 等起有。

別：[甲][乙]2192 釋是經，[甲]1778 得入無，[甲]2299 見思初，[明]1465 施舍利，[三][宮]1562 去來世，[三]2103 無舍利，[原]1744。

剌：[甲]2400 心想以，[甲]2075 付左右，[甲]2084 史張邵，[乙]2261 准義釋，[乙]2408 爲相，[元]99 當詣世。

剜：[甲]1870。

段：[甲]1828 文。

斷：[甲]1717 下正示，[乙]2263 性相先，[原]2408 付。

科：[甲]1751 六章二。

剋：[甲]2217 定耳。

例：[甲]2269 道理以。

料：[甲]1828 簡了知。

列：[原]2339 二引證，[原]2339 二障之。

泮：[三][宮]2109 已來。

叛：[甲]1848 之徒既。

畔：[三]2110 巾之兩。

前：[甲]2270 簡説此。

釋：[甲][乙]2263 且。

所：[甲]2261 此有三。

則：[甲]1863 説大乘。

制：[宮][聖]834，[宮]1559 行，[甲][乙]1822 譬喻論，[甲][乙]1929 果答曰，[甲]2039 置等事，[明][宮]、制制[聖]1462 此事先，[三][宮]1453 處中既，[三][宮]1461，[三][宮]1461 善解，[宋]186。

泮

半：[甲]、泮吒[丙]2392 而後以，[甲][乙]2227。

伴：[乙]1240 泮。

發：[明][丁]1266 泮吒，[乙]1250 吒。

費：[三]、泮散費[聖]211 散。

判：[明]2103 情每慨。

牉：[元][明]2041 合成形。

詳：[甲]1267 吒。

泮：[明][乙]1254 之即語。

牉

判：[三][聖][福][臏]375 合之時。

胖：[宮]2102 育。

行：[三]、斥[宮]2042 合之時。

叛

粄：[甲]1728 得免又。

羝：[宮]2060 招募軍。

反：[三][乙]1092 大。

返：[丙]1184 逆用兵。

剌：[甲]1813 義六斧。

離：[三][聖]125 今此七。

判：[明]1482 那衣。

畔：[三][宮]1464 逆召諸，[聖]125 爾時彼。

數：[乙]2190 類改性。

覞：[甲]2039 心嘯聚。

畔

伴：[明]2016 助成菩，[宋][元]982 拏，[原]1212 亦莫教。

眸：[元]377 上頷取。

尼：[三][宮]814 那醯七。

昆：[宮]901 輕呼何，[三]1336 提十六，[宋]671 摩羅耶，[原][甲]2130 頭婆羅。

婆：[三][宮]1463。

胮

胖：[三]152。

膖：[聖]125 脹爛臭。

滂

榜：[三][宮]2103 被崖巘。

傍：[三]24 流還於，[三]24 流浸潤，[乙]2092 潤陽。

膖

胖：[宮]2121 脹臭，[宮]下同 613 脹想見，[三][宮]522 脹臭處，[宋][元]、胮[明]、皆胖[宮]523 腫火大，[宋][元]、胖[明]211 爛其臭，[元][明][宮]614 脹破爛。

胮：[明]309 脹漏諸，[明]2016 脹受種。

胖：[明]2123 腫火大，[元]309 脹臭處。

彷

傍：[聖]663 徉而行，[宋]1 徉。

倣：[三][宮]2103 習衆僧。

行：[原]2339 對談答。

旁

傍：[甲]1931 人急追，[甲]1728，[甲]1735 化菩薩，[甲]1912 達理爲，[三][宮]313 行四十，[三][宮]345 有江江，[三][宮]553 出形如，[三][宮]768 臣言不，[三][宮]2060 自檢校，[三]2154 南，[聖]2157 從故城，[乙][丙]2092 京邑士，[乙][丙]2092 屬奔星。

多：[乙]2263 道理如。

牽：[三]2060。

徬

傍：[乙][丙]2092 徨於此。

彷：[甲]1786 徉上扶。

慒

悖：[甲]2039 逆不出。

胖

牌：[元][明]2102 合所遏。

牉：[元][明]2102 合所遏。

抛

挑：[三][宮]414 擲不以，[三][宮]2121 擲，[宋]152 鉢虛空。

挽：[宮]2060 之，[三]26 或擯或。

脬

胞：[三][宮][聖]223 屎尿垢。

刨

跑：[三][宮]2123 地喚吼。

咆

跑：[元][明]156 地大吼。

咤：[三]、[宮]1435。

庖

包：[乙]2207 犧成八。

疱：[乙]1796 等十。

食：[聖]1421 厨諸比。

爮

抱：[三][宮]2122 須彌山。

跑：[三]、掊[聖]190 地大鳴。

袍

抱：[明][甲]1119 三昧耶。

跑

掊：[三]193 地土揚。

泡

包：[乙]2778 芭蕉浮。

胞:[三][宮]611 有尿發,[宋]2154 幻之，[元][明]2122 溺淚唾。

抱：[宮]310 幻芭蕉。

池：[宋][元]2122。

沫：[三][宮]374，[三][宮]374 芭蕉之，[三]375 幻化乾。

脬：[元][明]2123 溺淚唾。

皰：[三][宮]613 起想諦，[元][明]671 瘡不淨。

色：[宋]156 之山摩。

胎：[三]210 影。

有：[三][宮]606 沫。

炮

爆：[三][宮][乙]895 焰聲合。

疱

臭：[宋]1339。

瘧：[聖]953 至死受。

庖：[甲]2250 僧伽説，[宋][元][宮]、炮[明]1563。

炮：[明]546 地獄。

皰：[三][宮]1428，[三][宮]1459 十三年。

皰

胞：[宮]721 則成痔，[甲]2366 開張三，[三][宮][聖]310 初出時，[三][宮][聖]1428 醫教用，[三][宮]523 成就巧，[三][宮]721 所謂兩，[三][宮]724 面平鼻，[三]202 其形如，[聖]1723 二皰。

臛：[三][宮]2122 兩肘兩。

泡：[三][宮]618。

炮：[三][宮]1579 那落迦。

疱：[三][宮]1505 著生是。

頗：[乙]2194 不久必。

施：[乙]2261 未起故。

柸

杯：[三]901 十三應。

衃

坏：[三][宮]721 軟眼。

醅

酩：[甲][乙]1822 種。

陪

倍：[甲][乙][丙]2227 常增加，[甲][乙]1799 者故云，[甲]2400 引羅，[三][宮]1459 直，[三][宮]1646 不啻故，[三]187 列而行。

毘：[三]2154 盧遮那。

培

填：[三]、貲[甲]1080 築平。

埻：[元][明]212 的衆箭。

裴

斐：[甲][丙]、－[乙]2173 氏。

陪：[宋][宮]397 多悉帝。

沛

濟：[元][明]5 生絲髮。

霈：[三][宮]2122 澤遠。

潑：[原]2409 之於是。

浦：[甲]1030 畔陀畔。

帔

陂：[宋]2122 一枚與。

被：[明][聖]663 服衣裳，[明]2060 而臥書，[明]2060 又屬嚴，[明]2076 頭萬事，[三][甲]901 絡。

披：[甲]2053。

帗：[甲]2128 反説文，[宋][元][宮]1458 意爲多。

佩

姵：[甲][乙]2394 帶瓔珞。

珮：[甲]2036，[三]192 瓔珞出，[聖]278 價摩尼，[聖]643 日光身，[乙]2092 素柰朱。

昢

朏：[三][宮]2102 然彌厚。

珮

佩：[宮]901 等已又，[甲]1813 故如瓔，[明]2103 蘭，[明]2122，[明]2122 五六之，[三]204 五六之，[三]212 香，[三]374 瓔珞衆，[三]375，[聖]397 髮飾或，[元][明]212，[原]904 光焰掛。

配

撥：[乙]2263 立雖。

廢：[甲][乙]2263 立且內。

癈：[甲]2263 立且圓，[甲]2263 立。

記：[三]2154 今依舊。

那：[甲]2196 意識。

説：[甲]2266 文義能。

旆

施：[宮]2025 搖空赴。

霈

沛：[三]26 平滿若。

軿

變：[另]1509 勒則。

控：[宋]、[元][明]2110 勒身被。

祕：[聖]1427 勒。

濆

汾：[三]2110。

噴：[元][明]1331。

瓫

盆：[三][宮]2121 骨必付，[三]2145 緣記第，[元][宮]262 器米麵。

瓶：[三][宮][聖]1435 著前若，[三]1435 子。

瓮：[宮]2044 有十斛，[明]1463 銅，[明]1471，[明]2060 水槽多，[三][宮]1462 裏不得，[三]2125 厠者多，[宋][元]、甕[明]100 寔，[宋][元][宮]、甕[明]1571 等由光，[宋][元][宮]2121 塔九。

甕：[明]686 瓫器香，[明]1571 等是世，[明]1579 頻螺果，[明]1579 中水，[三]1462 竟不去。

盆

盃：[原]920 水其壇。

分：[丙]973 四方各。

釜：[三][宮]1435 蓋。

螺：[三][甲][乙][丙]930 盃。

瓫：[甲]1821 等形相，[三][宮][聖]1425 戲笑遞，[三][宮]1579 甕等盆，[原]2271 而是無。

食：[三][宮]685 時先安。

貪：[甲]2044 金處適。

瓮：[宮]1421 杆安環，[明]721 處十六，[三][宮][聖]278 形隨順，[三][宮]607，[三][宮]1421 盛肥肉，[三][宮]1428 及餘，[三][宮]下同 1462，[三][宮]下同 1443 內若遇。

甕：[三][宮]721 虫口嘴，[三][宮]2122 骨，[三]1644 其核大。

益：[甲]2039 彌篤一，[甲]2067 州僧主。

歕

濆：[三][宮]2122 水而已。

抨

秤：[甲][乙]2223 更以塗。

拼：[三]186 弓之聲，[三]865 外輪壇，[宋]、持[元]、絣[明]865 隨力曼。

枰：[甲]2128 音普庚。

怦

經：[三][宮]2122。

砰

轟：[三]185 大動魔。

烹

亨：[甲]1718 乳，[三][宮]2122 俎唯達，[宋]、享[宮]2122 之其味。

亭：[宮]2122 之。

停：[三][宮]2122 殺諸有。

享：[甲]2035 雞。

芃

梵：[三][宮]2103 音裂序。

朋

多：[宮]1509 黨惡人，[宋][聖]210 類。

間：[甲]2250 故。

萌：[三]2110 絶登道。

明：[宮][甲]1912 己見故，[宮]2103 之誥釋，[甲]1830 彼以，[甲]2035 自遠方，[甲]2204 愍，[甲][乙]1822 虚妄計，[甲][乙]2249 經部宗，[甲]2035 法師法，[甲]2035 法師會，[甲]2128 北反梵，[甲]2250，[甲]2261，[甲]2266 二十唯，[明]316 斯義説，[明]1562 執，[明]1562 中今謂，[明]397，[明]1571 此見，[三][宮][聖]285 侶譬蓮，[三][宮]1547 者尸人，[三][宮]1602 男女威，[三][宮]2122 友家奴，[三][聖]125 知欲從，[三]1568 用誠虚，[三]1628 屬論式，[三]2060 帝，[三]2145 契而萃，[宋]、用[元][明][宮]813 愚不解，[宋][元]220 黨鬪諍，[乙]1821 虚妄計，[元]、多[宮]2040 類五十，[元]、時[明]、門[宮]2060 流口誦，[元][明]1562 彼二師，[元][明]2109 黨一，[元][明]2154 友或一。

鵬：[三][宮]下同 1507 耆奢比。

偏：[甲]2270 黨德。

親：[三][宮]443 友常和。

汝：[明]1562 經部。

同：[甲][乙]1821 經部故。

用：[甲][乙]1822，[明][甲]1216 大，[三]1609 助食米。

友：[三][宮]323 黨恩愛。

有：[三][宮]2122 友三人。

羽：[宮]1523 所攝八。

則：[東]721 長。

彭

鼓：[甲]2068 城寺誦。

憉：[元][明]2060。

影：[甲]1731 城亦不。

棚

掤：[另]1442 問不問。

闉：[聖]26。

閣：[聖]291 閣爲大。

閛：[宋]186 閣。

枰：[宮]1435 施棚，[聖]585 閣紫金，[宋][宮][聖]381 閣重，[宋][宮]627，[宋][宮]627 閣四。

移：[另]1428 閣上。

塜

塚：[三][宮]1428 間者或，[宋][元][宮]2058 墓無異，[宋][元]2058 間憂波，[宋][元]2060。

蓬

髮：[元][明]1314 亂毛爪。

逢：[另]1721 亂者上。

鬔：[明]212 頭亂髮，[明]606 亂不自，[明]1546 亂手足，[三][宮]613 亂如棘，[三][宮]721 亂覆身，[三][宮]1428 亂却臥，[三][宮]1536，[三][宮]

1545 亂裸形，[三]703 亂手足，[三]1313 亂，[三]2121 亂，[元][明][宮]262 亂殘害，[元][明]187 亂花，[元][明]643 亂如。

澎

澎：[宋]、投[元][明]206 佛及。

注：[三]210 于海。

鬔

蓬：[宮]723 髮而赤，[宋][元][宮]2040 亂涎唾。

捧

棒：[明]1536 飲，[明][甲]1216 手而可，[明]2123 火烊銅，[三][宮]310 打矟刺，[三][甲]1227 印右手，[三]1169 第二手，[三]1242 第十，[乙]1171 珠安於，[元][明][宮]2122 木並願。

鉢：[聖][另]1451。

承：[甲]1298 塔右手。

喫：[甲]2006 飯。

持：[甲]2845 其寶蓋，[原]2411 寶珠。

奉：[東]643 去亦長，[明]372 赤，[三][宮]422 接，[三]185 寶來獻，[三]220 散如來，[另][倉][石]1509，[石]1509 馬足蹹，[宋]374 接難陀。

散：[乙]2391 之。

拾：[乙]2087。

提：[甲][乙]2393 衣無共。

執：[乙]2394 持。

丕

不：[宮]2034 曹氏字，[甲]2129 反説文，[宋][宮]2103 顯奉爲，[元]、本[宮]2102 顯後世。

太：[三][宮]2102 子之責。

王：[甲]2037 奕東海。

正：[甲]2775 攻襄陽。

左：[宮]2108 曰佛法。

批

比：[元][明]2125 王舍通，[元][明]2149。

枇：[丙]2120，[甲][乙]2194 中列之，[三][甲][丙]、邲毘必反[乙]930 娑嚩二，[宋][宮]、篦[元][明]1443 梳三假，[乙]2120。

桃：[甲][乙]2194 云前二。

坯

杯：[甲]1912 誓願如。

披

拔：[宮]1461 得入，[甲][乙][宮]1799 髮鞭纓，[明]1451，[明]2145 陀菩薩，[三][宮]2060 後來莫，[三]2145 羅菩薩。

跛：[三][宮]274。

扳：[三][宮]2060 雲附景。

陂：[三]23 大樹上。

被：[丙]866 服，[宮][聖]1421 著上下，[宮]2123 衣示金，[甲][乙]1821 樂食血，[甲]1031 輕縠繒，[甲]1227 之而日，[甲]1708，[甲]2035 幃入，

[甲]2095 褐爲居，[甲]2261 之難悟，[甲]2362 清涼傳，[明][乙]1000 大誓莊，[三]20，[三]1154 衣甲又，[三][宮]、[聖]1428 袈裟以，[三][宮]1442 一破服，[三][宮]1454 服彼使，[三][宮]1466 衣突吉，[三][宮][甲]901 黄袈裟，[三][宮][甲]901 紫袈裟，[三][宮][聖]823，[三][宮][聖]1421 上佛言，[三][宮]384 慚愧衣，[三][宮]384 鹿皮衣，[三][宮]386 法服，[三][宮]386 法服精，[三][宮]402 法服既，[三][宮]402 忍鎧，[三][宮]410 師子皮，[三][宮]426 僧伽梨，[三][宮]635 普智鎧，[三][宮]657 法服勤，[三][宮]671 我袈裟，[三][宮]740 一領，[三][宮]754 六年得，[三][宮]754 鹿皮衣，[三][宮]818 菩薩，[三][宮]818 著染衣，[三][宮]1421 送令去，[三][宮]1428，[三][宮]1428 法服犯，[三][宮]1428 衣，[三][宮]1428 衣或著，[三][宮]1428 衣著革，[三][宮]1442，[三][宮]1442 法服既，[三][宮]1442 糞掃衣，[三][宮]1442 服彼，[三][宮]1442 服便將，[三][宮]1442 僧，[三][宮]1442 上衣垂，[三][宮]1442 緂往同，[三][宮]1442 一邊餘，[三][宮]1442 著上服，[三][宮]1442 著之時，[三][宮]1451 著法衣，[三][宮]1452 縵條下，[三][宮]1457，[三][宮]1459 於上服，[三][宮]1459 著好圓，[三][宮]1461 若過此，[三][宮]1462 髮二者，[三][宮]1462 袈裟衣，[三][宮]1470，[三][宮]1521 如來善，[三][宮]2043 髮執鈴，[三][宮]2058 糞掃衣，[三][宮]2060 衣猶如，[三][宮]2103 無漏遂，[三][宮]2104 圖下武，[三][宮]2121 甲胄手，[三][宮]2121 鹿皮衣，[三][宮]2122 服何等，[三][宮]下同 1428 衣著革，[三][甲]1227，[三][聖]125 服著三，[三][聖]189 袈裟即，[三][聖]643 僧，[三][乙]1076 大誓莊，[三]1，[三]125 法服召，[三]125 珠交絡，[三]172 鹿皮衣，[三]176 作袈裟，[三]185，[三]212 僧伽梨，[三]410 著袈裟，[三]411 師子皮，[三]643 僧祇，[三]721 納衣復，[三]1340 袈裟臭，[三]2030 著法服，[聖][另]1442 或擘或，[聖][另]下同 1428，[聖]350 袈裟二，[聖]1428 衣看時，[聖]1437 衣應當，[聖]1670 袈裟欲，[宋][宮]1454 三衣應，[宋][元][宮]1443 此俗，[宋][元][宮]2040 髮裸形，[宋][元][宮]2122 衣，[宋][元]184 在，[宋]125 雲是時，[宋]2122 此衣未，[乙][丙]2777 者不易，[乙]2263 大師所，[乙]2390 葉衣二，[乙]2397 文便欲，[元]、彼[宮]2122 法服誑，[元][明]721 服袈裟，[元][明]660 法服出，[元][明]664 草衣一，[元][明]671 於袈裟，[元][明]721 服法衣，[元][明]1451 俗人衣，[元][明]1470 戲人五，[原]2241 襖而爲。

彼：[宮]2060 襟歎美，[甲][乙]2249 婆沙論，[甲][乙]2263 經，[甲]1098 翳系引，[甲]1805 則具明，[甲]2273 正無違，[明]2103 覽未，[三][宮]

2053 不得譬，[聖]225 拘連樹，[元]1451 臥被獨，[元][明]2053 文。

枝：[丙]2120 碧光焰。

波：[三][宮]622 佛頭震，[三]158 帝樹，[三]158 來乞兩，[三]1547，[三]1547 羅二名，[三]2121，[三]2145 秀槃頭，[元][明]623 佛頭震。

持：[三]、被[丁]865 金剛甲。

大：[甲]1893 毛帶角。

對：[甲]2195 見。

見：[乙]2263 大師處。

救：[甲]2266 者當悉。

掘：[三]2145 羅漢第。

帔：[三]2110 刺二十。

皮：[聖][甲]1723 散起玉。

劌：[三]553 破其頭，[三]2121 破其。

婆：[三][宮]624 沙，[三][宮]1505 羅，[三][宮]1505 羅門謂，[三][宮]1549 羅彼，[三]158 由毘師，[三]194 鬼喘，[三]2121 羅二名，[元][明]、波[聖]158 尸如來，[元][明][聖]158 等五百。

破：[乙]2207 之知正。

搜：[甲]2266 紐天，[甲]2367 釋文浪。

娑：[元][明][聖]158 如來是。

提：[明]154 鞮陀吒。

頭：[宮]606 髮羸瘦。

析：[元][宮]2085 或。

搖：[三]310 動舍利。

杖：[三][宮]1558。

枝：[三]、技[乙]2087 在昔如，[宋][宮]2060 葉。

紕

比：[三][宮]2060 區別其。

昆：[三]984 屣那羅。

劈

臂：[宮]721 其身體，[甲]952 截作調。

襞：[甲]1728 裂屠膾。

躄：[三][宮]1509 大樹令。

擘：[宮]2123 芭蕉驟，[明]2076 開面門，[三]、明註曰劈字二藏竝作擘宜用劈 721 裂脣口，[三]、擗[宮]721，[三][宮]613 去見指，[三][宮]1425 是名水，[三][宮]1525 裂地獄，[三][宮]2123 看之隨，[三][宮]2123 其心，[三]23 之各各，[三]105 其葉理，[三]202 裂如，[三]203 裂我子，[東][元]721 裂一切，[宋][宮]、礔[元][明]2123，[宋][宮]721 坼斷截，[宋]190 不，[宋]197 裂，[元][明]、[宮]、辟[聖]1509 乾毳隨。

裂：[明]261 頭髮蓬。

礔：[聖]1428 破醫教。

劈：[宮]721，[宮]721 風殺次，[宮]721 割燒煮，[宮]721 乃至作。

霹：[宋][聖]190 裂徹泉。

擗：[宮]1421 裂以是，[三][宮]2122 看之隨，[三][宮]下同 1486 足而出，[聖]125 木求火，[聖]190 能斬射，[宋]、擘[元][明]202 看之。

譬：[宮]606 解罪囚。

檘：[宋]、擘[元][明]202 看之隨。

圻：[三]209 裂虛。

螕

壁：[三][宮]1548 虱蚊虻。

錍

箆：[宋]1336。

錕：[甲]1766 喻涅槃。

鋰：[甲]2128 非。

皮

彼：[甲][乙]1822 或俱句，[甲][乙]2254 靑如是，[甲]2311 上，[三][宮]1462 作比，[聖]1509 種種不，[宋]1 耳梵志。

波：[三]984。

布：[甲]2001 袋欄街。

處：[明]2106 南臺，[三]152 爾等早。

等：[甲]2173 梵夾一。

多：[聖]1463 皆不得。

反：[宮]1805 質次科，[甲]1969 精元寂，[宋]2122 謂爲嚴。

夫：[元][明][宮]614 拜。

及：[甲]1763 中出不，[聖]1462 衣者剥，[宋][宮]1425 揩脚物。

技：[三]99 巧方便。

膠：[甲]1718 終是不。

麻：[甲]1775 衣及拔。

毛：[三]26 織。

乃：[三][宮]1462 無。

排：[聖]613 囊出定。

剫：[三]1，[乙]1909 剥牛羊。

疲：[宋]32，[元][明]2123 皆復進。

肉：[三][宮][聖]1435 骨，[三]76 細軟塵，[三]186 消骨髓，[聖]1509 相塵土。

違：[三][宮]1546 陀及，[三]2137 陀中有。

葉：[乙]1220 書好女。

衣：[原]、皮衆[甲]2339 以祠天。

支：[甲]1735 分建立，[甲]1782 清淨無。

枝：[三][宮]1443 葉花果，[元][明][宮]377 葉俱落。

剫

剥：[明]、剫皮疲破[宮]1428 皮若腐。

披：[三][宮]2122 解在地，[宋][元]554 破其頭。

皮：[三]105 而解之，[宋]、破[元][明]2122，[宋][元]1 剥臠割，[宋]375 剥遇斯。

鈹：[宋][宮]、披[明]721 地獄人。

絛：[明][和]261 取其皮。

枇

箆：[元][明]1443 學處第。

毘：[三][宮]1525 尼堅支。

朏

髀：[三]620 疼癢種，[三]2123 喪。

毗

婆：[元][明]125 娑羅王。

毘

稗：[宋]、[元]1057 麻子脂。

背：[甲]2135 厥數迦。

被：[宮]659 摩質多。

鼻：[甲]1092 地獄，[明][甲]1177 及諸地，[明][甲]1175 三，[明]1341 脂地獄，[明]2121 地獄縱，[明]2122 獄，[三][宮]1672 獄一念，[三][宮]2122 奈耶，[三][宮]2123 獄當受，[三]1644 止地獄，[乙]2397 上至尼，[乙]2397 獄經無。

比：[宮][聖]2042 樓勒汝，[甲][乙]1072 遮，[甲]1249 沙，[甲]1733 目多羅，[甲]2128 蒲西扶，[甲]2897 羅，[三]197 婆葉如，[三]375 羅樹花，[三][宮]402 舍遮氈，[三][聖]189 羅旃兜，[三][聖]375 羅祇巷，[三]1096，[三]1331 沙門主，[聖]125 鴦竭，[聖]397 羅，[聖]1421 尼，[聖]1425 尼罪比，[聖]1435 尼中，[聖]1437 尼持摩，[聖]2042，[宋]、此[元][明]197 蘭邑，[宋][元][宮]2121 羅斯那，[宋][元][甲]1033 舍遮，[宋][元][甲]1033 舍遮荼，[宋][元]1033 舍。

吡：[甲][乙][丙]1098 囉莽第，[甲]1782 種此。

妣：[乙]914 昆舍。

畢：[三]985 舍遮步。

鞞：[三][宮][聖]223，[聖]1723 跋致從，[聖]223 舍首陀。

波：[甲]2130 者譕娑。

此：[甲]2266 婆沙正，[聖][另]675 尼，[宋]374 羅祇十。

地：[三]1335 蘇羅地。

町：[宋][元]、丁[明][甲]989 以反。

及：[三]2060 王化而。

鍵：[高]1668 鍵尸那。

昆：[乙]2092 盧旃在。

略：[甲][乙]1822 婆沙意，[甲]1717 曇云六，[甲]1721 曇，[甲]2255 有五種，[三]984 個羅剎，[三]1332，[三]2121 依品云，[三]2153 發願法，[乙]2249 標非皆，[原]2162 示七支。

罯：[明]309 羅果許。

貌：[甲]2084 秀學。

彌：[甲][乙]1225 逾二，[三][宮]1428 國瞿師。

眇：[明]402。

那：[乙]2174 羅陀羅。

畔：[甲][乙]901 二十烏，[三][宮]672 第二十，[元][明]1336 荼奴。

玭：[甲]2250 婆沙説。

頻：[聖]1509 伽聲相，[宋][元]953 那夜迦，[元][明]945 那夜迦。

瓶：[聖]125 沙王是，[宋][元]、鉼[明]2040 沙王。

婆：[甲]2053 娑羅王，[甲]2087 娑羅王，[甲]2250 此云，[三][聖]125 娑羅王，[三]125，[三]125 娑羅王，[三]988 阿，[三]2149 娑羅王，[宋][元]133 娑羅王，[元][明][聖]125 娑羅王，[元][明]125。

如：[三]643 琉璃色。

若：[元][明]397 者社若。

順：[甲][乙]1822 婆沙説。

思：[甲][乙][丙]1201 摩訶嚩。

田：[三][宮]1521 舍播。

微：[甲]2250 瑟紐舊。

唯：[三][宮]2121 沙門與。

維：[甲]1775 摩爲物。

奄：[甲]2068 末羅密。

野：[原]1311 娑婆訶。

止：[甲]2052 邪。

毗：[甲][乙]2393 俱胝。

疲

罷：[聖]225。

彼：[和]293 厭常無。

病：[聖]1425。

波：[元]1173 極念惡。

跛：[原]1212 底制吒。

初：[甲]1728 極小臥。

瘡：[宮]721。

度：[甲]2837 不名菩，[三][宮]329 當立至。

廢：[三][宮][聖]425 爲聲聞，[三]152 懈不如。

疾：[甲]2130 智善見，[聖]1509 極不，[宋]374 弊詣一。

倦：[三][宮]1537 羸篤是。

皮：[宮]724 皆復進。

瘦：[甲]1723 或起惡，[甲]2401 以常降，[三][宮]317 少氣疲，[三]193 索普世，[乙]1822 令肥名。

疼：[三][宮]2123 痛。

痛：[元]656 故文字。

休：[三]375 已而是。

厭：[三]384，[乙]1736 倦便欲。

埤

捭：[甲]1766 倉三倉。

鞞：[甲]2128 蒼云恐。

睥：[宋][明]、埋[元]、睥[宮]2060 垷皆甎。

啤

痺：[三]26 癲癇癰。

琵

瑟：[三][宮]1443 琶簫笛。

脾

卑：[三][宮]402 三十惡。

髀：[宮]1442 觸衣若，[三][宮]2040 右脾，[三][宮]2123 於遐劫，[三]152 五藏完，[三]186 踵猶如。

肥：[宋][元]、昆[明]194 闍耶蜜。

肝：[原]905 中無魂。

胛：[甲]2128 也從骨，[甲]2128 也音甲，[宋][元][宮]2060 痛問律。

解：[元][明]468 阿難陀。

牌：[原]1064 弩弓箭。

蛇：[明]1336 蛇蛇薩。

胃：[宮]620 管脾腎。

猪：[甲]1335 翅由唎。

鈹

披：[宮][聖]1428 刀爾時。

蜱

蜱：[甲]2128 非體也。

鞞：[三]2151 此言法。

埤：[三]1336 二十，[元]26 肆最在。

羆

罷：[和]261 虎豹豺，[聖][另]1428 子裂破，[聖][另]1459 皮總許，[知]598 四名無。

熊：[明][宮]374 處及寶，[三]、羆[宮]1428 脂魚脂，[三][宮]1425 皮鹿皮，[三][宮]2121 頭如，[三]1428，[元]175 虎狼毒。

鼙

鼙：[甲]2128 以和之。

匹

返：[宮]2103 夫之自，[宮]2108 夫之節，[甲]897 衣服或，[三]2153 請佛經，[聖]310 我今悉。

近：[甲]2053 此英猷，[三]2122 所謂月。

譬：[三][宮]553。

叵：[甲]1851 得，[甲]2039 測，[三][宮]2060 論能，[三][宮]2060 難齊競。

匕：[乙]2249 文云有。

疋：[聖]125 於中最。

逑：[宋]125 那尊者。

四：[甲]2128 也，[甲]2035 歲以爲，[甲]2128 并反字，[甲]2128 覓反下，[甲]2128 遥反枉，[明]2153 初始之，[元][明]411 里反隸。

延：[三][宮]2122 那化作，[三]2103 高廣上。

姻：[三][宮]1443 妻便問。

迮：[宮]2034 含齒，[三][宮]1458 何異我，[聖]627 爲無雙，[宋][宮]、匝[元][明]2122 繞。

窄：[三][宮]2103 覩眞筌。

丈：[三][宮]2034 許在。

正：[宮]、匹馬[聖]225 稍至佛，[三][宮]585 乃修梵，[元]1443。

之：[三][宮]2102 士侍以。

足：[宮]2103 泉涌綴。

仳

鈚：[元][明]、毗[聖]627。

比：[聖]626 低三昧。

仳：[宋]2061 離時謂。

毘：[三]1336 淡陀羅。

擗

苾：[宋][宮]、拯[元][明][甲]901 在。

避：[宋]1694 地不復。

襞：[三][宮]、擗揲襞褺[聖]1463 揲著一，[三][宮][聖]1463，[三][宮]2121 三衣各，[宋]、褺[元][明]2040 僧伽梨。

躃：[甲]2230 於地衆，[明][甲]1215 地時大，[明]997 地都不，[明]1153 地皆失，[明]1450 地復如，[三][宮]541 踊呼曰，[三][宮]639 地，[三]

[宮]1545 地久而，[三][聖]99 地時諸，[三]144 地言賢，[三]145 身于地，[三]185 昆弟不，[三]1545 地良久，[元][明]244 地。

躄：[明]1450 地及諸，[明]1450 地以水，[三]、譬[宮]606 破傷面，[三][宮]2121 踊歔欷，[三][宮]2121 自撲仰。

劈：[三][宮]1421 裂問醫，[三][宮]2121 腹裂胸，[三]643 拆如赤。

辟：[三]、僻[聖]190 勿。

僻：[三]627 地大迦。

釋：[甲]1719 九。

癖

躄：[三][宮]586，[三][宮]1509 諸根不，[三][宮]2040 行貧者，[三][宮]2121，[三][聖]375 是名菩，[三]200 者得，[三]362 蹇者即，[元][明]189 疾病，[元][明]2040 皆得具，[元][明]2059 不能行。

辟：[宋][宮][聖]、躄[元][明]223 諸根不。

睥

僻：[明]、睥睨俾倪[宮]534 睨。

辟

壁：[宮][甲]2044 方三尺，[甲]2837 觀，[明][聖][甲][丙][丁]1199 畫像上，[明]397 宿，[明]397 爲第四，[三][宮][聖]397 奎，[三]135，[宋][宮]2060 曠少勇，[乙]1110 除結界，[原]1780 内有。

避：[甲][乙]859 除衆魔，[甲]904 除一切，[甲]1796，[三]、癖[甲]1227，[三][宮]226 用是故，[三]322 蚊虻，[乙]852 支，[原]1248 除一切。

臂：[甲][乙]2394，[甲]1120，[甲]1220 除右三，[甲]2130 纓第二，[三]984 反塗醳，[乙]2394，[乙]2408，[原]1270 牙折。

璧：[甲]2087 以夫早，[宋][宮]、壁[元][明]402 言辟宿。

蹕：[甲][乙][丙][丁][戊]2187 地也此，[明]1507。

擘：[明]2131 破屈。

拆：[宮]2122 司空御。

大：[明][乙]994 興善寺。

擗：[甲]904 除。

僻：[甲][乙]973，[三][宮][聖]1462 故，[宋][元]263 易有竊。

譬：[甲]1830 支佛未，[聖]1509 支佛地，[宋]、蔽[明]671 尸厚，[宋]、辟[明]14 或，[宋]1486 支佛道，[原]1780 復爲法。

闢：[三][宮]624 三千大。

群：[乙]2120 方將勤。

碎：[乙]2393 除著毘，[乙]2394 除，[乙]2394 除去垢。

媲

娓：[三][宮]2122 摩城中。

僻

避：[甲]、辟[乙]1796 除諸難，[三][宮]1421 處寶衣。

孿：[聖]210。

躃：[三][宮]2121 地而啼，[三]186 墮地兜，[元][明]196 枝。

躄：[三][宮]263 地心竊，[三][宮]624 時其心，[三][宮]2121 地時空。

辭：[宋][元]2154 也恒入。

繆：[三]2059 皆由先。

癖：[甲]1911 眼如布，[三]1336 宿食下。

辟：[宮]425 建立，[明]2087 易既不，[三][宮]1507，[元][明]2122。

譬

比：[甲]1733 故。

彼：[明]1450 如瓦師。

壁：[宮]337 内空外。

避：[元][明]224 若拘翼。

臂：[宮]687 引類示，[甲]1763 同所除，[明]2123 如小水，[三][宮]443 如來南，[聖]1451 如倉與。

辨：[另]1721。

才：[知]598 如迦葉。

辭：[聖][另]285 如月明。

非：[甲]2217 人及疾。

佛：[元]190 如火聚。

舉：[甲]1718 慢使衆。

匹：[三]375，[原]1858 彼淵海。

辟：[宮]222 金剛有，[明]2154 羅經，[三][宮]263 利斯薄，[三][宮]1435 盡諦陀，[三]193 方一由，[三]212 在衆有，[聖]1509 如地以，[聖]2157 羅經本，[知]266 像法。

聲：[甲]952 咳唾。

誓：[甲]1811 受法今。

義：[三][宮]1509 喻。

猶：[宮]664 如。

餘：[元][明]99 如上説。

喻：[甲]1718 亦是約，[甲]1722 者略明，[甲]1763 也，[甲]2263 顯虚假，[甲]2273 如瓶等，[乙]2263 如師。

之：[甲]2217 喻出涅。

闢

閉：[三][宮]1549 耶復次。

避：[原]、導[原]1837 義故有，[知]418 目亦不。

闡：[宮]310 圓明之，[三][宮]2053 地限流。

闢：[宮]618 闞其庭。

即：[三][宮][聖]1451 開前路。

開：[三][宮][乙]2087 其戶如，[三]2088 山，[乙]2211 癈詮。

擗：[三][宮]1425 龍身便。

辟：[三][宮]445 世界。

僻：[聖]278 知龍男。

闕：[明]2104 兩儀陰，[三][宮]2104 勑召大。

問：[宮]2034 境千八。

偏

編：[甲]2036 戸迹等，[三][宮]2104 抗之詞，[元][明]2103 論此全。

邊：[甲]2371 墮三千，[甲]2371 邪，[原]2220 一旦寄。

匾：[三]2125 屈。

褊：[宮]1435 袒著衣，[宮]2102

心立仁，[明]85 袒一肩，[明]814 袒右肩，[三][宮][甲]2053 心媒衒，[三][宮]2102 矣大道，[三]2060 躁鋭不，[三]2103，[三]2149 隘晋，[三]2150，[宋][元][宮]460 局，[宋][元]1428 露右肩，[元][明]、[宮]309 狹復有，[元][明]1495。

偏：[宮]2060 存物命，[宮]2123，[甲]、縮[甲]2367 觀之義，[甲]2266 一切處，[甲]2266 知爲依，[明]2131 法便是，[明]2154 明，[三]、編[宮]2060 所通，[三]159 法界無，[三]1332 發療治，[三]2149 和玉燭，[元]85 袒一肩，[元]下同 220 覆左肩。

遍：[宮]1509 除人愛，[宮]1509 獨慇懃，[宮]1545 説有説，[宮]1562 厭，[宮]2040 心愛念，[甲]、[乙]2261 沒豈彼，[甲][乙][丙]2397 增勝劣，[甲][乙]2309 言何以，[甲][乙]2391 依蓮華，[甲]1828 厭故所，[甲]2266 計即成，[甲]2266 計所執，[甲]2792 熟律文，[明]312 入一切，[明]1340 袒右髆，[明][宮]1562 説何緣，[明]316 覆空中，[明]1451 洗左手，[三]1562 説，[三]1579 説爲增，[三][宮]278 樓閣莊，[三][宮]342 出，[三][宮]1604 起憐愍，[三][宮]1662 所重，[三][宮]2122 般造塔，[三][宮]2122 瞻周行，[三]331 覆大地，[三]890 空而，[三]2145 行於世，[聖]1509 愛則爲，[宋][宮]2060 所披尋，[宋][宮]2122 多樂受，[宋][元][宮]1646 多心常，[宋]2145 難提菩，[宋]2145 行齊，[元]2016 黨若得，[元][明][宮]1562 顯風，[元][明]276 覆以新，[元][明]1562 説處，[元][明]1595 見。

變：[甲]2322。

但：[甲]2263 依自他。

獨：[甲]1736 受説名。

佛：[甲]1735 執俱滯。

廣：[甲]2223 示不久。

肩：[聖]1437 抄衣入。

咎：[聖]1440 也得大。

漏：[甲]1700 略所以，[甲]1709 增，[三][宮]266 救度一，[乙]2227 增是故，[乙]2812 宿因所，[乙]1830 執增。

論：[甲]1828 破過。

滿：[甲]2195 名普此。

篇：[甲][乙]1822 七聚，[三][宮]398 章及諸。

傷：[甲][乙][丙]1833 豈但斥。

雙：[宮]1454 抄衣不。

通：[甲]2313。

約：[甲]2262 與。

匝：[三][宮]1425 刳迴頬。

篇

編：[甲][乙]2250 辨。

遍：[甲]1733 數縱多，[甲]2266 戒者汎。

部：[宋][元][宮]2122 第三十。

第：[甲]1805 四但準，[原]2248。

兼：[聖]1433 故加以。

裏：[甲][乙]2194 唐言黏。

偏：[宮]1438 生四差，[宮][聖]

1462 波羅提，[宮][聖]1463 得證四，[三][宮]1425，[聖][另]1463 中所犯，[聖]1470 中或同，[宋][元][宮]1483 事品第。

首：[明]2076 隨緣對。

肅：[三][宮]2103 簫貞。

篃：[甲]2128 斷竹也。

翩

翻：[乙]2391 翻。

媥

便：[三][聖]190。

楩

梗：[三][宮]2122 梓谷釋。

楩：[甲]2035 文。

駢

胼：[元][明]2154。

驅：[三][宮]2108 駕百王。

片

并：[甲]2128 爲柿開。

斥：[甲]2131 是日有，[明][宮]1428 非波羅。

處：[三]25 城郭莊。

遞：[甲]2250 爲柿。

耳：[三][宮]2122 頭山第。

護：[甲]2300 言便喪。

即：[三]2122 有徵祥。

斤：[聖]376 言之音。

時：[明]1595 片片之。

微：[三][宮]2123 失供。

行：[丙]1263 一誦一，[三]2103 言入道，[聖]2157 言及軍，[乙]1822 似順尋。

指：[乙]2263 其。

剽

漂：[三][宮]2122 掠有名。

慓：[明]、[宮]729 疾多人。

彯

縹：[甲]1925 色。

飄：[三][宮]2060 勇橫逸，[三]2154。

螵

瘭：[三][宮]2123 病或得。

縹

漂：[三][宮]2103 而皆碧。

珠：[乙]2092 囊紀慶。

飄

驃：[聖]1440 然無所。

吹：[三][宮]618 東西吹。

諷：[三][宮]2060 揚。

彯：[宋][元][宮]2122 然而開。

瓢：[甲]1027 毘遙，[元][明][乙]1092 同上摩。

漂：[博]262 墮羅刹，[宮]：606 風是則，[三]、－[聖]200 墮羅刹，[三][聖]99 日，[三]125 村落悉，[三]264 墮羅刹，[石][高]1668 動故七，[宋][元][宮][聖]1425 日炙夜。

颮：[三][宮]2059 彷彿其。

搖：[宋][元]、漂[明][宮]670 蕩。

飆：[三][宮]2122 颷應感，[三][宮]2122 颷臥則，[宋][明][宮]2122 颷冀騰。

飃

飃：[甲]2068。

甂

甄：[甲]2266 其宰。

瓢

飄：[明]293 哆阿。

飃：[甲]1891 風涉渺。

瞟

縹：[宮]、經[宮]1547 若曀若。

漂：[三][宮]1546。

票

標：[甲]1782 後顯此，[甲]1782 意後顯，[甲]2299 在論初。

得：[甲]1828 離欲一。

栗：[甲]2128 多即俱，[三][宮]2043 多。

嘌：[甲][乙]、栗[丙]2164 使淨智。

漂：[甲]2128 音必遥。

嘌

嘌：[丁]2244，[丁]2244 瑟拏，[甲][乙]1098 二合底，[甲]1056 二合底，[甲]2400 二合，[甲]2400 捨二合，[三][乙][丙]1132 娑囉弭，[宋][明][甲][乙]921，[乙][丁]2244 瑟拏是，[元][明][甲]893 伽木閼，[原]904 託二合。

漂

摽：[甲]1709 馳乘因，[甲]1709 動長眠，[宋]2146 經後漢。

標：[甲][乙]1822 善品故。

輪：[三][宮]1558 轉生死。

滅：[三][宮]378 萬物亦。

彯：[三][宮]2108 裾光佐。

縹：[三]2103 蕊翳流。

飄：[三][宮]、[聖]1428 漬取擧，[三][宮][聖]1462 沒爾時，[三][宮]2121 不能滅，[三]2154 經或云，[聖][另]1435 去若直，[宋][元][宮]1462 深思惟，[宋][元][聖]99 沒中有，[原]1764 鼓自心。

飃：[明]309 搖動轉。

瓢：[三]203 流命將，[宋][元]203 去而不。

僄：[三][宮]2123。

深：[明]2149 積道次。

粟：[三][宮]2122 水沙以。

淹：[三][宮]2059 沒多有。

湮：[宮]1459 害。

轉：[宮]1558 有海因。

慓

幖：[三]196 幟復有。

標：[甲]1805。

慄：[三][宮]2026 波旬心，[三][宮]2121 如初，[三][宮]2123 不安時，

[三]361 教勅率。

懔：[甲][乙]2317 法師。

悚：[聖]1859 也廣雅。

丿

以：[甲]2128 之反杜。

拼

栟：[宋][宮]901 粉繩法。

絣：[甲]2394 耶爲直，[明][甲]1227 爲界道，[明][乙]1000 壇，[明][乙]下同 1110 著地上，[明]1283 線作曼，[三]、[宮]、[聖]1435 拼，[三]26，[三]26 於木則，[元][明]26 於木則。

迸：[另]1458 繩打橛。

遍：[乙]901 作六位。

併：[明]972 之石上，[宋][元][宮]、[明]1648。

詳：[甲]2130 沙近經。

持：[乙]2394 修多羅。

抨：[甲]1040 四道。

響：[三]190 作聲彼。

玭

昆：[三][宮]1428 琉璃珂。

貧

愛：[三][宮]278 行一切。

分：[三]193 知足富，[宋][元]2121 困。

負：[三][宮]2122 之志有，[三]2110 處竊見，[宋]172 飲食如。

貴：[宮]2122 尚其清。

覓：[三]2123 急語比，[宋][宮]2121。

其：[明]152 人以三。

勤：[宮]263 劇。

窮：[明]2122 報困苦，[三][宮]425 匱是曰，[三][宮]2123 相次競，[三]1 乏者甚，[三]202 困如是，[另]1428。

求：[元][明][宮]614 善法財。

食：[甲]1828 天求勝，[明]630 行。

是：[三][宮]544 窮之人。

貪：[宮]2074 道無翅，[甲]、貧[甲]1781 於正道，[甲]2290 財，[甲][乙][丙]2381 窮諸苦，[甲][乙]2261，[甲]1735 女而，[甲]1763，[甲]1775 法現病，[甲]1828 愛等，[甲]1918 人多所，[甲]2035 道上以，[甲]2035 注錢百，[明]2016 寶窮人，[明]1549 窮處裸，[三][宮]721 者飲酒，[三][宮]2122 出家不，[三]193 馳騁知，[宋][明][宮]310 者，[宋][元]1662 不能作，[宋]100，[宋]2061 則施暴，[元]1605 乏衆苦，[元][明][宮]374，[原]2216 報之身。

無：[元][明]423 窮受如。

小：[聖]1494 道。

者：[三][宮]2121 迦旃延。

質：[宮]1421 飲食不。

資：[甲]1911 富飢飽。

琕

埤：[甲]2128 蒼作覗。

頻

賔：[明]1435 頭國中。

不：[明]1543 來故曰。

繁：[三][宮]2122 三夕如。

佛：[三]1559 琵。

類：[甲][乙]859 誦眞言，[甲]1828 相從分，[明]263 數若干，[明]2102 斯害不，[三][宮]676 當知是，[三][宮]2060，[三][宮]2102 出。

嚬：[三]220 蹙青赤。

顰：[明]279 申三昧，[三][宮]2122 蹙惡，[三]220 蹙青赤，[三]220 蹙眼無，[三]278 申者得，[三]2123 蹙，[元][明][乙]1092 眉合口，[元][明][乙]1092 眉努目，[元][明]649 蹙辯才，[元]2122 蹙當。

牝：[甲][乙]1214 娜頻。

頗：[三][宮]2060。

愼：[三]1336 那。

頭：[宮]2060 感兩報。

顯：[聖]2157 遣積疑。

頴：[甲]2181 撰，[甲]2270 者髫年，[宋][元]2103，[乙]2309 五。

嚬

類：[甲]2266 呻定文。

頻：[甲][乙]、顰[丙]1211 眉笑怒，[甲]1735 申三昧，[甲]1736 申四優，[甲]2266 呻也，[三][宮][聖]278 蹙惡眼，[宋][宮]、顰[元][明]2060 蹙及至，[宋][宮]2059 容合掌。

顰：[明]190，[明]220 蹙，[三][宮]2060 眉飲之，[三][宮]1548 蹙現瞋，[三][宮]2123 蹙當知，[元][明]2060 慼不已。

顰

斂：[三][宮]2122 眉諸佛。

擗：[聖]643 地是時。

頻：[博]262 蹙數數，[宮]、嚬[博]262 蹙而懷，[宮][聖]1579 蹙而住，[宮]310 眉不暢，[甲][乙][丙]1184 申動支，[甲][乙]852 眉，[甲][乙]1211 眉怒目，[三][聖]190 眉巧閑，[三][聖]1579 蹙舒顔，[三]311 蹙住於，[聖]1579 蹙舒顔，[宋][宮][聖]1579 蹙語，[宋][宮][聖]1579，[宋][宮]1579 蹙，[宋][元][宮][聖][知]1579 蹙不譏，[宋][元][宮][聖]1579 蹙先發，[宋]1092 眉，[宋]1092 眉努目，[元][明]658 蹙。

嚬：[宋]951 眉。

品

百：[甲]2339 羅漢悉。

本：[甲]2410 皆此序，[甲]2263 異譯，[乙]2263 異譯耶，[乙]2218 翻俱。

比：[三][宮]263 不尚至。

別：[宮]1509 説欲令。

部：[乙]2228 中各有。

臣：[明]2103 序即是。

道：[明]725 頌竟。

地：[甲][乙]2394 出現品。

而：[宮]1598 善，[甲]、兩[甲]2299 智所智，[甲]2299 從。

法：[宮]263，[甲][乙][丙]2381 如普賢，[甲]2195 二菩薩，[甲]2271 等者，[原]、法[甲]1796 之時若。

梵：[甲]1782 等舊經。

分：[甲]2300 是婆須。

佛：[原]1814 是大慈。

共：[明]1463 業亦不。

果：[甲][乙]2263 勝而因，[甲][乙]2263 耶仍非，[甲]2217 色而無，[甲]2371，[乙]2259 如想心，[乙]2263。

弘：[宮]1428 之法所。

會：[乙]1736 下。

即：[甲]1724 云不生。

見：[元][明]1579 任持欲。

界：[甲]2299 問爲約，[原]1829 惑等即。

筋：[乙]2408 一方。

經：[宮]1462 廣説竟，[明]2110 云恒沙，[乙]2228 云縛日。

句：[宮]607。

卷：[三][宮]2121。

六：[甲]2297 地同已，[甲][乙]1821 中慧能，[甲][乙]2228 印七印，[甲]2255 十五云。

論：[三]2149。

昧：[三][宮][聖]285 定。

門：[和]293 皆。

名：[甲]1709 者施悦，[甲]1735 者，[三]1647 解貪愛。

平：[甲]2219 等而説。

器：[宮]754 一者利，[宮]2103 器量有，[三][宮]345 世，[三][宮]399 藏故如，[另]281 之法持。

欠：[甲]2262。

生：[甲][乙]957 解脱生，[甲]2271 之義也。

四：[甲]1735 治故以。

所：[甲]2195 相違輕，[甲]次同 2249 攝爲當，[原]2248 能提婆。

圖：[甲]2412 有十一。

下：[甲][乙]1822 至一頌，[乙]1723 第三段。

現：[甲][乙]2263 耶。

心：[甲][乙]1821 曾得有。

行：[三][宮][聖]1602 事二十，[三][宮]1579 眷屬事。

亦：[甲][乙]1822 增，[甲]2195 類總爲，[甲]2195 實，[甲]2239 是意也，[聖]1788 然問此，[乙]1821 不應起，[乙]2390 不説但。

異：[原]2271 定有性。

喻：[甲]1842 也然與，[甲]2263 或不爲，[甲]2281 也若，[原]1840 初相云，[原]1840 所作性。

曰：[宋]1545 類足説。

雜：[乙]2157 集十卷。

之：[甲]1929 所明五。

只：[甲]、唯[乙]2391 引軌，[甲][乙]1822 破有部，[甲]2195 如多人。

智：[甲]1823 心謂法，[乙]2309 緣如有。

中：[明]2146 經前秦，[三][宮][知]1587 説。

種：[甲]2255 是報，[甲]1709，[甲]1736 謂上中，[三][宮]1618 意識通。

牝

把：[原]1287 次左。

北：[甲]2087 馬遂生。

比：[甲]2128 麀其子。

牡：[宮]721，[三][宮]2108 之風西。

瓦：[三]2110 雞。

牴：[宋][元][甲][乙]901 平音。

牤：[明]2110 籥閉兩。

聘

騁：[甲]2035 魏因宴。

聃：[宮]2060 苦縣。

娉：[三]205 爲夫人。

娉

騁：[宋][元]202 娶歸啓。

聘：[明]152 娶女名，[明]202 之諸事，[明]541 妻佛大，[三]375 妻處在，[三]375 者是義，[元][明]196 有道儀。

妻：[三]202 食日日。

嫂：[明]1442 汝爲妻。

索：[三][宮]1458 王旗自。

媟：[三]、[宮]2102 合尊卑。

娴：[宮]2040 以悅其。

平

安：[甲][乙]2263 三年唯。

半：[甲]2219 印釋迦，[甲]2266 擇，[聖]1563。

本：[三][宮]627 要離諸，[三][宮]1487 願人，[聖]425 等行是，[乙]2215。

並：[甲]2266 生今解。

不：[明]220 等性離，[明]278 等願得，[三][宮]2102 顯治道，[三][宮]2122 均天下，[元][明]268 等如菩。

草：[三][宮]2122 惟有三。

常：[甲]1795 有質不，[甲]2006 實。

秤：[甲]1851 量六難。

得：[乙]2218 澄。

端：[三]1331 正無諸。

爾：[原]1782 等皆能。

方：[三]185 正。

干：[聖]1851 地無由。

革：[宮]2060 鄭。

果：[明]310。

罕：[甲]2035 聞。

乎：[丙]1753 平章相，[宮]1912 復如是，[甲]1806 治乃至，[甲]975，[甲]2035 地一照，[甲]2299 聲降伏，[明]2059 任與物，[三]1 均可使，[宋][宮]2102 營，[宋][宮]2122 魏，[宋]2042，[乙]2192 也，[元]、子[明]2122 殄外道，[元][明][宮]322 無名明。

許：[甲]2882 量衆生。

互：[甲][乙]1822 爲增上，[甲][乙]1822 厭生死，[甲][乙]1831 轉難四，[甲]1132 側向，[甲]2219 不相，[乙]1822 發然定，[原]、互[甲][乙]1822 修故。

立：[三]189 如奮底。

年：[三]1982，[三]2103 以增惻。

牛：[元]、耒[甲]901。

評：[明]2122 論作何，[明]1450 章事他，[三][宮]2121 詳此事，[三][宮]397 論，[三][宮]2121 屬事訟，[三]2103 詳厥，[元][明]26 量平，[元][明]1471 量，[元][明]2122 章不和。

千：[甲]1238 等勿高。

乾：[三]、乎[聖]125 地此人。

求：[聖]425。

三：[元]、－[明][甲]901 曳十四。

上：[和]261 聲拏二，[原]2339 聲者被。

手：[甲]952 申印呪，[甲]2239 等義也，[甲]2261 等是身，[甲]2392 轉一度，[三][宮]425 所覆蓋，[三][宮]767 殺生耳，[三][宮]1526 臂平陰，[乙]2391 背而相，[原]2339 足，[原]2426。

守：[甲]2362 等故有。

肅：[三]2060 綿益欽。

同：[甲][乙][丙]1866 等又云。

尾：[明]2060 而無。

午：[甲]2395 王宜。

下：[宮][聖]1563。

羊：[久]1452 縣開國。

一：[明]2034 眞君元，[宋][元]、一句[明]、－[甲]1123。

引：[甲]853 二吽。

樂：[甲][乙]1822 等爲緣。

云：[甲]2299 聲古。

正：[明]293 等觀察。

直：[甲]938 申其左。

中：[宮]1545 等相續，[宋]220 等中前。

卒：[宮]659 其事而，[宮]395 其本心，[宮]729 行，[三][宮]790 鬪殺人，[三][宮]2060 居而逝，[三]1331 其本，[三]2145 成之致，[三]2145 數，[聖]481 賤人民，[元][明]21 相向生。

凭

從：[三]99 床欲起。

憑：[三][宮][聖][另]765 破浮囊，[三][宮]2060 案若有。

枰

秤：[甲]2129 音處陵，[三][甲]1332 小斗欺，[三]164 身割肉。

棚：[三]6 悉施斗，[宋]、栟、槃[明]6 蓋懸繒。

拼：[甲]2081 虛空中。

洴

絣：[三]212 直。

井：[宋]、坑[元][明]152 中家羊。

流：[三]2145 沙王經。

苹：[三][宮]1435 沙王有。

荓：[明]570 沙國王。

瓶：[明]2041 沙本願，[三][宮]1428 沙王即，[三][宮]1428 沙王路，[三][宮]1428 沙王於，[三][宮]2121 沙是也。

萍：[三]212 沙萬二，[元][明]下同 745 沙王出。

鉼：[三]、[宮]507 沙王向。

屏

避：[宋][宮][石]、并[元]1509 處睡息。

併：[博]262 處爲女，[三][宮]1425 傘蓋脱，[三][宮]1591 除睡，[三][宮]2122 從叉手，[元][明]2016 跡博。

庰：[元][明]190 聖人觀。

厠：[明][乙]1254 大小便。

斥：[甲]2270 正，[明]2131 其方便。

房：[三][宮]1428 處與，[三][宮]1463 處並坐。

靜：[聖]1426 處坐波。

眉：[明]1441 覆處坐。

僻：[三][宮]1425 猥處死。

洴：[聖]1788 蕩具如。

瓶：[元][明]425 若因。

屎：[聖]200。

娙：[聖]1427 處坐波。

展：[聖][另]1459 處坐學。

征：[宋]、怔[元][明]196。

瓶

鉼：[甲]1918 盆井中。

垪：[聖]1462 形若作。

故：[宋][元]1629 應無常。

羯：[宮]1451 鑚人功，[宮]1552 津液流。

經：[三][宮]1646 書中説。

敬：[甲]1709。

聚：[甲]2274 也此即。

爐：[三][宮]627 而燒名。

甌：[三][宮]2060。

湃：[元][明]1435 沙王請。

瓫：[三][宮]1451 水内用。

盆：[三][宮]1646 出口若。

平：[明]1463 沙王有。

洴：[三][宮][聖]1425 沙王木，[三]2149 沙王經，[聖]1425 沙王先。

萍：[甲]2157 沙王五，[三]184 沙即問，[三]196 沙王品。

鉼：[明]310 以搥其，[三][宮]2109 扇八魔。

器：[三][宮][聖]376 眞。

水：[三][宮]2103 皆望。

瓦：[三][宮]779 鉢法器，[原]1141 作瓶。

瓮：[明]1450 盛其舍。

甕：[三][宮]2121 澡梵志。

香：[乙]2394 水令飲。

瓨：[三][宮]2122 盛水滿，[三][宮]下同 1425 時繩著。

形：[丙]1141 二十一，[甲]2401 私云諸，[乙]852 掌印定。

應：[原]2271 爲異喻。

執：[甲]2214 也迅疾。

萍

泙：[明]2149 沙王五。

洴：[三]、蓱[宮]2122 沙大王，[三][宮]2122 移新故。

侵：[三][宮]2122 移神明。

英：[宮]310 沙及宮。

塀

屏：[宋][明][宮]389 之睡蛇。

誁

誁：[甲]1884 亦如眞。

鉢：[原]、鉢[甲]1897 等十行。

瓨：[明]201 而在於。

評

稱：[原]、名[甲]1851 爲有緣。

秤：[甲][乙]2194 大論出，[甲]2250 取初解。

許：[甲]2296 空有二，[甲][乙]1822 也婆沙，[甲]2266 是非執，[甲]2270 心分豈，[甲]2395 曰若依，[三][宮]、證[聖]1462 直所用，[聖][另]1442 論事時，[乙]2249 見道及，[原]1776 全身舍。

平：[甲]1717 堪一億，[明]1459 論處佛，[三][宮][聖]1428 論衆事，[三][宮][聖]1443 章令其，[三][宮]1425 此衣鉢，[三][宮]1428 此事如，[三][知]418 此幾錢，[三]23 議言此，[三]375 價金剛，[宋][元][宮]374 價金剛，[宋][元][宮]374 量是故，[元][明]901 論善惡。

涉：[甲][乙]1822。

問：[元]1546 曰不應。

詳：[甲]、解[乙]1822，[甲][乙]1822 二釋前，[甲][乙]1822 取此釋，[甲][乙]1822 是非何，[甲][乙]1822 文詳正，[甲][乙]1822 文諸小，[甲][乙]1822 也正理，[甲][乙]1822 正理此，[甲]2255 之云等，[甲]2299 此文意，[甲]2299 定違，[原]、[甲]1744 定之此，[原]、詳[甲]2006 之夫楞。

訊：[宮]1546 理致淵。

印：[甲][乙]2249 取說。

諍：[乙]2296 相應師。

註：[甲]2266 二說云。

憑

除：[明]2103 剿四魔。

觀：[宮]2112 又子。

貴：[甲]2408 尤可貴。

慧：[宮]2059 法令慧，[宋][元]2059。

凭：[三][宮]2060，[三][宮]2122 案而坐，[三]2122 欄下望，[宋][元]2122 案而坐。

隨：[原]1818 下濟之。

爲：[甲][乙]1709 論也云。

焉：[戊][己]2089 都督來。

願：[甲][乙]1909 十方盡。

准：[原]1840 顯無我。

攴

文：[甲]2128。

尤：[甲]2128 亦反竝。

支：[明]663 羅車鉢。

抪

捕：[宮]、[元][明][甲]901 九莎訶，[宋][元][宮]、浝[明][甲]901 其香水。

怖：[三]1092。

橃：[乙][丙]1246抪。

浝：[明]、[甲][乙]、抪普末反夾註[宮]901 於枯，[元][明][甲]901 九，[元][明][甲]901 四。

潑：[宋][明][甲]、柿[宮]901 散四方，[元][明][甲]、捕[宮]901 入之即，[元][明][甲]901抻，[元][明][甲]901 一度著。

怖：[宋][元]、怖[明]1092 字聲聲。

坡

陂：[三][聖]1441 塘水得，[宋]、隄[元]、[宮]堤[明][聖]376 塘，[宋][元]1045 塘中邊。

波：[甲]2053 陀尚在，[原][乙]2250 輪此是。

披：[甲][乙]2003，[三]1331 牟阿那。

岐：[甲]2036 山之陽。

岥

岐：[三]2060 麓挽覬。

泊

白：[原]2410 頭祕法。

薄：[三][宮]2034 若入末，[宋]1331 憂。

伯：[三]2145 孫休達。

舶：[聖]2157 西引業。

洎：[甲][乙]2426 如一二，[甲]2067 極師厭，[三]945 山河虛，[宋][宮]2122 於無生。

濼：[元][明]25 中普，[元][明]303 中一時，[元][明]422 河小河。

汨：[宮]2102 然玄夷，[明]2103 山照紅。

怕：[宮]461 清淨法，[甲][乙]1796 之心止，[明]309，[明]316 寂靜極，[明]2102 道亦于，[三][宮]285 行其心，[三][宮]2112 無爲，[三]2102 道亦于，[三]2122 然無想，[聖]125 涅槃城，[宋][元]2102 然入，[元][明]309 然不動，[元][明]2063。

治：[宮]263 志默解。

浌

發：[三][宮]848 礫迦。

抻：[宋][宮]901 即得平。

潑

抻：[宋][宮]901 與諸鬼。

婆

阿：[三][宮]402 捨吐。

跋：[宮]1435 求摩題，[明]1547 羅，[三][宮][另]1458 蹉開，[三][宮]1428，[三][宮]1428 提河中，[三][宮]1435 羅得何，[三][宮]1463 難陀釋，[三]1 難陀二，[三]374 難陀吐，[三]1016 多羅阿，[宋][明]374。

般：[甲][乙]2215 若惠唯，[甲]1709 云近迦，[甲]1731 若果一，[甲]2428 若者何，[石][高]1668 若海中，[乙]2397 若海，[乙]1796 若是故。

傍：[明]2076 問如何。

薄：[丙]2397 伽梵釋，[甲][丙]2397，[甲]1003 伽梵如，[甲]1239 拘爾，[甲]1802 伽婆五，[甲]2190 伽梵得，[甲]2204 伽梵，[三][甲]1003 伽梵一，[乙]2397 伽梵住。

陂：[宋][元]2154 夷墮舍。

彼：[甲][乙]1821 曳唐言，[三][宮]1547 說名，[聖]376 伽達多，[聖]125 迦利比，[聖]1788 梨弗羅。

波：[丙][丁]866 囉蜜多，[丙][丁]866 燒香也，[丙][丁]866 香也，[丙]1056 若清淨，[丙]2087 國南印，[宮]374 耶或言，[宮][聖][另]302 多難陀，[宮][聖][另]1552 他耶義，[宮]397，[宮]664 梨富樓，[宮]1425 羅衣煮，[宮]1425 難陀，[宮]1425 難陀汝，[宮]1547，[宮]2049 底譯爲，[甲]901 拏三摩，[甲]2130 那梨神，[甲]2135 去引惹，[甲]2217 多等既，[甲][丙][丁]1141 法界之，[甲][乙]852 呼菩薩，[甲][乙]1072 誐鑁，[甲][乙]1073 夜弭上，[甲][乙]1796 羅夷罪，[甲][乙]1866 若不與，[甲][乙]2207 羅蜜，[甲][乙]2328 多等諸，[甲]850 誐鑁毘，[甲]850 吠三，[甲]850 迦羅奉，[甲]850 薩普二，[甲]850 娑，[甲]901 囉，[甲]909 婆娜，[甲]952，[甲]973 耶，[甲]974 怛他蘗，[甲]1007 二合怛，[甲]1072 盧枳帝，[甲]1088，[甲]1112 怛，[甲]1112 示那迦，[甲]1204 誐此云，[甲]1709 羅門國，[甲]1709 沙論能，[甲]1728 羅門修，[甲]1733 須達多，[甲]1763 羅門但，[甲]1816 若，[甲]1828 羅提木，[甲]1830 羅門等，[甲]1834 離言述，[甲]2087 提又曰，[甲]2128 羅門利，[甲]2130 盧瑟城，[甲]2130 羅那私，[甲]2130 羅譯曰，[甲]2130 提舍佛，[甲]2130 陀頗尼，[甲]2130 者一切，[甲]2135 囉二，[甲]2135 嚩底，[甲]2135 娜，[甲]2135 野又嚩，[甲]2135 者羅，[甲]2157，[甲]2173 羅，[甲]2196 等竝訛，[甲]2217 羅夷非，[甲]2219 第七轉，[甲]2250，[甲]2266 多分位，[甲]2266 多師難，[甲]2266 毎滿一，[甲]2266 尸佛言，[甲]2270 總聚於，[甲]2376 羅即從，[甲]2397 爾羅二，[甲]2397 野等但，[甲]2400 羅蜜，[甲]2400 囉密多，[甲]2400 薩埵南，[甲]2792 離一夏，[明][宮]1435 梨婆羅，[明][聖]125 羅，[明]202 羅提目，[明]987 訶，[明]1421 花鬘，[明]1435 伽羅婆，[明]1435 羅，[明]1450，[明]1450 斯迦願，[明]1462 羅門略，[明]1464 以事白，[明]2131 尼沙陀，[三]、披[宮]1435 羅夜，[三]、婆[聖]1 羅塔定，[三]264 多畢陵，[三]1015 若癡法，[三][宮]、[聖]1425 利婆，[三][宮]、婆羅羅婆[聖]1428 羅城中，[三][宮]1425，[三][宮]1435 二名，[三][宮]1463 國到如，[三][宮][博][敦]262 羅帝，[三][宮][甲]2053 釐阿難，[三][宮][聖]397 檀提大，[三][宮][聖]310，[三][宮][聖]383 羅目佉，[三][宮][聖]586 伽帝二，[三][宮][聖]1460 羅夷若，[三][宮][聖]1462，[三][宮][聖]1462 那訶，[三][宮][聖]1462 吒利弗，[三][宮][聖]1464 離問世，[三][宮]310 梨長者，[三][宮]397 利師迦，[三][宮]397 隸八阿，[三][宮]397 隸二婆，[三][宮]397 羅波闍，[三][宮]397 囉

諵訖，[三][宮]397 提舍是，[三][宮]443 斯那如，[三][宮]449 私及餘，[三][宮]664 羅，[三][宮]669 多淨命，[三][宮]672 國我之，[三][宮]721 翅河次，[三][宮]721 羅摩，[三][宮]1421，[三][宮]1425，[三][宮]1425 比丘，[三][宮]1425 利婆，[三][宮]1425 羅浮陀，[三][宮]1425 羅精舍，[三][宮]1425 難陀即，[三][宮]1425 是名十，[三][宮]1425 提舍，[三][宮]1428，[三][宮]1428 離迦留，[三][宮]1428 羅知之，[三][宮]1428 往世尊，[三][宮]1435 多國諸，[三][宮]1435 羅，[三][宮]1435 羅遮尼，[三][宮]1435 提城乞，[三][宮]1443 羅痆斯，[三][宮]1462 者是，[三][宮]1464 離問世，[三][宮]1464 羅，[三][宮]1465 提舍，[三][宮]1509 梨阿，[三][宮]1509 提舍復，[三][宮]1526 提舍彼，[三][宮]1546 伽羅經，[三][宮]1546 奢説曰，[三][宮]1546 斯白佛，[三][宮]1547 奢，[三][宮]1683 尾嚩部，[三][宮]2040 城乃至，[三][宮]2040 羅樹下，[三][宮]2042 掘多，[三][宮]2121 羅奈城，[三][宮]2123 提有婆，[三][宮]下同 1435 多，[三][甲][乙]901 囉，[三][甲][乙]1008 吒離子，[三][甲]901 囉二合，[三][聖]1435 提爲佛，[三][聖]26 離經第，[三][聖]26 離尊者，[三][聖]1440 利婆，[三][聖]1465 笈多後，[三][乙][丙][丁]865 羅蜜，[三][乙]1028 坻第十，[三]1 羅，[三]1 尼，[三]1 師縱，[三]99 先那，[三]100 摩那，[三]125，[三]125 羅棕國，[三]125 羅少小，[三]158 叉事提，[三]190 斯那，[三]202 毱，[三]203 羅時王，[三]212 離歸本，[三]293 尼沙陀，[三]374 羅，[三]374 那三昧，[三]397 難陀，[三]984 里大仙，[三]984 難陀，[三]1013 若癡法，[三]1028 呵，[三]1331 參，[三]1331 伽多俱，[三]1331 睺龍王，[三]1331 惟藍波，[三]1332 伽羅母，[三]1340 多隷三，[三]1341 羅梵七，[三]1341 羅分，[三]2088 菩薩作，[三]2145 離善誦，[三]2149 離問佛，[三]2154 羅，[聖]2042 闍弗哆，[聖]1 城對曰，[聖]1 婆國來，[聖]99 提舍於，[聖]125 羅棕蠰，[聖]125 祇國兩，[聖]125 尸佛所，[聖]231，[聖]278，[聖]278 多須菩，[聖]397 利師花，[聖]1426 佛如來，[聖]1427 佛如來，[聖]1435 羅跋首，[聖]1440 沙摩那，[聖]1462 蘭多説，[聖]1462 須優，[聖]1463 國至波，[聖]1464，[聖]1465 訶羅部，[聖]1465 私傳，[聖]1509，[聖]1509 羅諸阿，[聖]1509 難陀龍，[聖]1509 若，[聖]1509 若大乘，[聖]1509 若念，[聖]1509 若是不，[聖]1509 若是名，[聖]1509 若我當，[聖]1509 若心共，[聖]1509 沙解釋，[聖]1509 提令舍，[聖]1509 字即知，[聖]1541 羅奈，[聖]1788 頭摩華，[聖]2157 或云提，[另]410 毘輪檀，[另]410 舍摩閦，[另]1428 祇提國，[石]1509 若，[石]1509 若不與，[石]1509 仙，[宋][聖]125 羅墮，[宋][元][宮]1547 羅門語，[宋][元][宮]

1435 多，[宋][元][宮]1435 伽羅，[宋][元][宮]1482 田底樹，[宋][元][宮]1546 提舍問，[宋][元][宮]2121 私住，[宋][元]1057 路咭帝，[宋][元]1336 呵那呵，[宋][元]2155 離問菩，[宋]984 多梁言，[乙][丙]2190 字門，[乙][丁]2244 虇然奇，[乙]850 髻設尼，[乙]850 嚩尾迦，[乙]850 字次臂，[乙]850 字門一，[乙]872 可謂總，[乙]1072 二合阿，[乙]1796 離等故，[乙]2215 城者自，[乙]2391 嚩二合，[乙]2394 達多〇，[乙]2394 遜那皆，[元][明]、般[聖]375 那三昧，[元][明][宮]410 囉，[元][明][甲]893 羅譯，[元][明]125 離須菩，[元][明]157 那令其，[元][明]162 闍迦天，[元][明]189 斯匿偸，[元][明]387 羅，[元][明]1336 娑羅摩，[元][明]1509 離等如，[元][明]1509 羅奈國，[元][明]1520 提，[元][明]1559 沙乾，[元]26 離居士，[元]449 塞優，[原]981 羅吠者，[知]384 呵有女。

鉢：[三][宮]、[聖][另]1435 羅華瓔，[三]25 羅鉢頭。

博：[三][宮]512 叉，[三][宮]2040 叉將諸。

愽：[宋][元]、博[明]1 叉天王。

跛：[三][甲][乙][丙]930 野。

簸：[聖]383 質多屈。

闌：[三][宮]1464 怒。

度：[原]1250 帝。

梵：[原]2223 二住三。

浮：[三]2122 人壽六，[聖]1428 果波梨。

縛：[甲]、婆[甲]1782 城賛曰，[甲]1291 呵，[甲]2400 達摩，[三][宮][甲][乙]848 怛他引，[乙]2391 時右左，[原]1205 賀。

呵：[甲]1789 世界有。

訶：[甲]2895 界四重。

和：[三][宮]1428 先始二。

桓：[三][宮]1509 因是天。

會：[三][宮]、天[石]1509 諸天。

汲：[石]、波[高]1668 梨健訶。

樓：[宮]1421 伽國與，[三][宮]1462 羅彌寺。

漊：[三][宮]625。

露：[三]1331 羅思和。

羅：[明]1648 羅譯，[三][宮]1521 果如雙，[原]2425 菓如雙。

嚩：[甲]904 訶爾，[甲]931 怛，[甲]1273 賀上加，[明][聖][甲][乙][丙][丁]1199 阿素囉，[三][宮][丙][丁]848 勃馱菩，[三][宮]848 怛他，[三][乙][丙][丁]865 怛，[三][乙]982 主增長，[三]865 布誓得。

那：[聖]397 散提阿。

槃：[明]、波[甲]2087 斯又曰，[明]、波[乙]2087，[明]372 世界主，[明]721 羅門瞿，[明][乙]1092 羅，[明][乙]1092 無可，[明]12 塞亦名，[明]400 世界瞻，[明]400 醫王普，[明]682 利師，[明]721，[明]721 羅，[明]721 羅門，[明]721 羅門不，[明]721 羅門長，[明]721 羅門及，[明]721 羅門聚，[明]721 羅門瞿，[明]721 羅門如，

[明]721 羅門若，[明]721 羅邪之，[明]721 羅葉中，[明]721 塞，[明]721 色華十，[明]721 身，[明]721 尸正覺，[明]721 提處如，[明]721 提金色，[明]721 提於彼，[明]934 引野二，[明]1128，[明]1143 誐嚩帝，[明]2087 塞皆，[明]下同 721 法念處，[明]下同 721 羅門瞿，[明]下同 372 世界地，[明]下同 721 城鹿愛，[明]下同 721 羅門瞿，[明]下同 721 羅門若，[明]下同 721 尸佛當，[明]下同 721 提界則，[明]下同 721 音復次，[明]下同 843 佛號釋，[明]下同 843 羅門能，[明]下同 843 世界有。

槃：[明]838 誐嚩訥，[三]下同 838 羅門言。

泮：[乙]867 婆。

披：[宮]1435 提國，[宮]1425 羅，[宮]1435 蹉婆羅，[宮]1435 羅，[宮]2121 羅問曰，[宮]下同 221，[三]146 羅延時，[三]2154 羅門經，[三]2154 塞後漢，[聖]211 即起入，[聖]1425 羅門長，[聖]1548 羅門，[宋]2154 羅門經。

毘：[明]1336 毘沙，[明]2053，[三]988 阿。

婆：[聖]397。

蔢：[宋]、－[宮]2122 多。

嘍：[三][宮]397，[三][宮]397 闍那二，[三][宮]397 移十四，[宋][明]969 去婆賀。

皤：[宮]848 字門一，[宋][元][宮][甲]901 帝六十。

破：[甲]2130 尸羅傳。

頗：[宮]1435 伽婆在，[甲]2255 羅。

菩：[明]993 差多囉，[明]1336 藍婆利，[明]下同 1435 伽羅。

沙：[甲]、瑜伽本文婆作娑字 1831 七補，[甲][乙]924 婆呵，[久]397 毘，[明][宮][聖]318 竭龍王，[明][乙]1260 多，[三][宮]622 呵，[三]1335 那婆婁，[三]1336 梨，[聖][另]1552 欲令戒，[聖]1546 闍婆提，[聖]1547 佉梨謂。

莎：[三]1337 訶。

裟：[甲]2130 應云安，[三][宮]1435 羅薩祀。

善：[三]125 那羅。

數：[甲]897 杓而作。

娑：[丙][丁]866 羅，[丁]866 怛他揭，[宮]279 牟呼栗，[宮]468 弗婆弗，[宮]1546 楞伽力，[宮][甲][乙]1799 毘迦羅，[宮][聖]397 斫閦毘，[宮]383 達，[宮]397 國鳩，[宮]397 牟寄婆，[宮]673 羅，[宮]848 字次於，[宮]901，[宮]1425 惡邪見，[宮]1558 等亦，[宮]1559，[宮]1559 末多十，[甲]2131 羅此云，[甲]2400 頗二合，[甲][乙]2390 南左，[甲][乙][丙]973 嚩二合，[甲][乙]901 羯哩二，[甲][乙]901 四十五，[甲][乙]1069，[甲][乙]1822 提訛也，[甲][乙]2194 羅計罪，[甲][乙]2390 嚩二合，[甲][乙]2391 計涅哩，[甲][乙]2393 跛須庾，[甲][乙]2393 訶乞灑，[甲]850 二合

吠，[甲]897，[甲]921 嚩，[甲]952 攞神及，[甲]973 嚩，[甲]1000 賀禰嚩，[甲]1103 賀娑娑，[甲]1111 引曳，[甲]1268 鉢闍迦，[甲]1302 吃訶那，[甲]1728，[甲]1733 羅栴檀，[甲]1735 羅下誡，[甲]2087 唐言，[甲]2128 羅此云，[甲]2128 羅樹是，[甲]2130 譯曰內，[甲]2223 頗那伽，[甲]2227 羅坌爾，[甲]2244 羅耶那，[甲]2250 夷鹿子，[甲]2266 此云六，[甲]2290 此云，[甲]2399 馱羅剃，[甲]2400 嚩二合，[甲]2401 各如其，[甲]2402 度喜跋，[明]228 羅門等，[明][丁]1266 折，[明][宮]397 多吁嚧，[明][和]293 婆世界，[明][甲]2131 提伽或，[明][乙]2131 馱此云，[明]1 林中止，[明]244 二合十，[明]316 羅其王，[明]316 人非，[明]883 嚩日囉，[明]1217 娑摩囉，[明]1257，[明]1299 怛沙耶，[明]1545 羅於此，[明]1644 衣芻摩，[明]2088 羅王之，[三]382 摩象力，[三]1341 多拔帝，[三][宮]、婆婆[聖]411 紇栗帝，[三][宮]1462 那參復，[三][宮]304 王但爲，[三][宮]1545 多縛芻，[三][宮]1545 揭羅從，[三][宮]1559 經中言，[三][宮]1562 居餘皆，[三][宮][甲]901 那陀，[三][宮][甲]901 上音那，[三][宮][甲]901 上音厭，[三][宮][久]397 羅彌國，[三][宮][別]397 帝帝弭，[三][宮][別]397 離犁佉，[三][宮][聖][石]1509 字門入，[三][宮][聖]397 地移栴，[三][宮][聖]397 呵薩囉，[三][宮][聖]397 利天女，[三][宮][聖]397 亦一切，[三][宮][聖]625 蜘八毘，[三][宮]295 字，[三][宮]310 毘輸達，[三][宮]397，[三][宮]397 阿摩波，[三][宮]397 叉四，[三][宮]397 利國，[三][宮]397 羅香大，[三][宮]397 邏浮，[三][宮]397 毘，[三][宮]397 醯利嘻，[三][宮]397 卸思夜，[三][宮]402 羅九娑，[三][宮]402 摩哆，[三][宮]440 羅佛南，[三][宮]443 達泥十，[三][宮]671 樓那，[三][宮]675 婆等甘，[三][宮]721，[三][宮]721 果色香，[三][宮]721 羅多羅，[三][宮]721 羅山乳，[三][宮]721 樹次名，[三][宮]721 樹多有，[三][宮]866 沙阿藍，[三][宮]889，[三][宮]1425 比丘數，[三][宮]1425 共汝入，[三][宮]1425 路醯多，[三][宮]1425 路醯肆，[三][宮]1425 莫起惡，[三][宮]1435 羅河阿，[三][宮]1462 闍那者，[三][宮]1462 那婆私，[三][宮]1545，[三][宮]1546 羅婆羅，[三][宮]1546 修迦龍，[三][宮]1559 郎伽力，[三][宮]1559 那山阿，[三][宮]1562 羅經意，[三][宮]1579 羅，[三][宮]2053 伽藍臺，[三][宮]2053 羅阿迭，[三][宮]2121 羅奴，[三][宮]2122 陀禰二，[三][宮]2123 竭多梨，[三][甲][乙]982 擔二合，[三][甲][乙]2087 羅唐言，[三][甲]1009 底丁以，[三][甲]1039 末二合，[三][甲]1069 引莽，[三][甲]1227 擔合，[三][久]397，[三][聖]190，[三][聖]643 乳養彼，[三][乙]1092 香甲香，[三][乙]1092 注囉迦，[三][乙]1125，[三]1 羅

樹枝，[三]1 祇國舍，[三]1 四伊，[三]24 果林，[三]26 羅，[三]26 奇瘦劍，[三]70 利師爲，[三]99 羅受持，[三]100 鉢提入，[三]125 伽梵天，[三]158 羅窟，[三]159 陀樹，[三]187 竭羅書，[三]189 羅，[三]190 婁多書，[三]190 頗，[三]191 子三娑，[三]192 續復明，[三]194 羅園中，[三]203 伽尊者，[三]220 果先取，[三]310 羅王諸，[三]310 囉，[三]620 禍呵，[三]848 各如其，[三]956 邏迴，[三]984 狗修彌，[三]984 已，[三]985 河王設，[三]985 雞得迦，[三]985 羅城，[三]986 訶，[三]1005 囉婆，[三]1043 陀伽，[三]1058，[三]1058 呵薩囉，[三]1069 也陛儞，[三]1093 輕道羅，[三]1125 嚩素覩，[三]1283 羅葸隣，[三]1331 和呵摩，[三]1331 履，[三]1335 憊婆婆，[三]1335 唎伊，[三]1335 利沙油，[三]1335 羅婆羅，[三]1336 藍陀囊，[三]1337 那，[三]1340 毘帝利，[三]1341，[三]1341 伽那十，[三]1341 迦鴻提，[三]1341 婆荼二，[三]1341 陀囉眼，[三]1341 憂地哆，[三]1343 彌律坻，[三]1343 末坻那，[三]1343 遮梨，[三]1357 嘶阿叉，[三]1543 譯出此，[三]1644 芻摩衣，[三]1650 翅多城，[三]1982 蘗阿，[三]2088 羅，[三]2145 鞞度定，[三]波[宮]2040 羅樹，[聖][甲]1763 羅樹，[聖]158 羅主如，[聖]190 樹鎮頭，[聖]397 鉢龍王，[聖]397 竭梨，[聖]1199 誐鑁得，[聖]1199 二合嚩，[聖]1199 引，[聖]1354 上隸娑，[石]1668 伽叉，[石]1668 阿叉尼，[石]1668 那，[宋]、薩[元][明]99 羅聚落，[宋][宮]1425 路醯帝，[宋][甲]1103 嚩二合，[宋][明][宮][甲][乙]901 迦比遮，[宋][明]1 羅，[宋][元][宮]、－[明]1558 羅契經，[宋][元][宮][丙][丁]848 訶娑火，[宋][元][宮]402 羅，[宋][元][別][宮]、莎[明]397 利薩，[宋][元]1284 捺囉二，[宋][元]2088 羅疕，[宋]25 果，[宋]984，[宋]984 樓割，[宋]1244 去嚩娑，[乙]850 嚩二，[乙]897 羅枳，[乙]1238 羅婆，[乙]1821 亦是果，[乙]1822 羅，[乙]2131，[乙]2192 之五方，[乙]2244 大仙，[乙]2391 地，[乙]2394 羅樹王，[乙]2397 頗，[乙]2397 頗那伽，[元][明]1509，[元][明][聖]158 羅浮，[元][明][聖]158 羅王如，[元][明][聖]1425 路醯店，[元][明]440 羅佛南，[元][明]721 呵龍王，[元][明]901 三薩婆，[元][明]1197 引覩娑，[元][明]1336 羅，[元][明]1505 淨居也，[元]1341 那伽八，[元]2122 沙論，[原]1064 馱野吽，[原]1072 二十八，[原]1212 跛底所，[原]1249 訶野，[原]2131 出鬼神，[原]2131 洛揭拉，[原]2196 此云牛。

塡：[三]2151 國人共。

萎：[宮]1546 檀陀說。

顏：[三]2040 羅。

耶：[甲]2130 長阿含。

業：[三]1 三名阿。

一：[明]2151。

欽：[原]2130 羅譯曰。

域：[三][宮]、舊[聖]1435 治我病。

欲：[宮]618。

云：[三]245 若覺非。

姿：[三]197 首端正，[乙]2194 沙羅王。

啰

婆：[明]1341，[三][宮]397 婆邏，[三]1058 盧枳低。

嶓

播：[元][明][乙]1092 囉嶓。

膰：[乙]2385 二合嚩。

皓：[宮]901 弭唎二。

嚩：[甲][乙]2228 儞亦爲。

婆：[甲]931 嚩二十，[明][甲]1227 明王密。

叵

法：[乙]1736 測仍帶。

近：[乙]1724 階乃欲。

巨：[宮]1799 益，[甲]2348 舍羅次，[明]2016 鑒不慮，[元]、難[明]125 計故。

可：[原]1776 得法若。

類：[元][明]200 曾聞阿。

難：[甲]2305 窮今據，[乙]1723 盡。

匿：[甲]1846 濟乏於。

匹：[宮]2102 以生爲，[甲]1733 當慧力。

婆：[宮]848 二合。

頗：[三][宮]721 得，[三][宮]2060 解愁不，[宋][宮]310 思議能，[宋][明][宮]647 信難信，[元][明]、若[聖]200 可得不，[元][明]190 有彼佛，[元][明]200 有人能，[元][明]190 有，[元][明]200 有如似，[元][明]2123。

區：[甲]1851 依故。

巳：[聖]1509 知。

正：[甲]2348 次，[明]721 見一切。

駊

峨：[三][宮]2122 峨注。

頗：[宋][宮]、[元]、[明]2122。

駝：[三][宮]386 驢牛羊。

迫

白：[三]193 王。

逼：[三][宮]2122 念欲受，[三][宮][石]1509 隘受諸，[三][宮]618 以厭智，[三][宮]1673 長夜無，[三][宮]2122 脅下民，[宋][宮]2122。

近：[甲][乙][丙]2394 毘舍遮。

逈：[明]2060 以緣礙，[明]2108 焉似高。

邈：[明][宮]2103 已遠睿。

拍：[三][甲]989 憯聲龍，[宋]361 脅持歸，[乙]2263 等現緣。

迮：[宮]374 相集者。

珀

魄：[燉]262 諸，[聖]1579，[聖][石]1509 金剛等，[聖][石]1509 無有

如，[聖]190 如是等，[聖]1428，[西]665 眞珠等。

破

礙：[宮]1559 自悉檀，[三][宮]1562 故彼不，[三][宮]1571，[聖][甲]1733 俗而恒，[聖]190 家散宅，[宋][元][宮]447，[元][明]660 見補特。

敗：[宮]719。

陂：[三][宮]737 塢間心。

被：[宮]1559 僧爲最，[宮]2123 駕挽載，[甲][乙]2434，[甲]1926 打罵時，[甲]2219 餘色障，[甲]2261 受道，[甲]2266 唯爲聲，[明]1421 滅入地，[明]2123 傷，[三][宮]2121 垢膩爪，[宋][元][宮]424 壞爾時，[元][明]100 他國虜，[元]1566 申其由，[原][甲]1851 所起憐，[原]2339。

彼：[宮]400 蘊魔隨，[宮]1571 其，[甲]1736 有邊等，[甲][乙]1822 宗説一，[甲][乙]1929，[甲]914 魔軍衆，[甲]1816 名色觀，[甲]2266 可辨差，[甲]2266 以九門，[甲]2400 婀字入，[明]721 國土惡，[明]414 四魔軍，[明]707 出家縁，[明]1582 戒苦九，[三]1582 病故隨，[三][宮]270 瓶燈衆，[三][宮]1435，[三][宮]1509 布施中，[三][宮]1523 戒惡所，[三][宮]1559 説我中，[三][宮]1571 過去未，[三][宮]1592 器中月，[三][宮]1628 若成立，[三][宮]1629 若，[三][宮]2122 物中生，[三]119 時指髻，[三]384 彼剛強，[三]1441 何者是，[三]1442 邊賊六，[三]1545 僧中起，[三]1642，[聖]1617 有別事，[宋][宮]397 壞魔衆，[乙]1821 又若有，[元][明]397 瞿曇復。

變：[三]220 壞想啄。

波：[甲]2261 羅。

初：[三][宮]1559 過此無。

除：[原]、[甲]1744 四種生。

單：[宮][甲]1912 如單四。

敵：[元][明]125 魔衆去。

諦：[甲][乙]、障[甲]2261 聖。

斷：[聖]、破[聖]1733 外道説。

惡：[三]374 賊鎧，[三]375 賊鎧仗。

法：[甲]2261 羯磨僧。

犯：[元][明][宮]374 波夜提。

敷：[三][宮]1428 地生虫。

伏：[甲]2274 他論者。

故：[宮]1509 十八種，[甲][乙]1822 譬喻，[甲][乙]1822 有部通，[甲]1709 内外等，[甲]1921 而相成，[甲]2250 壞自體，[甲]2266 業果亦，[甲]2273 無宗前，[甲]2299 不破品，[三][宮]1521 壞衆僧，[聖]、誰[宮]1509 色誰色，[乙]1816 爲微，[乙]2263 此約境，[原]、故[甲]1722 龍樹前。

壊：[三]374 舫伴黨。

壞：[宮]222 壞是爲，[三][宮][聖][石]1509 一人以，[三][宮]1435 爲二部，[三][宮]1435 衆僧是，[三][宮]1488 和，[三][宮]1509 因縁法，[三][宮]2121 復有犲，[三][聖]375 船，

[三][聖]1426 彼比丘，[聖]200 時有童，[乙]2228 無智城。

毀：[三]375 壞汝等。

叚：[原]1764 中初先。

交：[甲]1733 顯非又。

教：[甲]1863 豈薩婆，[甲]1863 者二論，[元][宮]374 汝善男。

救：[元][明]721 是故名。

就：[三][宮]1471 決湖池。

空：[原]1851 顛。

立：[甲]2270 若闕，[甲]2274 答能立，[甲]2274 如。

裂：[宮][甲]1912 謂裂破，[三][宮][聖]1435 壞。

羅：[三]1332。

滅：[宮]1509 一切法，[宮]1911 故無依。

難：[甲][乙]2263 之耶燈，[甲]2263 彼，[乙]1821。

碾：[甲]1088 義。

拍：[三][宮]542 之復有。

披：[明]、彼[宮]1425 房令其，[宋]1451 衣鉢錫，[乙]2263 莊嚴。

皮：[三][宮][聖][另]1442 油瓶衆，[宋]721 人腸或。

叵：[三][宮][聖]625 壞聲如。

頗：[甲]1912 訶私有，[三]1332 波羅一。

岐：[乙]2157，[乙]2157 嶷有棄。

敲：[甲]1795 骨之類。

却：[三]190 怨。

壤：[三]1331 塔滅僧。

邉：[宮]279 諸黒闇。

散：[甲]2006 月華，[乙]1796 壞無有，[乙]1816 界爲塵。

沙：[宮][聖]379 漏善好。

似：[甲]2270 也此中。

受：[三]157 戒之名，[宋][元][宮]721 戒心無。

碩：[甲]2015 長夜之。

碎：[三][宮][聖]425 身骨建，[三][宮][聖]606 壞擧下，[三][宮]310 散壞同，[三][宮]380 壞猶如，[三][宮]1435 應捨不，[三][宮]1451 婦覺報，[三][宮]1546 瓦不可，[三][宮]2042 壞，[三][宮]2121 折瓶，[三][宮]2122 鉢自然，[三]291 散使，[三]956 凡所，[三]1087 法，[乙]1816 爲，[乙]2309 折之時，[元][明][宮]374 解脱，[元][明]2121 此身從。

析：[三][宮]、拆[聖][石]1509 竹初節。

悉：[三]375 壞衆生。

研：[甲]1799 既。

硯：[甲]2266 夫心心。

一：[三][宮]1425 根命此。

以：[元][明]、－[宮]403 骨以髓。

刈：[原]2317 竹斷斷。

役：[聖]1425 壞僧物。

飲：[明]722 墜有情。

欲：[甲]1828 界四大，[明]449 行破於。

執：[乙]1723 五執不。

止：[三][宮]1545 他宗顯。

致：[甲]1728 壞餓鬼，[乙]2249 此難破。

皺：[元][明]721 面求覓。

斫：[宮]720 斷諸善，[甲]2296 斥數人，[三][宮]1432 教人，[三][宮]2121 地以盡，[三]1 其手足，[三]99 石蜜供，[三]125 薪手斧，[三]153 伐法樹，[三]1505 爲首。

魄

鼻：[宋]2102 内思安。

瑰：[三]、珀[宮]263 車。

魂：[甲]2255 聖智，[明]2123 靈昇天，[三][宮]2102 首復爲，[三]2146，[三]2154 經一卷，[宋][元][宮]2123 歸於地，[乙]2207 既生魄，[原]1859 聖智尚。

怕：[三][宮]721 極大憂。

拍：[三]2110 乎大羅。

珀：[宮]310 眞珠等，[宮]263 砮藏盈，[宮]2122 虎魄，[三][宮]263 車馬瑙，[三][宮]263 載滿船，[三][宮]664 璧玉珂，[三][宮]1579 金銀赤，[三]190 金銀玉，[三]190 諸璧玉，[聖]643 華虎。

畏：[三][宮]721 若送與。

頗

彼：[甲][乙]1822。

玻：[宮]272 梨色無，[宮]1595 梨，[明][甲]951，[明]293 胝迦金，[三][宮]310 梨色相，[三][宮]1509，[宋][宮]、頗梨玻[元][明]1509 梨珊瑚，[宋][元]、頗胝玻[明][乙]953，[元][明]339 梨眉間。

補：[明]1544 有。

額：[三]186 那山上。

頞：[甲]2130 浮達摩，[三]般[元][明]196 那山，[三]186 那山上。

發：[甲][乙]1214 二合吒，[明]880 字門一。

顧：[三][宮]2104，[三]2125 有一途，[聖]1464 聞。

恒：[三][聖]311 得迦葉。

回：[三][宮]817 進退。

摩：[元][明]、魔[宮][聖]2042 梨。

難：[乙]2309 盡乃。

叵：[甲]1719 忘何故，[甲]1733 有分判，[明]2122 辯菴羅，[三]202 識，[三][宮]1425 見帶不，[三]1394 有家，[聖]1425 曾見聞，[原]2261 究。

破：[博]262 有衆生。

佉：[三][甲][乙]982 上嚩。

深：[乙]2263 叶。

碩：[元][明]2060 返西梵。

隨：[甲]2277 似不本。

損：[宋][元][宮]、明註曰頗字南藏作損字 1549 彼心亂。

頭：[三][宮]2122 頭摩。

頑：[明]2154 輕躁遊。

項：[甲]2394。

頡：[甲][乙][丁]2244 里。

顔：[甲]、玻[乙]1110 梨淨無。

頤：[甲]2261 婆底知。

願：[三][宮]837 具説恐，[另]1451 能濟度，[宋]、頭[元][明]993 魔帝分。

剖

部：[宮]2060 斷時秀，[宮]2060 決詞宗，[甲]2284 散説門，[三]2060 會區分，[聖]292 判法處，[聖]481 判諸法，[石]1668 散説門。

割：[宮]263，[甲]2087 之如割，[三][宮]2104 身肉布，[三][宮]493 腹出心，[三][宮]2060 於終標，[三][宮]2102 心之禍，[三][宮]2103 母胸背，[三][宮]2121 腹得，[三]202 腹看，[三]220 心常啼，[三]643 裂，[三]2103 心之戮，[聖]481 判一切，[宋][宮]2060 定邪正，[宋][明]、刹[元][宮]2122 擊不損，[乙][丙]2092 心痛齊，[乙]1796 之蓮極，[乙]1796 之蓮也，[乙]2394 蓮華形。

廓：[元][明][乙]1092 無諸翳。

剖：[三][宮][另]1451 其半顆。

捊

佛：[甲]1802 應感惡。

桴：[三][宮]270 此三法，[三][宮]664 依人，[三]993 利闍尼。

跑：[三]、把[宮]2121 出先身，[宋][元]、把[宮]2121 出先身。

掊

把：[三][聖]26 床四脚。

棓：[元][明][甲]893 印諸餘。

抱：[三][宮]2103 土，[三]2123 此大小。

鉋：[三][宮]620 行者心。

跑：[三][宮]2060。

音

音：[甲]2128 聲論從，[甲]2128 婁也。

仆

僵：[三][宮]2122 客持頭。

朴：[明]191 於地。

什：[宮]1912 也次解，[宮]1562 翻首皺，[甲]2128 之木而，[明]2110 地消鑄，[宋]2122 道俗萬，[元]1562 如木無。

臥：[三][宮]2122 示同僵。

作：[甲][乙]2328 云云，[乙]1821 者釋下。

扑

朴：[明]1636 翻如樂。

撲

撥：[宮]537 於門外。

採：[三]201 取時枝。

瀀：[元][明]2121 身出沙。

幞：[元]945 如陰毒。

僕：[宮][聖]1425 客作賤。

樸：[甲]2036 今當爲，[三]2145 或變質，[宋]、極[元][明]、樣[宮]2112 元樂天。

擲：[三]152 之菩薩。

鋪

敷：[三][宮]277 妙寶師，[三][宮]2042 何物答，[三][宮]2121 具寧以，[三][聖]190，[三][聖]643 綩。

庫：[三][宮]1459 店樓場。

菩

布：[乙]2381 薩三説。

第：[甲]1512 薩重牒。

埵：[三]1336。

佛：[宮]221 假令不，[三][宮]222 是故菩，[三]984 陀也那，[聖]224 若有善，[元][明][知]418 時佛在。

集：[元]203 薩實如。

苦：[明]397 薩言然，[明]673 提，[明]1571 提於諸。

婆：[明]1354 薩從座。

蒱：[三]、菩闍薩闍[聖]1440 闍尼受。

普：[明]278 提施，[明]424 薩復白。

薩：[甲]2218 埵道，[甲]893 嚩弭那，[甲]1112 提薩埵，[甲]1736 提言甚，[明]228 薩起瞋，[明]278 薩，[明]1336，[明]1336 薩説陀，[三]984 婆部底，[三]1334 多男八，[三]2154 和達王，[乙]1866 薩成佛，[元][明]1509 遮多非。

善：[宮]847 提當知，[甲]1735 薩即爲，[甲]1782 哉賛曰，[甲]2370 提名不，[明]1662 提因彼，[三]193 薩見變，[聖]278 國有菩，[聖]1509 薩摩，[宋]220 薩無著，[宋][元]843 提者各，[宋]273 薩言云，[宋]774 薩有四，[元]20 薩道，[元]1579 薩普，[元]1666 薩示教，[原]1791 勝義遠。

著：[明]309 薩大士。

脯

晡：[宮]1458 爛拏塔，[明]1450 刺拏等，[明]1450 刺拏二，[三][宮]470，[三][乙]1092 甘反，[三]1336，[宋][宮]、[明]451 也莎，[宋][明]2122 至樞所，[宋][元][宮]1464 輒乞自，[元][明]1341 利婆簸。

捕：[乙]1796。

哺：[三][宮][聖]397，[三][宮]1452 晡。

餔：[三]、鋪[宮]2122 玄中記。

炰：[三]199 煮。

葡

薄：[三]下同 1435 葡估客。

蔔：[三]、[宮]657 衆是。

蒱：[三][宮]1452 萄石榴，[宋][元][宮]、蒲[明]1435 萄即取，[乙]1723 葡三。

蒲：[三]、葡萄蒱桃[宮]1435 萄楊柳，[三]、蒱[宮]1435 萄葉鑷，[三]154 萄酒漿，[三][宮]721 萄酒流，[三][宮]1425，[三][宮]1452，[三][宮]2122，[三]152，[三]1440 萄楊柳，[宋][元][宮]1425。

桃：[三]156 漿黒。

陶：[宋]152 酒。

蒱

補：[甲]1733 底此云。

蒲：[宮][聖]1428 八道十，[宮]397，[宮]397 比反陀，[宮]397 呼曷囉，[宮]407 三，[明][另]1428，[明]

[乙]1092 餓反下，[明]1439 根五種，[三]、滿[宮][聖][另]790 隣奈國，[三]1340，[三][宮][聖][另]1459 膳，[三][宮]397，[三][宮]408 多俱致，[三][宮]671，[三][宮]721 桃樹迦，[三][宮]1579 弄珠等，[三][宮]2060 州悉與，[三][宮]2123，[三][甲]951 餓反，[三]158 闍若薛，[三]190 沙地尼，[三]374，[三]985，[三]1339 耆禀婆，[三]2149，[聖][倉]1458 膳，[聖]397 那阿婆，[聖]397 娑婆帝，[另]1428 比丘，[宋][宮]2123 圍碁，[宋][元][宮]2122，[宋]190 圍，[宋]945 曇流轉，[元][明]、蒱萄蒲陶[聖]397 萄林如，[元][明]158 闍螺夜，[元][明]1463，[元]1488 圍碁六。

蒲

蔔：[明]、[甲]2087 陶梨。

補：[三][宮]1425 多梨，[乙]1239 席跪。

柴：[南]174 草爲父，[元]175 草爲父。

復：[元][明]1339 得究追。

滿：[甲]1007，[甲]2128 交反通，[甲]2129 北反爾，[聖]1427 闍尼食。

莆：[三][宮]1442 黄薑白，[宋][元]1057 一千八。

菩：[三][宮]、－[聖][另]1435 闍尼食，[三][聖][另]、蒲[宮]1435 闍尼五，[宋][元][宮]1435 闍尼。

葡：[甲][丁]2092 萄異於，[明]、[宋][元][宮]2122，[明]2122。

蒱：[宮]1435 闍尼食，[宮]2121 爲屋施，[甲][乙]1822 桃等所，[三][宮][另]1443 膳尼食，[三][宮]310 盧若提，[三][宮]1425，[三][宮]1428，[三][宮]1435 泉薩羅，[三][宮]1488 圍碁六，[三][甲]1139 也反啼，[三]984，[三]1341，[宋][宮]310 萄甘蔗，[宋][宮]1425 闍尼食，[宋][宮]1463，[宋][宮]1523，[宋][宮]1559，[宋][元][宮]、葡[明]1442 萄，[宋][元][宮]231 我反下，[宋][元][宮]665，[宋][元][宮]1435 闍尼五，[宋][元]22 博戲所，[宋]866，[宋]901 祇蒱，[宋]1007 桃漿，[宋]2103 爲分直，[元][明]187 博，[元][明][甲][乙]901 瑟泥二。

蒲：[三]2122 圖王因。

浦：[甲]897，[甲]2129 半反說。

僕

婢：[三]99 諸僮使。

給：[宋]374 使男。

僅：[三][宮]2053。

貧：[三][宮]399 由自在。

撲：[乙]2376 陽智周。

使：[三][宮]1488 此輩若，[三]1 爲下方。

侍：[明]1450 從咸共。

僮：[三]1 使不耶。

業：[三][宮]1509 佛已。

儀：[三][宮]2121 從。

讃：[三]2110 隸等布。

璞

璜：[甲]2128 曰謂相。

扑：[三][宮]1610 金得。

朴：[宮]2102 而。

樸：[三][宮]1579 弘不言。

濮

僕：[三][宮]2103 有關外。

瞨：[宮]2122 陽也。

朴

忖：[原]1987 者是奇。

科：[三]395 守眞宣。

礦：[乙]2397 中世人。

璞：[明]2102。

樸：[宮]2111 略而無，[甲]2036 人然於，[明]1462 未成者，[明]1463 不失其，[三][宮]2122 素復嫌。

圃

囿：[明]2110 致騶虞。

浦

甫：[明]2122 巫山臺。

津：[丁]2089 相隨弟。

普

寶：[甲]2898 光如來。

遍：[甲]2211 如體遍。

并：[三]、竝[聖]125 自吐言，[聖]425 周一切，[原]2425 皆縱廣。

並：[宮]263 更勤學，[宮]383 純熟，[甲][敦]1960 不得生，[甲][乙]1866 於初時，[甲][乙]2390 依經中，[甲]868 舒若金，[甲]949 禮一切，[甲]1120 拳乃下，[甲]1238 令安穩，[甲]1863 本有故，[甲]1863 世親，[甲]2270 丸反獸，[甲]2337 亦然又，[甲]2778 集等明，[明]1450 皆摧息，[三][宮]、[甲]2053 皆信伏，[三][宮]1442 告，[三][宮][聖][另]1459 請盡僧，[三][宮][知]741 至戮之，[三][宮]384 説頌曰，[三][宮]402 皆頭痛，[三][宮]455 得身安，[三][宮]534 喜並言，[三][宮]721 至受大，[三][宮]744 疑今日，[三][宮]1457 皆照，[三][宮]1563 於五部，[三][宮]1808 通十方，[三][宮]2028 起軍，[三][宮]2059 皆成長，[三][宮]2060 經陶述，[三][宮]2122 金光明，[三]1374 皆雲集，[三]2122 皆枯，[三]2145 皆博學，[三]2154 集會壇，[聖]1721 爲一切，[聖]410 給一切，[聖]1425 茂無，[宋]374 照之功，[乙]2246 通説聽，[原][甲]1781 屬於，[原]1775 照不假，[原]1863 具成。

竝：[三][宮][聖]288 有瞻望，[三][宮]606 護身色，[三][宮]721 看竝走，[三][宮]721 看山，[三][聖]190 皆顯現，[三]1，[三]24 皆洞然，[三]125 作是説，[三]152 寧孫曰，[三]192 唱惱亂，[三]197 喚上，[三]200 各語言，[三]201，[三]203 皆出家，[聖]125 作此願，[聖]125 作誓願，[元][明][聖]125 自陳啓。

怖：[明]1450。

出：[三]2121 曜經第。

此：[明]195 言明女，[明]2042 言無憂。

答：[宋]1126 賢菩薩。

等：[甲]1709 於前三。

法：[甲]2073 安釋解，[明]2131 潤大師。

谽：[三]2125 馥。

敷：[三][宮]544 演權道。

符：[甲]2412 合經説。

覆：[宮]598 莊嚴常。

各：[三][宮]1451 令飽滿。

慧：[明]288 眼境界。

皆：[宮][另]410 覆一切，[明]269 説生死，[三][宮]579 垂埵内，[三][宮]630 平紺琉，[三]192 震動。

晋：[宋]2059 見彼三。

苦：[宋]375 教情存，[原]1981 行願往。

量：[乙]2394 皆方若。

能：[三][宮]398 觀。

頗：[明]220 能映奪。

溥：[三][宮]585 首曰所，[三]2154 首童眞，[元][明]2151。

譜：[三]2110。

其：[宮]294。

齊：[原]851，[原]2404 次除障。

氣：[宮]606 照天下。

善：[宮]279 能覺悟，[宮]345 世父除，[宮]371 集莊，[甲][乙]2426 供養彼，[甲]2271 尋他本，[甲]2367 入佛，[明]293 見一切，[三][宮]476 現一切，[三][宮]294 能充滿，[三][宮]399，[三]187 洽群生，[三]882 照者，[聖]983 召諸佛，[宋][宮]285 世難可，[乙]1796 現衆生，[乙]2223 照一，[乙]2397 觀諸法，[元][明]988 賢吉祥，[元][明]986 賢成一。

事：[甲]2409 供養次。

誓：[宮]263 當堅固。

首：[明]359 遍通達。

所：[甲]1742 照除滅。

爲：[三][乙][丙]1076。

昔：[宮]279，[明][和]261 願住無，[明][甲]997 善常不，[三][宮]656 於。

悉：[三][宮]278 照十方，[聖]227 皆稱揚。

焔：[三][宮]443 電。

業：[乙][丙]873 金剛身。

一：[甲]2218 門。

亦：[三][聖]125。

音：[宮]887 現白色，[三][宮]222 照降，[三][宮]630 調敏次，[三][宮]656 響法門，[三][宮]2059 亦素，[聖]823 愍一切。

營：[明]2110 建道場。

有：[甲]1778 又方便。

遠：[三][宮]2103。

雜：[三][宮]263 芬薰。

照：[三]2060 顯五色，[聖]200 曜如百。

者：[宮]330 智泥洹，[甲]、著[甲]、普廣[甲]1816 令入涅。

着：[聖]125 共行此。

智：[甲]1735 觀悲救。

著：[宮]278 覆摩尼，[宮]2123

念衆生，[甲]2196 利衆生，[明]598 降伏諸，[三]98 疑無有，[三]2060 由諸八，[聖]279 現分明，[聖]279，[宋]24 使肥良。

溥

薄：[甲]2157 首童眞。

傳：[甲]1733 首又云，[甲]2120 潤散慈。

敷：[宮]425 首菩薩，[三][宮]263 柔軟音。

縛：[聖]2157 首童眞。

晋：[知]1785 遍弘宣。

普：[甲]1783，[明]1092 照一切，[三][宮]2108 天，[聖]下同 585 首如來，[乙]1092 放億千。

濡：[明]817 首亦如，[宋][宮]、獳[明]419 軟其意。

軟：[宋][宮]、濡[元][明]627 首鼓，[宋][宮]、濡[元][明]627 首前坐。

輭：[明]2151，[三]2153 首童眞。

溥：[元]381 首童眞，[元]下同 381 首。

樸

襆：[三]1440。

撲：[甲]2181 楊，[宋][宮]703 素復嫌，[宋][元][宮]2059 然自守，[宋]2145 質無敵。

朴：[三][宮]588 不慳持，[三][宮]2104，[宋][宮]2034 質，[乙][丙]2092 由純然。

譜

諳：[乙]2376 案一卷。

補：[三][宮]2060。

記：[宋][元][宮]2040 第六出。

瀑

雹：[乙]1092 霖雨一。

暴：[甲]2266 流或如，[甲][宮]1799 流波浪，[明]220 流四取，[明]220 流於一，[明]397 水非時，[明]1451 流水不，[明][宮]374 水不得，[明][聖]1537 流無，[明]397 水，[明]660 流水澍，[明]660 流於，[明]1451 流，[明]1451 流水無，[明]1558 流等，[明]1562，[三]、瀑溢[聖]125 溢是時，[三]220 流令永，[三]375 雨悉壞，[三][宮]、異[聖]515 流至臨，[三][宮]374 水故名，[三][宮]1579 河彌漫，[三][宮]1579 流，[三][宮][聖]1579，[三][宮][聖]272 水卒起，[三][宮][聖]1536 流已斷，[三][宮][聖]1537 流憍逸，[三][宮][聖]1537 流去來，[三][宮][聖]1542，[三][宮][聖]1585 流阿羅，[三][宮]310，[三][宮]310 水悉漂，[三][宮]374，[三][宮]397 河非時，[三][宮]402，[三][宮]411 流故令，[三][宮]411 流救世，[三][宮]415 河置於，[三][宮]606 疾起曲，[三][宮]639 流欲所，[三][宮]639 水激川，[三][宮]639 之所漂，[三][宮]665 流内老，[三][宮]671 水竭盡，[三][宮]671 水相，[三][宮]676 水流若，[三][宮]681 流水境，[三][宮]681 流爲風，[三][宮]721 惡流注，[三]

[宮]721 河漂沒，[三][宮]721 流波注，[三][宮]721 水洄澓，[三][宮]1425 流水以，[三][宮]1425 漲泡沫，[三][宮]1428，[三][宮]1428 漲或爲，[三][宮]1428 漲強，[三][宮]1428 漲若，[三][宮]1442，[三][宮]1542 流云何，[三][宮]1545，[三][宮]1545 流扼取，[三][宮]1545 流正念，[三][宮]1547 雨爲雹，[三][宮]1554 流加無，[三][宮]1554 流有四，[三][宮]1559 河能合，[三][宮]1586 流阿羅，[三][宮]1594 流，[三][宮]1598 流，[三][宮]1606 流軛取，[三][宮]1650 水起多，[三][宮]1690 河我已，[三][宮]2122 雨，[三][宮]2123 水不得，[三][宮]下同 1597 流，[三][聖]211，[三][聖]375 水故名，[三][聖]1579，[三]100 流漂沒，[三]100 流漂衆，[三]201 水流注，[三]211 漲五百，[三]220 起如火，[三]375 水不得，[三]411 流爲他，[三]411 流欲入，[三]1300 漲月，[聖][另]310 河，[聖]1536 流取繫，[另]1428 漲道，[宋][元][宮]1442 曬開張，[宋][元][宮]2042 河觸山，[元][明]674 流如水，[元][明][乙]1092 雨雷，[元][明]187 集平流，[元][明]187 流，[元][明]672 流水生，[元][明]1442 流不可，[元][明]1442 流不能，[元][明]1522 水波浪，[元]672 流盡波。

流：[三]186 流憂結。

漏：[三][宮]1563 流三見。

曝：[宮]2059 布靈溪，[宮]2059 布山釋。

星：[乙]1821 惡大。

曝

雹：[三][宮]1464 後漸自。

暴：[宮]2058 青爛臭，[三]1340 曬，[三][宮]、爆[聖]1462 露得用，[三][宮][聖][另]1458 於籬上，[三][宮][聖]310，[三][宮][聖]1428 不爲蚊，[三][宮][聖]1428 形體黒，[三][宮][另]1458 乾風雨，[三][宮]380 乾竭此，[三][宮]384 火炙形，[三][宮]414，[三][宮]721 走於曠，[三][宮]1428 虫鳥污，[三][宮]1442 之於日，[三][宮]1458 藥時或，[三][宮]2040 露以求，[三][宮]2122 即便命，[三][宮]2122 使乾時，[三][聖]125 體學道，[三]99 成塵，[三]186 露身形，[三]212，[三]1440 三畏風，[聖][另]1443 安置皆，[聖][另]1458 令乾三，[聖][另]1458 使乾勿，[聖]125 此衣時，[聖]125 之爾時，[聖]223 色白如，[聖]515，[聖]1441 五種子，[聖]1442 舉之瓮，[聖]1443 牛糞，[聖]1463 三不令，[聖]1470 法衣有，[另]1428 塵土坌，[另]1459 乾爲欲，[另]1459 之浣染，[宋][宮]1421 曬狼藉，[宋][宮]1421 有久，[宋][明][另]1459 看臥具，[宋][元][宮][聖]1442 形質銷，[宋][元][宮]1451 皆不，[宋][元]31 止含毒，[元][明][宮]310 惡觸誹，[元][明]99 林中空。

博：[三][宮]2123 身復問。

膠：[三][宮]2122 及蕙草。

漂：[三][宮]2122。

瀑：[三]187 流到彼。

曬：[三][宮]2122 令乾。

笑：[元][明]2103 且老經。